복수는 꿀보다 달콤하다

3

무소 장편소설

복수는 꿀보다 달콤하다

3

위즈덤하우스

1

Disposal

알렉산드라가 타르실라가 휘두른 검에 쓰러졌다는 말을 듣고 가장 먼저 달려온 이는, 누가 뭐래도 그녀의 남편인 클레이오 3황자였다.

"렉시!"

클레이오가 기거하는 지엔궁에서 알렉산드라가 누워 있는 중앙궁까지는 거리가 꽤 되었으나, 그는 상당히 빠르게 중앙궁까지 도착했다.

라키아스는 공허한 얼굴로 문을 열고 들어온 클레이오를 응시했다.

달려왔는지 숨을 헐떡이고 있었고, 머리카락은 잔뜩 흐트러져 있었으며, 얼굴은 붉었다.

한편 클레이오는 제 아내의 곁을 지키고 있는 라키아스를 향해 화난 얼굴로 성큼성큼 걸어가더니 이내 분노한 목소리로 물었다.

"이게 도대체 무슨 일입니까."

"방심한 사이 황후께서 검을 찔러 넣으셨습니다."

그렇게 말한 다음 라키아스는 직접 확인해 보라는 듯, 곁눈질로 알렉산드라를 쳐다보았다. 클레이오가 알렉산드라의 배 부분으로 시선을 옮기자, 과연 그녀의 납작한 배에 흰 붕대가 잔뜩 감겨 있었다.

클레이오가 절망적인 표정으로 그 자리에 털썩 주저앉았다.

"아아……."

그의 입에서 자연스럽게 외마디 소리가 흘러나왔다. 라키아스는 여전히 굳어진 표정으로 아무 말도 하지 못했다.

무슨 말을 할 수 있겠는가. 어쨌든 그 가까운 거리에서 그녀를 지키지 못한 사람은 바로 자신이다.

그가 침통한 얼굴로 마른세수를 했다. 이토록 절망적인 감정을 느껴보는 것은 어머니가 돌아가신 이후로 오랜만이었다.

"도대체 왜……."

클레이오가 떨리는 목소리를 내뱉으며 라키아스를 돌아보았다.

"도대체 왜 막지 못하셨습니까."

"……."

"도대체 왜요……."

책임을 묻는 것 같기도, 한탄하는 것 같기도 한 목소리에 라키아스는 아무 말도 할 수 없었다.

적어도 이 순간만큼은 그가 죄인이었다.

라키아스가 뜨거운 침을 삼키며 힘겹게 입을 열었다.

"죄송합니다."

"……."

"모두 제 잘못입니다. 드릴 말씀이 없습니다."

"……당숙님."

클레이오가 울먹이는 목소리로 라키아스에게 물었다.

"우리 렉시…… 괜찮겠지요?"

"……."

그는 대답할 수 없었다. 확신할 수 없었다. 알렉산드라가 만약 이대로 무사히 눈을 떠 다시 멀쩡히 걸어 다닐 수 있다면, 그는 무엇이든 할 것이다.

라키아스는 자신할 수 있었다. 거기에 대가가 무엇이든 그는 기꺼이 희생할 수 있었다.

거기까지 생각이 미치자, 라키아스는 속으로 실소를 터뜨렸다.

언제부터 이 여자가 제 인생에서 그렇게 중요한 위치를 차지하게 된 건지. 어떤 대가든 감수하겠다고 스스럼없이 말할 수 있을 정도로 이 여자를 사랑하게 된 건지.

저를 돌아봐 주지 않고 동맹 관계로만 보는 이 여자를, 제게 상처만 주며 정을 떼기 위해 애쓰는 게 눈에 훤히 보이는 이 여자를, 어쩌다 이렇게 미치도록 원하고 갈구하게 된 것인지.

라키아스가 쓰게 웃었다.

"괜찮을 겁니다."

그가 힘들게 한마디를 내뱉었다. 그가 알고 있는 그녀라면, 라키아스가 알고 있는 알렉산드라라면 분명 일어날 것이다.

아무렇지 않게 일어나서, 아무렇지 않게 웃으며, 제게 '내가 죽지 않을 거라고 분명히 말하지 않았습니까, 라키아스'라고 거드름을 피우는 목소리로 말해줄 것이다. 라키아스는 그렇게 믿었다.

그가 반복했다.

"괜찮을 겁니다."

"렉시…… 렉시가 없으면 저는 아무것도 아닙니다, 당숙님."

클레이오가 침통한 목소리로 말을 이었다.

"제 인생은 전부 그녀의 것이에요. 그녀가 없는 제 인생이라는 건 의미가 없습니다."

그건 나도 마찬가지야, 라고 라키아스는 말해주고 싶었지만, 그냥 입을 다물고 있기로 했다. 대신 그는 제 곁에서 죽은 듯 누워 있는 알렉산드라만 빤히 쳐다보았다.

그녀에게서 눈을 떼지 않던 라키아스가 속으로 조용히 중얼거렸다.

당신은 참 복 받은 여자야, 알렉산드라. 당신이 증오하는 남자와 당신을 사랑하는 남자가 동시에 당신을 걱정해 주고 있으니까.

'그러니 어서 일어나란 말이야.'

얼른 일어나 그 고운 입술로 내게 모진 말을 해 줘. 그 새초롬한 눈동자로 나를 쏘아봐 줘. 내 숨결과 당신의 숨결이 닿을 듯한 거리에서 나와 말다툼을 해줘.

그 유일의 밤, 나를 안아주었던 부드러운 손으로 내 뺨을 때려줘.

'어느 쪽이든 좋으니까. 상관없으니까……'

그냥 일어나기만 해달라고, 그가 바라는 건 오직 그것 하나뿐이라고, 라키아스는 속으로 간절히 기도했다.

있을 리 없다고 비웃었던 신까지 찾아가면서.

"일어날 겁니다."

그가 가라앉은 목소리로, 그러나 확신을 담아 말했다.

"비전하께서는 분명 일어나실 거예요."

"……"

그 말을 들은 클레이오가 라키아스를 응시했다. 아무것도 담겨 있지 않은 공허한 눈빛이라 여길 수 있었지만, 라키아스는 사실은 그게 아니라는 걸 누구보다도 잘 알고 있었다.

그는 자신을 원망하고 있었다. 제 아내를 지키지 못한 자신을. 제 사랑을 이렇게 만든 자신을.

그 사실 때문에, 라키아스는 더욱 속이 쓰려 왔다.

"렉시의 곁은 제가 지키겠습니다."

"……."

"큰일을 겪으셨으니, 당숙님도 이만 돌아가서 쉬시는 게 좋겠어요. 지엔궁에 전하께서 머무르실 방을 준비해 놓으라고 시종들에게 말해 두었습니다. 밖으로 나가시면 시종장이 전하를 안내해 드릴 것입니다."

"……감사합니다, 전하."

라키아스는 결국 그 말밖에는 내뱉을 수 없었다. 그가 입술을 꾹 깨문 다음 말없이 뒤를 돌았다. 처음으로 알렉산드라를 앞에 두고 후퇴를 택한 것이다.

하지만 후회는 없었다. 그녀를 정말로 사랑한다면, 지금 그가 해야 할 일은 고작 곁을 지키며 애타 하는 것이 아니었으니까.

이 모든 일의 원흉을 잡아 족치러 갈 시간이었다.

타르실라는 곧바로 구금되었다. 그녀가 제국의 황후인 데다 코울리즈 가문의 공녀라는 점을 생각해 보았을 때, 웬만한 일이 아니라면 연금에서 끝났을 테지만, 이번 일은 사안이 달랐다.

무려 제국의 황제와 3황자비를 죽이려 한 일이 아닌가. 이는 황제 시해죄는 물론이고 역모죄에까지 해당되는 사안이었다.

그 때문에 천하의 코울리즈 가문도 이번 일에서만큼은 몸을 사릴 수밖에 없었다.

"천하의 황후가 그렇게 될 줄은 몰랐습니다."

에밀리아나가 얼떨떨한 목소리로 입을 열었다.

"시간을 보아하니 아무래도 폐하를 시해하고 제게 죄를 뒤집어 씌우려 했던 모양입니다."

"간악하기로는 제국 내에서 제일가는 여자이니까요."

빈첸시아 황비가 놀랍지도 않다는 듯 덤덤하게 대꾸했다.

"이번 일은 코울리즈 가문도 섣불리 나서려고 하지 못할 겁니다. 자칫하다가는 코울리즈 가문 전체가 역모죄로 멸문할 수도 있으니까요."

"동의합니다, 어머님."

에밀리아나가 조용히 고개를 끄덕인 다음 덧붙였다.

"코울리즈 공작이 미치지 않는 한은 함부로 누이를 두둔하기 어렵겠지요."

말을 마친 에밀리아나는 잠시 후 조심스럽게 질문을 던졌다.

"……폐후가 되겠지요?"

폐후.

에밀리아나의 입에서 나온 한 단어에 빈첸시아의 표정이 기묘하게 변했다.

충분히 가능성이 있는 말이었다. 어쨌든 지금의 황후는 황제를 직접적으로 죽이려고 한 것이 만천하에 들통났고, 심지어는 3황자비까지 죽이려고 했다.

이런 상황에서 황후의 역할을 계속 맡는다는 것은 불가능한 일이다.

빈첸시아가 잠깐 생각하는 표정을 짓다가 입을 열었다.

"곧 황후의 처분을 두고 재판이 열린다 합니다. 아마 그때 판가름이 나겠지요."

에밀리아나가 싱긋 웃으며 빈첸시아에게 말했다.

"어차피 결과는 정해진 것이랍니다. 그런 여자를 계속해서 황후로 둔다는 것은 말도 안 되는 일이지요. 그리고…… 순리대로만 간다면 다음 황후의 자리는 비전하의 것이 될 겁니다."

황제가 미치지 않고서야 20년 넘게 자신의 곁을 지킨 황비를 두고 새 황후를 간택할 리는 없을 테니까.

에밀리아나의 말에 빈첸시아가 만족스럽게 웃으며 한술을 더 떴다.

"그렇게 된다면 제레미가 황태자가 되는 것은 자명한 일이겠지요."

황제가 쓰러질 때만 해도 그녀에게 불리한 상황이었는데, 이제는 완전히 전세 역전이었다.

빈첸시아가 승자의 미소를 지으며 말을 툭 내뱉었다.

"어떻게 지내고 있을지 궁금하네요."

"황후 말씀이세요?"

에밀리아나가 설핏 웃으며 빈첸시아가 듣고 싶어 할 대답을 해 주었다.

"듣기로는 길거리의 걸인처럼 지낸다고 합니다. 식사도 거르고, 꼴이 말이 아니라고 하더군요. 거의 반미치광이가 되었다고 합니다."

"그것 참."

빈첸시아가 만족스러운 미소를 지어 보이며 말했다.

"잘된 일이로군요. 고소해요."

"함부로 설치고 다녔던 여자의 비참한 말로지요."

"감히 황제 폐하를 시해하려 하다니……."

어떻게 그런 끔찍한 일을 계획할 수 있었냐는 듯, 빈첸시아가 몸을 부들부들 떨었다. 순수한 분노에서 나오는 떨림임을 인지한 에밀리아나가 묘한 표정을 지었다.

이럴 때 보면, 제 시어머니는 황제를 정말로 사랑하는 듯했다. 단순히 권력을 가져다줄 수단으로서 보는 것이 아니라, 진심을 다해 위하는 남편으로 보는 듯한 느낌. 그게 좋은 일인지 나쁜 일인지는 모르겠지만, 적어도 황제에게 좋은 일이라는 것만큼은 확실했다.

"20년 넘게 폐하와 살을 맞대고 살았으면서, 어떻게 그럴 수가 있지요?"

도무지 이해하기 어렵다는 빈첸시아의 말에, 에밀리아나는 그럴 수도 있겠다는 생각이 들었다. 빈첸시아야 황제를 몹시 사랑하기 때문에 그런 사고가 불가능하다손 치더라도, 남편을 시해하려 했던 황후나 황비의 예는 역사적으로도 많았으니까. 하지만 에밀리아나는 굳이 그 사실을 짚어주면서까지 분위기를 깨지는 않기로 했다.

　그러다 빈첸시아가 문득 물었다.

　"3황자비는 어떻게 되었다던가요?"

　분노한 타르실라 황후의 칼을 맞고 쓰러졌다던 3황자비. 에밀리아나의 입장으로서는 그녀가 그냥 이대로 죽어주어도 나쁘지 않았지만, 다행인지 불행인지 알렉산드라는 아직까지도 끈질긴 숨을 이어 나가고 있었다. 에밀리아나가 그리 달갑지 않은 목소리로 대답했다.

　"아직까지도 혼수상태에 빠져 있다고 합니다. 3황자 전하께서 극진히 간호하고 계시다는군요."

　"쯧. 3황자도 이럴 때 보면 지나치게 무른 구석이 있다니까요."

　자기 아내와는 다르게 말입니다.

　빈첸시아의 말에 에밀리아나가 떨떠름하게 고개를 끄덕였다. 그녀의 입장에서는 그 두 사람이 특별히 다르다고 생각되지 않았기 때문이었다.

　어쨌든 그 역시 욕망이 있었기 때문에 자신이 회귀하기 전 친형제를 죽이자는 아내의 뜻에 따른 것이 아닌가. 피차일반이었다.

에밀리아나가 말했다.

"어쨌든 계속 그 상태로 누워 있는다면 분명 좋은 일은 아닐 거라고 궁의들이 하는 말을 들었습니다."

"이렇게 모든 것이 착착 정리되다니."

빈첸시아가 황홀한 목소리로 중얼거렸다.

"마치 신께서 제레미에게 모든 것을 안겨다 주기 위해 이 모든 일을 꾸미시는 것은 아닐까 하는 생각이 들 정도예요."

"제 생각도 마찬가지랍니다, 전하."

에밀리아나가 빙긋 웃은 다음 빈첸시아에게 확신조로 말했다.

"어차피 최후의 승자는 우리가 될 거예요."

토마스 2세는 병상에서 일어나고 나흘 정도가 흘렀을 때 비로소 귀족 회의를 주최할 수 있었다. 그보다 더 일찍 회의장에 참석하기를 황제가 바랐음에도 불구하고, 궁의 모두가 기를 쓰고 반대한 탓에 생각보다 늦어지게 된 것이었다.

모든 귀족들은 이미 중앙궁에서 일어났던 사고 아닌 사고를 알고 있었고, 그로 인해 황제의 심기가 매우 불편하다는 사실까지도 눈치채고 있었다.

이런 이유 때문에 그들은 회의장에 들어서기 전부터 잔뜩 긴장하고 있던 상태였다. 이런 시기에는 무조건 몸을 사리는 것이 맞다는 걸 경험으로 알고 있었다.

"황제 폐하께서 드십니다."

시종의 이 말이 들렸을 때, 귀족들은 냉큼 자리에서 일어나 예를 갖추었다. 곧이어 토마스 2세가 회의장 안으로 모습을 드러냈다.

그는 병상에서 막 일어난 사람이라고는 생각할 수 없을 정도로 정정한 모습이었는데, 그의 나이가 그리 많지는 않다는 것을 감안한다면 믿기 어려운 일도 아니었다.

토마스 2세의 바로 뒤에서는 이번 일에 혁혁한 공을 세웠다고 알려진 라키아스가 따라오고 있었다. 그는 그 사실을 증명하기라도 하듯 은근히 거들먹거리는 얼굴이었다.

그가 평소처럼 자리에 앉기 위해 자신의 자리가 있는 쪽으로 걸어가려 하는데, 갑자기 누군가가 그를 불러 세웠다.

"오르누스 공."

토마스 2세의 목소리였다. 라키아스는 그 자리에서 걸음을 멈춘 다음 황제의 응답에 답했다.

"예, 폐하."

"내 오른편에 앉는 게 좋겠군."

그 말에 장내가 술렁였다.

황제의 오른편에는 타르실라 황후의 오라비인 코울리즈 공작이, 왼편에는 빈첸시아 황비의 아버지인 이가렐 공작이 앉았다.

이것은 즉위 초부터 지금까지 지켜지던 공식이었다.

그런데 그 공식이 이번에 처음, 깨지려 하고 있었다.

그중 한 명인 이가렐 공작은 당연히 당황했지만, 사실 그보다 더 당황한 이는 따로 있었다.

"폐하……."

코울리즈 공작이 침음성을 삼키며 토마스 2세를 불렀으나, 그는 마치 듣지 못한 것처럼 굴었다. 황제는 아무렇지 않게 자신의 뒤쪽에 서 있던 시종에게 라키아스의 자리를 따로 마련해 달라고 말했고, 결국 새로운 의자가 토마스 2세의 바로 오른편에 마련되었다.

상징적인 일이었다. 그 자리에 앉은 사람은 마음만 먹는다면 언제든 황제의 심장에 칼을 꽂아 넣을 수 있는 위치에 있었으니까. 그것은 그만큼 라키아스에 대한 황제의 총애가 높아졌다는 것을 의미했다.

"무슨 문제가 있나?"

토마스 2세가 주변을 둘러보며 아무렇지 않게 물었다.

"다들 똥이라도 씹은 표정이군."

"……폐하."

그때 누군가가 조심스럽게 입을 열었다. 코울리즈 가문과 연대하고 있는 수많은 귀족들 중 한 명인 아카나스 백작이었다.

"그 자리는 원래 코울리즈 공작님의 것이 아닙니까."

백작의 말을 들은 토마스 2세의 눈썹이 위로 올라갔다. 계속 말해보라는 듯한 뉘앙스에 아키나스 백작은 계속해서 입을 놀렸다.

"코울리즈 가문은 20년 넘게 폐하의 곁을 지켜왔습니다. 지금의 공작 전하께서는 선대 코울리즈 공작님의 뒤를 이어 전하를 보필해 왔고요. 그런 분께 이러한 처사는 합당하지 않습⋯⋯."

"그래서."

토마스 2세가 심드렁한 얼굴로 아키나스 백작에게 물었다.

"그래서 그게 뭐, 어쨌다는 거지?"

"⋯⋯."

"한번 말해보게, 아키나스 백. 그래서 지금 코울리즈 공에 대한 예우를 다해 그를 반드시 내 오른쪽에 앉혀야 한다. 그렇지 않은 것은 부당한 처사다. 뭐, 이런 말을 하고 싶은 건가?"

"폐하, 제 말은⋯⋯."

"언제부터 귀족 회의의 수장이 짐이 아닌 두 공작이었지?"

황제의 분노한 목소리에 아키나스 백작은 더 이상 아무 말도 하지 못하고 입을 다물었다. 하지만 이미 폭발한 토마스 2세의 분노는 쉽게 사그라들 기미가 보이지 않았다.

"감히 짐을 무엇으로 보고 그따위 망발을 지껄이는 게야!"

토마스 2세가 앞에 있던 책상을 세게 내리쳤다. 그 커다란 소리에 놀란 귀족들이 흠칫 몸을 떨며 몸을 굳혔다.

토마스 2세는 여전히 노발대발한 얼굴이었다.

"짐이 오른편에 거지를 앉히든 공작을 앉히든 그것은 짐의 뜻이다. 그 누구도 상관할 수 없고, 상관해서는 안 되는 짐의 고유 권한이라는 말이다! 그런데 그 결정에 이의를 제기하는 것은……."

토마스 2세가 서릿발처럼 차가운 눈빛으로 아키나스 백작을 노려보며 물었다.

"짐의 권력에 도전하겠다는 것이 아닌가."

"폐하, 어찌 그런 말씀을……."

"아닙니다, 폐하."

"이것이 황권에 대한 도전이 아니면 또 무엇이란 말이야! 그대들이 감히 나를 능욕하는 건가?"

"……."

토마스 2세의 오른편은 그의 분노를 가장 가까이서, 가장 생생하게 느낄 수 있는 위치였다.

그럼에도 불구하고 라키아스는 별다른 감정의 동요를 보이지 않은 채 관망하듯 토마스 2세의 분노를 지켜보고 있었다. 굳이 토마스 2세를 진정시킬 필요를 찾지 못했기 때문이었다.

더구나 여기서 그가 섣불리 나서는 것처럼 우스운 일도 없었으니까. 따지고 보면 이 문제의 단초를 제공한 자가 라키아스, 그 자신이기도 했고.

"불쾌하기 짝이 없군. 황후나 그대나 다 똑같아! 짐을 도대체 무엇으로 보았기에 한 사람은 짐을 시해하려 하고, 다른 한 사람은 감히 짐의 권위에 반기를 든단 말인가. 둘 다 짐을, 이 황실을 상대로 반역이라도 일으키겠다는 뜻인가?"

"폐하."

상황이 심각해지자 처음의 당당함은 어디로 갔는지, 아키나스 백작이 얼른 자리에서 일어나 맨바닥에 무릎을 꿇었다.

하급 귀족이 아니었기 때문에 쉽지 않은 일이었지만, 지금 자존심이 문제가 아니었다. 반역 이야기까지 황제의 입에서 나온 이상, 자칫하다 재수 없게 목숨을 잃을 가능성도 있었다.

아키나스 백작이 머리를 조아리며 황제에게 빌었다.

"송구합니다, 폐하. 감히 그런 불순한 마음을 먹은 것은 아니었습니다. 부디 저의 무례를 용서해 주시지요."

"……"

하지만 토마스 2세는 가타부타 말이 없었고, 결국 아키나스 백작은 한참 동안이나 모든 중앙 귀족들이 보는 앞에서 무릎을 꿇고 있어야 했다.

한참 후에, 이만하면 됐다고 생각했는지 라키아스가 조용히 입을 열었다.

"황제 폐하."

라키아스의 목소리에 그때까지 목석처럼 앞만 노려보던 토마스 2세가 오른쪽으로 천천히 고개를 돌렸다.

"말하거라, 오르누스 공."

"이제 그만하시는 것이 좋겠습니다. 아키나스 백의 명예도 생각해 주셔야지요."

"……."

라키아스의 말에 토마스 2세가 그를 빤히 바라보았다. 그 시선 속에서 라키아스가 읽어낼 수 있었던 것은 아무것도 없었다. 황제는 무슨 생각을 하고 있을까. 감히 주제넘게 참견한 저를 건방지다 생각할까.

그러나 라키아스는 곧 생각하는 것을 그만두었다. 어느 쪽으로 답이 나오든 의미 없는 질문이었으니까.

"좋다."

짧게 말을 뱉은 토마스 2세가 아키나스 백작을 쏘아보며 명령했다.

"그만 일어나도록 해라."

그 말을 들은 아키나스 백작이 반색하며 자리에서 일어섰다. 하지만 너무 오랫동안 무릎을 꿇고 있었기 때문인지, 그는 무릎이 심하게 저려오는 듯 인상을 잔뜩 찡그리고 있었다.

그럼에도 아키나스 백작은 감사의 인사를 하는 것을 잊지 않았다.

"가, 감사합니다, 폐하."

"감사는 오르누스 공에게 하는 것이 좋을 거다. 그가 아니었더라면 짐은 계속 이러고 있을 작정이었으니까."

"……."

그 말을 들은 아키나스 백작의 안색이 흙빛으로 변했다. 하지만 곧 아무렇지 않은 얼굴로 돌아와 토마스 2세의 말대로 라키아스에게 감사의 인사를 전했다. 매우 정중한 목소리였다.

"감사합니다, 오르누스 공작 전하."

"천만에요."

라키아스가 상황에 어울리지 않게 여유로운 미소를 지어 보이며 백작의 인사를 받았고, 그 모습을 지켜보던 모든 귀족들은 전부 정적을 유지했다. 지금 상황이 그리 좋지 않았다.

애당초 지금 회의가 열린 것도 그리 좋은 이유 때문이 아니었는데다, 아키나스 백작이 가뜩이나 좋지 않을 황제의 심기까지 잔뜩 어지럽혀 놓았기 때문에 자칫하다가는 무슨 불이익을 당할지 몰랐다. 그들은 최대한 몸을 사리기로 했다.

"오늘 이 회의가 열린 이유가 무엇이지, 오르누스 공?"

토마스 2세가 여전히 화난 음성으로 라키아스에게 물었고, 라키아스는 태연하게 답했다.

"지엄하신 황제 폐하와 3황자비 전하를 시해하려 한 극악무도한 자의 처벌을 논하기 위함입니다, 폐하."

그 문장 속에 '황후'라는 단어는 들어 있지 않았고, 그 사실이 코울리즈 공작에게는 도리어 더없는 모욕을 주었다.

24

그가 모멸감으로 이를 빠드득 갈았고, 라키아스는 그 소리까지 전부 들으며 속으로 미소 지었다.

"응당 황제를 시해하려 하는 행위는 반역으로 봄이 옳다고 봅니다, 폐하."

라키아스가 먼저 선수를 쳤고, 코울리즈 공작은 머리를 굴렸다. 그에게 타르실라 황후는 하나뿐인 소중한 여동생이었지만, 가문과 그의 처자식 또한 그에게 소중한 존재였다.

황후 한 사람을 구하자고 가문을 전부 멸망의 수렁으로 밀어 넣을 수는 없는 노릇이었다. 때문에 언행 하나하나를 신중히 해야 했다.

다른 것도 아니고, 반역 아닌가.

"또한 반역을 도모한 자는 그 9족까지 멸하는 것이 원칙이지요."

"오르누스 공작 전하, 그렇다면 전하께서는 지금 황후 폐하와 2황자 전하, 그리고 황후 폐하의 친정이신 코울리즈 가문까지 전부 멸해야 한다고 말씀하고 싶으신 것입니까?"

누군가 용감하게 그렇게 물었고, 라키아스는 짐짓 난감한 표정을 지어 보이며 질문에 답했다.

"저는 그저 원칙에 대해 설명 드리고 있는 것뿐입니다."

핵심을 빗겨나간 대답에 질문한 귀족이 표정을 일그러뜨렸고, 다른 귀족들은 전부 황제 혹은 코울리즈 공작에게로 시선을 집중시켰다.

토마스 2세는 무언가를 깊게 생각하는 듯한 표정을 짓고 있었고, 코울리즈 공작은 무표정한 얼굴이었으나, 그 너머에서 숨길 수 없는 분노가 보였다.

한참 후에 토마스 2세가 조용히 입을 열었다.

"민감한 문제야, 그렇지?"

그의 말대로 민감한 문제였다. 어쨌든 타르실라 인디아 앤 코울리즈는 2황자의 어머니이자 레예스 제국의 황후였다. 그런 여자를 함부로 사형시키라고 말할 수는 없는 것이다.

하지만 그렇다고 하여 감히 황제를 시해하려고 하고 그 며느리까지 죽이려 한 여자를 죽이지 말라고 말하는 것 또한 위험천만한 일이었다.

그래서 대다수의 귀족들은 가급적 불똥이 튀는 것을 막기 위해 입을 다물어버렸다. 황후의 편을 들지 않기에는 코울리즈 가문의 눈치가 보이는 것이 사실이었고, 그 반대의 경우에는 황제의 눈치가 보였으니까. 한마디로 이러지도 저러지도 못하는 상황이었다.

"다들 입을 다물고 있으니, 나는 어떻게 결정을 내려야 하는지 모르겠군."

토마스 2세가 날카로운 눈빛으로 좌중을 둘러다 보며 물었다.

"그냥 내 마음대로 일을 결정하면 되는 것인가?"

"……."

여전히 정적만이 장내를 휘감았고, 결국 토마스 2세는 고개를 다시금 오른쪽으로 돌렸다.

토마스 2세와 눈이 마주친 라키아스가 얼른 고개를 아래로 숙였다.

"오르누스 공."

토마스 2세가 라키아스를 불렀고, 그는 조용히 답했다.

"예, 폐하."

"너의 생각을 한번 말해 보거라."

"무슨 생각을 이름이신지……."

"황후를 어떻게 했으면 좋겠느냐?"

토마스 2세가 라키아스를 똑바로 쳐다보며 아까의 말을 반복했다.

"황후의 처분에 대한 네 생각을 한번 말해 보거라."

토마스 2세의 말에 라키아스는 잠깐 입을 다물었다. 흘긋 주변을 둘러보자 모두의 시선이 이미 자신에게로 집중되어 있었다.

라키아스는 어떤 대답을 내려야 할지 잠시 고민했다. 마음 같아서는 황후를 갈가리 찢어 죽이라고 말하고 싶었다. 감히 황자비를 시해하려 한 그 극악무도한 죄인에게 극형을 내리라고 말하고 싶었다.

하지만 지금 상황에서는 그의 진심보다는 그의 말이 불러올 파장이 더 중요했다. 그러니 신중하게 대답을 골라야 했다.

그래서 라키아스는 생각보다 길게 아무 말도 하지 않았지만, 토마스 2세와 다른 귀족들은 인내심 있게 그런 그를 기다려 주었다.

결국 라키아스는 그들이 지칠 때 즈음이 되어서야 천천히 입을 열었다.

"……폐하."

"그래, 오르누스 공."

토마스 2세가 어디 말해 보라는 듯 고개를 끄덕이며 라키아스의 대답을 독촉했다.

"어디 한번 말해 보거라."

"하늘 아래 어디에도 황제 폐하의 소유가 아닌 것이 없지요."

라키아스가 다른 귀족들을 둘러보며 확인을 받아냈다.

"다들 그렇게 생각하지 않으십니까?"

"물론입니다, 오르누스 공작 전하."

"세상 만물이 모두 위대하신 황제 폐하의 것이지요."

"황제 폐하."

라키아스가 부드러운 미소를 지어 보이며 토마스 2세에게 말했다.

"고작 제 의견 따위가 뭐가 중요하겠습니까. 세상 모든 일이 폐하의 뜻을 따라 움직일 텐데요. 저는 폐하께서 무슨 결정을 내리시든 따를 것입니다."

"흐음……."

"다만."

라키아스가 순간 날카로워진 눈빛으로 코울리즈 공작을 응시하며 말했다.

"제국과 황실의 기강을 바로 세우는 것처럼 중차대한 일도 없다고 생각합니다. 기강이 흔들리면 모든 것이 한 줌의 모래성으로 변하는 건 순식간이니까요."

"……."

"태양의 권위를 위협하는 자들을 가만히 내버려 두지 마십시오, 폐하."

그러니까 결국은 처형을 집행하라는 소리였다. 라키아스가 사악한 미소를 지었고, 그 모습을 보고 있던 코울리즈 공작은 까득 이를 깨물었다.

한편, 라키아스의 말을 들은 토마스 2세는 어쩐지 흡족한 얼굴로 딱 한마디를 내뱉었다.

"사흘 후에 황후의 처벌을 결정하는 재판을 열도록 하겠다."

회의장을 나서는 라키아스의 표정은 밝지도 어둡지도 않았다.

다만 완벽한 포커페이스를 유지하며 발만 바쁘게 어딘가로 움직일 뿐이었다.

'알렉산드라.'

그녀를 보기 위함이었다.

회의하는 내내 그녀 생각으로 온 머릿속이 뒤집히는 듯했다. 코울리즈 공작을 겨냥한 발언으로 회의장을 뒤집어 놓을 때도, 차분하게 황제의 말에 대꾸하는 그 순간조차 라키아스의 머릿속에는 온통 알렉산드라뿐이었다.

그는 지금도 아마 죽은 듯 누워 있을 알렉산드라가 걱정되어 미칠 것만 같았다. 이 중차대한 순간에 아무것도 하지 않는, 그리고 아무것도 할 수 없는 3황자가 오로지 남편이라는 이유 하나만으로 그녀의 곁을 지키고 있다는 사실이 못 견디게 분했다.

물론 알렉산드라라면 두 남자의 지금 모습을 보았을 때 당연히 저를 칭찬해주겠지만, 그럼에도 불구하고 라키아스는 속에서 열불이 끓어오르는 것 같았다. 파리하게 변한 그녀의 얼굴을 뚫어져라 쳐다보고, 앙상하게 마른 그녀의 손을 붙잡으며 걱정스러운 말을 중얼거리는 것이 그가 아닌 그녀의 남편이라는 사실이 그를 견디지 못하게 만들었다.

"오르누스 공작님 오셨습니까."

상처가 어느 정도 호전되자 알렉산드라는 지엔궁에 있는 그녀의 침실로 병실을 옮겼다. 지엔궁을 찾은 라키아스를 맞아준 사람은 유일하게 알렉산드라에 대한 그의 마음을 알고 있는 마레타였는데, 그녀는 두 사람의 관계에 대해 알고 있음에도 상당히 태연하게 라키아스를 대했다.

"3황자비 전하께서는 좀 어떠신가."

"상처는 호전되고 있습니다만, 의식은 아직까지 돌아오고 있지 않으십니다."

"제길."

그가 작게 욕지거리를 내뱉었고, 마레타는 못 들은 척해주었다. 그녀가 라키아스에게만 들릴 듯한 목소리로 물었다.

"들어가실 생각이십니까."

"안에 누가 있는 것 같은데."

"3황자 전하께서 계속 황자비 전하를 간병 중이십니다."

"계속?"

"끼니도 거르실 정도십니다. 쓰러지지는 않을지 걱정이 될 정도예요."

"……."

마레타의 말에 라키아스가 인상을 찌푸렸다.

지독히도 할 일이 없나 보군. 누구는 아침부터 능구렁이들과 싸우고 있는데, 누구는 속 편하게 간병이나 하고 있다, 라.

라키아스가 못마땅한 얼굴로 마레타에게 말했다.

"고하도록."

"……3황자 전하. 오르누스 공작 전하께서 드셨습니다."

하지만 마레타의 말이 나가고도 방 안에서는 아무런 목소리가 들려오지 않았다.

그 반응에 더욱 기분이 상한 라키아스가 양미간을 찌푸렸고, 마레타는 당황하는 기색 없이 다시 한번 고했다.

"3황자 전하, 오르누스 공작 전하께서……."

"모시도록 해."

그제야 답이 들려왔다. 라키아스는 비뚜름하게 입꼬리를 끌어올려 웃은 다음 알렉산드라의 침실 안으로 들어섰다.

그녀의 침실에 출입하는 것은 이번이 처음이었다. 그전에는 늘 응접실에서 알렉산드라와 마주 앉곤 했으니까.

"3황자 전하를 뵙습니다."

물론 내 사랑스러운 종질님께서는 수도 없이 이 방에 드나들었겠지만.

그 생각을 하자 라키아스는 저절로 입매가 굳었다.

물론 빠르게 표정을 갈무리한 다음, 라키아스는 아무렇지 않게 클레이오에게 말을 건넸다.

"줄곧 이곳을 지키고 계신다고 들었습니다."

"……얼굴이 조금 수척해지신 것 같습니다."

다른 소리를 하자 라키아스가 잠깐 입을 다물었다가 이내 대꾸했다.

"아닙니다. 그러는 황자 전하께서도 꽤 수척해 보이시는군요."

"사실 저보다도 렉시가 더 걱정이랍니다."

어김없이 튀어나온 알렉산드라의 애칭에 라키아스가 저도 모르게 지그시 입술을 깨물었고, 클레이오는 그 모습을 보지 못한 것인지 보지 못하는 척하는 것인지는 모르겠지만, 태연하게 말을 이었다.

"아직까지 깨어나지 않고 있습니다. 걱정이 되어 죽을 것만 같아요."

"……곧 깨어나실 겁니다, 전하."

"궁의의 말로는 상처가 잘 아물고 있다는데…… 의식을 회복하지 못해 걱정입니다."

"저 또한 그렇습니다. 하지만 그보다도……."

라키아스가 슬쩍 클레이오를 곁눈질하며 말을 매듭지었다.

"3황자 전하의 건강이 가장 걱정되는군요. 끼니도 거르시면서 황자비 전하의 곁을 지키고 계신다고 들었습니다."

"……입맛이 없어서요."

"이럴 때일수록 '우리'끼리 힘을 뭉쳐야지요, 전하."

라키아스가 묘한 미소를 지어 보이며 클레이오에게 말했다.

"이곳은 제가 지키고 있을 테니 조금 휴식을 취하다 오시는 것이 좋겠습니다. 안색이 많이 좋지 않으시니 걱정이 되는군요."

"괜찮습니다."

"사양하실 필요 없습니다. 저희가 남도 아니고요."

"말씀해 주신 것은 감사하지만, 아마 렉시도 외간남자보다는 제가 옆에 있는 것을 원할 겁니다."

"······."

그 한마디에, 라키아스는 순간 정신이 희미해지는 것을 느꼈다. 그는 하마터면 실소를 터뜨릴 뻔했다고 생각하면서, 이 여자가 당신을 어떻게 여기고 있는지, 당신에게 복수하기 위해 어떤 짓까지 저지르고 있는지를 전부 다 알려주고 싶다는 충동에 사로잡혔다.

당신이 그렇게 사랑한다는 이 여자의 실체를 알고 나서도 과연 그런 말을 할 수 있을까?

라키아스가 비뚜름하게 웃으며 클레이오에게 말했다.

"물론 그렇긴 하겠지만, 전하. 그렇다고 해서 전하의 건강을 해치는 것이 3황자비 전하께서 바라시는 일은 아닐 겁니다."

"······."

"아직 해가 지기 전까지는 시간이 있으니 제가 이곳을 지키고 있도록 하지요."

"예전부터 든 생각인데 말입니다, 당숙님."

클레이오가 속을 알 수 없는 얼굴로 라키아스를 응시하며 말했다.

"제 아내에 대한 감정이 꽤나 특별하신 듯합니다."

"······제가요?"

"네."

클레이오가 서늘한 미소를 띤 얼굴로 말을 보냈다.

"제 눈에만 그렇게 보이는 걸까요?"

"글쎄요."

굳이 부정하지 않으며, 라키아스는 능청스럽게 대답했다.

"확실히 황자비 전하께서는 제게 특별하신 분이지요."

"……무슨 뜻이신지."

"평생을 함께하기로 한 동지 같은 분이라서요."

"……."

"아, 이상하게 해석하실 필요는 없습니다. 정치적 동반자 같은 느낌이니까요."

라키아스가 너스레를 떨며 제 앞에서 표정을 굳히고 있는 클레이오를 쳐다보았다. 유치하게도 그는 그 모습에서 더 없는 희열을 느꼈다. 아마 알렉산드라가 옆에서 이 모습을 지켜보고 있었다면 제 허벅지라도 꼬집으면서 그만 놀리라고 말했을지도 모르겠다.

"어쨌든 너무 걱정하지 마시고 조금 쉬다 오시는 게 좋겠습니다, 전하. 지금도 안색이 너무 좋지 않으시니 걱정이 되는군요."

"……."

"제가 그리 마뜩찮으시다면 지클린데에 계신 황자비 전하의 어머님께 연락을 드리는 것도 방법일 것입니다."

이렇게까지 말하는데 거절한다면 그 또한 예의가 아니라는 사실을 라키아스는 잘 알고 있었다.

그가 결코 거절할 수 없을 것 같은 미소를 지었고, 클레이오는 굳어진 얼굴로 라키아스를 쳐다보다가, 천천히 입을 열었다.

"그럴 리가요. 전하께서 우리 부부를 생각해주시는 마음은 이미 충분히 알고 있답니다."

"……."

"잠깐만 쉬다 오도록 하겠습니다, 전하. 제 아내를 부탁합니다."

"……그러시지요."

라키아스가 묘한 미소를 지어 보인 얼굴로 클레이오에게 인사했고, 클레이오는 뭐가 신경 쓰이는 건지 계속 알렉산드라를 흘긋거리다가 방을 나섰다.

조용한 소리와 함께 문이 닫히자, 라키아스는 입고 있던 겉옷을 벗어 문가에 있던 옷걸이에 걸어 둔 다음 다시 알렉산드라가 누워 있는 침대로 다가왔다.

그가 깊게 한숨을 내쉬며 알렉산드라에게로 시선을 주었다.

"당신 남편은 무능한 데다 질투까지 많아. 진심으로 최악이지. 당신 남편에게 유일하게 봐줄 만한 점이 있다면 그 반반한 낯짝뿐일 거야."

"……."

"당신은 왜 그런 남자와 결혼했을까."

라키아스가 한숨 섞인 목소리로 말했다.

"내가 먼저 당신과 결혼했더라면, 모든 것이 더 쉬웠을 텐데……."

부질없는 가정이었다. 라키아스가 가라앉은 얼굴로 여전히 미동조차 없는 알렉산드라의 얼굴을 응시했다. 바빠 못 본 새에 얼굴이 너무 파리하게 변해 있었다.

그가 한숨을 내쉬며 그녀의 부드러운 손을 만지작거렸다.

"어서 일어나, 렉시."

"……."

"나는 그대가 필요해."

라키아스가 손끝을 움직여 그녀의 도톰한 입술에 가져다 댔다. 몸이 이 모양이니 거칠어질 법도 한데 여전히 부드럽고 매끈했다.

입술을 몇 번 매만지던 라키아스는 이내 흐트러진 그녀의 머리카락을 꼼꼼하게 정리해 주었다. 하는 일 없이 그녀를 바라보는 것만으로도 시간은 충분히 채워지는 느낌이 들었다.

그가 저도 모르게 입가에 잔잔한 미소를 띠웠다.

라키아스는 미동도 하지 않은 채 그렇게 몇 시간 동안 알렉산드라를 지켜보기만 했다. 몸에 쥐가 나고, 지루할 법도 한데 용케 그렇게 했다.

마치 미술 작품을 감상하는 듯 오랫동안 알렉산드라의 얼굴을 뜯어보던 라키아스의 귓가에 어느 순간 마레타의 목소리가 들려왔다.

"공작 전하."

그가 눈치채지 못할 정도로 조용히 들어온 것인지, 아니면 그가 알렉산드라를 바라보느라 정신을 차리지 못하고 있었던 건지, 마레타는 어느새 그의 뒤까지 와 있었다.

라키아스는 여전히 알렉산드라에게로 시선을 고정시킨 채 물었다.

"무슨 일인가."

"3황자 전하께서 방금 잠에서 깨어나셨다고 합니다."

"……."

이만 떠날 준비를 하라는 소리였다. 라키아스가 피식 웃으며 마레타에게 알겠으니 걱정하지 말라고 전해주었다.

대답을 듣고 나서야 마레타는 조용히 물러났고, 라키아스 역시 이만 떠날 준비를 하기 위해 자리에서 일어선 다음 옷을 걸어 두었던 곳을 향해 걸어갔다. 그가 옷걸이에서 재킷을 빼 드는데, 그때 갑자기 뒤쪽에서 잔뜩 갈라진 목소리가 들려왔다.

"라키아스……?"

그 순간, 그의 모든 움직임이 멎었다.

그토록 눈을 뜨기를 바랐던 여자가 고개를 옆으로 돌린 채 자신을 응시하고 있었다.

"렉시."

라키아스가 짧게 알렉산드라의 이름을 내뱉고선 침대로 달려갔다.

알렉산드라의 얼굴은 방금 막 깨어난 사람답지 않게 담담하고 차분해 보였다.

라키아스는 잔뜩 당황했으나 알렉산드라를 흥분시키지 않기 위해 최대한 건조한 태도를 유지하려 애썼다.

그러나 그의 목소리에서 묻어나오는 떨림까지는 어찌할 수 없었다.

"일어…… 난 거야?"

"……."

알렉산드라가 저를 응시하는 라키아스를 빤히 바라보다가, 이내 입꼬리를 살짝 끌어 올려 웃은 다음 인사를 건넸다.

"오랜만입니다, 라키아스."

"아아."

라키아스는 안도가 물씬 풍겨나는 얼굴로 알렉산드라를 덥석 끌어안았고, 평소라면 정색하며 그에게서 떨어졌을 알렉산드라는 이번만큼은 넘어가자고 생각했는지 별다른 반응을 보이지 않았다.

심지어는 낮게 웃으며 농담까지 던지는 모습을 보였다.

"누가 보면 내가 죽다가 살아난 줄 알겠네요."

"죽을 뻔했잖아."

라키아스가 떨리는 목소리로 말했고, 그 말을 들으며 알렉산드라는 묘한 표정을 지었다.

"감히 날 두고 죽을 뻔했어."

이런 목소리로 이런 대사를 내뱉는 남자라니.

내가 원래 알고 있던 라키아스가 정말 맞긴 한 건가, 의구심이 들 정도로 알렉산드라는 라키아스가 낯설게 느껴졌다.

그가 그녀를 자신의 품에서 떼어내자마자 알렉산드라는 라키아스의 얼굴과 마주할 수 있었다. 마지막으로 보았을 때가 언제인지 기억은 잘 나지 않지만, 확실히 전보다는 좀 마른 듯한 기분.

그녀가 무심하게 그의 얼굴을 훑어보다 중얼거렸다.

"말랐네요, 조금."

"그대가 깨어날 때까지 온몸의 피가 마르는 듯한 기분이었다."

"꽤 로맨틱한 대사네요."

정작 그 말을 내뱉는 당사자의 얼굴에는 웃음기 한 점 없었다.

그녀가 잠시 후 라키아스를 응시하며 물었다.

"내가 지금 얼마 만에 눈을 뜬 거죠?"

"나흘."

나흘이라.

알렉산드라가 재미있다는 듯 키득키득 웃으며 대꾸했다.

"죽지 않고 살아난 게 용하네요."

"농담이 나오나."

"왜 그렇게 굳은 표정입니까."

알렉산드라가 힘겹게 손을 들어 라키아스의 뺨을 매만졌다.

"내가 말했잖아요. 나는 죽지 않는다고."

"그 말을 곧이곧대로 믿기에는 내가 너무 의심이 많은 편이라."

"믿어야지요, 라키아스. 내가 당신의 여신 아닙니까."

스스로 말하고 나서도 낯간지럽다고 생각했는지 알렉산드라가 낮게 웃었지만, 라키아스는 일리가 있다는 듯 아까보다 한층 안정된 표정으로 느릿하게 입꼬리를 끌어 올렸다.

"틀린 말은 아니야. 그런데 하마터면 내 여신님이 나만 두고 하늘로 올라갈 뻔했지 뭐야."

"난 약속은 지킵니다."

알렉산드라가 한숨 섞인 목소리로 읊조렸다.

"동지에게 한 약속은 더더욱."

'동지'라는 용어에 라키아스가 미간을 좁혔다. 저도 모르게 불만스러운 목소리가 튀어나왔다.

"어째 칼을 맞고 쓰러져서도 변한 게 없군."

"사람은 죽을 때가 다 되어야지만, 변한다고 하더군요. 그러니 아직 죽을 때가 아닌 거지요, 나는."

알렉산드라가 잠깐 천장 위를 바라보다 다시 라키아스에게로 고개를 돌렸다. 창백한 얼굴이 가만히 라키아스를 응시하다가 곧 천천히 입을 열어 물었다.

"어떻게 되었습니까."

많은 것을 담고 있는 질문에 라키아스는 별 고민 없이 짧게 상황을 정리해 말해주었다.

"황후는 구금되었고 사흘 후 재판이다."

"황제께서는 어떠세요?"

"배신감으로 몸서리를 떠는 게 눈에 한눈에 보이더군."

"뭐…… 그러실 만도 합니다."

어쨌든 20년 넘게 살을 맞대고 살아온 관계인데, 그런 관계에 있는 여자가 자신의 목을, 다른 사람의 손을 이용한 것도 아니고 직접 졸랐으니. 제가 황제라도 충격이 꽤 크겠다 싶었다.

알렉산드라가 잠깐 생각하다가 다시 입을 열었다.

"내가 필요하겠군요. 그렇죠?"

"아마도."

짧게 대꾸한 라키아스가 곧바로 덧붙였다.

"하지만 가급적 당신이 나설 만한 상황은 만들지 않으려고 해."

"……당신의 복수라 이겁니까?"

"꼭 그런 이유만은 아니야."

라키아스가 낮은 목소리로 속삭이며 알렉산드라의 흐트러진 머리카락을 정리해주었다. 그런 그를 알렉산드라가 빤히 쳐다보았다.

"환자는 쉬어야지. 여기서 스트레스를 더 받는 걸 원치 않아."

"퍽 다정하군요."

"원래 다정했어."

라키아스가 샐쭉한 표정으로 말을 보탰다.

"다만 그대가 몰랐을 뿐이지. 그리고 모두에게 다정하지도 않다."

"……."

그 말을 들은 알렉산드라가 무슨 생각을 하는 건지 라키아스를 뚫어져라 응시했다. 한참 후에 그녀가 무슨 말을 하려는 듯 입술을 달싹거렸지만, 지금 상황에 부적절한 말이라고 생각한 건지, 아니면 지금 말을 꺼내기에는 시기상조라고 생각했는지 끝내 그 입술에서는 목소리가 흘러나오지 못했다.

그러는 사이, 바깥에서 마레타의 목소리가 들려왔다.

"오르누스 공작 전하, 3황자 전하께서 드셨습니다."

그 목소리를 들은 알렉산드라가 인상을 찡그리며 물었다.

"설마 3황자가 계속 나를 간병한 겁니까?"

남편을 완전히 남처럼 지칭하는 알렉산드라의 말투에 라키아스는 기분이 좋아져서, 상황에 맞지 않게 기꺼운 목소리로 답했다.

"그래."

"맙소사."

알렉산드라가 불쾌한 어조로 중얼거렸다.

"눈을 다시 떴을 때 내 눈앞에 있던 사람이 그가 아니라 당신이라 다행입니다."

"퍽 듣기 좋은 말이군."

"칭찬이니까 기분 좋아해도 괜찮습니다. 어쨌든 내 남편보다는 당신이 더 낫다는 말이니까."

여전히 인상을 찡그린 채 읊조리던 알렉산드라가 곧 피곤한 목소리로 말을 보탰다.

"눈을 뜬 나를 보면 호들갑을 떨려나요."

"그렇겠지."

저 남자는 당신을 사랑하는 것 같았거든.

라키아스의 말에 알렉산드라가 코웃음을 쳤다. 사랑은 무슨. 모든 것을 다 바쳐 헌신한 아내를 배신하는 것이 사랑인가.

그런 게 사랑이라면 개나 갖다 주라지. 그녀가 싸늘하게 말했다.

"더 답이 없으면 의심하겠군요. 얼른 나가는 게 좋겠어요."

"그러지."

하지만 라키아스는 바로 나가는 대신, 허리를 굽혀 누워 있는 그녀의 이마에 부드럽게 입을 맞추었다. 동시에 알렉산드라가 느릿하게 눈을 감았다 떴다.

그가 입을 맞춘 다음 시선을 내려 알렉산드라의 눈동자와 눈을 맞추었을 때, 라키아스는 순간적으로 그녀의 입술에 키스하고 싶다는 강한 충동을 느꼈다.

그러나 알렉산드라의 몸 상태도 상태였거니와, 밖에서 3황자가 기다리고 있을 게 뻔했기 때문에 절대 안 될 일이었다.

그가 매우 유감이라는 듯 그녀의 귓가에 속삭였다.

"몸조리 잘하도록 해, 렉시."

"……."

알렉산드라는 별 대꾸를 하지 않았고, 라키아스는 익숙하다는 듯 한 번 씩 웃어 보이고선 방을 나섰다. 그리고 문을 열자마자 싸늘한 표정의 클레이오와 마주했다.

그는 언짢은 게 분명해 보이는 얼굴로 라키아스에게 말을 걸었다.

"오래 걸리셨습니다."

일종의 불만 제기였다. 클레이오의 말에 라키아스가 클레이오를 빤히 쳐다보다가, 그럴듯한 변명을 꺼내놓았다.

"황자비 전하께서 깨어나셨습니다."

그 한마디에 인상을 찡그리고 있던 클레이오의 표정이 대번에 펴졌다. 그 모습에 은근하게 언짢음을 느끼며, 라키아스가 말을 보탰다.

"건강하십니다."

"맙소사……."

클레이오가 감격에 절은 표정을 지으며 라키아스에게 잘 가라는 인사도 없이 곧바로 침실 안으로 달려 들어갔다.

그런 클레이오의 뒷모습을 라키아스가 못마땅한 표정으로 응시했다.

"……당분간 혜사궁에서 지내신다고 들었습니다."

마레타의 목소리에 라키아스가 뒤를 돌아 그녀를 응시했다. 표정 하나 없는 얼굴로 마레타가 서 있었다.

라키아스가 고개를 끄덕이는 것으로 대답을 대신했고, 마레타
는 주인을 닮은 낮은 목소리로 라키아스에게 말했다.

"모셔다드리겠습니다."

"……."

마레타의 말에 라키아스가 말없이 고개를 끄덕였다. 두 사람
은 헤사궁이 있는 쪽으로 걸어가기 시작했는데, 마레타가 앞장을
섰다.

라키아스는 조용히 발만 움직이다가, 어느 순간 입을 열어 마레
타에게 물었다.

"내가 황자비 전하께 마음이 있다는 사실을 알고 있나?"

"알고 있습니다."

생각보다 순순하게 단호한 대답이 나온 탓에 라키아스는 은근
히 놀랐지만, 한편으로는 재미있다는 생각도 들었다.

그가 웃음기 섞인 목소리로 말했다.

"너만은 믿을 수 있다고 렉시가 그랬지. 정말 그런가 보군."

"과찬이십니다."

"아마 이 사실이 세상에 알려진다면 나는 사형당할 거다."

라키아스가 덤덤하게 가정 하나를 읊은 다음 마레타에게 물
었다.

"왜 이 사실을 알리지 않는 거지?"

"이해할 수 없는 질문입니다."

마레타가 걸음을 멈추지 않으며 대답했다.

"전하께서는 황자비 전하의 사람이시지요. 그런 분을 고발할 생각은 조금도 없습니다. 황자비 전하께 해가 되는 일은 조금도 하고 싶지 않아서요."

"……."

평민이라 그런가, 아니면 그냥 알렉산드라에 대한 충심이 남다른 건가. 라키아스는 어째서 알렉산드라가 일전에 그녀를 몹시 신뢰하고 총애한다는 말을 꺼냈는지 알 것도 같았다.

그가 이죽거렸다.

"마치 3황자에게는 아무런 충심이 없는 것처럼 말하는군."

"제 주군은 3황자비 전하십니다. 저를 구원하신 분도, 저를 소유하시는 분도 황자비 전하시지요. 황자 전하가 아니라."

"……."

"그래서 사실 황자비 전하의 마음이 누구에게로 향하든, 저는 상관없답니다. 그래서 공작 전하께서 황자비 전하께 그릇된 마음을 품었다고 해도 그것이 그리 중요한 문제는 아니지요."

마레타의 대답에 라키아스는 할 말을 잃었다. 이런 유의 사람은 또 처음 보았다. 그가 내심 아쉽다는 목소리로 그녀에게 말했다.

"내게도 너 같은 충복이 하나 있다면 좋을 텐데."

케이토가 들었다면 노발대발할 소리였다. 라키아스의 말에 마레타가 처음으로 낮게 웃음소리를 내며 대꾸했다.

"염려 마시지요, 전하. 만약 황자비 전하께서 공작 전하를 선택하신다면, 그때는 황자비 전하께 충성하듯 공작 전하께도 충성을 다할 테니까요."

한편 알렉산드라의 침실로 들어온 클레이오는 가장 먼저 그녀의 안위부터 살폈다.

"렉시."

그가 떨리는 목소리로 텅 빈 눈을 하고 있는 알렉산드라를 부르며 그녀의 손을 꼭 붙잡았다.

알렉산드라가 기계적으로 웃어 보이며 클레이오를 불렀다.

"전하."

그리 달갑지 않은 상황이었지만, 어쩔 수 없었다. 알렉산드라가 일어나려는 자세를 취하자, 클레이오가 기겁하며 그녀를 말렸다.

"안 돼, 렉시. 누워 있어야 해."

"이제는 괜찮아요."

"아직 상처가 다 아물지 않았어."

"하지만……."

"렉시, 안 돼."

"……."

강경한 태도에 알렉산드라는 결국 일어나는 것을 포기했다. 그 순간, 클레이오가 알렉산드라를 덥석 안았다.

알렉산드라가 당황한 목소리로 클레이오를 불렀다.

"전하."

"내가."

클레이오의 떨리는 목소리가 알렉산드라의 귓가에 퍼졌다. 알렉산드라는 입을 다물었다.

"내가 얼마나 걱정했는지…… 알아?"

"……죄송해요."

"피를 흘리며 쓰러진 모습을 봤을 때, 하늘이 샛노래지는 기분이었어. 머리가 빙빙 도는 기분이었지. 혹시라도, 혹시라도 그대가 잘못될까 봐……."

"……."

괴로워하는 클레이오의 목소리를 들으며, 알렉산드라는 문득 회귀 전 자신이 죽음을 맞았을 때를 떠올렸다.

자신이 칼에 찔려 쓰러졌을 때 그토록 힘들어했다는 남자가, 정작 제위에 오른 다음에는 저를 죽이지 못해 안달이었다.

그녀가 저도 모르게 쓴웃음을 지었고, 속으로는 궁금증에 사로잡혔다.

'과연 이 남자는 내가 죽은 후에 눈물 한 방울이라도 흘려 줬을까.'

죽음 뒤의 일이니 알 수 있는 도리가 없었다. 하지만 뭐, 그게 중요한가. 어쨌든 그녀는 그의 손에 죽었는데.

그 뒤에 눈물을 흘렸다면 가증스럽기 짝이 없는 일이고, 흘리지 않았다면 끝까지 그는 나쁜 놈이라는 것뿐. 그 이외에는 아무 의미도 없었다.

알렉산드라는 건조한 얼굴로 느릿하게 눈꺼풀을 내렸다. 갑자기 피로감이 밀려왔다. 알렉산드라가 여전히 무언가를 말하고 있는 클레이오의 말을 무시하며 말했다.

"전하, 가봐야 할 데가 있어요."

"하지만 렉시, 아직 몸이 성치 않은걸."

"그래도 황제 폐하는 찾아뵈어야지요. 폐하께서는 괜찮으실는지 모르겠네요."

"부황께서는 무탈하셔, 렉시. 지금은 그대가 우선이야."

클레이오가 단호하기 짝이 없는 목소리로 알렉산드라에게 말했다.

"일단은 상처부터 다 치료하고 그다음에 폐하를 만나 뵙도록 하자, 응?"

강경한 그의 태도에 알렉산드라는 하는 수 없이 고개를 끄덕였다.

클레이오의 유난 덕에 알렉산드라가 중앙궁을 찾은 것은 그로부터 이틀 뒤였다. 내일 타르실라 황후의 재판이 열리는 탓에 궁 안은 전체적으로 산만한 분위기를 풍겼다.

아마 곧 내궁의 안주인 자리를 물려받게 될 빈첸시아가 황비가 분위기 관리에 나선 덕에 그나마 어느 정도 분위기가 잡히긴 했지만.

"황제 폐하, 3황자비 전하께서 드셨습니다."

"어서 안으로 들이도록 해라."

"들어가시지요, 전하."

마레타가 조심스럽게 알렉산드라를 부축했고, 알렉산드라는 의식을 회복한 첫날보다 한층 핏기가 오른 얼굴로 토마스 2세의 집무실에 들어갔다. 집무실 안으로 들어간 알렉산드라가 허리를 굽혀 인사를 올리려는데, 클레이오가 그런 그녀를 제지했다.

"몸도 성치 않을 텐데."

결국 알렉산드라는 고개만 살짝 숙인 채 약식으로 인사했다.

"황제 폐하를 뵙습니다."

"어서 앉거라. 네가 고생이 많았구나."

"네."

알렉산드라가 조신하게 응접용 소파에 앉았다.

문득 우습다는 생각이 들었다. 누가 알았을까. 황제의 자식들 중 가장 비주류를 차지한다고 봐도 좋을 3황자의 비가 이런 식으로 황제의 총애를 받게 될 줄이야.

　토마스 2세는 시종에게 다과를 내오라고 명령한 다음 그 자신도 알렉산드라와 마주하여 앉았다.

　그가 가장 먼저 물은 것은 알렉산드라의 안부였다.

　"몸은 좀 어떠냐. 이틀 전에 깨어났다는 소식은 들었다."

　"바로 찾아오지 못해 죄송합니다, 폐하. 3황자 전하께서 극구 만류하시는 바람에."

　"아니다. 몸이 먼저지. 전혀 미안해할 필요 없다."

　그 순간 시종이 다과를 내왔고, 그 바람에 대화는 잠깐 끊겼다. 찻잔에 들어 있던 것은 루이보스 티였다.

　알렉산드라가 찻물을 한 모금 마신 다음 소리 나지 않게 찻잔을 컵 받침 아래에 내려놓았다. 맛이 괜찮았다.

　"황제 폐하께서는 괜찮으신지 여쭙고 싶었습니다."

　"나 말이냐?"

　알렉산드라의 물음에 토마스 2세가 돌연 웃음을 터뜨렸다.

　잠시 후 입가를 정돈한 그가 쾌활하게 답했다.

　"나는 뭐, 네 덕에 정신을 차린 지 꽤 오래되었으니까. 나까지 걱정할 필요는 없다."

　"무탈하시다니 다행입니다."

　"……황후의 재판이 내일이다."

　갑작스럽게 튀어나온 화제에 당황할 새도 없이, 알렉산드라가 토마스 2세를 응시했다. 그가 아까보다는 한층 날카로워진 눈빛으로 그녀에게 물었다.

"알고 있지?"

"……오르누스 공작님께 들었습니다. 구금 중인 황후께서 내일 재판을 받으신다고요."

"뭐, 이제는 황후도 아니게 될 테지."

그 말에 알렉산드라가 토마스 2세를 빤히 바라보았고, 토마스 2세는 무슨 새삼스러운 반응이냐는 듯한 어조로 말했다.

"감히 황제와 황자비를 시해하려 한 여자를 그냥 둘 수는 없지 않느냐. 오르누스 공의 말대로, 이는 황권에 대한 도전이고, 반역인데 말이지."

말이 재판이지, 사실은 황제의 입맛대로 결과가 내려질 가능성이 컸다. 목이 달아나고 싶은 제정신 아닌 귀족이 없다면 아마 반대표도 쉽사리 나오지 않을 것이다.

알렉산드라가 조심스럽게 물었다.

"하지만 폐하, 반역으로 황후를 다스리시게 되면 코울리즈 가문과 2황자 전하를 반드시 건드리셔야 할 텐데요."

그렇게 되면 문제가 다소 복잡해지는 것이다.

알렉산드라의 염려 어린 말에 토마스 2세가 느릿하게 입꼬리를 끌어 올려 웃었다. 노련미가 드러나는 웃음에 알렉산드라가 저도 모르게 마른침을 삼켰다.

"코울리즈 가문을 멸문하는 것은 다소 부담스럽지만, 기세는 꺾을 수 있겠지. 그리고 2황자는 뭐⋯⋯."

토마스 2세가 잠깐 고민하는 표정을 짓다가 잠시 후 아무렇지 않게 반응했다.

"어쩔 수 없지 않느냐. 어미를 잘못 둔 죄라면 그 또한 죄겠지."

"⋯⋯."

회귀 전 한 번 들어본 적 있는 말이었으나, 다시 한번 소름 끼치는 기분을 느끼기에는 충분했다. 황후야 이혼하면 남이니 차치한다고 하더라도, 2황자는 분명 토마스 2세 본인의 친아들이었다.

그의 피가 흐르는 직계 황족.

그럼에도 이런 반응이라니. 알렉산드라는 과연 이 남자가 다른 황자들에게는 관심이 티끌만큼이나 있는 건지 궁금해졌다.

회귀 전의 태도로 본다면 아마 없을 가능성이 농후했지만.

알렉산드라가 자못 아무렇지 않게 대꾸했다.

"뭐⋯⋯ 그렇긴 합니다만."

"그런 정치적인 문제는 신경 쓸 것 없다."

"⋯⋯."

묘하게 자신을 경계하는 듯한 발언에 알렉산드라는 입을 다물어 보였다. 괜히 나서는 이미지를 심어 주어서는 안 된다. 지나치게 똑똑한 이미지도.

알렉산드라는 말을 잘 듣는 충견처럼 토마스 2세의 말에 순응했다.

"물론입니다, 폐하. 이는 엄연히 폐하의 영역이지요. 제가 주제 넘었군요."

"내가 그래서 황자비를 좋아하지."

정이 묻어나지 않는 목소리로 대꾸한 토마스 2세가 알렉산드라 를 잠깐 빤히 바라보다가, 곧 아무렇지 않게 말했다.

"걱정하지 말거라, 황자비. 이번 일에 대한 포상은 나 또한 염두 에 두고 있으니까."

"……그런 것을 바라고 한 일은 아니었습니다."

진심이었다. 그깟 포상 따위, 3황자의 황위 계승이 아니라면 아 무래도 좋았다.

중요한 건 그가 회복함으로써 황후를 파멸시키는 것이었으니 까. 3황자의 세력을 확장할 때까지 황제가 죽지 않고 버텨주는 것 이었으니까.

그러니 알렉산드라로서는 그가 이렇게 건강히 살아 있는 것 자체가 이미 큰 보상이었다. 그녀가 빙긋 웃으며 진심을 다해 말 했다.

"저는 폐하께서 이리 건강하게 제 눈앞에 계신 모습을 보게 된 것이 가장 기쁩답니다."

"입바른 소리는."

"진심인걸요."

몇 안 되는 진심의 순간에 그렇게 말씀하시면 곤란하지요, 폐하.

알렉산드라가 속으로 쿡쿡 웃은 다음 토마스 2세에게 말했다.

"대외적인 문제 때문이라면 제가 굳이 왈가왈부할 사안은 아니지만…… 그게 아니라면 괜찮다는 말씀입니다."

"뭐…… 반반이라고 하는 게 딱 좋겠구나."

토마스 2세가 굳이 부정하지 않은 다음 빙긋 웃으며 말을 이었다.

"그보다 내가 아픈 사람을 너무 오래 붙잡고 있었던 것 같구나."

"……."

"이만 가 보거라, 황자비. 더 있다간 3황자에게 미움을 살지도 모르니까."

"그럼 가보겠습니다, 폐하."

"조심히 가도록 해라."

답지 않게 따뜻한 말로 배웅하는 토마스 2세를 빤히 바라보던 알렉산드라가 이내 간단히 고개를 숙여 인사한 다음 토마스 2세의 집무실을 나왔다. 알렉산드라의 뒤를 따르던 마레타는 그녀가 걷는 방향이 예상했던 것과 달라지자 조용히 물었다.

"황후 폐하께 가시는 겁니까."

"마지막으로 보고 싶어서요. 재판이 끝난 다음에는 못 보게 될지도 모르니까."

사형수와의 접촉은 법적으로 금지되어 있었다. 물론 황제의 재가가 있다면 불가능한 일도 아니었지만, 굳이 그렇게 하면서까지 타르실라를 볼 가치가 있나 싶었다.

대답을 마친 알렉산드라는 다시 입을 열지 않고 걷기만 했다.

"3황자비 전하."

그녀를 알아본 지하 감옥의 간수 한 명이 알렉산드라에게 인사했고, 알렉산드라는 '이런 곳'과는 전혀 어울리지 않는 사람 같은 미소를 엷게 지어 보인 채로 간수에게 물었다.

"황후 폐하께서 계신 곳이 어디인가요?"

"아……."

간수가 난감한 표정으로 대답했다.

"황후 폐하와의 접촉은 제한되어 있습니다."

"……누가 지시하신 내용인지."

"오르누스 공작 전하십니다."

"……."

마음 같아서는 헤사궁에서 머물고 있을 그를 당장 이곳으로 데려오고 싶었지만, 번거로운 일이었다. 알렉산드라가 결국 한숨을 쉬며 뒤쪽으로 곁눈질을 했고, 마레타가 눈치 있게 손가락에 끼고 있던 다이아몬드 반지 하나를 빼서 간수에게 주었다.

반지를 받아든 간수의 태도가 돌변했다.

"이쪽입니다, 전하."

알렉산드라가 속으로 조소를 지으며 간수의 뒤를 따라갔다. 황후가 갇혀 있는 곳은 지하 감옥 중에서도 가장 깊은 곳에 위치해 있었는데, 신분과 죄의 특수성을 생각하면 이상한 일도 아니었다.

"너무 오래 계시면 곤란합니다."

간수의 당부에 알렉산드라가 말없이 고개를 끄덕였고, 간수는 눈치 있게 자리를 비켜주었다. 알렉산드라가 천천히 창살 앞까지 걸어갔고, 그제까지 눈을 감은 채 명상을 하고 있던 타르실라는 인기척을 느꼈는지 슬그머니 눈꺼풀을 걷어 올렸다.

그리고 알렉산드라를 발견하자마자 얼굴이 구겨졌다.

"너……."

예의를 바라지는 않았다. 자신이 타르실라라도 그런 여유는 나오지 않을 테니까.

알렉산드라는, 어쨌거나 아직까지는 황후인 여자에게 예를 갖춰 인사했다.

"황후 폐하를 뵙습니다."

"……네년이."

타르실라가 표독스러운 눈길로 알렉산드라를 쏘아보았고, 알렉산드라는 아랑곳하지 않고 제 할 말만 했다.

"그래도 마지막으로 한번 얼굴은 봬야 할 것 같아서요."

"그때 네년의 배 속을 좀 더 헤집어 놓았어야 했는데."

살벌한 목소리에도 알렉산드라는 덤덤했다. 이미 회귀 전에도 숱하게 들었던 말이었으니까.

알렉산드라가 타르실라를 빤히 쳐다보았다. 못 본 지 일주일 정도 되었나. 그 사이에 얼굴이 많이 상해 있었다.

그녀가 유감이라는 듯 말을 건넸다.

"피부가 많이 상하셨네요."

동시에 그녀의 드레스 자락에 무언가가 묻었다. 침이었다. 타르실라가 분노에 못 이겨 내뱉은.

알렉산드라가 아래를 내려다보았고, 타르실라는 악을 내질렀다.

"네년이 감히 어디다 대고 그런 말을 해!"

이 대사까지, 회귀 전과 똑같았다.

역시 사람은 변하지 않아. 속으로 중얼거린 알렉산드라가 무표정한 얼굴로 드레스의 가격을 생각했다.

다행히 그리 비싸지 않은 원단이었다.

"……개인적인 유감은 없습니다. 그 부분은 미안하게 생각하고 있어요."

어쨌든 타르실라는 자신의 복수에 희생당한 사람이었다. 만약 타르실라가 황제의 정부였고, 2황자가 클레이오의 즉위에 일말의 방해도 되지 않았다면 그녀가 지금 이런 꼴로 갇혀 있을 이유는 없었다.

더불어, 죽음을 맞게 될 미래도 없었을 것이다.

물론 그렇다고 해서 알렉산드라가 특별히 죄책감을 가진 것도 아니었다. 어차피 타르실라도 자신과 똑같은 방법으로 무수한 사람들을 제거해 왔을 테니까.

"황제 폐하께서 아주 진노하셨습니다. 아마 사형을 피하기 어려울 거예요."

그러니 어쩌면 자신도 언젠가 자신과 똑같은 사람에게 이런 꼴을 당할지도 모르겠다는 생각이 들었다.

아니, 이미 그러고 있나. 에밀리아나가 제 생각을 증명해 주었으니.

"도대체 어떻게 황제와 짜고 친 거야, 어떻게!"

타르실라가 거의 이성을 잃은 듯한 목소리로 알렉산드라에게 분노의 음성을 토해냈고, 알렉산드라는 잠시 고민하는 표정을 짓다가 타르실라에게 물었다.

"사건의 전말이 알고 싶으신 겁니까."

"……."

타르실라는 대답 없이 알렉산드라를 노려보았다. 굳이 이야기해줄 필요는 없었지만, 적어도 자신이 어떤 경위로 파멸하게 되었는지는 알아야겠다 싶어서 알렉산드라는 최대한 간단하게 사건을 요약했다.

"제가 황제 폐하의 간병을 맡은 그날 황제 폐하께서 깨어나셨고, 그때 제가 황후 폐하의 계획을 갓 깨어나신 황제 폐하께 말씀드렸답니다. 그때 엄청난 충격을 받으셔서, 황제 폐하께서는 하마터면 다시 쓰러지실 뻔했지요."

"뭐……?"

"일단 계속 누워 계시는 것으로 저희 둘은 합의를 보았답니다. 황후께서 언제 황제를 시해하실 줄은 모르지만, 어쨌든 이대로 일어나는 것보다는 그편이 황후 폐하를 제거하는 데에는 더 유리했거든요. 그런 다음 오르누스 공작에게 도움을 청했지요. 그만이 유일하게 비밀을 지키면서 황제 폐하의 편이 되어 주리라 확신했거든요."

마지막 문장은 거짓말이었지만, 어쨌든 80%는 진실이었다. 타르실라는 지나치게 태연한 어조에 알렉산드라가 한 말이 더욱 현실감 없이 다가왔다.

그녀가 기가 찬다는 표정으로 알렉산드라에게 물었다.

"날 제거하고 싶었다고?"

"네."

"어째서?"

타르실라가 이해되지 않는다는 표정으로 물었다.

"나를 버리고 황비를 택한 이유가 뭐야?"

"오해가 있으신가 본데."

알렉산드라는 한쪽 눈썹을 치켜뜬 다음 타르실라를 빤히 쳐다보았다. 그녀가 파멸한 가장 큰 원인은, 그녀가 꿈꾸는 것을 다른 사람이 꿈꾸지 않을 것이라고 확신한 데 있었다. 당장의 달콤함으로 혹시 가지고 있을지도 모를 야욕을 달래려 했겠지만, 글쎄.

적어도 알렉산드라에게는 해당되지 않는 이야기였다.

"저는 그 누구도 택한 적이 없답니다."

"하."

타르실라는 그제야 깨달음을 얻었는지 헛웃음을 터뜨렸다. 그러고서는 같잖다는 눈빛으로 알렉산드라를 쏘아보았다.

"네가 차기 황후의 자리를 넘보기라도 한다는 거냐?"

"제 남편이 사생아가 아닌 이상, 기회는 제게도 주어져 있습니다."

"차라리 1황자가 황제가 되었음 되었지, 3황자에게 기회가 갈 성싶으냐? 이가렐 가문을 너무 만만하게 보는구나."

"……"

회귀 전에도 타르실라는 똑같이 그녀에게 이렇게 말했다.

알렉산드라가 기시감을 느끼며 타르실라에게 조용히 말했다.

"황제께서는 그 누구에게도 관심이 없으세요, 폐하. 아시잖습니까."

"……"

"20년 동안 한 이불을 덮으셨으니 더 잘 아실 텐데요. 폐하의 세 자녀들 중 그 누구도 폐하께서 사랑하지 않으신다는 걸요."

"……닥쳐."

"자기 자식들을 왕관을 뺏을 적으로나 생각하시는 게 분명합니

62

다. 그렇지 않고서야 세 황자에게 그토록 골고루 무관심을 줄 수는 없을 텐데요."

그 말을 들은 타르실라가 갑자기 기묘한 표정으로 변했다가, 곧 웃음을 터뜨렸다. 돌연 터져 나온 웃음에 알렉산드라가 미간을 작게 좁히며 타르실라에게 물었다.

"제 이야기가 웃겼나 보군요."

"난 또."

타르실라가 여전히 입가에 미소를 머금은 채로 알렉산드라에게 말했다.

"알고 있는 다른 내용이 있는 줄 알았지."

영문 모를 소리에 알렉산드라가 순간 멈칫했다. 타르실라는 멈추지 않고 계속 말했다.

"더 알고 있는 게 있다면 그런 말을 하지는 않았을 텐데. 다른 걸로 나를 조롱할 수도 있었겠지."

"그게 무슨⋯⋯."

"넌 내게 친절히 알려주었지만, 그렇다고 해서 나도 알고 있는 것을 네게 알려줄 의무는 없지."

그녀가 이기죽거리며 약을 올렸다.

"아마 평생 모를 거다."

"⋯⋯뭐."

알렉산드라가 어느새 아까의 심드렁한 표정으로 돌아와 대꾸했다.

"상관없습니다. 중요한 건 폐하께서 남은 두 아들까지 평등하게 사랑하지 않으실 거라는 사실이니까요."

"……."

"다시 뵈러 오는 일은 없을 겁니다. 오늘 온 건 그냥 일은 마무리하기 위해서예요. 특별한 일이 없다면 폐하께서는 사형을 당하실 겁니다. 2황자님이 어떻게 될지는 저도 모르지만, 분명 긍정적인 방향으로 일이 흘러가지는 않겠죠."

타르실라가 이를 부득 갈았다. 그녀는 알렉산드라에게 아들의 안위를 구걸하지 않았다. 자신의 안위는 더더욱 구걸하지 않았다.

대신 인정하고 받아들이겠다는 분위기를 풍겼다. 물론 그것과는 달리 감정적인 분노는 어마어마했지만.

그 증거로 타르실라는 무시무시한 저주를 내렸다.

"아마 네 남편이 황제가 된다고 해도, 넌 네 남편에게 분명히 배신당할 거다. 네 남편이 너를 죽일 거라고!"

맙소사. 그것은 정말로 어마어마한 예언이었다.

알렉산드라가 저도 모르게 미친 여자처럼 웃음을 터뜨렸다. 이런 말을 타르실라가 최후를 맞기 전 했던 것 같기도 하고.

하지만 그랬다고 해도 회귀 전에는 아마 코웃음을 치며 흘려들었을 게 뻔했다. 그랬으니 자신이 지금 이곳에 있는 것이겠지.

알렉산드라가 단정하듯 말했다.

"아마 그렇게 될 겁니다."

그 말에 타르실라는 알렉산드라를 진심으로 미친 여자 보듯 봤다. 이해 가는 눈빛에 알렉산드라가 빙긋 웃었다.

"귀한 조언 감사합니다. 제가 아둔해서 새겨듣지 못했는데, 또 해주시네요."

"……"

"만약 일이 정말로 그렇게 흘러간다면, 그때는 제가 남편을 배신할 테니 걱정하지 마세요."

알렉산드라는 그 말만 마치고선 타르실라에게 허리를 굽혀 마지막 인사를 남겼다. 그런 다음 뒤도 돌아보지 않고 창살 앞을 떠났다.

어두침침한 공간 안에 경쾌한 구두굽 소리만 들려왔다.

"3황자비 전하를 뵙습니다."

감옥의 입구에서 라키아스와 마주친 알렉산드라가 당황하지 않은 표정으로 라키아스를 쳐다보았다. 간수는 두 사람의 상봉으로 혹 자신에게 피해가 가는 것은 아닌지 전전긍긍해 하는 표정이었다.

그것을 눈치챈 라키아스가 차분한 어조로 간수에게 물었다.

"출입을 제한하라고 했던 것 같은데?"

"그게……."

간수가 쭈뼛거리며 말을 하지 못하자, 일이 귀찮게 번질 것을 걱정한 알렉산드라는 모든 잘못이 자신에게 있으니 그를 벌하지 말아 달라고 말하기 위해 입을 열었다. 하지만 라키아스가 좀 더 빨랐다.

"잘했다."

"……네?"

간수가 어안이 벙벙해진 표정으로 물었고, 라키아스는 태연하게 덧붙였다.

"잘했다고. 3황자비 전하께서는 이번 사건의 피해자시다. 응당 들여보내 드려야지."

"가, 감사합니다."

위기에서 벗어난 간수는 십년감수했다는 듯한 표정을 지었고, 라키아스는 알렉산드라를 향해 부드러운 미소를 지어 보였다. 하마터면 토할 뻔했다고 생각하던 알렉산드라가 라키아스에게 물었다.

"어쩐 일이십니까."

"아."

라키아스가 간수에게 눈짓했고, 눈치 빠른 간수는 얼른 자리를 비켜주었다. 그제야 라키아스는 본심을 드러냈다.

"그러는 그대야말로 여긴 어쩐 일이야."

"피해자가 가해자를 보러 오겠다는데 뭐, 이유가 필요합니까."

알렉산드라가 삐딱한 시선으로 라키아스를 바라보며 물었다.

"혹시 내가 이곳에 온 것에 대해 불만이라도 있는 건가요?"

"그럴 리가요, 지고하신 황자비 전하."

너스레를 떨며 고개를 저은 라키아스가 다정한 목소리로 덧붙였다.

"다만 걱정이 돼서 그렇지. 아직 몸도 성치 않은데 황후가 해코지라도 하면 어떡하나."

"비슷한 건 당했습니다만."

"뭐?"

그 말에 라키아스의 표정이 순식간에 험상궂어지자, 그 모습을 흥미롭게 바라보던 알렉산드라가 가볍게 웃으며 답했다.

"침 맞았습니다. 별것도 아니에요."

"그런 모욕이 별것도 아니라니."

"그런 게 무슨 소용이 있나요. 어차피 승자는 우리인데."

그 말에 라키아스가 기분 좋은 듯 미소 지었다. 아무래도 '우리'라는 단어에 기분이 좋아진 게 틀림없다고 생각하면서, 알렉산드라가 헛웃음을 터뜨렸다. 지금 이 상황에서조차 그런 걸 따지고 있다니. 알렉산드라가 물었다.

"그러는 당신은 어쩐 일입니까. 그녀에게 한이라도 토해내러 온 거예요?"

"무슨 뜻이지?"

"……황후가 선대 오르누스 공작에게 저질렀던 죄를 일깨워 주기라도 하기 위해 이곳을 찾았느냐는 말입니다."

그 말을 듣자마자 라키아스는 깔깔거리며 웃었다. 예상치 못한 가벼운 반응에 알렉산드라는 당황한 눈으로 라키아스를 쳐다보았다. 결코 웃을 만한 주제가 아니었기 때문이었다.

그녀가 미친 사람 보듯 라키아스를 바라보자, 시선을 의식했는지 라키아스가 천천히 웃음을 입가에서 지워내며 답했다.

"절대로 아니야."

"그럼……."

"그런 말을 한다고 한들, 그 여자는 아마 끝까지 반성하지 않고 죽을 거야."

내 부친에 대한 욕이나 줄창 지껄여댄 뒤에 죽는다면 또 모를까.

담담하게 내뱉어낸 라키아스가 덧붙였다.

"자기 잘못을 인정하고 뉘우칠 만한 사람은 애당초 죄를 짓지 않아."

"……."

그건 그랬다. 알렉산드라가 떨떠름한 표정으로 라키아스를 바라보다가 잠시 후에 물었다.

"그럼 왜 온 겁니까."

"정말 몰라서 묻나?"

"모르겠는데요."

라키아스가 알렉산드라를 향해 몸을 굽혔다. 갑작스럽게 거리가 좁혀지자 당황한 알렉산드라가 눈을 두어 번 끔뻑이며 라키아스의 눈동자를 응시했다. 그가 빙긋 웃으며 그녀에게 속삭이듯 말했다.

"그대가 여기 있다고 해서."

"……거짓말은 하지 말고요."

"진짜인데. 왜 거짓말이라고 생각하는 거지?"

라키아스가 부드럽게 알렉산드라의 긴 붉은 머리카락을 쓸어내렸다. 알렉산드라가 슬며시 라키아스를 노려보았지만, 그는 멈추지 않았다.

늘 그렇지만, 말을 해서 들을 인간이 아니었다.

알렉산드라가 잠시 입을 다물고 있다가 잠시 후에 말했다.

"이만 가봐야겠습니다."

그 말을 들은 라키아스가 당황한 목소리로 물었다.

"지금?"

"……그럼 나더러 계속 여기 있으라고요?"

알렉산드라가 매정한 목소리로 물었다.

"할 말이 남았습니까?"

"할 말이야 언제든 있지."

"사적 감정이 개입된 이야기 말고요."

"공적인 일이야."

그 말을 듣고 나서야 알렉산드라는 호기심을 보였다. 그 모습을 보고 있던 라키아스는 속이 쓰렸지만, 어쩔 수 없었다.

이 또한 그녀의 매력이라면 매력이었다.

그가 잠깐 고민하는 표정을 짓다가, 잠시 후에 입을 열었다.

"황제에게 첫사랑이 있다는 것, 알고 있나?"

"……그런 게 있었습니까?"

"남자라면 하나쯤은 있기 마련이지."

"그럼 당신도 하나쯤은 있겠네요."

알렉산드라가 냉소적인 어투로 라키아스의 말을 맞받아쳤다.

하지만 라키아스도 만만치 않았다.

"당연히 있지. 바로 내 눈앞에."

"……."

말을 말자.

알렉산드라가 본론으로나 넘어가 보라는 듯 손을 휘휘 저었다.

그 모습을 미소와 함께 바라보던 라키아스가 물었다.

"샤를리즈 레이라 엘 로지아스라고, 들어본 적 있나?"

"아뇨."

알렉산드라가 고개를 저었다. 처음 들어보는 이름이었다. 반응이 이해가 간다는 듯, 라키아스가 고개를 끄덕였다.

"지금 황제의 첫사랑 같은 여자인데, 후작의 서녀 신분이야. 황제가 황태자였던 시절부터 서로 사랑하던 사이였는데, 황태자의 신분으로 감히 제국법을 어길 수는 없었겠지. 그래서 그 여자의 아비가 샤를리즈를 외국의 귀족과 결혼시켰다고 하더군."

"지금 상황에 그런 이야기를 꺼내는 이유가 뭡니까."

"'지금 상황'이니까 그런 이야기를 꺼내는 거지."

라키아스가 능청스러운 미소를 지어 보이며 말을 이었다.

"어차피 황후는 사형을 피할 수 없다. 2황자 또한 특별한 일이 없다면 내일 재판에서 역모죄가 인정돼 사형에 처해지겠지. 그도 아니면 북쪽 지방으로 유배를 가거나. 어느 쪽이든 황위 계승과는 동떨어지게 될 게 분명해."

"그런데요?"

"그럼 파사궁의 빈자리를 누가 채우게 되느냐, 이거지."

"……빈첸시아 황비가 황후가 되겠지요. 이변이 없다면 말입니다."

"그럼 다시 비게 된 황비의 자리는?"

"아무도 그 자리를 차지하지 않는 게 우리에게 가장 유리하고 마음 편한 보기입니다. 황비는 필수 불가결한 존재는 아니니까요. 괜히 폐하께서 늦둥이라도 보시게 된다면 일이 골치 아파져요."

"하지만 황후를 견제할 사람은 필요해. 황비가 황후가 된다면 차기 황제의 관은 틀림없이 1황자 제레미의 것이 될 테니까. 그런 불상사를 막으려면⋯⋯."

라키아스가 히죽 웃으며 해결방안을 말했다.

"황후를 다시 폐위시키는 게 답이지. 그리고 충격을 받은 황제가 병상에 누운 다음 제위를 3황자에게 넘겨주기만 하면 가장 완벽한 시나리오가 되는 거야."

"⋯⋯."

아직 그렇게 뒷날의 일까지는 생각해 보지 않았다. 당장 닥친 일에만 골머리를 싸매기에도 바빴으니까. 예상했던 반응이라는 듯 라키아스가 빙긋 웃으며 알렉산드라를 위로했다.

"괜찮아, 렉시. 당신의 부족한 부분을 채우기 위해 내가 있는 거니까."

"⋯⋯."

알렉산드라가 말없이 라키아스를 노려보다 물었다.

"생각해 둔 계획이라도 있는 겁니까? 황후가 될 황비를 견제할 수 있는 수단을, 마련할 수 있어요?"

"운 좋게 찾았다."

하늘이 우리 편이라는 증거지. 라키아스는 그렇게 말하며 이번 에는 알렉산드라의 뺨을 가만히 쓸었다.

알렉산드라가 미간을 좁히며 경고했다.

"여기, 감옥 안입니다."

"지엔궁이라면 괜찮다는 뜻인가?"

"……말을 말아야지, 내가."

"너무 아름다워서 참을 수가 있어야지. 도무지가."

라키아스가 능청스레 웃으며 알렉산드라를 빤히 쳐다보다가, 어느 순간 그녀의 허리를 감싸 안으며 물었다.

"몸은 좀 괜찮나?"

"그 핑계로 수작 부리는 겁니까?"

"수작은……."

라키아스가 몸을 낮춰 알렉산드라와 눈높이를 같이했다. 알렉산드라가 긴장한 기색 하나 없이 자신을 쳐다보자, 갑자기 승부욕이 발동한 그가 나른하게 웃으며 그녀에게 기습적으로 입을 맞추었다.

알렉산드라가 낮게 신음을 내뱉었다.

"아……."

그녀의 몸 상태를 고려해서인지 다소 느리고 약한 입맞춤이었음에도 자극성은 크게 줄어들지 않았다. 알렉산드라가 저도 모르게 라키아스의 어깨를 꼭 붙잡아 넘어지지 않기 위해 애썼고, 그는 조금도 멈추는 기색이 없이 알렉산드라에게 키스하다가 어느 순간 그녀의 귓가에 뜨거운 숨을 불어넣으며 속삭였다.

"대답을 못 들었어."

"아……."

"몸은 좀 괜찮은가?"

숨을 고르던 알렉산드라가 대답을 하려는데, 다시 한번 그의 입술이 침입해왔다. 그러고도 한참을 알렉산드라에게 키스하던 라키아스가 또 어느 순간 그녀에게 속삭였다.

"대답을 할 때까지 계속 이럴 생각인데, 어때?"

"하아…… 저 안에 있는 황후에게 우리 관계를 다 폭로할 생각이라면 그렇게 해보든가요."

"아, 생각하니 흥분되는걸."

미쳤어, 하고 알렉산드라가 중얼거렸고, 그 모습을 흐뭇하게 바라보던 라키아스는 알렉산드라의 흐트러진 머리카락을 정돈하며 나른한 목소리로 물었다.

"우리 관계가 무슨 관계지?"

알렉산드라가 대답을 하려는데, 이번에도 라키아스가 조금 더 빨랐다.

"내연 관계인가?"

"내가 당신을 사랑하는 게 아닌데 내연은 무슨."

"그래도 나랑 키스하는 게 당신 남편하고 키스하는 것보다는 낫잖아. 그렇지?"

그렇게 말한 라키아스가 다시 한번 그녀에게 입을 맞추기 위해 다가가는데, 문밖 복도에서 사람이 걸어오는 소리가 났다.

알렉산드라가 무심하게 그를 한쪽 팔로 밀어낸 뒤 옆으로 삐져나온 머리카락을 단정하게 넘겼다. 알렉산드라가 잔인하게 웃으며 라키아스에게 말했다.

"괜히 당신만 더 애타게 생겼네요. 뭐 자업자득이니 할 말은 없습니다만."

그 순간 문이 열렸고, 알렉산드라는 태연하게 문가를 쳐다보았다.

하지만 들어온 사람이 너무 예상 밖의 인물이었던 탓에, 하마터면 얼굴이 굳어질 뻔했다.

"……전하."

클레이오였다. 알렉산드라가 아무렇지 않게 물었다.

"여긴 어쩐 일이세요?"

"……그대가 여기 있다고 해서. 걱정돼서 와봤어. 이곳에는 어쩐 일이야?"

"그냥……."

알렉산드라가 그리 기껍지 않은 얼굴로 답했다.

"마지막으로 황후를 한번 보고 싶어서요."

"……그래."

클레이오가 이해한다는 듯 고개를 끄덕인 다음 고개를 옆쪽으로 돌렸다. 그의 눈길은 곧바로 라키아스에게 머물렀다.

라키아스 역시 방금 전 일을 도무지 생각할 수 없을 정도로 태연한 얼굴로 클레이오에게 인사했다.

"3황자 전하를 뵙습니다."

"당숙님께서는 여기 어쩐 일이십니까."

"아실지 모르겠으나 제가 이번 일로 감옥 관리를 임시로 맡게 돼서요. 확인 차 들렀는데 우연히 3황자비 전하와 마주친 것뿐입니다."

"우연히, 마주쳤다고요."

"우연히 그랬습니다."

라키아스는 태연하게 거짓말한 다음 덧붙였다.

"저 안쪽에 있는 여자가 워낙 흉악한 여자라서요. 아시겠지만."

"……."

"황자비 전하께서 깨어나신 지 얼마 되지 않아 몸이 성치 않으실 텐데…… 마침 황자 전하께서 오셨으니 다행이군요. 모시고 가시지요."

"당연히 그럴 겁니다."

클레이오가 삐딱하게 웃으며 대답한 다음 알렉산드라에게로 가까이 왔다. 그런 다음 자연스럽게 그녀를 부축했고, 알렉산드라는 괜찮다는 듯 말했다.

"그 정도로 몸이 안 좋지는 않아요, 전하."

"업고 가려는 걸 겨우 여기에서 멈춘 거야, 렉시. 혹시라도 쓰러지면 어떻게 해."

"……."

알렉산드라가 하는 수 없다는 듯 순순히 그의 뜻에 따랐고, 곧

두 사람이 라키아스의 눈앞에서 사라졌다. 혼자 남은 라키아스는 그제야 가식적인 미소를 집어 던진 다음 얼굴을 구겼다.

"제기랄."

그가 작게 욕지거리를 내뱉는 소리가 감옥 안을 울렸다.

다음 날 재판에서 타르실라는 사형을 선고받았다. 2황자 제너스카라도 살려내기 위해, 황후는 물론이고 코울리즈 가문까지 위험을 무릅쓰고 그를 변호했으나, 타르실라가 제너스카를 황위에 올리기 위해 그런 잔인무도한 짓을 꾸몄다는 것으로 재판이 전개되면서 결국 제너스카 또한 사형을 선고받았다. 집행일은 차주로 결정되었다.

라키아스는 물론이고 클레이오까지 재판에 참석했으나 알렉산드라는 지엔궁에서 휴식하는 것을 택했다. 굳이 끝이 뻔한 일까지 신경 쓸 정도로 머릿속이 깨끗하지 않았기 때문이었다.

본래라면 피해자인 그녀 역시 재판에 참석하여 증언을 해야 했으나, 아직 몸이 성치 않다는 이유로 토마스 2세가 배려해준 덕분이었다.

마찬가지 이유로, 알렉산드라는 타르실라와 제너스카의 사형 집행 또한 참관하지 않았다.

황후가 황제를 암살하려 했던 일로 뒤숭숭했던 황궁은 황후의 사망 이후 다소 잠잠해지는 듯했다. 토마스 2세는 라키아스가 이번 일에 지대한 공을 세웠다고 판단하고 그에게 서남쪽의 해안 지역인 마트릭스 영지를 하사했다.

물론 단순히 그런 이유뿐 아니라 보여주기의 의도도 있었을 것이다. 황권에 충성하면 보상을 받고, 배신하면 죽음으로 응징한다는.

지엔궁에는 수많은 양의 금은보화들이 내려졌다. 아무래도 3황자비라는 알렉산드라의 지위상 영지를 내리는 것은 부적절하다는 판단을 한 듯했다.

물론 알렉산드라가 그런 보상을 위해 토마스 2세를 살리는 것을 택한 것은 아니었기 때문에, 그녀로서는 특별히 상관없는 일이었다.

한편, 소요가 채 가라앉기도 전에 비어버린 황후의 관을 누가 차지하느냐로 황궁은 다시 소란스러워졌다. 하지만 특별한 이유가 없다면 1황자의 친모인 빈첸시아 황비가 황후의 자리를 계승하는 것이 자연스러웠기 때문에 이 문제 또한 별 어려움 없이 넘어갔다.

"그거 들으셨어요? 황후께서 파사궁으로 거처를 옮기셨대요."

엘로웬의 말에 말없이 책장만 넘기던 알렉산드라가 책을 덮었다. 그녀가 고개를 돌려 엘로웬을 불렀다.

"엘로웬."

"네, 황자비 전하."

"책이 재미가 없네요."

알렉산드라가 빙긋 웃으며 자리에서 일어섰다.

"아무래도 도서관에 가야 할 것 같아요."

"제가 반납하고 올까요?"

"아뇨. 마침 날씨도 좋은데 같이 가죠."

"네, 전하. 준비하겠습니다."

엘로웬이 고개를 끄덕인 다음 알렉산드라에게 걸쳐 줄 숄을 가지러 가기 위해 침실 밖으로 나갔다. 그 사이 알렉산드라는 서랍 속에서 백색의 편지 봉투 하나를 꺼내 긴 소매 속에 숨겼다.

이제 슬슬 다음 계획을 시작해야 할 시간이었다.

2

First Love

지난번의 사건 이후 토마스 2세와 가까워진 알렉산드라는 종종 중앙궁에서 저녁 식사를 같이했다. 물론 남편인 클레이오와 함께였다.

이를 두고 일각에서는 클레이오가 황태자로 책봉되는 것 아니냐는 말도 돌았지만, 토마스 2세는 아직 후계자에 대해서는 그 어떠한 의견도 밝히지 않고 있었다. 도대체 자기 뒤를 이을 사람이 필요하긴 한 건지 의문인 부분이었다.

"식사는 좀 입에 맞느냐, 황자비?"

조용히 스테이크만 썰고 있는데 토마스 2세가 알렉산드라에게 물어왔다. 알렉산드라는 엷은 미소를 띤 얼굴로 답했다.

"훌륭합니다, 폐하. 중앙궁 요리장의 솜씨가 일품이군요."

"당연히 그래야지. 입에 맞는다니 다행이구나."

토마스 2세는 이번에는 클레이오에게 시선을 준 다음 똑같은 질문을 던졌다.

"3황자, 너도 입에 맞느냐?"

"입에 맞다마다요. 감사합니다, 폐하."

두 사람의 호평에 토마스 2세는 의기양양한 표정을 지었다. 그 모습을 바라보던 알렉산드라가 다시 접시 위에 담긴 스테이크로 시선을 내린 다음 느릿하게 입을 열었다.

"요즘 평안하게 지내고 계신가 모르겠습니다, 폐하."

질문의 형식을 띠었으나, 알렉산드라는 토마스 2세가 답을 할 시간도 주지 않은 채 자신이 먼저 말해버렸다.

"하긴, 평안하시겠지요. 자애로우신 황비께서 파사궁의 주인이 되셨으니 말입니다."

"뭐, 적어도 내궁 일은 문제없게 굴러가게 되었으니 다행이지."

"……."

묘한 뜻이 담긴 말에 알렉산드라가 저도 모르게 칼질을 멈추었다.

알렉산드라가 천천히 토마스 2세에게로 시선을 옮기며 말했다.

"……황후 폐하께서 들으시면 서운하시겠습니다."

"왜 그렇게 생각하느냐."

"그분을 사랑하여 황후의 관을 내리신 게 아니라는 것처럼 들려서요."

"뭐, 아주 틀린 말은 아니구나."

토마스 2세가 아무렇지 않게 대답했다. 너무나도 순순히 인정한 탓에 알렉산드라는 당황했고, 클레이오는 더 당황했다.

토마스 2세가 히죽 웃으며 두 사람을 향해 물었다.

"옛날이야기 하나 해주랴?"

"옛날이야기라뇨, 부황 폐하?"

"아주 까마득하게 오래된 이야기란다. 내가 황태자 시절일 적이니 25년도 넘은 이야기지."

토마스 2세가 회한에 잠긴 표정을 지으며 이야기를 시작했다. 알렉산드라가 예상했듯 그의 첫사랑인 샤를리즈 레이라 엘 로지아스에 대한 이야기였다. 그녀는 이미 라키아스에게 들어 알고 있었지만, 클레이오에게는 처음 들어보는 이야기일 터였다.

이야기를 다 들은 알렉산드라는 짐짓 놀란 표정을 지었고, 클레이오는 어쩐지 떨떠름해 했다. 어쨌든 친부의 첫사랑이 죽은 매저리 2황비가 아니니 당연한 반응이리라. 하지만 토마스 2세는 두 사람의 반응과는 상관없이 쓸쓸한 표정을 계속 고수하며 말했다.

"그녀를 다시 볼 수만 있다면 뭐든 다 할 수 있을 것 같아."

"……."

확실한 건 아들과 며느리 앞에서 하기에는 부적절한 화제였다. 하지만 황제는 무치라고, 그런 그의 행동에 이의를 제기할 수 있는 사람은 아무도 없었다.

✺

"내 첫사랑은 그대야."

식사를 마치고 정찬실에서 나오는데, 클레이오가 뜬금없이 이런 소리를 했다. 알렉산드라가 의아한 얼굴로 물었다.

"네?"

"내 첫사랑은 그대라고."

"왜 갑자기 그런 말씀을 하세요?"

알렉산드라가 영문을 모르겠다는 목소리로 묻자, 클레이오가 대답했다.

"나는 나중에 우리 아이들에게 저런 이야기를 들려주지 않을 거라는 말이야."

"……."

"대신 우리가 처음 만났던 이야기를 들려주겠지."

"……좋네요."

별로 좋지 않았다.

순간 이 남자와 낳게 될 아이라는 걸 생각해 버렸으니까.

젊은 부부 치고 부부 관계가 그리 잦은 편이 아니었기 때문에 별 생각을 하지 않고 있었지만, 알렉산드라는 혹시라도 아이를 가지게 되면 무슨 수를 써서라도 지워 버릴 심산이었다.

그게 아이와 그녀 자신에게 모두 이로운 일이라고 믿었으니까.

증오하는 남자의 아이를 사랑 없이 품는 것도 피차 끔찍한 일이 겠지만, 태어나고 보니 제 어미가 아비를 증오한다는 사실을 알게 되는 것처럼 끔찍한 일이 또 있을까. 알렉산드라가 아랫입술을 윗니로 잘근 깨물며 말없이 지엔궁을 향해 걷기 시작했다.

그다음 날 알렉산드라는 라키아스를 지엔궁으로 불렀다.

늘 행동거지에 신중했던 그녀가 이토록 대범하게 행동할 수 있었던 까닭은 순전히 지난번 일 때문이었다. 그때의 일로 두 사람이 친해졌다는 명분을 얻게 된 것이었다.

"황자비 전하, 오르누스 공작 전하께서 드셨습니다."

라키아스가 이토록 빠르게 그녀의 부름에 답할 수 있었던 까닭은 그가 거처를 옮겼기 때문이었다.

지난 일의 공로를 인정받아 라키아스가 토마스 2세로부터 하사받은 것은 영지뿐만이 아니었다. 토마스 2세는 라키아스에게 황성에 있는 황실 소유의 대저택까지도 내려주었다.

여담이지만 귀족 회의에서 그의 좌석은 황제의 우측으로 완전히 굳어졌다. 코울리즈 공작이 지난번 일에 연루되어 유배를 간 탓에 그리 어렵지 않은 일이었다. 어쨌든 이 두 가지 사례 모두 라키아스에 대한 토마스 2세의 총애를 단적으로 보여주었다.

"3황자비 전하를 뵙습니다."

"어서 오세요, 공작 전하."

평소처럼 인사는 정중하게 한 라키아스가 알렉산드라를 향해 장난스러운 인사를 던지려는데, 누군가가 그의 시야에 들어왔다.

있을 거라고 생각지도 않았던 불청객의 존재에 라키아스는 눈매를 굳혔다.

"오랜만에 뵙습니다, 당숙님."

클레이오도 함께였다. 라키아스는 알렉산드라가 자신만 부르지 않은 것에 대해 엄청난 불만을 느꼈으나, 그렇다고 여기서 당장 '왜 나만 부르지 않았냐'고 따질 수도 없는 노릇이었다. 그는 하는 수 없이 클레이오에게도 짤막하게 인사한 뒤 알렉산드라의 맞은편에 앉았다.

유감스럽게도 알렉산드라의 옆은 이미 클레이오가 차지한 뒤였다. 라키아스는 순간 알렉산드라의 비어 있는 왼편으로 가 앉을 생각까지 했지만, 그랬다가는 알렉산드라가 가자미눈을 뜨고 저를 째려볼 게 뻔했다. 상상은 상상으로만 끝내기로 했다.

"부르셨다고 들었습니다."

"이유는 알고 있을 텐데요, 오르누스 공작님."

알렉산드라가 아무렇지 않은 얼굴로 입을 열었다.

"3황자 전하께 레이디 샤를리즈에 관한 이야기는 설명해 드렸습니다."

"이런."

라키아스는 어쩐지 언짢은 듯한 기분을 느끼며 대꾸했다.

"그러셨군요."

"그러니 그때 편, 아니 말씀하셨던 여인에 대해 말해 보세요."

'편지에서 말씀하셨던'이라고 말하려던 알렉산드라가 얼른 방향을 틀었다. 클레이오는 알렉산드라와 라키아스가 서신을 주고받는 것까지는 모르고 있었다. 앞으로도 몰라야만 했고.

그것을 눈치챈 라키아스가 당황해하는 기색 없이 답했다.

"샤를리즈를 닮은 여자를 찾았습니다, 전하."

"어디서요?"

"쉬드린프 지방에서 찾았습니다. 알고 보니 그 옆에 있는 슬로터 남작령에서 지내고 있더군요."

"슬로터 남작의 딸인 겁니까, 설마?"

"다행스럽게도 귀족 출신이었습니다. 거의 망해가긴 하지만요."

라키아스가 여전히 알렉산드라에게만 시선을 주며 말했다.

"전하, 알고 계시겠지만 지금 황후를 견제할 수 있는 방법은 그 여자뿐입니다."

"그 여자를 하루빨리 황성으로 불러와야 합니다."

알렉산드라가 낮은 목소리로 말했다.

"지체할 수 없어요. 황후와 이가렐 가문이 합세해서 1황자를 황태자로 올리자 주장이라도 하고 나서면 일이 골치 아파지니까요."

"동감입니다, 전하."

라키아스가 고개를 끄덕인 다음 다시 물었다.

"어떻게 할까요?"

"슬로터 남작의 딸이라는 그 여자를 지엔궁으로 불러주세요, 공작 전하. 그 뒤는 제가 알아서 하겠습니다."

"……정확히 무슨 계획인 거야, 렉시?"

그때, 가만히 듣고만 있던 클레이오가 끼어들어 물었고, 알렉산드라는 잠깐 주저하다 답했다.

"제가 그간 겪은 게 맞다면, 황후는 황제 폐하를 사랑해요."

그건 회귀 전부터 느껴왔던 것이었다. 빈첸시아는 토마스 2세를 사랑했다. 어리석게도 황제를 황자의 아버지가 아닌 남편으로 본 것이다. 뭐, 회귀 전의 자신도 그랬으니 비난할 수는 없었지만.

"첫사랑을 똑 닮았다는 그 여자를 황제 폐하의 정부로 들인다면 분명 우리 쪽에 유리한 반응이 올 겁니다."

"하지만 과연 그 여자가 미끼를 물까?"

"물게 만들어야죠. 그리고 물 겁니다."

알렉산드라가 자신 있게 대답했다.

"황후가 저를 죽이겠다고 드는데 우리 손을 과연 안 잡을까요? 우리의 목적이 어찌 되었든, 일단은 살고 봐야 하니 무조건 우리

쪽으로 붙을 겁니다."

"만약 정부가 되었다고 해도, 아이라도 낳는다면 골치가 아파져. 사생아긴 해도…… 혹시 모르잖아."

"그 부분은 나중에 생각해도 충분해요, 전하."

알렉산드라가 굳이 벌써부터 고민할 필요 없다는 듯 클레이오를 향해 다정하게 미소를 지어 보이며 답했고, 그 모습을 지켜보던 라키아스는 저도 모르게 오른손을 세게 말아 쥐었다.

손바닥에 깊게 손톱자국이 났다.

"그럼 그렇게 알고 있도록 하겠습니다."

더 못 견디겠다고 판단했는지, 라키아스가 서둘러 자리에서 일어났고, 그 모습을 알렉산드라가 빤히 바라보았다.

라키아스는 약식으로 인사를 마친 다음 응접실에서 서둘러 나갔고, 그 모습을 본 클레이오가 괜히 못마땅한 표정으로 물었다.

"무슨 급한 일이라도 있는 건가?"

"……모르죠."

알렉산드라가 대충 대답해 버렸다.

"급한 일이 있는 걸지도."

라키아스는 빠르게 일을 처리했다. 그로부터 일주일 후, 슬로터 영애가 지엔궁에 도착했으니까.

"황자비 전하, 슬로터 영애가 당도했습니다."

드네리스의 말에 책을 읽고 있던 알렉산드라가 빠르게 책장을 덮은 다음 물었다.

"어디 있나요?"

"응접실에 모셔두었습니다."

"귀한 손님이랍니다. 잘 모셔야 할 텐데요."

"염려 마세요, 전하. 레이디 엘로웬이 직접 시중을 들고 있습니다."

그 말에 알렉산드라가 고개를 끄덕인 다음 자리에서 일어섰다. 응접실까지 가는 그녀의 가슴이 두근두근 떨려오기 시작했다.

슬로터 영애가 미끼를 제대로만 물어준다면 황비를 몰락시키는 것은 어렵지 않았다. 알렉산드라는 그렇게 믿고 있었다.

"3황자비 전하께서 드십니다."

그 말에 문 안에서 시끄럽게 의자를 뒤로 끄는 소리가 들렸다. 알렉산드라가 눈살을 찌푸렸다.

남작 영애라더니, 기본적인 교양조차 제대로 습득하지 못한 건가?

그녀는 마뜩잖은 감정을 애써 숨기며 응접실 안으로 들어섰다.

"화, 황자비 전하를 뵙습니다. 레예스에 영광을."

알렉산드라의 두 눈에 들어온 사람은 백금색의 머리카락에 에메랄드를 닮은 눈동자를 가진 젊은 여자였다. 그녀는 슬로터 영애가 눈치채지 못할 정도로 빠르고 은밀하게 그녀의 전신을 훑었다.

그리 좋은 형편에서 자라지 않았다는 사실을 보여주듯, 슬로터 영애의 드레스는 화려한 쪽과는 거리가 멀었다.

알렉산드라는 앞으로 신경 쓸 부분이 한두 군데가 아니겠다고 생각하며, 일단은 반갑게 그녀를 맞아주었다.

"어서 오세요, 슬로터 영애. 지엔궁에 방문한 것을 환영합니다."

그녀가 우아하게 손을 내밀어 자리를 권했다.

"일단 앉으세요. 손님을 세워둘 수야 없지요."

알렉산드라는 그런 다음 엘로웬에게 부드럽고 따뜻한 밀크티와 딸기 파르페를 가져다줄 것을 요청했다. 다과가 나오기 전에, 알렉산드라는 어색한 분위기를 풀기 위해 대화를 시도했다.

"이런, 내 정신 좀 봐. 그러고 보니 영애의 이름도 물어보지 않았네요."

"아."

그제야 슬로터 영애가 자신을 소개했다.

"소개가 늦었습니다, 3황자비 전하. 슬로터 가문의 샤를레타 포이베 로 슬로터라고 합니다."

"……."

알렉산드라는 하마터면 입 밖으로 실소를 터뜨릴 뻔했다.

이름마저 '샤를레타'라니. 정말 샤를리즈의 환생이라도 되는 것일까. 하긴 저도 회귀까지 했는데 환생이라고 못할 리 없었다.

하지만 어느 쪽이든 상관없다고 생각하며, 알렉산드라는 단아한 표정으로 웃어 보였다.

"아름다운…… 이름이네요."

"예쁘게 봐주시니 감사합니다."

"나이는 몇이고요?"

"저번 달에 스물여섯 살이 되었습니다, 황자비 전하."

스물여섯 살이라. 알렉산드라가 속으로 중얼거렸다. 자신이 회귀 전 처형당했을 때의 나이였다.

알렉산드라는 저도 모르게 슬그머니 인상을 썼다. 스물여섯이라면 토마스 2세가 기억하고 있을 샤를리즈의 마지막 모습과는 나이 차이가 조금 났다.

하지만 어쨌든 중요한 건 샤를레타가 샤를리즈와 닮았다는 사실이었으니까. 알렉산드라는 지나친 욕심을 가지지 않기로 했다.

그때 엘로웬이 다과를 들고 들어왔다. 거대한 딸기 타르트가 테이블의 중앙에 놓여 졌는데, 샤를레타는 엘로웬이 나가자마자 그것을 다소 품위 없이 집어 먹는 모습을 보였다.

알렉산드라는 행동거지 또한 교정이 필요할 듯하다고 생각하며 속으로 한숨을 내쉬었다. 어찌 되었든 그런 것들은 모두 부차적인 문제였다.

"레이디 샤를레타."

알렉산드라가 부른 자신의 이름에 샤를레타가 입가에 묻은 타르트 부스러기를 털어내며 그녀를 빤히 쳐다보았다. 알렉산드라는 여전히 입가에 미소를 잃지 않는 얼굴로 샤를레타에게 물었다.

"내가 왜 그대를 이곳 지엔궁까지 불렀는지."

"……."

"궁금하지 않나요?"

"궁금합니다."

"내가 영애를 이곳까지 부른 건, 내게 시녀가 필요해서랍니다."

"전하의 시녀요?"

샤를레타가 자못 놀란 모습으로 물었다.

"누굴요? 설마 저를요?"

"왜요."

알렉산드라가 나지막하게 웃었다.

"믿기지 않나 보지요?"

"하지만 저 같은 게 어떻게 감히 전하의 시중을……."

"그런 말 말아요, 레이디 샤를. 저 또한 나름대로 조사를 거쳐 영애를 불러들인 것이니까요."

무엇보다도 샤를리즈를 닮았고 말이야. 알렉산드라가 속으로 말을 삼켰다.

이 이야기는 굳이 꺼내지 않는 게 좋았다. 사람은 어떤 사실을 알게 되면 저도 모르게 그 사실을 입 밖으로 꺼내기 마련이었으

니까.

더구나 그녀는 샤를레타를 믿지 않았다.

그런 여자에게 충분한 신뢰도 형성되지 않은 상대에게 자칫 목을 옭아맬 정보를 냉큼 알려줄 수는 없잖은가.

알렉산드라가 태연하게 거짓말을 했다.

"우연히 슬로터 가문에 관한 이야기를 들었답니다. 슬로터 가문의 가세가 영애가 어릴 적부터 급속도로 기울고 있다지요? 그래서 그 늦은 나이까지 결혼을 하지 못하고 있는 것이고요. 더구나 얼마 전부터는 부채가 감당이 되지 않아 웬 탐욕스러운 평민 출신의 거부에게 유서 깊은 성까지 넘어갈 위기에 처했다고요."

"……그렇습니다."

다소 민감하고 개인적인 이야기라고 생각했는지 샤를레타의 얼굴이 민망함으로 굳어졌다.

알렉산드라는 그 모습을 무시한 다음 자애로운 척 말을 계속했다.

"그래서 내가 혹시 도움을 줄 수 있는 게 없는지 생각했어요. 난 평민이 감히 고귀한 귀족의 성을 차지해서는 안 된다고 생각하거든요. 더구나 영애의 고조부셨던 그레고리 경은 100년 전에 있었던 튤립 전쟁에서 레예스를 위해 혁혁한 공까지 세우신 걸로 알고 있습니다."

"감사합니다, 전하. 전하께서 제 고조부님의 이름을 알고 계실 줄은 몰랐어요. 작고하신 고조부님께서도 분명 기뻐하실 거예요."

"그렇다면 다행이고요."

우아하게 미소 지은 알렉산드라가 계속 말했다.

"어쨌든 그래서 저는 영애와 슬로터 가문을 도울 방법을 생각해 보았어요. 물론 귀족으로서의 자존심을 해치지 않는 선 안에서요."

이유 없이 무조건적인 지원을 베푸는 것은 상대로 하여금 의심을 사게 할 수 있었다. 알렉산드라는 그것을 가장 경계했다.

"내 시녀가 되어주세요, 레이디 샤를레타. 보수는 넉넉하게 주겠습니다. 그 돈이면 아마 성이 외부인에게 넘어가는 일만큼은 피할 수 있을 거예요."

알렉산드라가 아무렇지 않게 말을 이었다. 마치 그녀가 지금 내거는 제안이 모두에게 도움이 되는, 의심의 여지가 없을 정도로 완벽한 계약이라는 사실을 각인시키려는 것처럼.

"감사합니다, 전하. 이 은혜를 어떻게 갚아야 할지……."

"그렇게 생각할 필요는 없답니다, 영애. 돕고 살아야지요. 더구나 과거 레예스를 위해 싸워 주었던 충실한 기사의 혈통이라면 더더욱."

"정말 감사합니다, 전하. 시키는 일이 무엇이든 열심히 하겠습니다."

"제안을 받아들여 주어 저 또한 고맙습니다, 영애. 실은 영애가 제 제안에 불쾌해할까 봐 걱정도 조금…… 되었거든요."

"불쾌라니요, 전하. 가당치도 않은 말씀이세요."

샤를레타가 대놓고 기뻐하며 알렉산드라에게 말했다.

"언제부터 제가 일하기를 원하시는지는 모르겠지만, 당장 오늘부터라도 지엔궁에 상주하며 전하를 보필할 수 있습니다."

"그럼 저야 좋지요."

알렉산드라가 빙긋 웃으며 샤를리즈에게 말했다.

"아까 영애의 시중을 들었던 엘로웬이 영애에게 이곳에서 지켜야 할 규범에 대해 잘 알려줄 거예요. 그리 어려울 것은 없으니 너무 걱정하지 말고요."

"네, 전하. 감사합니다."

이야기가 모두 끝나자, 알렉산드라는 엘로웬을 불렀다.

구석 쪽에 서 있던 엘로웬이 쪼르르 그녀에게 다가왔다.

"네, 전하."

"레이디 샤를레타의 교육을 엘로웬에게 맡기고 싶은데, 어떻게 생각하나요?"

"그렇게 하겠습니다, 전하."

정중하게 대답한 엘로웬이 이내 샤를레타에게 시선을 옮긴 다음 말했다.

"레이디 샤를레타, 저를 따라오세요."

"아, 네!"

샤를레타가 벌떡 자리에서 일어난 다음, 하마터면 잊어버릴 뻔했다는 것처럼 허둥지둥 알렉산드라에게 인사했다.

샤를레타가 응접실 밖을 나가자마자, 알렉산드라는 계획 하나를 완수해 기뻐하면서도 다소 피곤한 얼굴로 마레타에게 말했다.

"햇볕을 좀 쬐고 싶네요. 산책을 가야겠어요."

따뜻한 날씨를 만끽하며 지엔궁의 후원에 가득 핀 페리윙클 꽃의 아름다움을 즐기던 알렉산드라는, 문득 꽃과 함께 시야에 잡힌 익숙한 남자의 모습에 저도 모르게 그를 불렀다.

"오르누스 공작 전하."

알렉산드라의 입가에 자연스러운 호선이 그어졌다. 하지만 알렉산드라가 부르는 소리를 들었는지 못 들었는지, 라키아스는 그녀에게 시선을 주지 않았다. 그 모습을 본 알렉산드라가 슬쩍 미간을 좁힌 다음 다시 그를 불렀다.

"오르누스 공작 전하?"

하지만 여전히 반응이 없었다. 분명 그녀의 목소리를 듣지 못할 거리는 아니었다. 그렇다면 의도적으로 무시하고 있는 것이 틀림없었다.

생각이 거기에까지 미치자, 알렉산드라는 순간적으로 화가 치솟아 라키아스가 있는 쪽까지 성큼성큼 걸어갔다. 그녀가 다소 신경질적인 목소리로 그를 붙잡았다.

"사람이 부르면 적어도 들은 척은 하는 것이 예의라고 배우지 않았던가요?"

"……"

라키아스는 그제야 알렉산드라를 돌아보았다. 평소와는 다르게 장난기 넘치는 표정은 아니어서 알렉산드라는 다소 당황했으나, 속으로 그런 감정을 감추었다. 대신 아무렇지 않게 질문했다.

"무슨 일이 있습니까?"

"……일이야 항상 있지."

"무슨 일요."

"이를테면……."

라키아스가 평소보다 낮아진 눈빛으로 알렉산드라의 어깨를 타고 흘러내리는 붉은 머리카락을 귀 뒤로 넘겨주었다. 그 행동으로 갑작스럽게 그의 체취가 느껴져, 알렉산드라는 이번만큼은 당황한 듯 눈썹을 찡그렸다.

"내 여왕님께서 나를 자꾸 보아주지 않으신다든가."

"……당신은 꿈이 너무 커."

"꿈이란 크라고 있는 것이지."

"그때도 갑자기 나가버리더니."

알렉산드라가 못마땅한 목소리로 물었다.

"설마 애처럼 삐지기라도 한 겁니까?"

"기다리는 것도 점점 지쳐서 말이야."

"철없이 굴지 말아요, 라키아스. 지금 나더러 3황자비의 지위를 무시하고 행동하라는 겁니까?"

"아니, 아니야."

라키아스가 고개를 저으며 말했다.

"그대는 지금 완전히 잘못 생각하고 있다고."

"……무슨 뜻입니까."

"당신이 지금 내게 키스해주길 바라는 게 아니야. 지금 당장 빌어먹을 당신 남편을 버리고 내 저택으로 오라고 요구하는 것도 아니지."

"그럼?"

"당신 마음이 조금도 날 향하지 않고 있잖아."

라키아스가 슬픈 눈으로 알렉산드라를 응시하며 덧붙였다.

"다른 무엇보다 그게 가장 견딜 수가 없어."

"……."

"중요한 건 마음이지. 마음만 내게 준다면 내 인내심은 바닷물보다도 무한해. 3황자가 제위에 오르기까지가 아니라, 그 이상의 시간도 나는 기다릴 수 있다고."

"난……."

알렉산드라가 오른쪽 입꼬리를 실룩이며 말했다.

"난 생각해 본 적 없습니다, 라키아스. 분명 말했잖아요. 내게는 그런 여유 따위 없다고."

"그게 굳이 진지하게 생각해야 얻어낼 수 있는 답은 아닐 텐데."

"……."

옳은 말이었기 때문에 알렉산드라는 대답하지 않았다. 아니, 어쩌면 그녀는 피하고 있었던 것이다.

그에게 자신의 마음에 대해 깊이 생각해보고, 그 결과를 전하는 것을.

그를 사랑하게 되는 건 있어서는 안 될 일이었고, 자신을 사랑한다는 그를 사랑하지 않는 것 또한 있어서는 안 될 일이었으니까.

알렉산드라가 결국 힘을 빼고 물었다.

"갑자기 이런 모습을 보이는 까닭이 뭡니까."

"내가 지나치게 많이 기다려 주었던 거야."

라키아스가 나직하게 대답했다.

"그때 3황자와 있을 때, 그런 생각이 들었어."

"당신이 나를 포기하면 가장 빨리 해결되는 일일 텐데."

"그걸 바라나? 정말로? 내가 당신을 사랑하지 않기를 원해?"

"……."

"만약 그렇다면…… 그날 밤 나를 안았을 때도 일말의 마음조차 없었나?"

그건 아니었다. 그때는 분명 반쯤은 죄책감이었고, 반쯤은 그와 자고 싶었으니까. 하나의 이유로 정의 내릴 수 있었던 일이 아니었다. 하지만 그렇다면, 그때는 왜 그와 자고 싶었을까?

알렉산드라가 입술을 꾹 깨물었다. 사실 답은 이미 어렴풋이 알고 있었는데, 그냥 입 밖으로, 생각 밖으로 꺼내지 않았을 뿐이다.

무서워서.

그렇게 되면 정말 자신의 어렴풋한 마음을 인정해 버릴 것만 같아서.

"……."

그래서 알렉산드라는 일단은 지금의 상태를 유지하기로 했다. 언젠가 그 어렴풋한 마음이 더 진해져서 그녀를 곤란하게 만들지도 몰랐지만, 적어도 아직까지는 괜찮았으니까. 아직까지는.

"가끔 보면 지나치게 거짓말을 못 할 때가 있어."

라키아스가 묘한 미소를 지어 보인 다음 알렉산드라의 손등에 키스를 남겼다. 그런 다음 한동안 그녀를 빤히 쳐다보다가, 어느 순간 조용히 몸을 돌려 그녀로부터 멀어져갔다.

"……."

알렉산드라는 착잡한 얼굴로 말없이 그의 뒷모습을 지켜보아야만 했다.

침실로 돌아온 알렉산드라는 다소 피곤한 얼굴이었다. 낮잠을 자기 위해 네글리제로 갈아입으려는 그녀에게 페넬로페가 다가와 말했다.

"6시에 깨워 드릴게요, 전하."

"6시?"

알렉산드라가 미간을 좁히며 말했다.

"깨우지 말아줘, 페니. 저녁을 거르는 한이 있더라도."

"그럴 수 없어요, 전하."

"어째서?"

"저녁에 황제 폐하와 정찬 약속이 있어요."

아, 그랬었지.

알렉산드라가 잊고 있었다는 듯 인상을 찡그렸다.

아무래도 낮잠을 자는 것은 포기해야 할 듯싶었다.

알렉산드라가 페넬로페에게 말했다.

"그 자리에 샤를레타를 데려갈 거야. 준비해줘, 페니."

"엘로웬에게 말해 둘게요."

대답을 마친 페넬로페가 잠시 후에 물었다.

"그런데 정말 레이디 샤를레타가 황제 폐하의 눈에 들 수 있을 거라고 생각하세요?"

"들 거야."

알렉산드라가 확신에 찬 목소리로 답했다.

"남자는 첫사랑을 못 잊는 법이니까."

더구나 그 상대가 제 딴에는 억울하게 죽기까지 했다면, 말할 것
도 없지.

"황제 폐하, 3황자 내외께서 드십니다."

클레이오와 알렉산드라보다 먼저 정찬실에 와 있었던 토마스 2
세는 시종의 말에 나른하게 웃으며 말했다.

"어서 안으로 들이도록 해라."

"네, 폐하."

곧이어 문이 열리고 알렉산드라가 클레이오의 팔짱을 낀 채로
들어왔다. 그 다정한 모습을 본 토마스 2세가 흡족한 얼굴로 말
했다.

"너희 두 사람은 참 금실이 좋아 보이는구나."

"황공합니다, 폐하."

과찬이라는 듯 얼굴을 붉힌 알렉산드라가 클레이오와 함께 정
찬실의 식탁에 마주 앉았다. 클레이오가 알렉산드라를 빤히 쳐다
보았고, 그녀는 너무 걱정하지 말라는 듯 고개를 끄덕인 뒤 작게
웃어 보였다. 그 모습을 본 다음에야 클레이오는 안심한 얼굴로
토마스 2세에게 말할 수 있었다.

"이렇듯 자주 부황 폐하와 정찬을 가지니 저로서는 아주 기쁠

따름입니다."

"나 또한 그렇다, 3황자. 아무래도 내가 늙은 모양이야. 나이가 드니 혼자 식사를 하는 것조차 그리 당기지가 않는구나."

"자주 저희와 정찬을 드시지요, 부황 폐하."

식탁 위의 공기가 화기애애해졌고, 알렉산드라는 식사가 파장 분위기에 이를 때까지 부드럽게 미소를 지으며 클레이오의 말에 적당히 맞장구만 쳤다. 그러다 디저트로 블루베리가 박힌 생크림 케이크가 나왔을 때, 알렉산드라는 진짜 하고 싶었던 말을 꺼냈다.

"폐하, 실은 제가 폐하를 위해 준비한 선물이 있답니다."

"선물?"

토마스 2세가 흥미롭다는 표정을 지어 보이자, 알렉산드라가 고개를 끄덕이며 답했다.

"네, 폐하. 이렇듯 자주 정찬에 초대도 해주시고 하니, 저 또한 폐하께 약소하나마 보답을 드리고 싶어서 말입니다."

"뭘 그런 것 가지고."

그렇게 말하면서도 토마스 2세는 어쩐지 흡족해 보이는 표정이었다. 그가 물었다.

"선물이 무엇이냐?"

알렉산드라가 빙긋 웃으며 시녀에게 들어오라고 명령했고, 곧이어 정찬실 안의 문이 열렸다. 알렉산드라는 두근거리는 마음으로 정찬실에 들어서는 샤를레타를 쳐다보았다.

백금색의 머리카락에 에메랄드를 고대로 박아 넣은 듯한 눈동자. 무엇보다 그녀는 생전 샤를리즈가 즐겨 입었다는 자주색 드레스를 입고 있었다.

쨍그랑!

날카로운 소리가 들려왔다. 알렉산드라와 클레이오 두 사람의 시선이 전부 토마스 2세에게로 향했다.

그는 들고 있던 포크를 바닥으로 떨어뜨린 채 새하얗게 질린 얼굴로 샤를레타를 쳐다보고 있었다. 마치 귀신이라도 보는 듯한 얼굴에, 알렉산드라가 속으로 조소를 지었다.

"레이디 샤를, 황제 폐하께 선물을 가져다드리세요."

알렉산드라가 부드러운 목소리로 지시했고, 샤를레타는 크라바트가 담긴 상자를 토마스 2세에게 내밀었다.

하지만 토마스 2세는 이미 선물은 안중에도 없는 얼굴로 샤를레타의 얼굴에만 시선을 집중한 채였다. 알렉산드라는 속으로 웃음이 터져 나오려는 것을 간신히 참으며 토마스 2세에게 말했다.

"폐하, 제 시녀 아이의 팔이 떨어지겠습니다."

"너……."

토마스 2세가 얼빠진 목소리로 샤를레타에게 물었다.

"샤를이 맞느냐?"

"네……?"

샤를레타가 당황한 얼굴로 알렉산드라를 쳐다보았다. 알렉산드라 역시 짐짓 당황스러운 얼굴을 한 채 토마스 2세를 불렀다.

"폐하?"

"부황 폐하, 왜 그러십니까."

클레이오도 한마디를 거들었지만, 토마스 2세는 여전히 패닉에 빠진 듯한 얼굴이었다. 그가 떨리는 손으로 샤를레타의 손을 거머쥐었고, 갑작스러운 행동에 샤를레타는 더더욱 당황한 얼굴로 알렉산드라와 황제를 번갈아 보았다. 알렉산드라는 하마터면 웃음이 나올 뻔했지만, 간신히 참은 채 토마스 2세에게 말했다.

"폐하, 그리하시면 제 시녀가 놀란답니다."

"아……."

그 말을 들은 토마스 2세가 그제야 힘없이 샤를레타의 손을 놓았다. 샤를레타는 당황했는지 토마스 2세에게 크라바트만 건네주고선 도망치듯이 그 자리를 빠져나왔다. 샤를레타가 나간 뒤에야 알렉산드라는 짐짓 모르는 척 토마스 2세에게 말을 걸었다.

"폐하, 제 선물이 마음에 드시나요?"

"……황자비."

토마스 2세가 굳은 얼굴로 알렉산드라를 불렀고, 알렉산드라는 나긋한 목소리로 답했다.

"네, 폐하."

"저 시녀, 못 보던 아이인데."

"아."

알렉산드라가 천연덕스럽게 답했다.

"오늘 새로 입궁한 아이랍니다. 사정이 딱해 제가 시녀로 데리고 있을 작정이에요."

"사정이 딱하다니?"

"말씀드리기가 퍽 복잡합니다만…… 요약하자면 저 아이의 부친이 탐욕스러운 평민에게 강제로 성을 빼앗길 위기에 처해서요. 귀족된 도리로서 가만히 보고 있을 수만은 없어 제가 조금이라도 도움을 주려 합니다."

말을 마친 후, 알렉산드라는 잠깐 토마스 2세의 눈치를 보다 물었다.

"혹 제가 잘못한 건가요?"

"……아니, 아니다."

토마스 2세가 가만히 고개를 저었다. 그러다 잠시 후에, 토마스 2세가 다시 알렉산드라를 불렀다.

"황자비."

"네, 폐하?"

알렉산드라는 그가 무슨 이야기를 꺼낼지 대충 짐작하고 있었다. 부디 오늘, 이 자리에서 그 이야기가 나왔으면 하는 바람이었다.

그녀가 느긋하게 마음먹자고 생각하며 토마스 2세에게 말했다.

"말씀하시지요, 폐하."

"저 아이."

토마스 2세가 떨리는 목소리로 물었다.

"내게 줄 수 없겠느냐?"

"레이디 샤를레타, 3황자비께서 드십니다."

문이 열리며 알렉산드라가 샤를레타의 침실 안으로 들어왔다. 목욕 준비를 위해 나이트가운만 입고 있던 샤를레타는 의아한 표정으로 알렉산드라에게 인사했다.

"3황자비 전하를 뵙습니다."

알렉산드라는 그런 샤를레타의 모습을 한번 흘긋 쳐다보다가 물었다.

"목욕 준비를 하고 있었나 보군요."

"네, 전하."

"바쁘지 않다면 잠깐 나와 이야기를 좀 나눌 수 있을까요?"

"물론입니다, 전하."

샤를레타가 응접용 테이블에 앉았고, 알렉산드라는 그녀를 마주 본 상태로 앉았다. 무슨 말을 하려고 이 늦은 시각에 자신의 침실을 방문한 건지. 샤를레타는 조금도 짐작할 수 없었다.

"군이 이야기를 질질 끌 필요는 없으니 본론만 이야기할게요, 샤를레타."

"네, 전하."

"황제 폐하께서 영애를 원하고 계십니다."

그 한마디에, 샤를레타는 순간 머리를 세게 얻어맞은 듯한 표정을 지었다. 잠시후 그녀가 믿기지 않는다는 목소리로 물었다.

"폐하께서요?"

"그렇답니다."

알렉산드라가 빙긋 미소 지으며 말했다.

"영애의 아름다움이 폐하의 마음을 기쁘게 해 드린 모양이에요. 정찬이 마무리될 즈음에 제게 폐하께서 영애를 주면 안 되겠느냐고 물어보시더군요."

"아……."

생각지도 못한 일에 샤를레타는 매우 당혹스러운 모습이었다.

알렉산드라는 그녀에게 선택의 여지가 충분하다는 것처럼 다정한 목소리로 말했다.

"물론 영애께서 싫으시다면 거부하셔도 상관은 없답니다."

"하지만……."

"하지만 만약 받아들이신다면, 그래서 폐하의 은총을 받게 된다면……."

알렉산드라가 우아하게 미소 지으며 말을 맺었다.

"그때는 영애에게 상상도 하지 못할 부와 권력이 주어지게 될 거예요. 모두가 얻고 싶어서 안달복달하는 기회이지요. 누구에게든 쉽게 주어지기 어려운 일이랍니다."

"……."

"그럼 고향 집의 돈 문제쯤이야 하잘것없는 문제가 되지요. 운이 좋다면 작위를 받을 수도 있겠군요."

"그럼 전하께서는…… 제가 폐하의 정부가 되기를 바라시는 건가요?"

샤를레타의 질문에 알렉산드라가 낮게 웃음을 터뜨렸다.

"저와는 아무런 상관이 없는 이야기랍니다. 영애의 성공이 제게 가져다줄 이득 같은 건 전혀 없어요. 상식적으로, 그렇지 않을까요?"

물론 사실은 이것과 많이 달랐지만. 일단 알렉산드라에게 있어 샤를레타는 존재 자체로 도움이 되는 사람이었으니까.

물론 시골뜨기 영애인 샤를레타가 이 사실을 알 수 있는 방법은 전혀 없었다. 샤를레타는 고민하는 모습을 보였지만, 알렉산드라는 그녀의 고민이 그리 길지 않을 것이라고 자신할 수 있었다.

"싫다면 거절하면 돼요, 샤를. 하지만 기회는 단 한 번뿐이랍니다. 이 기회를 놓치면, 다음 기회는 오지 않아요."

이 또한 거짓이었다. 만약 샤를레타가 황제를 거부한다고 해도 황제는 계속해서 그녀를 원할 것이다. 다른 여자라면 황제가 그렇게 할 이유도 없을 것이고, 그럴 만한 가치도 찾지 못했겠지만, 그녀는 무려 황제의 첫사랑을 빼다 닮은 여자였으니까.

알렉산드라가 느긋한 표정을 지으며 샤를레타를 쳐다보았다.
그리고 어느 순간, 그녀의 입이 열렸다.

"가겠습니다, 전하."

샤를레타가 결연한 표정으로 다시 한번 말했다.

"폐하께 갈게요. 가고 싶어요."

"현명한 선택을 해서 다행이에요."

알렉산드라가 환하게 웃으며 그녀에게 말했다.

"그럼 이대로 나를 따라 나와요, 영애. 영애가 폐하를 모실 수 있
도록 중앙궁의 시녀들이 도와줄 겁니다."

3

Charletta

빈첸시아는 근래 아주 기분이 좋았다. 살면서 이룰 수 있는 것들을 모두 이루었기 때문이었다. 황비로 지낼 때만 해도 그녀는 타르실라에게 밀려 늘 2인자의 위치에 머물러야 했다.

하지만 그녀가 죽은 지금, 빈첸시아를 능가할 수 있을 정도로 고귀한 여성은 이 제국 내에 없었다.

빈첸시아는 공녀로 태어났고, 현 황제의 첫 번째 아들을 낳았으며, 이제는 어엿한 제국의 황후였기 때문이었다.

"차를 좀 더 가져오렴. 오늘은 어쩐지 라벤더 차가 마시고 싶구나."

"네, 전하."

우아하게 대답한 시녀가 곧 시야에서 사라졌고, 빈첸시아는 느긋한 표정으로 남은 라벤더 차를 마시기 시작했다.

그렇게 그녀가 책에 시선을 고정하며 시간을 보내고 있는데, 갑자기 바깥에서 웅성거리는 소리가 들려왔다.

소리를 죽이려는 듯한 기색이 묻어났지만, 결국 완전히 감추지는 못했는지 계속해서 빈첸시아의 귓가를 괴롭혔다.

황후가 된 이후 인내심이 극도로 줄어든 빈첸시아가 못마땅한 표정으로 시녀에게 주의를 주기 위해 입을 열려던 순간, 그녀의 귓가에 충격적인 말이 파고들었다.

"……그래서 어제 폐하께서 그 아이를 안으셨다는 게 아니니. 이건 파사궁에 대한 모독이야."

자신만 그 목소리를 들은 게 아니었는지, 방 안에 있던 시녀가 당황하며 빈첸시아에게 말했다.

"송구합니다, 폐하. 제가 주의를……."

"아니."

빈첸시아가 얼음장보다도 차가운 목소리로 그녀를 제지했다.

"그럴 필요 없어요."

"폐하……."

"방금 말한 저 아이, 누군지 알고 있지요?"

황후의 물음에 시녀가 고개를 끄덕였다. 빈첸시아는 여전히 굳어진 얼굴로 그녀에게 지시를 내렸다.

"데려오세요. 내 눈앞으로."

빈첸시아의 명령에 따라 아까 그 충격적인 말을 내뱉은 시녀가 불려왔다. 시녀는 그 자신이 무슨 잘못을 한 건지 잘 알고 있었기 때문에 빈첸시아의 앞에서 덜덜 떨 수밖에 없었다. 하지만 빈첸시아는 아무렇지 않게 그녀를 쳐다보며 차분하게 입을 열었다.

"아까 했던 말, 다시 해보세요."

"……네?"

"아까 했던 말."

빈첸시아가 순간 얼굴을 굳히며 말을 반복했다.

"다시 해보라고 말했습니다."

"폐, 폐하. 그것이……."

명령을 받은 시녀가 바르르 떨며 옆에 있던 다른 시녀들을 쳐다보았지만, 그들은 모두 시선을 피할 뿐이었다. 그녀는 거의 울 듯한 표정을 지었지만, 빈첸시아는 조금도 아랑곳하지 않았다.

결국 상황을 피할 수 없다고 생각한 시녀가 천천히 입을 열었다.

"그, 그게……."

"괜찮습니다. 그대가 무슨 사실을 전하든, 그대의 잘못은 아닐 테니까요."

빈첸시아가 고저가 느껴지지 않는 목소리로 말을 이었다.

"그러니 어서 사실을 고하세요. 어서요."

"그게, 실은……."

시녀가 눈을 질끈 감았다 뜬 다음 딱 한마디를 내뱉었다.

"어제 황제 폐하께서 3황자비 전하의 시녀에게 황은을 내리셨다고 합니다."

"……."

시녀의 말에 빈첸시아의 표정이 싸하게 굳어 내렸다. 사랑하는 연인에게 배신당한 그 얼굴을 보니, 말을 전한 시녀는 더더욱 가시방석에 앉아 있는 기분이었다.

하지만 어쩔 수 없는 일이었다. 자신이 전한 말은 전부 사실이었으니까.

잠시 후에 빈첸시아가 힘겹게 물었다.

"그게……."

"……."

"사실입니까?"

"사실입니다, 폐하. 중앙궁에서 일하고 있는 제 친우에게 직접 들은 사실이니……."

"……."

빈첸시아는 이토록 침통한 감정을 느껴본 적이 없었다. 만일 타르실라라면 이런 일을 듣고 나서도 태연하게 대처했으리라.

하지만 빈첸시아는 그럴 수 없었다.

그녀는 토마스 2세를 사랑했으니까.

사랑하는 남편이 다른 여자를 품었다는 데 태연하게 대처할 수 있는 여자는 없으리라. 빈첸시아는 그렇게 믿었다.

"······좋습니다. 이만 가보아도 좋아요."

"황공합니다, 폐하."

그 말만 남기고 시녀는 도망치듯 그 자리를 떴다. 방 안에 있던 남겨진 시녀들은 빈첸시아의 눈치만 보았고, 빈첸시아는 기분이 저조해졌다는 사실을 인상을 찡그림으로써 그대로 드러내 보였다.

그녀는 굳은 표정으로 몇 번 정도 길게 한숨을 내쉬다가, 어느 순간 평정심을 되찾은 사람처럼 아무렇지 않은 모습으로 되돌아왔다.

"라벤더 차가 늦네요."

그 이후 처음 내뱉은 한마디가 이것이었다.

빈첸시아의 말을 들은 시녀들 중 하나가 조심스럽게 물었다.

"제가 다과실에 다녀올까요, 폐하?"

"아뇨. 됐습니다."

빈첸시아가 건조한 목소리로 대꾸했다.

"아쉬운 사람이 기다려야지, 뭐. 어쩌겠어요."

빈첸시아는 그 일에 대해서는 조금도 신경 쓰지 않는 것으로 결론을 내렸다. 어차피 황후는 그녀였고, 특별한 문제가 없다면 그녀의 친자식은 차기 황제가 될 것이었다.

그런데 굳이 남편의 정부 하나 때문에 경거망동하다가 아들의 앞길에 방해라도 된다면 그처럼 손해가 없을 것이다.

어차피 남편은 자신과 비슷하게 죽을 테지만, 아들은 자신들이 죽고 나서도 인생이 오래 남아 있을 테니까.

그래서 빈첸시아는 토마스 2세가 샤를레타라는, 어디서 굴러먹다 왔는지도 모를 남작의 여식에게 프리에타 남작의 작위를 제게 아무런 의견도 구하지 않고 내렸을 때도 군말 없이 받아들였고, 그녀에게 자신이 황비일 적 사용했던 에인궁까지 하사했다는 소식을 들었을 때조차 별 반응을 보이지 않았다.

물론 속은 겉과는 별개로 썩어들어 가고 있었지만, 아직까지 이 정도는 괜찮다 싶었다.

"제국의 어머니, 황후 폐하를 뵙습니다. 레예스에 영광을."

그 여자를 직접 보기 전까지는 적어도 모든 것이 참을 만했던 것이다.

빈첸시아는 직접적으로 샤를레타와 마주치게 되자 억눌러 두었던 화가 치밀어 오르는 것을 느꼈지만, 참고 또 참기로 했다. 기껏해야 자신의 딸뻘 되는 어린 여자애가 아닌가.

그녀는 자애로운 척 미소를 지으며 샤를레타의 인사를 받았다.

"처음 보네요."

"미리 인사드리지 못해 죄송합니다, 폐하. 에인궁에서 파사궁까지의 거리가 꽤 멀어서요."

"⋯⋯."

오만하기 그지없는 말에 빈첸시아는 순간 그녀의 뺨을 내리치고 싶은 충동이 강하게 일었다. 그녀가 그리 따뜻하지는 않은 눈빛으로 프리에타 남작부인이 된 샤를레타를 쳐다보았다.

아무것도 몰랐던 시골뜨기 소녀는 황제의 총애를 받기 시작한 이후 얼마 지나지 않아 그 순진함과 순수함을 잃어버렸다.

하지만 그건 그렇게 중요한 게 아니었다. 어쨌든 중요한 건 그녀가 죽은 샤를리즈와 똑 닮은 외모를 가지고 있다는 사실이었다.

만약 그녀의 얼굴만 멀쩡하다면 샤를레타가 무슨 짓을 하든 황제는 어느 정도 선까지는 그녀의 모든 행동을 묵인할 터였다. 물론 아직 샤를레타가 어째서 황제의 전폭적인 애정을 받고 있는지를 모르는 빈첸시아로서는 도대체 그녀가 무슨 방법으로 황제를 사로잡았는지 오리무중이었다.

어쨌든 빈첸시아는 일단은 참자고 생각하며 어색하게 대꾸했다.

"괜찮습니다, 프리에타 남작부인."

물론 그렇다고 해서 한마디를 더 얹어 주는 것을 잊은 건 아니었지만.

"부인에 대해서는 익히 들어 알고 있답니다. 그러니 예법에 무지한 것쯤은 넘어가 줄 수 있어요."

"……."

자신의 출신이 그리 특출나지 못하다는 사실을 파고드는 발언
에 샤를레타의 표정이 어두워졌다.

그녀는 화를 참지 못하는 사람처럼 몸을 부들부들 떨다가, 이내
아무렇지 않은 척 빈첸시아의 말을 맞받아쳤다.

"네, 황후 폐하. 사실 제가 아침에는 몸이 별로 좋지 않아서요."

"무슨 뜻이지?"

"황제 폐하께서 저를 붙잡고 놓아주질 않으시니."

"……."

"제가 황후 폐하께 인사를 드리러 갈 틈이 별로 없답니다."

빈첸시아가 이 말을 듣고 상당함 불쾌감을 느낀 이유는 이 말이
정말로 사실이라는 데 있었다. 실제로 아버지인 이가렐 공작의 말
에 따르면 근래 황제가 프리에타 남작부인이라는 여자에게 아주
지나치게 빠져서 국정 운영 또한 최소한으로 하고 있는 실정이라
고. 아버지의 말을 상기한 빈첸시아가 저도 모르게 한쪽 손을 말
아쥐었다.

마음 같아서는…….

"그랬군요."

차마 생각으로조차 하고 싶은 말을 다 내뱉지 못한 빈첸시아가
애써 아무렇지 않게 샤를레타의 말에 반응했다.

"그럼 뭐, 어쩔 수 없지요."

"양해해 주시니 감사합……."

"하지만 하루 중에 시간이 오전만 있는 것은 아니잖아요? 24시간 중 분명 폐하를 모시지 않는 시간이 생길 텐데."

"……."

"그 시간도 없다면야 뭐, 하는 수 없지만요."

빈첸시아는 그 말만 내뱉고선 자리를 빠져나왔다. 샤를레타를 위해서가 아니었다. 빈첸시아 그녀 자신을 위해서였다.

만약 그 자리에 계속 더 있다가는 샤를레타에게 무슨 짓을 저지를지 장담할 수 없었으니까.

'두고 보자.'

하지만 그것과는 별개로, 두 여자는 서로에게 강한 적의를 품은 채 등을 돌릴 수밖에 없었다.

"……그런 일이 있었다고요?"

빈첸시아에게 아까 있었던 일을 듣게 된 에밀리아나가 인상을 찌푸렸다. 그녀 또한 소문은 대강 들어 알고 있었다. 지엔궁에 새로 들어온 시녀가 황은을 입어 프리에타 남작부인이 되었다는.

그리고 그 여자를 황제가 안으로 끼고 돈다는 말도.

"그랬단다."

빈첸시아가 상당히 기분 나빠 보이는 얼굴로 푸념했다.

"물론 넌 참으라고 할 수도 있겠지. 나 또한 그럴 생각이란다. 어쨌든 제레미를 위해서라도 나는 참아야 하니까. 하지만 그거랑은 별개로 정말 기분이 나쁘더구나. 고작 시골 남작의 딸 나부랭이가 폐하의 총애를 받는다고 그렇게 오만방자한 꼴이라니!"

"하지만 황후 폐하, 단순히 참는다고 될 문제는 아닌 것 같습니다."

"그게 무슨 소리냐?"

"만약 그 여자가 폐하의 늦둥이라도 낳는다고 생각해 보세요."

"에밀리."

빈첸시아가 얼굴을 구기며 에밀리아나를 불렀지만, 에밀리아나는 일리가 있다는 듯 계속 말했다.

"가벼이 여길 문제는 아니에요, 어머니. 만약 폐하께서 그 여자에게 계속 미쳐 계신다면 그런 불상사가 일어날지 누가 알겠습니까."

"그건 정말 생각하고 싶지도 않은 일이야. 내 아버지가 이가렐의 공작이시고, 또 내 아들은 황제 폐하의 적장자인데 설마 폐하께서 그러기야 하시겠느냐?"

"혹시 모르는 일 아닙니까."

에밀리아나의 우려 섞인 말에도 빈첸시아는 그리 심각하게 받아들이는 것 같지는 않았다. 그녀가 엷게 미소를 지으며 에밀리아나를 안심시켰다.

"너무 걱정하지 말렴, 에밀리."

"황후 폐하, 그건 너무 태평……."

"만약 그런 낌새가 조금이라도 보인다면, 당연히 배 속의 씨를 제거해야지."

"……."

"좋지도 않은 땅에 함부로 씨를 뿌릴 수는 없잖니?"

"……틀린 말씀은 아니네요."

에밀리아나가 그제야 편안하게 미소 지은 다음 덧붙였다.

"만약 그런 끔찍한 일이 일어난다면, 제가 폐하를 돕도록 할게요."

"황자비 전하, 파사궁에서 초대장을 보내왔어요."

페넬로페의 말에 알렉산드라가 의아한 표정으로 물었다. 갑자기 웬 초대장?

"무슨 소리야?"

"여기요. 한번 읽어보세요."

페넬로페가 건넨 보라색 편지봉투를 받아든 알렉산드라가 무심한 손길로 편지 봉투를 뜯었다. 그 안에는 금빛으로 빛나는 종이 한 장이 들어 있었는데, 내용은 대충 이랬다.

"사흘 후 파사궁에서 티파티를 주최한다는 내용이야."

"티파티요?"

가만히 듣고 있던 엘로웬이 황당한 목소리로 물었다.

"황후 폐하께서는 폐후에게 열등감이라도 있으신 걸까요?"

"레이디 엘로웬, 말 조심하세요!"

엘로웬의 말에 경악한 드네리스가 주의를 주었지만, 엘로웬은 아랑곳하지 않고 말을 이었다.

"아니, 사실 그렇게 생각할 수밖에 없다고요. 멀쩡한 에인궁에서 폐후가 쓰던 파사궁으로 옮기지를 않나, 황비 시절에도 티파티 한 번 연 적 없으면서 갑자기 티파티를 여는 건 무슨 의도예요?"

"너무 그렇게 날 선 반응을 보일 필요는 없어요. 황후의 정궁이 따로 정해져 있는 건 아니지만, 어쨌든 역대 황후들께서 대부분 파사궁을 사용하셨으니 지금 황후께서도 괜히 찝찝한 기분에 들고 싶지 않으셨겠죠. 티파티야 원래 황후의 소관이고요."

드네리스의 설명에도 엘로웬은 쉽게 떨떠름한 얼굴을 떨쳐내지 못했다.

"하지만 어쩐지 저는 찜찜하다는 말이죠, 레이디 드네리스. 물론 새로이 황후가 되셨으니 폐후와 비슷해 보이는 건 지위의 특성상 어쩔 수 없겠지만, 그걸 감안하고서라도 이상하게 지금 황후께서 죽은 폐후에게 미련을 가지고 계신 듯해요."

그 점에 대해서는 알렉산드라 역시 동의했다. 특히나 요즘 내궁의 업무 처리 방식을 보면 기존에 그녀가 하던 방식보다는 타르실라의 방식을 좇고 있다는 느낌을 강하게 받았다. 사실 곰곰이 생각해보면 그런 빈첸시아가 이해되지 않는 건 아니었지만.

그녀는 늘 두 번째에만 머물러야 했다. 황궁에도 황후가 아닌 황비로서 입궁했고, 황후가 된 지금도 결국 황제가 가장 사랑하는 사람은 황후인 빈첸시아가 아니라 죽은 그의 첫사랑을 빼닮은 시골뜨기 남작영애였다. 사람이 2인자라는 타이틀을 계속해서 가지고 있게 되면 알게 모르게 열등감이 깊어지는 법이었다.

알렉산드라가 편지 봉투 안에 초대장을 잘 넣으며 말했다.

"어쨌든 참석하는 게 좋겠지요."

"저도 그렇게 생각합니다, 전하. 어쨌든 지금 황후의 눈 밖에 나서 좋을 게 없으니까요."

"이미 눈 밖에는 났습니다. 당장 프리에타 남작부인도 지엔궁 출신이었는데요, 뭘."

알렉산드라가 코웃음을 치며 말하자, 엘로웬이 거기에 말을 보탰다.

"그러고 보니 제가 언뜻 들었는데, 어제 프리에타 남작부인과 황후 폐하께서 복도를 거닐던 중 한 번 마주쳤다고 합니다."

"……그래요?"

알렉산드라가 흥미롭다는 듯 물었다. 그녀가 알기로 샤를레타는 처음 황은을 입었던 그 순간부터 프리에타 남작부인이 된 지금까지 단 한 번도 빈첸시아를 찾아간 적이 없었다.

그러니 빈첸시아의 입장에서는 샤를레타처럼 찢어 죽일 여자도 없을 것이다. 감히 작위를 받고 황궁 안에 살면서도 황후에게 코빼기 하나 비치지 않는 여자라니.

아무리 어리석은 시골 영애라고 해도 그렇지, 이건 도가 지나친 무례와 오만이었다. 아니, 다른 걸 다 차치하고서라도 그냥 샤를레타의 존재 자체가 빈첸시아에게는 더없이 밉게만 느껴질 수밖에 없으리라.

빈첸시아는 황제를 사랑했으니까. 어리석게도 말이다.

"맙소사! 한바탕하지는 않았다던가요?"

페넬로페가 궁금하다는 표정으로 묻자, 엘로웬이 기다려 보라는 듯 숨을 고른 다음 다시 이야기를 시작했다.

"황후 폐하도 황후 폐하지만, 프리에타 남작부인도 장난이 아니었다고 들었어요, 전하. 황후 폐하께서 문안을 오지 않는 것이 무례하다고 지적했더니, 글쎄 남작부인이 뭐라고 대꾸했는지 아세요? '폐하께서 계속 놓아주지 않으셔서 문안드리러 갈 시간이 없다'고 답하더랍니다."

"맙소사."

도를 넘어선 행동에 드네리스가 인상을 찌푸렸다.

"프리에타 남작부인이 폐하의 총애를 믿고 지나치게 오만방자

하게 구네요."

"하지만 그럴 법도 해요. 요즘 폐하의 총애를 가장 많이 받고 있는 여자가 프리에타 남작부인이라는 사실을 모르는 사람이 어디 있나요? 아마 곧 있으면 귀족들도 남작부인에게 달라붙어서 아첨하고 뇌물을 먹이려고 들걸요? 그리고 아마 남작부인이라면 재물 몇 푼에 눈이 멀어서 그걸 다 곧이곧대로 받아들일 거예요."

"그럼 자멸하는 거죠, 뭐."

알렉산드라가 남 이야기하듯 말하자, 엘로웬이 궁금하다는 얼굴로 물었다.

"전하께서는 이 문제에 대해 별로 관심이 없으세요? 사실 따지고 보면 프리에타 남작부인이 지엔궁 출신이니 모든 시발점도 이곳인걸요."

"관심이 없는 게 아니라 군이 관심 두지 않는 거랍니다. 보세요, 엘로웬. 이미 황후 폐하께서 저를 대신해 훌륭하게 프리에타 남작부인을 견제하고 계시잖습니까. 거기에 굳이 나까지 끼어들 필요 없죠. 정신만 없을 겁니다."

"그 부분은 저도 전하의 말씀에 동의해요. 프리에타 남작부인이 계속해서 저렇게 제멋대로 군다면 아마 황후 폐하 쪽에서도 가만있지는 않을걸요?"

알렉산드라의 생각 역시 페넬로페와 같았다.

그녀는 그저 느긋하게 웃기만 했다.

"어차피 일이 계속 이렇게 위험천만하게 흘러간다면 아마 조만
간 커다란 사건 하나가 터지게 될 겁니다. 하지만 적어도 그게 우
리에게 피해를 주지는 않을 거예요."

"초대장이 안 왔다고?"

샤를레타가 날카로운 목소리로 시녀에게 물었다. 시녀는 샤를
레타의 신경질적인 모습에 땀을 삐질삐질 흘리면서도 성실하게
대답했다.

"네, 부인."

"어떻게 이럴 수가 있지? 황후가 내일 티파티를 연다는 소문이
황궁 안에 파다하게 퍼졌는데 내게만 초대장을 보내지 않다니!"

샤를레타가 말도 안 된다는 표정으로 분통을 터뜨렸다. 이럴 수
는 없는 노릇이다. 자기가 누군 줄 알고 그렇게 말도 안 되는 행동
을 할 수가 있느냐는 말이다.

아무리 파사궁에 황후가 산다고 해도 어쨌든 지금 황제의 전폭
적인 총애를 받고 있는 사람은 누가 뭐래도 자신이었다. 하루가
멀다하고 귀족들이 선물을 보내오는데……!

샤를레타가 화를 참을 수 없는 표정으로 테이블 위에 놓여 있던
화병을 벽에 집어 던졌다. 날카로운 소리와 함께 화병이 산산조각

나 부서지며 카펫 아래로 떨어졌다.

벽 앞에 서 있던 시녀는 너무 놀라서 금방이라도 혼절할 것 같은 기분이었다. 그녀가 덜덜 떨리는 목소리로 샤를레타를 진정시키기 위해 물었다.

"제가 파사궁에 가서 황후 폐하께 여쭈어보고 올까요?"

"뭐라고? 설마 에인궁에 티파티 초대장을 보내지 않았느냐고 물어보기라도 할 작정인 거야?"

"그렇게라도 해야 부인께서……."

"입 다물어!"

샤를레타가 짜증스러운 목소리로 소리쳤고, 시녀는 냉큼 입을 다물었다. 샤를레타는 실로 변덕스러운 성격의 소유자였기 때문에 그녀가 조용히 하라면 조용히 하고, 입을 열라면 여는 것이 정신 건강에도 이로웠다. 사실 변덕스러운 사람의 시중을 든다는 일 자체가 정신 건강에 해로운 일이긴 했지만.

"가서 모욕이라도 당하고 오면 어쩌려고 그렇게 용감한 짓거리를 한단 말이야? 만약 널 보냈는데 너 따위 시골뜨기에게는 초대장으로 쓸 종이도 아깝다는 악담을 듣고 오면?"

"……."

지나친 비약이었다. 설마 자기 자신을 그렇게 생각하고 있는 것이냐고 시녀는 물어보고 싶었지만, 그랬다가는 이번에 화병이 아니라 뭐가 날아올지 몰랐다. 시녀는 계속 입을 다무는 게 좋다고 결론 내리고선 이어지는 샤를레타의 분노 어린 음성을 한 귀로 듣고 한 귀로 흘렸다. 대부분 나이 든 황후의 오만함과 무례함을 비난하고 황제의 총애를 받는 자신의 위대함을 칭송하는 내용이었다.

물론 듣고 있는 시녀로서는 오랜 황궁 생활의 경험에서 비추어 볼 때 샤를레타가 황제의 총애를 받고 있다는 이유 하나만으로 지나치게 막 나가는 것 같아 불안했지만, 그렇다고 해서 그런 내용의 충고를 샤를레타에게 해줄 수도 없는 노릇이었다. 결국 시녀가 할 수 있는 일은 그냥 죽은 척하고 듣는 것밖에는 없었다.

"뭐, 좋아. 알아서 하라지. 내가 초대장을 보내주지 않으면 가지 못할 줄 알고?"

하지만 이 말만큼은 반드시 짚고 넘어가야 했다.

맙소사, 초대장을 보내지 않았는데도 티파티에 가겠다고?

그건 정말로 미친 짓이었다. 시녀가 목숨을 걸고 직언했다.

"프리에타 남작부인, 초대장 없이 파티에 가는 것처럼 귀족 사회에서 놀림거리가 되는 일은 없습니다. 부디 재고해주세요."

"무슨 뜻이야?"

"황후 폐하께서 끝까지 초대장을 보내지 않으신다면 가지 않으시는 것이 그분을 위해서도 부인을 위해서도 좋다는 말……."

하지만 시녀의 말은 채 맺어지지 못했다. 화를 억누르지 못한 샤를레타가 결국 손을 들어 시녀의 빰을 내리쳤기 때문이었다.

뺨을 맞은 시녀는 황당함과 수치심, 모욕감에 아무 말도 하지 못하고 얼빠진 표정으로 뺨만 감쌀 뿐이었다.

그녀가 파들파들 떨리는 몸을 애써 진정시키려고 했지만, 좀처럼 쉽게 되지 않았다. 샤를레타의 시녀 역시 일반 평민은 아니었고, 비록 지금은 몰락했지만, 엄연한 자작가의 후손이었다.

그 사실이 자신의 상황을 더욱 비참하게 만들었다.

"내가 지금 시골에서 왔다고 감히 예법을 가르치려고 드는 거냐?"

"……."

시녀는 더 이상 할 말이 없었다. 하고 싶은 말도 없었고, 설령 해야 할 말이 있다고 하더라도 하지 않을 것이다. 그녀는 샤를레타에게 가지고 있던 일말의 정까지도 완전히 사라져 버린 것 같다고 생각하며 말없이 고개만 숙였다.

샤를레타는 그런 그녀를 앞에다 두고 몇 분 정도 폭언을 퍼붓다가, 어느 순간 지쳤는지 지친 표정으로 이만 썩 꺼져 버리라고 소리쳤다.

시녀는 기다렸다는 듯 방 밖으로 나갔고, 혼자 남겨진 샤를레타는 여전히 못마땅한 표정으로 황제 폐하께 일러 에인궁의 시녀들을 전부 물갈이해야겠다고 큰 목소리로 외쳤다.

물론 대답하는 사람은 단 한 명도 없었다.

알렉산드라는 다소 무표정한 얼굴로 화장을 받고 있었다. 그러는 동안 또 다른 시녀들이 그녀의 머리카락을 손질해 주었고, 또 다른 시녀들은 그녀의 몸에 자주색의 드레스를 입혔다.

빠른 분업 끝에 알렉산드라는 평소보다 일찍 준비를 마칠 수 있었다. 하지만 그녀의 표정은 어쩐지 피곤해 보였다. 마음 같아서는 티파티에 별로 가고 싶지 않았기 때문이었다.

어차피 황후 쪽과의 틈은 회복할 수 없을 정도로 벌어져 있었고, 아마 그곳에 참석하는 이들 또한 전부 숨죽이고 있던 빈첸시아의 아군들일 것이다.

문득 알렉산드라는 머릿속으로 타르실라의 티파티에 참석했던 귀부인과 영애들을 떠올렸다. 자신이 폐후를 배신했기 때문에, 그들을 자신의 아군이라고는 부르기 어려웠다.

'뭐, 굳이 그녀들의 도움을 받을 필요는 없지.'

어차피 차기 황제를 결정하는 사람은 귀족들이 아니라 황제이니 말이다.

알렉산드라가 대수롭지 않은 얼굴로 방을 나섰다. 파사궁까지는 거리가 가까웠기 때문에 걸음한 지 얼마 되지 않아 그녀는 파사궁의 후원에 들어설 수 있었다.

당연한 일이었지만, 그 안을 채운 사람들은 몇 개월 전과는 완전히 달라져 있었다. 특히 테이블의 중앙에 타르실라가 아닌 빈첸시아가 앉아 있는 것을 보며 알렉산드라는 꽤나 묘한 기분에 휩싸여야 했다. 몇 개월 전에는 빈첸시아가 겪었던 일을 이제 자신이 겪어야 할 차례인 듯했다.

"세상에, 저 여자 프리에타 남작부인 아니야?"

그 목소리를 듣고 입구 쪽으로 고개를 돌리기 전까지 그녀는 분명 그렇게 생각했다.

하지만 초대장을 받지도 않은 처지에 너무나도 당당하게 후원으로 들어서는 샤를레타를 보며 알렉산드라는 그 생각을 수정해야 했다.

만약 이대로 샤를레타가 이곳까지 들어와 자리를 잡고 앉는다면 적어도 빈첸시아와 같은 대접을 받는 건 그녀 자신보다는 샤를레타 쪽일 것이다. 그렇다고 해도 자신 역시 그와 비슷한 대접을 받을 게 뻔하긴 했지만.

어쨌든 알렉산드라는 샤를레타가 도대체 무슨 자신감으로 초대장 없이 이곳까지 왔는지가 심하게 궁금해졌다.

심지어 타르실라가 이곳에서 티파티를 열 때 빈첸시아조차 초대장을 가지고 있었는데 말이다.

'저 여자에게 귀족의 예법을 제대로 가르쳐 준 이가 없나 보군.'

그 생각만 들 뿐이었다. 하긴 자신이 데려와 아주 기본적인 소양만 가르친 채 곧바로 황은을 입게 했으니 어쩌면 당연한 일이었다.

황제가 그녀를 정비로 삼을 생각이 있는지는 모르겠지만, 그는 적어도 지금까지는 그런 문제에 일절 관심을 보이지 않았다.

"……황후 폐하를 뵙습니다."

약식으로 인사한 샤를레타가 허락도 없이 자리를 잡고 앉았다.

모두가 황당해했지만 그녀는 당당했다. 꿀릴 것이 없다고 생각하는 듯했다.

하긴 현시점에서 황제의 가장 큰 총애를 받는 정부였으니까.

하지만 그렇다고 해도 이런 행동은 파격에 가까웠다.

"초대장을 드리지 않은 것으로 기억하는데요."

마침내 빈첸시아 황후가 그 모욕적인 사실을 입 밖으로 내기까지 했지만, 그럼에도 불구하고 샤를레타는 무엇이 잘못되었는지를 전혀 모르는 얼굴로 응수했다.

"어머."

샤를레타가 짐짓 놀란 표정을 지었다.

"저를 실수로 잊으신 게 아니라 고의로 잊으신 것이군요. 아무렴 지고하신 황후 폐하께서 제게 그리 치졸하게 구실 줄은 몰랐는데요."

"치졸이라니 말이 심하네요."

옆에 있던 귀부인 하나가 빈첸시아를 대신하여 그녀를 변호했다.

132

"황후 폐하께서 원치 않으신다면 초대장을 보내지 않는 것이 당연하지 않겠습니까? 그런 부분까지 개입하려 하는 것은 월권이라고 생각하는데요."

"아, 그러셨군요."

샤를레타가 비뚜름하게 입꼬리를 끌어 올리며 말했다.

"제가 그렇게 못마땅하셨군요. 이런, 몰랐습니다."

"……"

몰랐을 리 없었다. 그 사실을 알고 있는 다른 귀부인과 영애들이 침묵했고, 알렉산드라 역시 동조했다.

샤를레타는 여전히 삐딱한 얼굴로 말을 이었다.

"도대체 폐하께서 제 무엇이 그리 마음에 들지 않으셨던 걸까요?"

"프리에타 남작부인, 무례합니다."

"황궁에서 뻔히 잘 지내고 있는 사람을 먼저 무시한 분이 누구시던가요? 그런 건 아주 예의 바른 행동인가 보죠?"

샤를레타가 날카롭게 빈첸시아의 잘못을 짚어냈고, 그녀 역시 빈첸시아에게 쌓인 게 있었는지 말이 길어졌다.

"그리 예의를 중시하지 않으시는 분께서 제게 문안을 운운하시는 건 좀 우스운 일이라고 생각하는데요."

"프리에타 남작부인!"

"제가 틀린 말을 했다면 말씀해 보세요."

샤를레타가 당당한 얼굴로 말하자 맨 처음 그녀를 제지하려 했던 귀부인조차 입을 다물었다. 그게 논리가 부족해서인지 아니면 말이 통하지 않는 상대와는 이야기하고 싶지 않다는 마음의 표현인지는 정확하지 않았지만. 아마 둘 다이리라고 알렉산드라는 생각했다.

"내궁을 통솔하실 황후께서 부군이신 황제 폐하의 정부를 소외시킨다……."

샤를레타가 재미있다는 목소리로 말했다.

"이것 참. 유례없는 이야기인 듯한데 다른 분들은 어떻게 생각하시나요?"

"……."

당연하게도 아무도 대답하지 않았다.

하지만 샤를레타는 애당초 대답을 바라고 했던 질문이 아니라는 것처럼 조금의 민망함도 느끼지 않는 얼굴로 말을 이었다.

"황제 폐하의 귀로 이 사실이 들어간다면 분명 황후 폐하께 실망하실 겁니다."

"……부인!"

황제를 언급하자 마침내 가만히 있던 빈첸시아가 조용하게 분노를 터뜨렸다. 하지만 샤를레타는 아랑곳하지 않았다.

"황제 폐하께서 황후 폐하께 황후의 관을 내리신 까닭도 그 때문이 아닌가요? 20년 넘게 폐하를 보필해왔고 내궁에서 지내셨으니 황궁을 편안하게 다스릴 것이라고 생각하셨겠지요."

샤를레타가 코웃음을 치며 덧붙였다.

"이렇게 아량이 부족한 분이실 줄은 아마 모르셨나 봅니다."

"무례는 그쯤 해요, 프리에타 남작부인."

빈첸시아가 짜증스러운 게 분명한 목소리로 샤를레타에게 주의를 주었다.

"초대장도 없는 처지에 함부로 이곳까지 난입한 것도 참았습니다. 하지만 그 이상의 무례까지 내가 참아야 할 이유가 있나요?"

"저를 쫓아내기라도 하시겠다는 건가요?"

"계속 이런 식으로 내게 무례하게 군다면 충분히 그럴 수 있을 겁니다."

"제가 무슨 무례를 저질렀다고……."

"양심이 없는 여자네요."

빈첸시아가 마침내 화가 난 목소리로 샤를레타에게 명령했다.

"내 궁에서 당장 나가주세요. 부인 같은 사람에게는 냉수 한 모금조차 베풀기 아깝군요."

"폐하, 어떻게 제게 그런 심한 말씀을……."

샤를레타가 황당한 목소리로 말했다.

"황후 폐하께서 제게 이렇게 구실 수는 없는 것입니다."

"왜요?"

빈첸시아가 우습지도 않다는 얼굴로 물었다.

"부인이 지금 황제 폐하의 총애를 받고 있기 때문에?"

"……잘 아시네요."

"이래서 황성 출신이 아니면 황궁에 발을 못 들이게 해야 한다니까요."

샤를레타의 말에 주변에 있던 귀부인들이 기다렸다는 듯 황당한 목소리로 한마디씩 내뱉었다.

"무슨 지금 받고 있는 폐하의 총애가 영원할 것처럼 굴다니."

"이래서 시골뜨기들은 어쩔 수가 없어요."

"마치 나이를 안 먹는 것처럼 굴다니."

서로 몇 마디씩 주고받던 귀부인들은 어느 순간 저들끼리 한바탕 웃음을 터뜨렸고, 당연히 조소의 대상은 샤를레타였다.

노골적인 모욕에 샤를레타는 몸을 부들부들 떨더니 무서운 표정으로 딱 한마디만을 내뱉었다.

"다들 내게 이렇게 굴다가 언제 한번 큰코다칠 겁니다."

그 말만 남기고서 샤를레타는 후원을 떴다. 남겨진 빈첸시아와 귀부인들은 한동안 멍하니 있다가, 어느 순간부터 대놓고 샤를레타를 욕하기 시작했다. 알렉산드라는 가만히 있었고, 에밀리아나 역시 적극적으로 말하지는 않았다.

그렇게 빈첸시아가 황후로서 주최한 첫 티파티는 다소 찜찜하게 끝이 났다.

빈첸시아의 티파티를 다녀오고 얼마 지나지 않아 알렉산드라는 뜻밖의 소식을 접해야 했다.

　　"3황자비 전하, 황제 폐하께서 찾으신다는 전갈이 왔습니다."

　　알렉산드라는 의아해할 수밖에 없었다. 요 근래 토마스 2세와 교류가 잦은 것은 사실이었다.

　　하지만 그 경우 대부분은 남편인 3황자와 동행하곤 했었다. 이렇게 그녀만 단독으로 부른 적은 상당히 드문 일이었다.

　　"드네리스, 무슨 일인지 알고 있나요?"

　　"안 그래도 물어보았는데, 이유는 모른다는 눈치였습니다."

　　"그래요……."

　　알렉산드라가 읽고 있던 책을 덮어 테이블 위에 올려놓은 다음 자리에서 일어섰다. 20분 정도가 지난 후 중앙궁으로 들어선 알렉산드라가 가장 먼저 마주친 사람은 다름 아닌 샤를레타였다.

　　알렉산드라가 우아한 미소를 지으며 그녀에게 인사했다.

　　"오랜만입니다, 프리에타 남작부인."

　　"3황자비 전하."

　　샤를레타가 처음 그녀를 만났을 때와는 달리 약식으로 인사했다. 뒤에 있던 드네리스가 그 모습을 보고 못마땅해하는 기색이 느껴졌지만, 알렉산드라는 참으라는 듯 앞으로 흘러내린 붉은색 머리카락을 뒤로 넘기며 입을 열었다.

"황제 폐하께서 찾으셨던 모양이군요."

"그렇답니다."

샤를레타가 으스대는 표정으로 대답했다.

"하루에 서너 번은 저를 찾으시지요. 방금도 티파티 때의 일을 말씀드리고 오는 길이랍니다."

알렉산드라는 그제야 토마스 2세가 자신을 단독으로 부른 이유를 알 수 있었다. 그녀가 속으로 헛웃음을 터뜨리면서도 겉으로는 아무렇지 않은 척 말했다.

"그때의 일에 대해서는 기분이 상하셨을 법도 합니다. 많이 상처를 받으셨을 거라고 생각했어요."

"알아주시니 감사합니다, 3황자비 전하. 아무럼 자애롭다는 황후 폐하께서 제게 그런 식으로 대하실 줄은 꿈에도 몰랐지 뭡니까."

코웃음을 친 샤를레타가 빈첸시아를 계속해서 욕했다.

"듣자 하니 황후 폐하의 모친께서 외국의 공주셨다는데……. 이 방인의 피가 섞인 분께서 제 출신을 트집 잡으시는 게 너무 우습지 않나요?"

"……네, 뭐."

"황제 폐하께서 황후 폐하와 합궁하신 지도 몇 개월이 다 되어 간다는데…… 남편의 사랑을 받지 못하는 부인이 과연 그 자격이 충분하다고 할 수 있나요?"

"그러게 말입니다."

굳이 적극적으로 대답하지 않은 알렉산드라가 이내 안타깝다는 얼굴로 샤를레타에게 말했다.

"이런. 제가 시간만 충분하다면 부인을 지엔궁으로 초대해 차라도 한 잔 대접하고 싶지만, 유감스럽게도 황제 폐하께서 방금 저를 급하게 부르셔서요."

"아, 맞다. 그랬지요."

"네."

알렉산드라가 빙긋 웃어 보이며 샤를레타에게 말했다.

"언제 한번 지엔궁에 와 주시지요. 마주 보고 대화를 나눈 지도 꽤 오래되었네요."

"그렇게 하도록 하겠습니다, 전하."

"그럼 전 이만."

알렉산드라는 끝까지 예의 바르게 샤를레타를 상대하고선 그녀에게서 등을 돌렸다. 궁 안에서 저렇게 입을 쉽게 놀리는 성격이라니.

굳이 자신이 이 갈등에 불을 지피지 않아도 자멸할 것 같다는 생각이 들었다.

"황제 폐하, 3황자비 전하께서 드셨습니다."

어느새 토마스 2세의 집무실에 다다른 알렉산드라는 열린 문

사이로 걸어 들어갔다. 거기에는 근심 어린 표정의 황제가 앉아 있었다.

알렉산드라가 우아하게 허리를 굽혀 그에게 인사했다.

"제국의 빛나는 태양, 황제 폐하를 뵙습니다. 위대한 레예스에 찬란한 영광을."

"어서 오너라, 황자비."

토마스 2세가 침울한 목소리로 그녀를 맞아들였다. 그런 다음 손짓으로 그녀에게 앉으라는 제스처를 취했고, 알렉산드라는 중앙에 놓인 응접용 테이블에 조용히 앉았다.

곧 그가 의자에서 일어나 알렉산드라가 있는 테이블까지 걸어왔다.

"갑작스럽게 불러 놀랐겠구나."

"아닙니다, 폐하. 무슨 일이 있으신가요?"

알렉산드라의 질문에 토마스 2세가 심각한 얼굴로 답했다.

"다름이 아니라 고민이 있어서 널 불렀다."

"고민이요?"

"그래."

토마스 2세가 고개를 끄덕인 다음 그녀에게 말했다.

"샤를과 황후의 사이가 좋지 않은 것 같다."

이미 예상하고 있었던 내용이었기 때문에 알렉산드라는 특별히 놀라지 않았다.

그녀는 도리어 아무렇지 않게 안타까운 소리까지 흘렸다.

"세상에나. 어째서요?"

"여자들 간의 일이야 나도 모르지. 혹시 샤를에게 관련해서 들은 게 없느냐?"

"전혀요, 폐하."

알렉산드라가 짐짓 모른 척을 하며 토마스 2세에게 말했다.

"저 또한 프리에타 남작부인이 작위를 받고 난 이후로는 부인과 말을 섞은 적이 별로 없답니다."

"하아."

토마스 2세가 한숨을 내쉬었다.

"그냥 둘이서 잘 지내면 될 것을."

"……."

토마스 2세의 말에 알렉산드라는 할 말이 없어졌다.

물론 이 모든 불화를 일으킨 가장 근본적인 원인이 자신이긴 했지만, 적어도 황제가 샤를레타를 공식적인 정부로 둔 순간부터 빈첸시아와 샤를레타가 잘 지내는 것은 불가능한 일이었다. 알렉산드라는 그 사실을 황제에게 꼭 짚고 넘어가고 싶었지만, 당연히 그건 불가능한 일이었다.

대신 그녀는 우아하게 웃으며 '그러게나 말입니다'라고 대꾸했다.

"아무래도 프리에타 남작부인이 황후 폐하의 심기를 거스르게 한 모양입니다. 그도 아니면 또 다른 문제가 있거나요."

"설마 샤를이 그럴 리가."

"……남작부인께 말씀은 드려 보셨습니까?"

"안 그래도 방금 다녀갔다. 말하기로는 황후가 저를 모욕했다 하더구나. 주류 귀족 출신이 아닌 데다 예법을 제대로 배우지 못했다는 이유로 저를 깎아내렸다나…… 그건 좀 문제가 있지."

"……."

"심지어는 티파티 때 초대도 하지 않았다는구나. 알고 있느냐?"

"그 부분에 대해서는 제가 직접 목격했답니다. 그 자리에 있었거든요."

알렉산드라가 얼굴을 굳히며 설명했다.

"황후 폐하께서 프리에타 남작부인께 티파티 초대장을 보내지 않으셨답니다. 나중에 들은 이유로는 그분께서 프리에타 남작부인을 초청하지 않기를 원하셨다는군요. 하지만 남작부인께서는 초대장도 없이 황후 폐하의 티파티에 참석을 하셨고요."

"그런 일이 있었군."

"네. 하지만 부인께서는 황후 폐하와 그분과 친한 귀부인들의 모욕을 견디지 못하고 결국 일찍 자리를 뜨셨습니다."

"세상에……."

토마스 2세가 비통한 표정으로 얼굴을 감싸 쥐었고, 알렉산드라는 그런 그를 무표정한 얼굴로 쳐다보았다. 그는 아무래도 죽은 샤를리즈와 샤를레타를 동일시하여 바라보는 것이 분명해 보였다. 그렇지 않고서야 한낱 정부에게 이렇게까지 마음을 쓸 수는 없을 테니까.

"어떻게 그런 일이 있을 수가 있지? 제국의 황후라는 자가 어떻게 그리 자애롭지 못할 수가 있단 말이냐."

"남작부인께서도 그 점을 꼬집으셨습니다만 황후께서 그리 귀담아듣지는 않으시더군요."

"있을 수 없는 일이다. 그런 여자가 20년 넘게 내 곁을 지켰다니 믿을 수가 없군."

"저 또한 황후께서 그리 감정적으로 구시는 모습은 처음인지라…… 조금 놀랐습니다."

"황자비."

연신 심각한 표정만 짓던 토마스 2세가 알렉산드라를 불렀고, 그녀는 기다리고 있었다는 듯 그의 부름에 답했다.

"네, 폐하."

"도대체 이 일을 어찌하면 좋겠느냐. 샤를이 이 일에 상당한 불쾌감을 느끼고 있어. 이 문제를 해결하지 않는다면 잠조차 제대로 오지 않을 것 같구나."

"……폐하."

알렉산드라가 엷게 미소 지으며 토마스 2세에게 말했다.

"근본적인 원인을 없애면 되지 않겠습니까."

"근본적인 원인이라니?"

"황후 폐하께서 남작부인을 모욕하시는 주된 내용이 그분의 출생 아니겠습니까. 거기에 더해서 남작부인의 작위 또한 분명 관련이 있을 것이고요."

"그래서?"

"슬로터 남작의 작위를 승격시키는 것은 논란의 여지가 많으니 두고 본다 하더라도, 남작부인의 작위는 승격시킬 수 있지 않겠습니까."

"그럼……?"

"네, 폐하."

알렉산드라가 빙긋 웃으며 해결책을 제시했다.

"프리에타 남작부인께 공작성을 내려주세요. 그럼 문제가 해결될 것입니다."

말도 안 되는 이야기였다.

그나마 지금 두 사람 사이에서 불꽃이 적게 튀는 이유가 샤를레타의 지위가 낮기 때문이었다. 아무리 갈등 관계에 있다고 하더라도 사람을 봐가면서 덤비는 법이었다. 아무리 황제의 총애를 듬뿍 받고 있는 샤를레타라도 고작 남작의 신분으로는 황후라는 이 제국에서 가장 고귀한 여자에게 함부로 맞서기 어려울 터였다.

이런 상황에서 샤를레타가 공작부인이 되어 버린다면 그때부터는 상황이 변하는 것이다. 샤를레타는 자신이 황비라도 된 것마냥 행동할 것이고, 이때는 황후 역시 그녀의 존재가 완전히 눈엣가시가 되어버린다. 고작 얼마간의 유희거리에 불과할 거라 생각한 여자가 공작의 작위를 받게 되었으니. 어쨌든 그렇게 되면 두 사람이 갈등하는 규모 역시 달라질 것이다.

알렉산드라는 두 사람이 결코 공존 가능한 관계가 아님을 누구보다 잘 알고 있었다. 그 때문에 둘 중 누군가는 이번 일로 반드시 파멸할 것이다.

물론 알렉산드라가 원하는 쪽은 샤를레타보다는 황후 쪽이었지만.

일단 황후가 처리되면 배경 없는 샤를레타를 제거하는 것은 조금도 어렵지 않은 일이었으니까.

"……아."

생각에 잠겨 있던 그녀에게 익숙한 남자가 시야로 들어왔다.

알렉산드라가 저도 모르게 당황했다가, 잠시 후 아무렇지 않게 그에게 인사했다.

"오르누스 공작 전하."

오랜만에 뵙습니다, 라고 그녀는 아무렇지 않게 말하려다가 이내 그리 '오랜만'은 아니라는 사실을 깨닫고서는 입을 다물었다.

그러다 알렉산드라는 고개를 들어 올려 제 인사를 받았을 남자의 얼굴을 쳐다보았다.

"……3황자비 전하."

평소와 다름없는 얼굴이었다.

하지만 그의 눈매와 입매가 묘하게 내려 왔기 때문일까. 알렉산드라는 오늘따라 그 모습이 묘하게 슬퍼 보였다.

기이한 일이었다. 이 남자는 자신과 마찬가지로 평생 동안 슬픔이라는 걸 느끼지 못하는 줄 알았는데.

도대체 무엇이 이 남자에게 이런 표정을 짓도록 만든 걸까.

이유를 알고 있었다. 하지만 드러내놓고 말할 수는 없어서, 알렉산드라는 애써 웃어 보였다.

"황제 폐하를 뵈러 가시는 길이십니까."

"그렇습니다."

"저 또한 폐하를 방금 뵙고 나오는 길이랍니다. 시간대가 맞아 다행이군요. 하마터면 기다리실 뻔했으니 말입니다."

알렉산드라는 답지 않게 횡설수설했고, 라키아스는 답지 않게 말이 없었다. 그녀가 그를 흘긋 쳐다보았지만, 그는 여전히 입을 닫은 채였다. 결국 어색한 침묵을 견딜 수 없었던 그녀가 먼저 자리를 뜨기 위해 입을 열었다.

"그럼 저는 이만 가보겠습니다. 살펴 가시지요."

"……"

라키아스는 말없이 고개만 끄덕여 인사했고, 알렉산드라 역시 마찬가지였다. 서로가 서로를 지나쳐 걷기 시작했다.

알렉산드라는 거기에서 조금의 이상함도 느끼지 못했다. 그러다 그가 완전히 그녀를 지나쳐 멀리 사라졌을 때가 되어서야 그녀는 깨달을 수 있었다.

"아."

처음으로 그가 그녀를 마주하고도 웃지 않았다.

"그래서 어제 읽었던 책에서……."

"……."

"……렉시?"

"아……."

그제야 정신을 차린 알렉산드라가 눈을 두어 번 깜빡이다가 클레이오를 쳐다보았다. 그가 그녀를 걱정스러운 눈으로 쳐다보고 있었다.

"미안해요, 전하. 잠시 다른 생각에 빠져 있었네요."

"무슨 일인데 그래?"

클레이오가 걱정스러운 얼굴로 물었고, 알렉산드라는 당연히 사실대로 말할 수 없었다. 남편 있는 여자가 남편에게 다른 남자이야기를 한다니. 생각만 해도 우스운 일이었으니까.

그녀가 태연하게 둘러댔다.

"아까 황제 폐하와 나누었던 대화를 떠올리고 있었어요."

"부황 폐하와? 낮에 중앙궁에 갔었어?"

"아까 부르셨거든요."

알렉산드라가 고개를 끄덕인 다음 대답했다.

"프리에타 남작부인과 황후 폐하의 관계에 대해 많이 걱정하는 눈치셨어요."

"그래서 뭐라고 말씀드렸는데?"

"뭐라고 했긴요."

알렉산드라가 사실대로 말했다.

"프리에타 남작부인을 공작부인으로 올려 달라고 말씀드렸죠."

"그래도 괜찮은 거야?"

"무슨 뜻이에요?"

"프리에타 남작부인 말이야. 지금이야 우리에게 아무런 해가 안 되지만, 만약 폐하의 늦둥이라도 낳는다던가 하면……."

"전하, 걱정 마세요."

알렉산드라가 빙긋 웃으며 말했다.

"그런 일이 생긴다면 아마 황후 폐하께서 가장 먼저 가만히 계시지 않을걸요."

"그렇겠지?"

"당신의 아드님께서 폐하의 적장자신데요. 너무 걱정하지 마세요. 아마 폐하께서 가만히 계셔도 이가렐 가문에서 가만히 있지 않을 테니까."

알렉산드라는 적어도 그 부분에 대해서만큼은 조금도 걱정하지 않았다. 그 말을 들은 클레이오가 물었다.

"그럼 뭘 그렇게 걱정하고 있었던 거야?"

"……네?"

"그대 말이야. 아까 표정이 너무 어두웠거든."

"……아."

알렉산드라가 어색한 표정으로 대꾸했다.

"그냥요. 그냥…… 일이 잘 되어가고 있는지 걱정되어서요."

"렉시도 참."

클레이오가 무슨 그런 걱정을 하느냐는 듯 알렉산드라를 꼭 안아주며 다독였다.

"잘하고 있어, 렉시. 앞으로도 잘할 거고."

"……."

"내가 이렇게 자리를 지킬 수 있는 건 전부 그대 덕분이야. 알고 있지?"

"……아니에요."

"아니긴. 다 내가 아내를 잘 만난 덕이지."

클레이오가 다정하게 속삭이며 알렉산드라의 머리카락을 정리해주었고, 알렉산드라는 그저 희미하게 웃어 보일 뿐이었다.

토마스 2세는 행동력과 추진력이 빠른 황제였다. 그는 알렉산드라의 조언 아닌 조언을 받아들여 그다음 날 곧바로 샤를레타에게 공작의 작위를 주었다.

물론 황후의 부친인 이가렐 공작을 포함해 많은 사람들이 반대했지만, 그는 강행했다. 어쨌든 작위 수여의 경우 전적으로 황제의 권한이었으니까.

이 일로 인해 샤를레타와 빈첸시아의 갈등은 더욱 깊어졌다. 물론 표면적으로 드러나는 것은 아니었다.

하지만 샤를레타는 빈첸시아를 어쩌다 한번 마주치는 일이 발생해도 제대로 인사하지 않았고, 빈첸시아는 그런 그녀를 대놓고 경멸했다.

당연히 이후 열린 티파티에도 빈첸시아는 샤를레타를 초대하지 않았고, 공작부인이 된 이후로는 샤를레타 역시 굳이 빈첸시아의 티파티에 참석하지 않았다.

두 사람은 그렇게 조용히 서로를 미워하고 있었다.

하지만 적어도 크게 문제가 될 일은 일어나지 않았기 때문에 겉으로는 아무 일도 없는 것처럼 느껴졌다.

그러던 어느 날, 두 사람 사이의 갈등이 최고조에 다다르게 된 사건이 발생했다.

"온천?"

알렉산드라가 갑자기 웬 뜬금없는 소리냐는 듯 엘로웬에게 물었다.

그러자 엘로웬이 사실이라는 듯 보기 드물게 흥분한 목소리로 답했다.

"정말입니다, 전하. 폐하께서 2주 후 코닐버리 온천으로 떠난다고 하셨어요."

코닐버리 온천은 제국의 역사와 그 맥을 같이 한다고 봐도 좋을 정도로 유서 깊은 온천이었다.

건국 황제마저 그 온천을 황후와 애용했다고 하니. 그 주변에 직계 황족들을 위한 별궁이 따로 마련되어 있을 정도였다.

"거기에 나도 포함인가요?"

"그럼요, 전하. 물론이지요!"

엘로웬이 어떻게 알렉산드라를 빼놓을 수 있느냐는 듯 첨언했다.

"3황자비 전하는 물론이고, 3황자 전하, 1황자 전하 내외, 황후 폐하, 그리고……."

이때 잠깐 엘로웬의 목소리가 희미해졌다. 알렉산드라가 의아한 표정으로 물었다.

"왜 그런가요?"

"아닙니다, 전하. 그리고 마지막으로 프리에타 공작부인께서도 합석하십니다."

"……그렇군요."

알렉산드라가 대수롭지 않게 대답했다. 기실 이상하다고 말하기도 어색한 일이었다. 어쨌든 근래 황제의 가장 큰 총애를 받고 있다는 그녀를 데려가지 않는다면 그 또한 이상한 일일 테니까. 다만…….

'황후가 열을 좀 받겠군.'

안 그래도 샤를레타가 프리에타 공작부인으로 승격된 이후 분노로 이를 갈고 있다는 소문을 들었다.

그런 상황에 한가로이 온천 여행이라니. 그것도 가족 모임과 다름없는 이 여행에. 알렉산드라가 재미있다는 듯한 표정을 짓다가, 잠시 후 들려오는 엘로웬의 말에 저도 모르게 얼굴을 굳혔다.

"아, 맞다. 그러고 보니 오르누스 공작 전하를 빼 먹을 뻔했네요."

"……그분은 왜?"

"요즘 황제 폐하께서 가장 총애하시는 분이시잖아요. 그때 그 시해 미수 사건 이후로요."

코울리즈 공작의 자리를 차지했으니 어쩌면 당연한 일일지도 모른다. 알렉산드라의 입장에서는 잘된 일이긴 했지만.

알렉산드라가 대꾸했다.

"그건 그렇죠. 하지만 황실 가족 여행에까지 동반하실 줄은 몰랐어요."

"그만큼 황제 폐하께서 믿고 신뢰하신다는 뜻이 아닐까요?"

"……"

다른 사람도 아니고 그 남자를?

알렉산드라는 순간 헛웃음이 터져 나올 뻔했다. 만일 그렇다면 황제는 정말 지금 당장 죽어도 할 말이 없는 것이다.

아무리 나이가 들었다고 해도 그렇게까지 정치적 감각이 쇠했다면 그 자리를 보존하고 있는 것 자체가 난센스고 무례였으니까.

"코닐버리 온천까지 가까운 거리는 아니지요. 그러니 번잡하게 짐을 싸는 것은 피해 주세요. 단출하게 다녀오는 게 좋겠습니다."

"알겠습니다, 전하."

엘로웬이 알렉산드라에게 인사한 뒤 그녀의 방에서 나갔고, 혼자 남겨진 알렉산드라는 다시 책을 읽기 시작했다.

그러다 문득 궁금증 하나가 그녀의 머릿속을 스쳐 지나갔다.

'그러고 보니……'

만약 코닐버리 별궁으로 가게 되면 그곳에서 황제는 누구와 시간을 보내게 되는 거지?

4

Spring

2주의 시간은 빠르게 흘러 어느덧 코닐버리 온천으로 떠나는 날짜가 되었다. 황제와 그 직계 가족의 여행답게 이동 규모가 상당히 거대했고, 호위 역시 그에 준하는 수준으로 이루어졌다.

호위의 총책임자는 라키아스가 맡게 되었다. 그만큼 그에 대한 황제의 신뢰가 매우 크다는 것을 의미했기 때문에 알렉산드라는 묘한 기분에 사로잡혔다.

나중에 가장 믿고 있던 어린 사촌에게 배신당하게 된다면 과연 어떤 기분이 들까, 그는. 자신처럼 분노하려나?

"렉시, 불편한 곳은 없어?"

클레이오의 물음에 옆에 있던 창만 바라보던 알렉산드라는 그제야 앞을 돌아보았다. 클레이오가 자상한 표정으로 제게 묻고 있었다.

알렉산드라가 고개를 저으며 대답했다.

"너무 편안한데요."

"멀미할 것 같으면 말해, 렉시. 마차는 세우면 되니까."

"그럴게요, 전하. 감사해요."

하지만 알렉산드라는 굳이 마차를 세우는 일은 하지 않았다. 무리에서 이탈하는 것만큼 번거로운 일도 없다는 걸 잘 알았기 때문이었고, 무엇보다 마차를 세울 만큼 어디가 아프지 않았다.

다만 그녀를 불편하게 만드는 것은 단 한 가지였다.

"황자비 전하, 불편한 점은 없으십니까."

알렉산드라가 창 쪽에서 들려오는 남자의 목소리에 조용히 답했다.

"없답니다, 전하."

가운데에 있다는 이유 하나만으로 그녀가 탄 마차 옆에 붙은 라키아스. 그 위치상 황제와 황후가 탄 마차가 첫 번째, 1황자 내외가 탄 마차가 두 번째, 3황자 내외가 탄 마차가 세 번째였고, 그다음이 프리에타 공작부인이었다.

그러니 사실 1황자 내외가 탄 마차 옆을 지키는 것도 가능한 일이었지만, 라키아스는 어쩐 일인지 알렉산드라가 탄 마차 옆을 선택했다. 그리고 그것이 그녀를 더욱 부담스럽게 했다.

"……."

더불어 그녀로 하여금 창 쪽만 바라보게도 만들었다. 의도한 것은 아니었는데 그냥 자꾸만 그쪽으로 시선이 갔다. 하지만 라키아스는 그녀가 있는 쪽을 도통 쳐다보는 법이 없었다.

그렇다면 도대체 왜 굳이 이쪽으로 붙은 건지.

알렉산드라가 괜히 언짢아진 기분으로 다시 앞을 응시했다. 클레이오는 피곤한 건지 다소 졸린 표정이었다.

그때 괜히 라키아스를 골려 주고 싶은 마음이 든 알렉산드라가 다정한 목소리로 클레이오를 불렀다.

"전하."

그 목소리에 클레이오가 슬그머니 눈을 뜬 다음 알렉산드라에게 물었다.

"무슨 일 있어, 렉시?"

"아뇨. 제가 아니라……."

알렉산드라가 천천히 자리에서 일어선 다음 조심스럽게 클레이오가 있는 자리로 건너갔다. 클레이오가 영문 모를 표정으로 그녀를 쳐다보고 있는데, 알렉산드라가 그에게 물었다.

"전하께서 피곤해 보이셔서서요."

"아."

클레이오가 멋쩍게 웃으며 답했다.

"어제 독서를 좀 늦게까지 했더니."

"저런."

알렉산드라가 짐짓 안타깝다는 목소리로 그에게 말했다.

"건강이 우선인걸요."

"미안해, 렉시."

"졸리면 좀 주무세요."

그렇게 말한 알렉산드라가 그에게 제 무릎을 베고 자라는 제스처를 취했고, 머뭇거리던 클레이오는 곧 엷게 미소 짓는 얼굴로 그렇게 했다. 알렉산드라가 서서히 잠에 빠져드는 클레이오를 물끄러미 바라보다가 곧 무의식적으로 고개를 옆으로 돌렸다.

그 순간 두 사람의 눈이 딱 마주쳐 버렸고, 알렉산드라는 잠깐 당황한 표정을 지었다. 마지막으로 그를 보았을 때와는 달리 그의 눈빛에는 슬픔보다는 분노가 서려 있었다. 하지만 그 분노가 저를 향한 것이 아니라는 것쯤은 그녀도 잘 알고 있었다.

그 분노는 자신의 남편이자 지금 자신의 무릎을 베고 누워 있는 남자에게 향한 것이었다. 알렉산드라가 저도 모르게 마른침을 삼켰다.

어느 순간 라키아스의 감정이 클레이오에게서 알렉산드라에게로 넘어왔다. 분노만큼이나 뜨겁고 강렬한 정염의 눈빛에 알렉산드라는 순간 질식할 것 같은 착각에 사로잡히며 흰 눈을 붉게 물들였다.

하지만 그렇다고 해서 라키아스의 눈을 피하는 것과 같은 행동은 하지 않았다.

"……."

"……."

그녀는 그를 피할 이유가 없었다. 적어도 아직까지는 그랬다.

"황제 폐하."

그때 라키아스가 나직하게 토마스 2세를 부르며 앞으로 이동했다. 눈을 맞출 상대가 사라지자 알렉산드라는 그제야 속으로 한숨을 내쉬고선 다시 클레이오에게로 시선을 집중했다.

그는 자고 있었다. 그가 잠들어 있어서 다행이라고 생각하며, 알렉산드라는 다시 한번 속으로 깊은 한숨을 내쉬었다.

라키아스는 토마스 2세에게 말의 휴식을 빌미로 잠시 휴식하다 가자고 제안했고, 그 제안은 받아들여졌다. 애당초 라키아스의 말이었기 때문에 만약 그가 이곳에서 하룻밤 자고 가자고 했어도 황제는 어쩌면 받아들였을지도 모른다는 생각이 들었다.

어쨌든 알렉산드라는 굳이 휴식의 의미를 찾지 못했기 때문에 그냥 클레이오에게 무릎을 맡긴 상태로 얌전히 앉아 있는 것을 택했다.

알렉산드라의 시녀들이 그녀를 찾아와 잠시 바깥바람이라도 쐬는 것이 어떻겠느냐고 물었지만 알렉산드라는 거절했다. 깊게 잠든 클레이오를 깨우고 싶지 않은 마음도 있었고, 나가서 괜히 라키아스와 마주칠까 봐 두려웠다.

아니, 정확히는 마주친 다음 일어날 상황이 두려웠다.

그녀는 그 눈빛을 잘 알고 있었다. 알렉산드라가 클레이오와 결혼한 첫날 밤 그녀를 바라보았던 눈빛. 라키아스와 맨 처음 배를 맞대었을 때 그가 저를 쳐다보던 눈빛이었다.

그러니 적어도, 적어도 지금은 아니었다. 물론 그는 이성적인 인간이었지만, 이번에는 어쩌면 자신 쪽이 이성적이지 못할 수도 있겠다는 생각이 들어서였다.

휴식다운 휴식을 취하지 못하는 그녀를 위해 시녀들이 알렉산드라에게 약간의 식음료를 가져다주었고, 알렉산드라는 화장실을 가고 싶어 할까 봐 거절했지만 이내 받아 들었다.

잠시 후 행렬이 다시 이어졌고, 알렉산드라는 다소 멍한 얼굴로 앞만 바라보고 있었다.

그렇게 3시간 정도를 다시 달린 끝에 마차는 코닐버리 온천에 도착했는데, 별궁은 역대 황제들이 가장 아꼈다는 것을 여실히 증명하듯 상당히 거대했고 고풍이 느껴졌다. 황제와 황후는 2층 전체를, 1황자 내외는 3층 전체를, 마지막으로 3황자 내외는 4층 전체를 사용하는 것으로 되어 있었는데, 이는 호위의 효과와 효율성을 극대화하기 위한 방안이었다.

하지만 여기에서 사소한, 아니 결코 사소하지 않은 문제 하나가 발생했다.

"폐하, 저는 어디를 사용하면 될까요?"

바로 샤를레타였다.

사실 원래라면 샤를레타는 이곳에 오는 것 자체가 말이 안 되는 사람이었다. 왜냐하면 이곳은 황실의 직계 황족만이 사용할 수 있는 공간이었기 때문이었다.

"이런, 남는 층이 없구나."

짐짓 곤란한 척을 하던 토마스 2세가 이내 해결책이 있다는 듯 환하게 웃으며 말했다.

"어쩔 수 없군. 짐과 같은 방을 쓰는 수밖에."

물론 이 사실은 빈첸시아에게는 비밀에 부쳐졌지만, 그녀가 바보가 아니고서야 그 사실을 모를 리 없었다. 이 유서 깊은 공간에 한낱 시골뜨기 남작영애가 들어 왔다는 사실도 빈첸시아로서는 원통할 노릇이었는데, 심지어는 황제와 같은 방을 쓰다니!

그녀는 평소에 찾지도 않던 선조들의 이름까지 들먹이며 저승에서 그분들을 뵐 낯이 없다며 통곡했지만, 어쩔 수 없는 일이었다. 정말로 그녀가 쓸 층이 없었으니까.

물론 2층에도 남는 방은 있었지만, 황제가 이런저런 핑계를 다 대면서 거절할 것이 뻔했다. 애당초 황제는 이런 상황을 만들기 위해 샤를레타를 데려왔을지도 모르는 일이었다.

어쨌든 가장 짜증 나는 일은, 이 모든 모욕적인 상황을 빈첸시아가 혼자서 감내해야 한다는 사실이었다. 그녀는 감히 황제에게 이 사실에 대해 이의를 제기할 수 없었다.

1황자가 황태자가 되지 않은 이상, 그녀는 아들의 미래를 위협할 만한 그 어떠한 요소도 남기고 싶지 않았으니까.

물론 타르실라라면 이런 상황을 절대 묵과하지 않았을 것이다. 당장에라도 샤를레타의 머리채를 쥐고 흔들며 이게 무슨 경우 없는 일이냐고 황제에게 호통을 칠지도 모를 일이었지만, 유감스럽게도 빈첸시아에게는 그럴 만한 담력이 없었다.

게다가 황제가 타르실라처럼 빈첸시아를 무서워하지도 않았으니 설령 그런 패악을 저지른다고 해도 효과가 없을 것이었다.

"……들어가자."

"네, 폐하."

결국 빈첸시아는 남편이 정부와 손을 잡고 한 방에 들어가는 모습을 고스란히 지켜볼 수밖에 없었다.

코닐버리 온천은 특이하게도 혼탕이었던 탓에 그곳에 입장하기 위해서는 가운을 입어야만 했다. 알렉산드라는 시녀들의 도움을 받아 드레스를 벗던 중 순간적으로 복부에 엄청난 고통이 치미는 것을 느끼며 배를 감싸 쥐었다.

"윽……!"

"전하?"

그 소리에 가장 먼저 민감하게 반응한 사람은 마레타였다. 그녀는 마치 지진이라도 난 것처럼 다급하게 그녀를 불렀다.

"왜 그러십니까, 전하?"

"……괜찮아요, 마레타."

알렉산드라가 인상을 찡그리며 여전히 아랫배를 붙잡았다.

"아무래도 곧 달거리를 시작할 듯하네요. 종종 이러거든요."

"아……."

그제야 다행스러운 얼굴로 짧게 한숨을 내쉰 마레타가 물었다.

"따뜻한 차라도 가져올까요?"

"번거롭게. 괜찮아요."

"그래도……."

"아무래도 온천욕은 무리겠네요. 자칫 민망한 꼴을 보일 수도 있으니."

알렉산드라의 말에 시녀들이 동의한다는 듯 고개를 끄덕였고, 그때 페넬로페가 물었다.

"그럼 전하, 그냥 쉬시겠어요?"

"좀 아깝긴 하지만, 그래도 그편이 좋으실 듯해요. 말씀하시는 것처럼 위험한 시기라면요."

"그렇게 하는 걸로 하죠."

알렉산드라가 고개를 끄덕였고, 결국 시녀들은 벗겼던 드레스를 다시 입히기 시작했다.

그러던 중 바깥에서 남자의 목소리가 들려왔다.

"렉시."

클레이오였다. 알렉산드라가 서두르라는 눈짓을 보내며 대답했다.

"네, 전하."

"들어가도 돼?"

"아니요. 잠시만요."

덕분에 시녀들의 손만 바빠졌고, 클레이오는 대략 4분 정도를 기다린 끝에 방 안으로 들어올 수 있었다. 마레타를 포함한 시녀들이 서둘러 자리를 비켜주었고, 알렉산드라는 저도 모르게 한숨을 내쉬며 클레이오를 쳐다보았다. 그는 가운만 입고 있었다.

"왜 가운으로 갈아입지 않았어?"

"그게……."

알렉산드라가 민망한 표정으로 소곤거리며 답했다.

"달거리가 곧 시작할 거 같아서요. 혹시라도 민망한 상황에 처할까 봐."

"아."

클레이오가 그처럼 안타까울 수가 없다는 듯한 표정으로 알렉산드라를 위로했다.

"너무 안타까워. 코닐버리 온천이 자주 오는 곳도 아니고……."

"저도 아까워요, 전하. 이곳의 온천처럼 좋은 온천도 제국 내에서 찾아보기 어렵다지요. 하지만 괜히 다른 가족들이 모여 있는 곳에서 피를 보일 수는 없으니까……."

"그래, 그래. 알았어, 렉시. 너무 신경 쓰지 마."

그가 다정하게 알렉산드라를 안아주며 그녀에게 물었다.

"몸은 괜찮고?"

"배가 약간 아프긴 한데 심각한 수준은 아니에요."

"다행이네. 몸조리 잘해야 해."

"혼자 보내서 어떻게 해요."

"괜찮아."

그가 부드럽게 알렉산드라의 볼을 쓸며 물었다.

"이따가 밤에 와도 돼?"

"그…… 잘 모르겠어요. 달거리를 할지도 모르고……."

"그럼 시녀에게 물어볼게."

"……마레타에게 물어보세요."

"그래. 알았어."

낮게 웃으며 대답한 클레이오가 알렉산드라에게 작게 키스했고, 알렉산드라는 가볍게 웃으며 그의 키스를 받아들였다.

두 사람은 길지 않은 시간 동안 입을 맞추었고, 알렉산드라는 너무 길어지기 전에 클레이오를 방에서 내보냈다.

혼자 남겨진 알렉산드라는 어쩐지 찌르르 아파오는 아랫배를 무시하며 피곤한 얼굴로 침대에 누웠다.

'……이래서야 먼 코닐버리까지 온 이유가 없군.'

황궁에 있을 때와 다를 게 없어. 이렇게 누워만 있는다면 말이야.

알렉산드라가 지루한 표정으로 눈을 감고 30분 정도를 누워만 있다가, 어느 순간 들려오는 마레타의 목소리에 정신을 차리고 고개를 옆으로 돌렸다.

"무슨 일인가요?"

"몸을 따뜻하게 할 수 있는 간식을 좀 가져왔어요."

"아."

알렉산드라가 빙긋 미소 지으며 말했다.

"들어오세요."

말과 동시에 마레타가 어마어마한 양의 간식이 담긴 접시를 들고 안으로 들어왔다.

알렉산드라가 어색하게 웃으며 말했다.

"배가 터지겠네요."

전부 다 뜨거운 간식들이었다. 퐁당 쇼콜라, 허브차, 치즈 퐁듀 등등……. 알렉산드라가 자애롭게 미소 지으며 물었다.

"같이 먹겠어요, 마레타?"

"제가 감히 어찌……."

"나한테 마레타는 소중한 사람인걸요. 늘 말하잖아요."

알렉산드라가 빙긋 웃으며 덧붙였다.

"그리고 이거 나 혼자 못 먹을걸요."

"정 그러시다면……."

마레타가 결국 알렉산드라의 부탁을 이기지 못하고 테이블 옆 스툴에 앉았다. 얌전히 애플파이를 먹고 있는 마레타를 빤히 쳐다보던 알렉산드라가 문득 물었다.

"오르누스 공작에 대해 어떻게 생각해요?"

"네?"

"라키아스 말이에요."

알렉산드라가 느릿하게 입꼬리를 끌어 올려 웃었다.

"나를 좋아하는 사람."

"그분에 대한 평가를 듣고 싶어 하시는 건가요, 전하?"

"글쎄요. 평가라기보다는……."

잠시 고민하던 알렉산드라가 얼버무렸다.

"모르겠네요, 나도."

"그분을 흠모하시나요, 전하?"

"그걸 모르겠어요."

알렉산드라가 평정심을 잃지 않는 얼굴로 대답을 이어나갔다.

"그 남자가 싫은 건 아닙니다. 마레타에게는 처음 이야기하는 거지만, 난 내 남편을 아주 싫어하거든요. 그 사람을 증오하고 있어요. 그러니 적어도 내 남편보다는 그 남자가 좋아요."

"……."

"그 남자를 보면 안기고 싶고, 키스하고 싶고, 자고 싶고…… 그런 것들이 막 하고 싶다는 말이죠."

"단순히 그런 육체적인 쾌락과 관련해서만 그분이 생각나시나요?"

"음……."

고민하는 표정을 짓던 알렉산드라가 잠시 후 다시 입을 열었다.

"날 보고 표정이 슬퍼질 때면 신경이 쓰입니다. 왜 그러냐고 물어보고 싶고…… 이유를 뻔히 알고 있는데도 말이지요."

"……."

"그리고 안아주고 싶어요. 그런 눈으로 날 바라보지 말아 달라고 말해주면서."

알렉산드라가 앞에 있던 차를 한 모금 마신 다음 다시 말을 시작했다.

"아까는 날 뜨거운 눈으로 바라보더군요. 만약 단둘이 있었더라면 위험한 일이라도 생겼을 법한 그런 눈으로……. 그런데 좋았어요. 그 상대가 남편이 아닌 다른 남자라서 배덕감을 느껴 그런 것인지, 아니면 내가 진짜로 그 남자를……."

알렉산드라가 목이 멘 목소리로 말을 잇지 못하다가, 잠시 시간이 흐른 뒤에 차분하게 말했다.

"그 남자를 좋아해서 그런 것인지."

"전하."

"내가 황제로 올려 주겠다고 약속한 그 남자를, 이성적으로 마음에 두고 있다던가. 그런 생각이 들었어요."

알렉산드라가 어느새 붉어진 눈으로 마레타를 쳐다보았다. 그 순간조차 마레타는 무표정한 얼굴이었고, 아이러니하게도 그 모습이 알렉산드라를 심리적으로 안심하게 만들어주었다.

"어떻게 생각해요, 마레타? 나는 들키지 않을 자신이 없어요."

"전하께서 원하시는 게 무엇이든."

마레타가 표정과는 다르게 따뜻한 목소리로 말했다.

"저는 그것을 이루어 드리기 위해 최선을 다합니다."

"내가 부정을 저지르더라도?"

"그런 도덕적 판단 기준은 절대적인 것이 아닙니다. 전하, 제게 있어 절대적인 선은 전하께서 원하시는 것이고, 절대적인 악은 전하를 괴롭게 만드는 것이에요."

마레타가 엷게 미소 지었다. 그녀가 미소 짓는 것은 드문 일이었기 때문에 알렉산드라는 저도 모르게 따라 웃었다.

"원하시는 게 무엇이든 그 길을 따라가세요. 뒷일은 제가 책임지겠습니다."

"……뜬금없지만."

알렉산드라가 환하게 웃으며 마레타에게 말했다.

"나는 사실 그 남자를 좋아하는 것보다 마레타를 훨씬 더 좋아해요."

"미천한 제게 그런 귀한 말씀은 어울리지 않습니다."

"아니. 그대뿐이었거든요, 마레타."

회귀 전에도, 회귀 후에도 변함없이 나를 위해 주었던 사람. 오로지 내가 하는 일에만 초점을 맞추어 움직였던 사람.

내가 누구이든, 무슨 짓을 하든 다 감싸주고 지지해 주었던 사람.

내 부모조차 그리 하지는 못했을 텐데.

알렉산드라가 슬프게 미소 지었다.

"오래 살도록 해요, 마레타. 내가 모든 것을 다 거머쥘 때까지…… 그래야 그대에 대한 빚을 나도 갚을 수 있으니까."

"명하신다면 그렇게 하겠습니다."

마레타가 기쁜 미소를 지어 보이며 알렉산드라에게 물었다.

"마음은 조금 잡히셨나요?"

"그런 것도 같네요."

알렉산드라가 묘한 미소를 지으며 대답했다.

"하지만 적어도 지금은 마음을 전하기에 너무 일러요."

"3황자 전하는 염려 마십시오. 제가 잘 처신하겠습니다."

"미안해요. 이런 떳떳하지 못한 일은 만들고 싶지 않았는데."

"재차 말씀드리지만."

마레타가 고개를 저으며 대답했다.

"전하께서 하시는 모든 일이 제게는 눈보다도 깨끗한 일이랍
니다."

라키아스는 온천욕을 그리 좋아하는 사람이 아니었다. 그나마
온천에 갔던 것도 혹시 알렉산드라를 볼 수 있을까 해서 간 것일
뿐이었다.

다행스럽게도 황제는 제 정부에게 빠져 저를 그다지 신경 쓰지
않는 눈치였고, 때문에 라키아스는 다소 일찍 온천에서 빠져나올
수 있었다.

그는 간단하게 저녁을 먹은 다음 내일의 일정을 위해 일찍 나이
트가운으로 갈아입었다. 하지만 바로 잠들지는 못하고 그의 부친
이 생전 가장 좋아했다는 병법서 하나를 꺼내 들어 읽기 시작했다.

그게 아마 저녁 10시 즈음이었을 것이다. 그리 늦다고 말하기는
어려운 밤.

똑똑.

문 두드리는 소리가 들려왔고, 라키아스는 의아한 표정을 지었
다. 그가 기사들과 함께 머무는 곳은 1층의 가장 외진 방이었는데,
이는 혹시라도 비상 상황이 발생했을 때 위층에서 머물고 있을 황

족들을 보호하기 위함이었다. 그는 혹시 무슨 문제라도 생겼나 싶어 빠르게 문까지 걸어간 다음, 문을 열었다.

"무슨 일……."

하지만 문 앞에 서 있는 상대를 보자마자, 라키아스의 입은 저절로 다물려질 수밖에 없었다.

알렉산드라가 바로 앞에서 라키아스를 빤히 쳐다보고 있었다.

그는 하마터면 누가 보면 어쩌려고 여기까지 왔냐고 화낼 뻔했지만, 그 전에 일단 그녀의 모습을 숨기는 것이 급선무라는 사실을 잘 알고 있었다. 빠르게 알렉산드라를 문 안쪽으로 숨긴 라키아스가 문을 완전히 걸어 잠근 다음에야 뒤를 돌았다.

"여기까지는 무슨 일이지?"

알렉산드라는 그의 물음에도 말없이 라키아스를 빤히 쳐다보기만 했다. 그 시선에 부담을 느낀 라키아스가 저도 모르게 시선을 피했다가, 잠시 후 시선을 피할 이유가 전혀 없다고 판단했는지 다시 고개를 바로 해 알렉산드라를 똑바로 쳐다보았다.

그가 물었다.

"무슨 일이라도 있는 건가?"

"……당신이."

알렉산드라가 느릿하게 입술을 열어 말을 토해냈다.

"보고 싶어서 왔어요, 라키아스."

"……뭐?"

라키아스가 믿을 수 없다는 얼굴로 알렉산드라를 쳐다보았지만, 알렉산드라의 눈빛에는 조금의 흔들림도 없었다.

그녀가 분명한 발음으로 다시 한번 더 말했다.

"당신이 보고 싶어서 왔다고요."

"렉시."

"이게 무슨 뜻인지 모르겠나요?"

알렉산드라가 천천히 라키아스가 있는 쪽으로 걸어왔고, 당황한 라키아스는 저도 모르게 뒷걸음질을 쳤다. 하지만 알렉산드라는 포기하지 않고 계속해서 라키아스를 향해 다가갔다.

"당신의 마음에 대한 답을 드디어 내렸다는 뜻이에요."

두 사람의 간격이 점점 좁혀졌고, 라키아스는 물러날 곳을 잃었다. 어느 순간 그의 발끝이 침대에까지 닿았고, 그는 균형을 잃고 그 자리에 주저앉았다.

그런 그를 향해 몸을 숙인 알렉산드라가 낮은 목소리로 속삭였다.

"내가 왜 이 밤에 이곳까지 온 것 같아요?"

"……."

"당신은 답을 알고 있죠?"

그렇게 말한 알렉산드라가 그녀의 부드러운 손으로 라키아스의 볼을 쓸었다. 당황한 라키아스가 저도 모르게 낮은 소리를 냈고, 알렉산드라는 그 모습을 빤히 바라보다가 어느 순간 말없이 라키아스를 뒤로 밀쳤다.

무방비 상태였던 라키아스는 자연스럽게 뒤로 넘어갔고, 곧 라키아스의 시야로 천장과 함께 알렉산드라가 눈에 들어왔다.

라키아스가 다소 잠긴 목소리로 물었다.

"지금 이건…… 그때처럼 동정심에서 우러나온 행동인가?"

라키아스의 말에 알렉산드라는 두 사람의 첫날밤을 떠올렸다. 제 실수로 저 대신 최음제를 마신 라키아스와 그런 그를 위해 그의 곁을 떠나지 않았던 자신. 알렉산드라가 곰곰이 생각하는 표정을 짓다가 어느 순간 입을 열었다.

"아마…… 그때부터였을 겁니다."

"뭐가?"

"내가 당신을 신경 쓰게 된 것 말입니다."

알렉산드라가 조곤조곤한 목소리로 속삭였다.

"다만 무시했을 뿐이에요."

"잔인했군."

"난 누구에게나 잔인한 사람이에요."

알렉산드라가 서글픈 표정으로 읊조렸다.

"당신에게도 잔인할지 모릅니다."

"당신은 이미 지금까지 내게 잔인했어."

라키아스가 슬쩍 입꼬리를 끌어올려 웃었다.

"여기서 더 잔인해진다고 해서 특별히 달라질 게 있나?"

"……쉽게 말하지 말아요."

"그대이기 때문에 쉽게 말하고 있다고는 생각하지 않나 보군."

"……."

"지금 이건, 당신의 진심인가?"

칠흑처럼 검은 라키아스의 눈동자를 쳐다보며, 알렉산드라가 말없이 고개를 끄덕였다.

그 대답에 라키아스가 엷게 웃으며 알렉산드라에게 요구했다.

"키스해줘, 렉시."

"……."

"당신이 직접."

알렉산드라는 라키아스를 빤히 바라보았다. 조금의 흠결조차 없는 완벽한 조각상 같은 얼굴. 알렉산드라가 조심스럽게 라키아스의 얼굴에 자신의 것을 가까이 댔다. 잠시 후 그녀가 고개를 기울여 느릿하게 라키아스의 입술에 자신의 것을 겹쳤다.

처음에는 속력이 느렸던 입맞춤은 시간이 지나면서 점차 속도를 내기 시작했다. 알렉산드라는 입술을 타고 전신으로 느껴지는 쾌락과, 그와 함께 느껴지는 무언가에 대한 갈증에 점점 미쳐 버릴 것만 같았다. 침대를 짚었던 팔이 자꾸만 미끄러질 듯 휘청거렸다.

알렉산드라가 흐느끼는 듯한 목소리로 라키아스를 불렀다.

"아…… 라키아스."

그 순간 라키아스가 몸을 뒤집었고, 자연스럽게 알렉산드라의 몸이 바닥으로 내려갔다. 그러나 두 사람 모두 놀라지 않은 채 입맞춤을 멈추지 않았다.

그러다 어느 순간 라키아스의 커다란 손이 알렉산드라가 입고 있던 얇은 네글리제로 향했다. 그가 흥분으로 붉어진 눈을 들어 알렉산드라를 쳐다보며 물었다.

"괜찮은 거야?"

알렉산드라는 가빠진 호흡을 느릿하게 만들며 천천히 대답했다.

"마레타를…… 믿고 있어요."

"나도 입을 맞추어야 하니까."

"……여기에나 집중해요."

샐쭉하게 대꾸한 알렉산드라가 예고 없이 라키아스에게 입을 맞추어왔고, 그 키스가 신호탄이라도 되는 것처럼 라키아스는 알렉산드라의 네글리제를 벗기기 시작했다.

마레타는 늘 그렇듯 무표정한 얼굴로 알렉산드라의 문 앞을 지키고 있었다. 자신의 주인이 지금 어디에서 무엇을 하고 있는지는 대충 예상이 갔지만, 마레타는 굳이 생각하지 않았다.

감히 주인이 하시는 일에 이러쿵저러쿵 토를 다는 것은 불경한 짓이다. 마레타는 그저 주인께서 조금의 근심도 없이 원하시는 것을 하실 수 있도록 도우면 족하다고 생각했다.

그때, 그녀의 시야로 익숙한 남자가 들어왔고, 마레타는 긴장했다.

"3황자 전하를 뵙습니다."

주인의 부군이었다. 낮에 분명 알렉산드라는 남편을 싫어한다고 말했다. 증오하기까지 한다고도 말했다. 마레타는 그 이유를 알 수 없었지만, 중요한 건 주인의 적이 곧 자신의 적이라는 사실이었다.

그녀는 우아하게 클레이오에게 인사한 다음 그에게 물었다.

"무슨 일로 오셨습니까, 전하?"

"내 비께서는 몸이 좀 괜찮으신지 모르겠군."

"아."

그제야 클레이오의 방문 목적을 깨달은 마레타가 매우 유감스럽다는 목소리로 말했다.

"이를 어쩌지요? 황자비 전하께서는 일찍 잠자리에 드셨습니다. 아무래도 곧 달거리를 시작할 것 같다고 하셨어요."

"잠깐 안에 들어가도 되나?"

"죄송합니다, 전하. 황자비 전하께서 매우 예민하신 성격이신 데다, 몸이 안 좋으실 때는 더 예민하시거든요. 아무도 들이지 말라는 엄명을 내리고 침수에 드셨습니다."

"······그래?"

클레이오가 미간을 좁히며 물었고, 마레타는 조금의 흔들림도 없는 표정으로 고개를 끄덕였다. 그는 문 앞에서 머뭇거리다가 이내 하는 수 없다는 듯 한숨을 쉬었다.

"몸이 많이 아픈 건 아닌지 걱정이군."

"황자비 전하께서는 흔한 일이라고 하셨습니다. 아마 하룻밤 푹 주무시고 나시면 괜찮아질 거라고 하셨어요."

"당연히 그래야지."

그가 걱정스러운 얼굴로 마레타에게 말했다.

"모쪼록 황자비 전하를 잘 보필하도록 해라."

"물론입니다, 전하. 전하께서도 피곤하실 텐데 조심히 들어가시지요."

"······그래."

클레이오는 그 말과 함께 뒤를 돌았다. 마레타는 아무렇지 않은 척 표정관리 했지만, 실제로는 가슴이 콩닥콩닥 뛰고 있었다.

클레이오가 마침내 완전히 뒷모습까지 보이지 않고 나서야 마레타는 안심할 수 있었다. 아무래도 오늘 밤 편안히 마음먹기는 그른 듯했다.

그날 늦은 새벽 즈음이 되었을 때 알렉산드라는 눈을 떴다. 눈을 뜨고 나서도 현실 감각이 제대로 돌아오지 않은 듯 그녀는 잠깐 동안 눈을 깜빡였다.

그러다 고개를 돌려 자신을 감싼 채로 누워 있는 라키아스를 확인하자마자 그녀는 지난밤 자신과 그 사이에 어떤 일이 있었는지를 기억해낼 수 있었다.

알렉산드라가 저도 모르게 몸을 뒤척였고, 본래 예민한 성격이었던 라키아스는 그 바람에 잠에서 깨고 말았다.

그가 잔뜩 잠긴 목소리로 알렉산드라에게 말했다.

"좀 더 잤으면 좋겠는데. 몸도 좋지 않다고 했잖아."

"그건 생리적인 문제니까 괜찮습니다."

"말투는 도통 고칠 생각이 없나 보군."

"습관이 되어서요."

"하지만 당신 남편에게는 그러지 않으면서 내게는 거리를 두는 화법을 쓰는 걸 보면 묘하게 패배감이 든단 말이지."

"별걸 다 가지고……."

알렉산드라가 기가 찬다는 듯한 목소리로 중얼거리다가, 잠시 후 인심 썼다는 듯 한마디를 보탰다.

"생각은 해보겠습니다."

"그것참, 감사하기도 하지."

라키아스가 빙긋 웃으며 알렉산드라의 입술에 키스했고, 알렉산드라는 한쪽 눈살을 구기며 말했다.

"아까 그렇게 해놓고도. 지금은 안 돼요."

"뭐가?"

"……시치미 떼긴."

"내가 무슨 말을 했다고."

라키아스가 억울하다는 듯 대꾸했고, 알렉산드라는 너털웃음을 터뜨렸다.

그러다 잠시 후에 그녀가 아쉽다는 목소리로 말했다.

"가봐야 합니다."

"벌써?"

"마레타에게 너무 큰 부담을 지울 수는 없잖아요. 그녀도 만능은 아닙니다."

알렉산드라의 설명에도 라키아스는 퍽 아쉽다는 표정이었지만, 그 역시 현실과 이상 정도는 구분할 수 있었다. 그가 아쉽다는 얼굴로 알렉산드라를 조심히 일으킨 다음 다정하게 물었다.

"몸은 괜찮아?"

"아까 그 이야기 했던 것 같은데."

"그런 거 말고."

"……적어도 당신이 물어볼 말은 아닌 것 같네요."

알렉산드라가 약간 날카로운 목소리로 지적했지만, 라키아스는 상관없다는 듯 빙긋 웃었다. 그가 부드러운 손길로 흐트러진 알렉산드라의 머리카락을 정돈해주며 말했다.

"내가 원래 이런 사람이 아닌데, 이상하게 당신과 함께 있으면 자제력을 잃는단 말이지."

"칭찬인가요?"

"그렇다고 생각하지 않아?"

그가 피식 웃으며 정성스럽게 알렉산드라에게 옷을 입혀주었다. 마지막으로 숄까지 둘러준 그가 묘한 목소리로 중얼거렸다.

"하루빨리 복수를 마무리 지어야겠어."

갑작스러운 말에 알렉산드라가 의아한 표정으로 물었다.

"갑자기 왜요?"

"이렇게 눈치 보고 싶지가 않아서."

라키아스의 말에 알렉산드라가 못 말린다는 듯 까르르 웃었다.

하여튼 사고방식이 남다르다니까.

알렉산드라가 고개를 저으며 말했다.

"꼭…… 이런 문제가 아니더라도 빨리 마무리 짓는 게 좋아요."

"왜?"

"너무 얽매여 있는 느낌이 들어서요."

알렉산드라가 씁쓸한 목소리로 말했다.

"내 인생이 복수 하나에 저당 잡혀 있는 느낌이에요. 앞으로 더 나아가지 못하고 정체되어 있는 느낌……. 이 복수에 모든 걸 걸 수 있을 거라고 생각했고, 실제로도 모든 걸 걸었는데, 한번씩 회의가 들 때가 있습니다. 내가 과연 여기에 이렇게 사력을 다하는 것이 옳은 것인지."

"……."

"물론 내 선택에 후회는 없습니다. 그건 그냥 가끔 부리는 투정 같은 거예요. 처음으로 다시 돌아간다고 하더라도 똑같은 선택을 할 거예요. 그게 내가 지금 여기 있는 이유니까."

"그대의 선택을 지지해, 렉시. 그대가 무슨 선택을 하든."

라키아스가 알렉산드라의 손을 거머쥐며 말했다.

"나는 그대가 가는 길을 도울 거야."

"……고마워요."

알렉산드라가 희미하게 웃으며 라키아스에게 마지막으로 키스했다.

이제는 정말로 가봐야 할 시간이었다.

알렉산드라는 말없이 걷기 시작했다.

라키아스의 숙소가 1층이었기 때문에 남의 눈을 피하면서 그의 방에서 빠져나오기에는 산책이 핑계로 대기에 가장 안성맞춤이었다.

차가운 새벽바람을 맞으니 없던 몸살도 생길 지경이었다. 알렉산드라가 라키아스가 둘러 주었던 숄을 좀 더 강하게 감싸 매며 체온을 높이기 위해 높였다.

여기서 조금만 더 시간을 보냈다가 들어갈 생각이었다.

"렉시."

그때 뒤에서 낯설지 않은 목소리가 들려왔고, 알렉산드라는 묘한 미소를 입가에 띤 채 뒤를 돌았다.

"전하."

"이렇게 추운데 왜 이 새벽에 나와 있어."

"좀 신선한 공기를 쐬고 싶어서요."

알렉산드라가 힘없는 목소리로 대답하자, 클레이오가 알렉산드라가 있는 방향으로 걸어왔다.

알렉산드라는 그런 클레이오를 보며 묘한 기분에 사로잡혔다.

회귀 전의 그녀는 배우자를 두고 다른 이성과 관계하는 것을 배우자에 대한 배신이라고 생각했었다. 만약 그 배우자가 자신을 위해 희생을 마다하지 않을 정도로 헌신적인 사람이라면 더더욱.

하지만 자신은 현재 클레이오를 두고 다른 이성-라키아스-과 야합하고 있었고, 어쨌든 지금으로서 클레이오는 자신에게 잘못한 것이 없었으니 원래의 기준에서 본다면 자신 역시 그를 배신한 것이었다.

그게 마냥 기분이 좋지만은 않았다.

분명 자신이 회귀하고 가장 먼저 마음먹은 것은 클레이오와의 가장 가까운 관계로서 그를 배신한 뒤 파멸시키는 것이었다. 그 첫 걸음에 다가선 지 오래였고, 두 번째 걸음을 어제 걸었다. 그럼에도 불구하고 완전히 개운한 기분이 들지 않으니 이상한 일이었다.

아무래도 그녀의 마음속에 일말의 양심과 죄책감이라는 것이 아직 살아 있는 듯했다.

하지만 회귀 전 그녀가 어떤 식으로 배신을 당했고, 또 어떤 식으로 죽음을 맞이했는지를 떠올리면 그런 당연한 감정 또한 금세 자취를 감추었다.

무슨 변명을 대도 그때 그녀가 받았던 상처와 배신감은 치유될 수 없을 테니까. 회귀를 통해 그녀가 겪은 일은 아직 일어나지조차 않은 일이 되어 버렸음에도 그 상흔이 너무나도 생생한 탓에 쉽사리 잊히지 않았다.

"어젯밤에 이상하게 덥더라고요."

그래서 알렉산드라는 클레이오에게 별로 미안하지 않았다.

이런 그녀를 두고 이중적이라거나, 혹은 비윤리적이라고 비난해도 어쩔 수 없었다. 그 누구도 자신이 겪은 일을 직접 겪지 않고서는 자신을 감히 비난할 수 없으리라. 그것이 알렉산드라의 생각이었다.

"그래도 감기 걸려."

이 다정함이 산산이 조각나버린 순간을 그 누구보다도 잘 알고 있던 알렉산드라로서는 더더욱 지금의 클레이오에게 마냥 미안해할 수 없었다.

이 남자는 어차피 미래에 똑같은 행동으로 자신을 배신할 테니까.

알렉산드라가 싸늘한 표정을 속으로 감추며 겉으로는 퍽 다정스럽게 말했다.

"역시 절 생각해 주는 사람은 전하뿐이라니까요."

"내가 그대의 남편인걸. 내가 아니면 누가 그대를 생각하겠어."

"맞는 말이에요."

알렉산드라가 빙긋 웃으며 클레이오의 입술에 가볍게 입을 맞추었다. 클레이오가 웃고 있었고, 알렉산드라도 따라서 눈웃음 지었다.

그녀가 달콤한 목소리로 속삭였다.

"이만 들어가요."

"오셨습니까."

알렉산드라가 방으로 들어서자 마레타가 가장 먼저 인사하며 그녀를 맞아들였다. 알렉산드라가 희미하게 웃으며 마레타에게 물었다.

"설마 지금까지 자지 않은 건 아니죠?"

"자지 않았습니다, 전하."

마레타가 조용히 대답했다.

"도무지 잠이 오지 않아서요."

"거짓말은. 좀 자도록 해요. 그러다 예쁜 얼굴이 상하기라도 하면 어쩌려고."

"전하께서 돌아오신 모습을 뵈었으니 이제 그래도 될 듯합니다."

"……전하께서는."

알렉산드라가 마레타를 쳐다보며 물었다.

"간밤에 다녀가셨나요?"

알렉산드라가 의미하는 이가 클레이오라는 사실을 금방 알아차린 마레타가 짧게 대답했다.

"돌려보냈습니다."

"눈치도 없으시지."

"그래도 집요하게 들어오려 하지는 않으시더군요. 다행이었습니다."

"뭐……."

알렉산드라가 묘한 음성으로 중얼거렸다.

"정말로 날 걱정해서 그런 걸 수도 있고, 아니면 그냥 그렇게 보이고 싶었던 걸 수도 있겠다는 생각이 드네요."

"……네?"

영문 모를 소리에 마레타가 드물게 되물었고, 알렉산드라 역시 드물게 그녀에게 설명해주는 것을 거부했다.

대신 싱긋 웃으며 대충 얼버무렸다.

"아무것도 아닙니다. 간밤에 다른 일은 없었나요?"

"아까 레이디 엘로웬과 이야기를 나누긴 했습니다."

"무슨 이야기요?"

"황제 폐하께서 결국 프리에타 공작부인과 침수에 드셨다는 군요."

"……뭐."

알렉산드라가 예상했다는 듯한 목소리로 대꾸했다.

"그럴 줄 알았습니다. 황후께서 진노하셨겠군요."

"듣기로는 황후께서 어젯밤부터 지금까지 한숨도 못 주무셨다고 합니다. 화난 표정으로 책만 읽고 계시다는군요."

"하룻밤 내내 책 하나를 붙잡고 있어도 아마 다 읽지는 못하실 겁니다. 어지간히 화가 났을 거거든요."

"모두들 그리 추측하고 있습니다."

"흠……."

알렉산드라가 곰곰이 생각하는 표정을 짓다가 입을 열었다.

"이쯤 되면 한 가지 일이 터져야 할 텐데요."

"무슨 말씀이십니까."

"황후가 그런 모욕을 당하고도 너무 오래 참고 있어요. 이유야

뻔하지요. 그녀의 단 하나뿐인 사랑스러운 아드님 때문이 아니겠습니까."

알렉산드라가 머릿속으로 1황자 제레미를 떠올리며 말을 이었다. 그는 아무리 봐도 군주의 자격은 못 되었다. 그러기에는 너무 심약하고 유약했다.

'죽은 2황자는 제정신은 아니었지만, 그래도 카리스마는 있었는데 말이지.'

알렉산드라가 이미 고인이 되어버린 2황자까지 기억에서 끄집어냈다가, 잠시 후 고개를 저었다.

"이런 식으로 언제까지 참을 수 있을지는 모르겠는데, 저쪽에서 움직이지 않는다면 이제는 내 쪽에서 움직이는 것도 나쁘지 않을 겁니다."

"누명을 씌우기에 상황이 너무나도 딱 맞아 떨어지고 있습니다. 특별히 의심받지는 않으실 겁니다."

"나도 그렇게 생각해요, 마레타. 하지만…… 조금은 더 기다려보는 것도 나쁘지는 않을 겁니다. 기다리는 건 내 취미가 아니지만."

"전하의 뜻대로 하십시오."

언제나와 같은 결론에 알렉산드라가 빙긋 웃었다.

그러다 돌연 그녀가 하품을 했고, 그 모습을 본 마레타가 걱정스러운 목소리로 말했다.

"조금이라도 주무시는 것이 좋겠습니다. 오후에 출발할 테니 그때까지는 깨우지 않겠습니다."

"전하께서 의심하시는 것이 아닌지 모르겠네요."

"그런 걱정은 마시고요. 어서."

마레타의 재촉 아닌 재촉에 알렉산드라가 설핏 웃으며 고개를 끄덕였다. 아직까지는 모든 게 괜찮았다. 적어도 그녀는 지금 잃을 게 없는 위치에 있었으니까.

알렉산드라가 느릿한 걸음으로 침대까지 걸어갔다.

빈첸시아가 지난밤 한숨도 자지 못했다는 소식을 들은 에밀리아나는 잠에서 깨어나자마자 곧바로 빈첸시아가 머무는 방으로 달려갔다. 에밀리아나가 걱정스러운 얼굴로 빈첸시아를 모시는 시녀에게 물었다.

"정말 폐하께서 간밤에 한숨도 못 주무셨나요?"

"그렇답니다, 전하."

시녀가 한숨을 내쉰 다음 덧붙였다.

"오후에 출발하시면 더 피곤하실 텐데 걱정입니다. 마차 안에서 주무시는 것도 불편할 텐데……."

"제가 좀 들어가 볼게요."

에밀리아나가 근심이 서린 얼굴로 빈첸시아가 묵고 있는 방 안으로 들어갔다. 빈첸시아는 자신의 인기척도 느끼지 못한 것인지, 그도 아니면 느끼고서도 굳이 아는 척할 필요는 느끼지 못한 것인지 그냥 가만히 읽던 책에 시선을 계속 고정시키기만 했다.

에밀리아나가 얼굴에서 심각한 기색을 지워낸 다음 조용한 목소리로 빈첸시아를 불렀다.

"폐하."

"……."

"황후 폐하."

두 번 정도 부르고 난 다음에야 빈첸시아는 고개를 돌려 에밀리아나를 쳐다보았다. 간밤 잠을 이루지 못했다는 사실을 증명하는 것처럼 그녀의 얼굴은 푸석푸석했고 윤기가 없었다.

에밀리아나는 그 까칠한 얼굴을 보고 갑자기 마음이 아려왔다.

그녀가 빈첸시아에게 다가가며 걱정스러운 목소리로 말을 걸었다.

"간밤에 잠을 한숨도 이루지 못하셨다고 들었어요."

"……책이 너무 재미있어서."

"폐하, 그래도 주무시는 것이 좋을 듯해요. 마차 안에서 잠을 이루시기란 여간 어려운 일이 아니니까요. 괜히 황궁으로 돌아가신 후에 병이라도 드실까 염려스럽네요."

"에밀리."

그때 빈첸시아가 드물게 에밀리아나의 애칭을 불렀다. 에밀리 아나는 당황했지만, 이내 차분하게 대답했다.

"네, 폐하."

"너라면 기분이 어떻겠느냐."

에밀리아나는 이미 전후의 상황으로 답을 알고 있었다. 하지만 짐짓 모르는 척 물었다.

"그게 무슨 뜻이세요?"

"사랑하는 남편이 휴양지에서까지 다른 여자와 잠을 청하는 걸 눈으로 직접 본다면, 기분이 어떻겠느냐는 말이다."

낮은 음성이었음에도 그 목소리에는 소름이 끼칠 정도의 설움 이 담겨 있었다. 에밀리아나는 순간 흠칫 몸을 떨었다가 이내 슬픈 목소리로 빈첸시아를 불렀다.

"폐하."

"폐하와 동침하고 싶다는 말이 아니야, 황자비. 그런 걸 바랄 나 이는 이미 한참 지났다."

"……."

"하지만 적어도 나를 그분의 적법한 황후로서 인정은 해주셔야 지. 어떻게 휴양지에까지 정부를 데리고 오는 것만으로도 모자라 그년과 같은 방까지 쓰실 수 있단 말이냐."

"폐하, 심신을 굳게 하셔야 합니다. 그런 것에 휘말리시면……."

"그런 것?"

빈첸시아가 날카로운 목소리로 말했다.

"너는 마치 내가 지금 겪고 있는 일이 아무것도 아닌 것처럼 말하는구나."

"늙은 황제가 젊은 정부를 취하는 것은 동서고금을 막론하고 역사적으로 흔했던 사실이지요. 외람되지만 특별히 이상한 일도 아니라고 생각합니다."

"……그래."

빈첸시아가 공허한 목소리로 대꾸했다.

"네 말이 맞아. 싱싱하고 아름다운 꽃을 찾는 것은 벌의 당연한 본능이지."

"……."

"하지만 그렇다고 하더라도 지난날 그 벌을 위해 꽃가루를 내어 주었던 꽃을 무시해서는 안 되는 거야."

"저 또한 황후 폐하의 말씀에 동의해요. 하지만…… 황제 폐하께서는 아무래도 그 사실을 잊으신 듯하군요."

"그게 분해 못 견디겠구나."

빈첸시아가 소름 끼치도록 낮은 목소리로 중얼거렸고, 에밀리아나는 그 바람에 한 번 더 흠칫했다. 그녀가 떨리는 목소리로 말했다.

"황제 폐하를 더 이상 사랑하지 않으시는 것이 황후 폐하의 마음을 더는 다치지 않도록 하는 유일한 방법이라고 생각해요,

저는."

그 말을 들은 빈첸시아가 씁쓸하게 웃었다.

"내 마음이 내 뜻대로 된다고 누가 그러던?"

"……"

"그게 내 마음대로 조절할 수 있는 일이 아니다, 비."

"폐하께서 더는 상처 입으시는 모습을 보고 싶지 않아 드리는 말씀이에요. 게다가…… 계속 이런 식으로 증오와 슬픔을 쌓아 가시면 언젠가는 폐하께도 해가 될 거고요."

"이미 늦었다."

빈첸시아가 냉소적으로 대꾸했다.

"이미 해가 되었으니까."

"……"

"그 여자를 죽이고 싶어서 미칠 지경이야, 에밀리. 사지를 찢어 사자의 먹이로나 던져주고 싶구나."

"……폐하."

"아무래도."

빈첸시아의 눈동자가 번뜩이며 빛났다.

"무슨 조치를 취해야 할 것 같아."

"조치라니요."

에밀리아나가 불안한 표정으로 물었다. 만약 프리에타 공작부인이 임신이라도 했다면 그때는 그녀 역시 빈첸시아가 말하는 '조

192

치'를 취할 의향이 있었다.

하지만 지금으로서는 움직일 만한 이유가 전혀 없지 않은가? 단순한 질투심 때문에 함부로 움직이기에 빈첸시아는 이 제국에서 너무나도 고귀한 여자였고, 잃을 게 상당했다.

에밀리아나가 이성적인 판단으로 그녀를 말렸다.

"폐하, 아직 그 여자가 1황자 전하께 실이 될 만한 일은 저지르지 않았습니다. 아이를 밴 것도 아니고, 지금까지는······."

"그게 전부가 아니지 않느냐, 에밀리!"

갑자기 빈첸시아가 날카롭게 소리 질렀고, 깜짝 놀란 에밀리아나는 반사적으로 입을 다물었다. 느낌이 말해주고 있었다. 이건 별로 좋지 않았다.

"폐하, 일단 진정······."

"내가 지금 진정하게 생겼느냐, 에밀리?"

빈첸시아가 벌게진 눈으로 물었다.

"난 도무지 이런 모욕을 견딜 수 없어. 어떻게 폐하께서 내게 이러실 수 있다는 말이냐."

"······."

빈첸시아 역시 죽은 타르실라에게는 3황자의 친모와 더불어 그런 유의 모욕을 주는 사람들 중 하나였을 것이다. 어쨌든 타르실라보다는 빈첸시아 쪽이 토마스 2세를 훨씬 많이 사랑했기 때문에 에밀리아나는 지금 빈첸시아의 반응이 이해 가지 않는 것도 아니었다.

하지만 정말 그녀가 그녀의 아들을 위한다면 자신의 감정에 따라 함부로 움직이지 않아야 하는 것이다. 그렇게 사랑하는 사람과의 사이에서 낳은 아들을 차기 황제로 만들려면 말이다.

"어차피 아이를 밴 다음 제거하려면 너무 늦어버려. 무슨 일이 생기면 자연스럽게 우리가 의심받을 거라는 말이다."

그 말도 일리가 없는 건 아니었기 때문에, 에밀리아나는 결국 한숨을 내쉬었다.

아무래도 그녀의 시모는 고집을 포기할 생각이 전혀 없어 보였다.

에밀리아나가 포기조로 말했다.

"방법을 찾아보겠습니다, 폐하."

귀가 일정은 조금도 지체되지 않고 이행되었다. 클레이오와 함께 마차에 올라탄 알렉산드라는 라키아스의 모습을 보기 위해 내부가 더운 것처럼 손부채질을 몇 번 하다가 은근슬쩍 창을 열었다.

그로인해 마주치게 된 라키아스의 모습에 알렉산드라는 순간 웃음을 터뜨릴 뻔하였으나, 간신히 인내했다.

그때 그녀를 바라보던 라키아스가 알렉산드라에게 물어왔다.

"황자비 전하, 불편하신 점이 있으십니까?"

마치 어젯밤 아무 일도 없었던 사람처럼 구는 그의 모습이 이상하게 우습게 느껴져서 알렉산드라는 다시 한번 웃음을 터뜨리고 싶은 강한 유혹에 사로잡혔지만, 간신히 인내했다. 당장 바로 앞에 클레이오가 있는데 그런 정신 나간 짓을 할 수는 없었으니까.

"없습니다, 공작 전하. 신경 써주셔서 감사해요."

"별말씀을 다 하십니다. 3황자 전하께서는 불편한 점이 없으신지요."

"없습니다, 당숙님."

의례적으로 대꾸한 클레이오가 잠시 후 슬쩍 미간을 좁히며 알렉산드라에게 물었다.

"조금 춥지 않아, 렉시?"

"아."

알렉산드라가 짐짓 놀란 척을 하며 물었다.

"추우시면 창문을 닫을까요?"

"그대가 더우면 그냥 열어 놓도록 해."

"아니에요. 더운 게 추운 것보다는 나으니까요."

알렉산드라가 희미한 미소를 지으며 창문을 닫았고, 클레이오는 그런 알렉산드라를 쳐다보다 이내 물었다.

"몸은 좀 어때?"

"괜찮아요. 하지만 지금까지도 달거리를 안 한 걸 보면 그냥 어제 온천욕을 할걸 그랬나 봐요."

아쉽다는 듯한 투로 말하는 알렉산드라에게 클레이오가 다정하게 말했다.

"다음에 또 오면 되지. 이번만 기회인가."

"……좋아요."

알렉산드라가 억지로 입꼬리를 끌어 올려 웃었다. 코닐버리 온천에 갈 수 있는 것은 공식적으로 황제와 그 비뿐이었고, 나머지 황족들은 황제와 동행하지 않으면 코닐버리 온천의 출입이 불가능했다.

알렉산드라는 모쪼록 다시 이곳을 방문하게 된다면 그때는 라키아스와 함께이기를 바라며 천천히 눈을 감았다.

불면의 대가로 수면욕이 스멀스멀 기어 올라왔다.

"졸려, 렉시?"

수마가 그녀를 집어삼키기 직전 간신히 클레이오의 목소리가 들렸다. 알렉산드라가 희미하게 웃으며 고개를 끄덕였다.

잠시 후 그녀의 눈이 완전히 감겼다.

첫 번째 마차는 쥐 죽은 듯 조용했다. 정말 아무도 타지 않은 것처럼 두 사람은 말이 없었다.

토마스 2세는 제 앞에 앉은 여자가 샤를레타가 아닌 빈첸시아라는 사실에 아쉬워하며 지난밤 자지 못했던 잠을 채우기라도 하려는 듯 눈을 감고 있었고, 빈첸시아는 그런 토마스 2세를 보며 여전히 분노에 떨었기 때문이었다.

특히나 빈첸시아는 이따금씩 헛기침 소리라도 내는 토마스 2세에 비해 전혀 아무 소리도 내지 않았는데, 그와 대조적으로 마음속으로는 온갖 열불이 끓어오르는 중이었다.

그녀는 제게 어제의 일에 대해 아무런 대화도 시도하지 않는 토마스 2세를 보며 더더욱 배신감에 타올랐다. 어떻게 20년 넘게 한 이불을 덮고 잔 정실에게 이런 태도를 보일 수 있다는 말인가.

최소한 미안함이라도 느끼길 바랐지만, 아무래도 그것은 자신의 바람에 지나지 않는 듯했다. 결국 참다못한 빈첸시아가 어느 순간 입을 열어 토마스 2세를 불렀다.

"폐하."

"……."

답이 없었다. 아무래도 그는 잠에 든 듯했다.

하지만 빈첸시아는 굴하지 않고 다시 한번 토마스 2세를 불렀다.

"폐하."

그제야 토마스 2세가 천천히 눈꺼풀을 들어 올렸다. 빈첸시아는 그의 얼굴을 보는 순간 애증이 뒤섞인 흥분이 일어나는 것을 느꼈다. 그녀가 떨리는 목소리로 물었다.

"제게 하실 말씀이 없으신가요?"

"……무슨 뜻이지?"

"어제 일에 대해 제게 하실 말씀이 조금도 없느냐는 뜻이에요."

"어제 일?"

토마스 2세가 잘 모르겠다는 얼굴로 물었다.

"무엇 말인가."

"……계속 이리 시치미를 떼실 생각이십니까?"

"황후가 하는 말을 나는 도무지 이해하지 못하겠는데."

"폐하!"

마침내 빈첸시아가 소리를 질렀지만, 죽은 타르실라의 패악에 익숙해져 있던 토마스 2세에게 빈첸시아의 외침 정도는 시시한 수준이었다. 토마스 2세가 감흥 없는 얼굴로 대꾸했다.

"말을 하면 되지 왜 소리를 지르고 그러나. 뒤에 있는 그대의 아들 내외가 놀라겠군."

"……저만의 아들입니까?"

누가 듣는다면 저 혼자 임신하여 아이를 낳은 줄 알 것 같은 발언이었다. 빈첸시아가 입술을 짓이기며 물었지만, 토마스 2세에게는 통하지 않은 듯했다. 그는 여전히 무감정한 얼굴이었으니까.

"그게 중요한 건가, 지금?"

"······2층에 방이 남아돌았습니다."

빈첸시아가 힘겹게 이야기를 꺼냈다.

"저와 함께 오신 곳에서까지 그 아이를 데리고 같은 방에 들어가신 것, 제가 모를 줄 아셨습니까? 솔직히 너무하다고 생각하지 않으세요? 폐하께서 제게 이러실 수는 없습니다."

"고작 그것 때문에 지금 이러는 것인가?"

"고작 그것이요?"

빈첸시아가 황당한 얼굴로 물었다.

"폐하, 저를 당신의 황후로 여기고 계시긴 한 겁니까?"

"그대는 나의 훌륭한 황후야. 그건 부정할 수 없는 사실이지."

하지만 그렇게 말하는 토마스 2세의 얼굴은 그리 따뜻하지 않았다.

"그럼 되었잖아. 뭐가 더 필요한가?"

"······폐하의 사랑이요."

빈첸시아가 서글픈 목소리로 대답했다.

"전 폐하를 사랑하는데, 폐하께서는 절 사랑하지 않으시잖아요. 저는 그냥 폐하의 황후일 뿐이잖아요."

"······빈첸시아."

토마스 2세가 한숨 섞인 목소리로 빈첸시아를 불렀다. 빈첸시아의 두 눈은 이미 시뻘게질 대로 시뻘게진 데다, 눈물이 너무 고여 금방이라도 아래로 떨어질 듯했다.

하지만 토마스 2세는 그 모습을 보고도 모른 척하며 말을 맺었다.

"나는 타르실라조차 사랑하지 않았어."

그러니 겨우 두 번째로 황후가 된 너는 감히 사랑을 바라지 말라는 완곡한 표현이었다. 그 말을 들은 빈첸시아는 깊게 절망했다.

"……"

빈첸시아는 한동안 침묵을 지켰다. 그 침묵의 시간 동안 그녀의 마음속에서는 온갖 감정들이 폭발했다.

사랑과 증오가 반복하여 그녀를 괴롭혔다. 하지만 어느 정도 시간이 흐른 뒤에는 증오가 사랑을 앞섰다.

그녀는 자신이 사랑하는 남자가 자신을 사랑하지 않는다는 사실을 증오했고, 자신을 사랑해주지 않는 남자를 증오했고, 그 남자의 사랑을 독차지하는 여자를 증오하게 되었다.

그러다 그녀는 마침내 자신이 무엇을 해야 할지 깨달았다. 위험하고 유혹적인 깨달음이었다. 하지만 절대로 돌이킬 수 없었다.

빈첸시아가 희미한 미소를 지어 보였다.

"……그렇군요."

그것이 그녀가 내뱉은 마지막 말이었다. 빈첸시아는 그 이후로 입을 열지 않았다.

5

Contrast

코닐버리 온천을 다녀온 이후로도 샤를레타를 향한 토마스 2세의 총애는 한결같았다. 토마스 2세는 샤를레타에게 완전히 미친 것처럼 행동했다. 어디를 가든 늘 그녀와 함께했고, 단 하루도 잠자리를 거르지 않았다.

황제의 첫사랑인 샤를리즈와 샤를레타가 똑 닮았다는 사실을 모르는 사람들은 이 모습을 보고 토마스 2세가 미친 게 분명하다면서 수군댔다. 지극히 당연한 반응이었지만, 토마스 2세는 그 사실을 알고도 묵인했다. 그에게는 오직 죽은 첫사랑과 꼭 닮은 여자가 환생한 것처럼 자신의 앞에 나타났다는 사실이 가장 중요했으니까.

때문에 프리에타 공작부인인 샤를레타의 가장 큰 임무는 토마스 2세를 언제든 모실 수 있도록 늘 아름답게 치장하는 것이었다. 그녀의 시녀들 역시 그녀의 가장 큰 소임이 그런 것이라는 사실을 알고 있었기 때문에 늘 샤를레타를 아름답게 하는 데 공을 들였다.

샤를레타는 자신을 화려하게 꾸미기 위해 점점 사치스러워졌고, 예전이라면 그녀의 집을 구제할 수 있었을 만큼의 돈을 드레스 한 벌을 사는 데 한 번에 쏟아부었다. 예전의 시골뜨기 남작영애는 완전히 자취를 감춘 듯했다.

"루주를 좀 더 짙게 발라야 할까?"

화장대의 거울 앞에 앉은 샤를레타가 고민스러운 얼굴로 중얼거렸다. 그녀는 얼마 전 선물로 받은 붉은색 루주를 입술에 바르며 얼마나 짙게 칠할지를 고르고 있었다.

결국 평소보다 짙게 칠하기로 결정한 샤를레타가 거침없는 손놀림으로 입술에 루주를 발랐다. 잠시 후 루주를 화장대 위에 내려놓은 샤를레타가 불만스러운 얼굴로 말했다.

"얼굴을 좀 더 하얗게 만들어야 하지 않을까?"

샤를레타의 말에 옆에 있던 그녀의 시녀가 아니라는 듯 고개를 저었다.

"안 그래도 요즘 얼굴이 너무 하얘지셨는걸요. 그 정도면 충분할 듯해요."

"내가 폐하께 사랑받아 더 아름다워지는 것 같아. 그렇지 않니?"

"저도 그렇게 생각해요, 프리에타 공작부인."

"황제 폐하께서는 언제쯤 부인께 황비의 관을 내리실까요?"

"날 이렇게 총애하시는데 당연히 금방 황비의 관을 내리시겠지."

샤를레타가 으스대는 표정으로 말하며 얼마 전 토마스 2세가 자신에게 선물했던 목걸이를 자랑해야겠다는 생각을 했다. 그녀는 보석함 쪽으로 가기 위해 화장대 앞에서 우아하게 일어섰다.

하지만 그 순간, 샤를레타가 비틀거렸고, 주변에 있던 시녀들이 깜짝 놀라며 그녀를 부축했다.

"부인!"

"왜 그러세요?"

"아아, 아무것도 아니야. 잠깐 어지러워서 그래."

샤를레타가 아무것도 아니라는 듯 허리를 꼿꼿이 폈지만, 그 또한 잠시였다. 그녀는 다시 비틀거리기 시작하다가, 결국 땅바닥으로 고꾸라졌다. 큰 소리와 함께 그녀가 바닥 위로 떨어졌다.

"까악!"

"부인!"

"뭐해? 당장 궁의를 불러와!"

순식간에 샤를레타가 있던 곳이 아수라장이 되었고, 샤를레타는 여전히 창백한 얼굴로 눈을 뜨지 못했다.

빈첸시아는 우울한 얼굴로 달콤한 밀크티를 마시고 있었다. 근래 그녀의 기분은 추락할 대로 추락한 상태여서, 요즘 그녀가 먹는 디저트의 대부분은 평소보다 설탕이 몇 배 더 첨가된 것들이었다.

그 모습을 걱정스럽게 쳐다보던 시녀가 말했다.

"폐하, 요즘 너무 단것을 많이 드시는 듯합니다. 건강이 걱정돼요."

"단것이라도 먹어야 기분이 좀 나아진답니다. 안 그러면 마약이라도 하고 싶은 심정이라."

빈첸시아가 건조한 목소리로 대꾸한 다음 다시 차 한 모금을 마셨고, 그 모습을 지켜보는 시녀의 얼굴은 더욱 어두워졌다. 코닐버리 온천에 다녀온 이후 빈첸시아는 마치 삶의 모든 활력을 잃어버린 듯한 모습이었다. 내궁의 일은 문제없이 처리되었지만, 그와는 별개로 빈첸시아는 점점 마음에 병이 들어가고 있는 중이었다.

"밀크티를 좀 더 가져와 주겠……."

빈첸시아의 말이 다 끝나기도 전에 그녀가 있던 방 안의 문이 벌컥 열렸다. 갑작스러운 일에 깜짝 놀란 빈첸시아가 커진 눈으로 문쪽을 쳐다보았다.

토마스 2세가 그녀를 향해 성큼성큼 걸어오고 있었다. 빈첸시아가 기쁜 마음에 입을 열어 그를 부르려 했지만, 목소리는 나오기도 전에 날카로운 소리에 먹혀 사라졌다.

짝!

빈첸시아의 고개가 옆으로 돌아갔고, 그 모습을 본 시녀는 얼굴이 하얗게 질렸다. 상대가 황제가 아닌 다른 이라면 그게 누구든 무슨 짓이냐고 따졌을 테지만, 상대는 제국의 지존이었다.

그 누구도 감히 건드릴 수 없는.

"폐……하."

빈첸시아가 부들부들 떨리는 몸을 진정시키지 못한 채로 토마스 2세를 쳐다보았다. 어떻게 감히 당신이 이럴 수 있느냐는 얼굴이었지만, 정작 뺨을 때린 황제는 빈첸시아에 대해 일말의 미안함도 없어 보이는 표정을 짓고 있었다.

빈첸시아는 뺨에서 느껴지는 홧홧한 고통보다 심리적 상처에 더욱 몸부림쳤다. 단 한 번도 제게 손찌검한 적이 없었던 사람이다. 그런 그가 어떻게……!

"제정신이 아니신 것이지요?"

"……"

"그렇다고 말씀하지 않으신다면 저는 도대체 이 상황을 어떻게 받아들여야 합니까?"

떨림과 물기가 섞인 목소리에도 황제는 말이 없었다. 다만 빈첸시아를 매섭게 노려보기만 할 뿐이었다. 그 시선을 그대로 받고 있는 빈첸시아는 도무지 이 상황을 이해할 수 없었다.

도대체 왜? 지금 그 시선으로 상대를 바라봐야 할 사람은 그가 아닌 자신이었는데.

빈첸시아가 물었다.

"폐하, 어떻게 제게 이러실 수 있습니까."

"……어떻게 그럴 수 있느냐고?"

황제의 목소리는 지나치리만치 싸늘했고, 그래서 빈첸시아는 흠칫 놀랄 수밖에 없었다.

어떻게 저런 목소리로 제게 물을 수 있는 것일까.

그녀는 도무지 이해할 수 없었다. 상식적인 선에서는 이해할 수 없는 일이었다.

그때 토마스 2세가 고함을 쳤다.

"감히……! 사람의 탈을 쓰고 어떻게 그런 짓을 할 수가 있어!"

"폐하, 알아듣게 말씀을 하세요. 무슨 말씀이신지 전 도통…….""

"하, 오리발을 내미시겠다?"

토마스 2세가 경멸하는 눈초리로 빈첸시아를 쏘아보며 덧붙였다.

"샤를이 쓰러졌다."

호칭과 직위를 생략한 문장이었음에도 빈첸시아는 샤를이 누구인지 알 수 있었다. 빌어먹을 천박한 시골뜨기.

빈첸시아가 저도 모르게 일을 갈며 물었다.

"그래서요?"

"계속 모르는 척할 건가? 감히 내 앞에서?"

"감히 누구 앞이든 영문도 모르는 일에 대해 아는 척을 할 수는 없지 않습니까!"

"독에 중독되었어! 그녀가 바보가 아닌 이상 스스로 독을 먹었을 리 없지. 이 황궁에 그런 일을 꾸밀 만한 사람이 그대 말고 또 있나?"

말도 안 된다.

빈첸시아가 황당한 표정으로 소리쳤다.

"전 아닙니다, 폐하!"

"그럼 누가 샤를에게 독을 중독시켰다는 거지? 그녀와 원한 관계가 있는 사람이 이 황궁 안에 누가 있지? 그녀가 죽음으로써 이득을 볼 사람은?"

"……"

답이 한 명으로 좁혀졌다.

하지만 빈첸시아는 정말로 억울했다. 그녀가 코닐버리 온천에서 다녀온 후 분을 이기지 못해 샤를레타에게 쓸 독극물을 마련해 놓은 것은 사실이었다.

하지만 아직 계획을 실행으로 옮기지는 않았다. 그러니 지금 쓰러진다는 건 적어도 그녀의 탓은 아닌 것이다.

빈첸시아가 고개를 저으며 말에 힘을 주었다.

"신께 맹세하고 이가렐 가문의 명예를 걸 수 있습니다, 폐하. 저는 아니에요."

"그럼 샤를이 바보인가 보군. 스스로 독을 먹었다는 건가?"

"저는 아닙니다. 정말 아니에요!"

"닥쳐!"

토마스 2세가 다시 한번 고함쳤고, 빈첸시아는 저도 모르게 눈물이 흘렀다.

정말로 아니었다. 자신이 한 짓이 아니었다. 그런데도 그녀의 남편은, 남편이라는 사람은 자신을 믿어 주지 않고 오로지 쓰러진 그의 정부만을 걱정했다.

빈첸시아는 비참해서 죽을 것 같았지만, 어쨌든 결백은 밝혀야 했다. 이건 제레미에게도 치명적일 수 있는 사안이었다.

"정말 아니라고요! 제가 죽기라도 해야 제 결백을 믿어주실 겁니까?"

"그대의 죽음이 내게 무슨 엄청난 가치라도 지닌 것처럼 말하는군."

토마스 2세의 냉소적인 말에 빈첸시아는 다시 한번 내적인 상처를 입었다.

어떻게 저런 말을! 빈첸시아가 부들부들 떨리는 눈으로 토마스 2세를 쳐다보았다.

사랑하는 남자가 저를 경멸 어린 시선으로 쳐다보고 있었다. 그것처럼 괴롭고 비참한 일이 또 있을까.

빈첸시아의 두 눈에서 눈물이 흘러내렸다.

"저는 정말 억울합니다, 폐하. 제가 그러지 않았어요. 제 탓이 아니라고요……."

"……."

그런 빈첸시아의 모습을 빤히 바라보던 토마스 2세가 이내 깊게 한숨을 내쉬었고, 그 모습에 빈첸시아는 저도 모르게 입술을 깨물었다.

그가 원망스러웠다. 어째서 자신을 믿어 주지 않는 것일까? 아니라고, 자신이 그런 게 아니라고 몇 번이나 말했는데도!

"……그 말에 책임을 져야 할 거야, 빈첸시아."

"……."

"조사단을 보낼 테니 당분간은 파사궁 안에서만 지내도록 해."

사실상의 연금이었다.

빈첸시아가 울음 섞인 황당한 얼굴로 소리쳤다.

"폐하!"

"그대가 정말 결백하다면 그 정도의 불편함은 참는 게 좋을 거야. 그렇지 않다면 황제의 정부를 살해하려 한 혐의를 피해갈 수 없을 테니까."

"하, 어떻게……."

"조용히 지내는 게 좋을 거야. 그대가 그렇게 끔찍이 여기는 아들을 지키고 싶다면."

이제는 제레미를 가지고 협박이었다. 빈첸시아는 어이없는 얼굴로 제 아들의 아버지를 쳐다보았지만, 토마스 2세는 미련 없이 발걸음을 돌려 곧바로 나가버렸다.

쿵.

문이 닫히자마자 빈첸시아는 그 자리에 주저앉았다. 곁에 있던 시녀들이 서둘러 달려왔다.

"폐하!"

"폐하, 괜찮으세요?"

"어떻게 이런 일이……!"

그녀들이 한마디씩 말을 주고받으며 빈첸시아를 걱정했고, 개중에는 궁의를 부르러 달려나간 시녀도 있었다. 하지만 그 모든 소란 속에서 빈첸시아는 초점을 잃은 눈으로 멍하니 앞만 응시할 뿐이었다.

도무지 지금 그녀에게 일어난 일을 믿을 수가 없었다. 20년 넘게 살면서 단 한 번도 손찌검한 적 없던 남편이 그녀에게 처음으로 손찌검을 한 것이었다.

그것도 고작 남작 영애 출신의 정부 하나 때문에.

"황자비 전하, 오르누스 공작 전하께서 찾아오셨습니다."

조용히 책을 읽고 있던 알렉산드라가 고개를 옆으로 돌려 문을 쳐다보았다. 그녀는 잠깐 고민하는 표정을 짓다 물었다.

"무슨 일로 오셨다고 하던가요?"

"그냥 드릴 말씀이 있다고만 하시던데요."

드네리스의 말에 알렉산드라는 자리에서 천천히 일어난 다음 바깥으로 나갔다. 갑자기 드러난 자신의 모습에 드네리스가 고개를 숙여 예를 차렸고, 알렉산드라는 빙긋 웃으며 그녀에게 말했다.

"손님이 오셨다면 응접실로 모시지 그랬나요, 드네리스."

"안 그래도 지금 응접실에서 기다리고 계십니다, 전하. 응접실로 모실까요?"

"그렇게 하죠."

알렉산드라가 엷은 미소를 지은 채로 고개를 끄덕였다. 긴 복도를 따라 5분 정도 걸어가자 응접실의 금색 문이 보였고, 알렉산드라는 직접 문을 열었다. 안으로 들어온 그녀가 저도 모르게 문을 걸어 잠갔고, 그의 모습을 보기 위해 고개를 들어 올렸다.

"아……."

하지만 바로 그 순간, 어디에 있었던 건지 라키아스가 나타나 그녀에게 입을 맞춰왔다. 그 부드러운 입맞춤에 알렉산드라가 저도 모르게 발걸음을 문에서 멀리 떨어진 곳까지 옮겼다. 혹시라도 밀회의 흔적을 누가 들을까 봐 겁이 났기 때문이었다.

"하아, 갑자기…… 이러는 법이 어디 있습니까."

알렉산드라가 약간의 원망조로 물었지만, 상대방은 답이 없었다. 키스로 대답을 대신하려는 사람처럼 그녀에게 열정적으로 입을 맞추기만 했다.

그러는 동안에도 알렉산드라는 혹시라도 커튼이 열려 있을까
봐 창 쪽으로 시선을 돌렸지만, 다행히도 커튼은 쳐져 있었다. 아
무래도 라키아스가 미리 손을 쓴 듯했다.

라키아스의 얼굴을 익숙하게 감싸 쥔 알렉산드라가 낮게 웃는
소리를 내며 중얼거렸다. 치밀하기도 하시지.

"웃……!"

갑작스럽게 느껴지는 목의 자극에 알렉산드라가 반사적으로
신음을 냈다. 그녀가 눈치채지도 못하는 사이 라키아스가 목까지
오는 그녀의 드레스 단추에 손을 댄 것이다.

알렉산드라가 다시 한번 낮게 웃었다. 하여간 빠르다니까.

"이러려고…… 온 거예요?"

한참 후에 그녀가 쥐어짜는 듯한 목소리로 물었고, 라키아스는
그제야 입을 열었다. 오랜만에 들어보는 목소리였다.

"너무 오랫동안 당신 살 냄새를 맡지 못해서 말이야."

"그 말 되게 변태 같은데."

"그래서 싫어?"

싫을 리가. 알렉산드라가 대답 대신 그에게 가볍게 몇 번 정도
입을 더 맞추었다. 그런 다음 그의 눈을 똑바로 바라보며 물었다.

"정말 이 이유뿐이에요? 그럼 밤에 왔어야지. 여기서 어떻게 하
라고."

212

"3황자의 집무실이 바로 이 옆옆 방이야. 아무리 나라도 그렇게 용감한 짓은 못하지."

그가 묘한 미소를 띤 얼굴로 말했고, 알렉산드라는 신기하다는 얼굴로 대꾸했다.

"당신 입에서 그런 말이 나올 줄이야."

"못 믿겠지만, 내가 인내심이 좀 강해서."

"옳은 말을 했어요."

알렉산드라가 파르르 떨리는 그의 눈꺼풀에 입을 맞추며 속삭였다.

"도무지 못 믿겠네요."

"내 인내심이 약한 게 아니라 그대가 너무 아름다운 거야."

"그것참."

듣기 좋은 핑계야.

낮게 웃은 알렉산드라가 가만히 라키아스의 머리를 쓰다듬었다.

"프리에타 공작부인이 쓰러졌어요."

뜬금없는 화제에 라키아스가 눈살을 구겼다.

하필 이런 순간에 그런 이야기라니. 그녀답다고 해야 하나.

라키아스가 불만스럽게 말했다.

"그런 이야기는 이미 알고 있으니 굳이 하지 않아도 좋아."

"왜 그렇게 됐는지 궁금하지 않아요?"

"그런 걸 묻는 걸 보니 뻔하군."

라키아스가 빙긋 웃으며 물었다.

"그대의 짓이지?"

"너무 쉽게 맞추면 재미없는데 말이죠."

"괜히 힘 빼고 싶지는 않아서."

희미한 미소가 입가에 머문 라키아스의 얼굴을 빤히 쳐다보던 알렉산드라가 곧 아무렇지 않게 이야기를 시작했다.

"황후가 지난번 코닐버리 온천 때 속이 많이 상한 모양입니다. 극비리에 독을 구해 놓았더라고요."

물론 아직 계획을 실천으로 옮기지는 못한 것 같지만 말입니다.

알렉산드라의 말에 라키아스가 저도 모르게 웃음을 터뜨렸다. 그가 흥미롭다는 얼굴로 물었다.

"주저하는 사이에 다른 사람에게 기회를 놓쳐 버렸군, 그래."

"반쯤은 억울할 거고, 반쯤은 뜨끔할 겁니다. 하지만 결국 하지도 않은 일로 죄를 뒤집어쓰게 생겼네요."

"황제가 과연 순순히 걸려들까?"

"황후 아니면 의심할 수 있는 사람이 또 누가 있을까요. 나? 아니면 1황자? 어느 쪽도 아닐 겁니다. 황제는 우릴 믿고 있고, 1황자는 소극적이에요. 더구나 프리에타 공작부인에게 지속적인 적의를 드러내 보인 사람은 황궁에서 황후가 유일합니다."

그렇게 말하는 자의 얼굴에서는 특별한 죄책감을 찾아볼 수 없였다.

라키아스가 묘한 미소를 띤 채로 중얼거렸다.

"내가 이래서 당신을 좋아해."

똑똑하고 예쁘고, 욕망에 솔직하잖아.

라키아스의 말에 알렉산드라가 한쪽 눈썹을 치켜뜨며 물었다.

"뭐라고요?"

"이래서 당신이 좋다고."

"굳이 '이러지' 않아도 날 좋아해 줄 사람이 필요합니다, 나는."

"그럼 정정하지."

라키아스가 그녀의 입술에 다시 한번 자신의 것을 겹친 다음 속 삭였다.

"안 그래도 좋아 죽겠는데, 이러니까 좋아서 미쳐버리겠잖아."

"너무 적극적인데, 이래도 됩니까?"

"당신이 날 좋아하는 것보다 내가 당신을 더 사랑하는 거, 우리 둘 중 모르는 사람이 있나?"

그러니까 이왕 들켜버린 김에 더 적극적으로 나가겠다고 선언 하는 그를 보며, 알렉산드라가 참지 못하고 웃어 버렸다.

이어지는 라키아스와의 키스는 달콤하기 그지없었다.

"3황자비 전하."

그때 바깥에서 마레타의 목소리가 들려왔지만, 알렉산드라는 라키아스의 입술을 탐하는 것을 멈추지 않은 채 물었다.

"무슨, 일입니까, 마레타?"

"황제 폐하께서 부르십니다."

아, 하필이면.

알렉산드라가 김이 샜다는 얼굴로 라키아스에게서 떨어졌다. 아쉽다는 표정은 라키아스도 마찬가지였다.

그가 불쾌함이 가득한 얼굴로 알렉산드라에게 푸념했다.

"확실히 내가 그와 악연이긴 한 모양이야."

"하하."

그 말에 알렉산드라가 낮게 웃음소리를 낸 다음 마지막으로 라키아스의 입술에 가볍게 입을 맞추었다. 그녀가 너무 서운해 말라는 듯 요염한 눈빛을 한 채로 라키아스에게 말했다.

"꼭 그렇게만 생각하지는 말아요. 이번까지는 우리에게 더 없는 아군이 되어 줄 사람이니까."

"황제 폐하, 3황자비 전하께서 드셨습니다."

"안으로 들이거라."

알렉산드라가 토마스 2세의 집무실 안으로 들어갔고, 그 안에는 토마스 2세가 암울한 얼굴로 앉아 있었다. 알렉산드라가 부러 얼굴을 가라앉힌 다음 그에게로 다가가 인사했다.

"위대한 레예스의 태양, 황제 폐하를 뵙습니다. 제국에 무궁한 영광을."

"어서 오너라, 황자비. 이리 와 앉도록 해라."

"감사합니다, 폐하."

알렉산드라가 그종종걸음으로 응접용 테이블로 걸어가 앉았고, 잠시 후 토마스 2세 역시 테이블로 와 앉았다.

알렉산드라가 슬며시 그에게 말을 걸었다.

"얼굴에 근심이 깊어 보이십니다."

"그리 보이느냐."

"네."

알렉산드라가 조심스럽게 물었다.

"프리에타 공작부인 때문이시지요?"

"그래."

토마스 2세가 절망적인 목소리로 대답했다.

"궁의들의 말로는 상태가 많이 좋지 않다더구나. 언제 일어날지도 알 수 없다고 하고……."

"너무 걱정하지 마십시오, 폐하. 금방 깨어나실 겁니다."

"그래."

토마스 2세가 희미하게 웃으며 알렉산드라에게 말했다.

"그래도 내 마음을 헤아려 주는 사람은 너밖에 없구나."

"폐하의 마음에 조금이나마 위로가 되었다니 다행입니다."

"황자비."

그때 토마스 2세가 알렉산드라를 불렀고, 알렉산드라는 기다렸다는 듯 그의 말에 답했다.

"네, 폐하."

"난 누가 감히 내가 사랑하는 사람에게 그런 극악무도한 짓을 저질렀는지 알아야겠다."

"아직 진범이 밝혀지지 않았나 봅니다."

"물증은 없지만, 심증은 있다."

토마스 2세가 심각한 표정으로 말했다.

"유감스럽게도 황후가 유력해."

"……황후 폐하께서 말씀이십니까."

"그래. 황후밖에는 샤를에게 그런 짓을 할 사람이 없다고 판단했다."

"하지만 물증이 없이는 어떤 처벌도 불가합니다, 폐하. 아시잖습니까."

"그러니 네가 날 좀 도와주었으면 한다."

"……제가요?"

알렉산드라가 짐짓 놀란 표정으로 물었고, 토마스 2세는 고개를 끄덕였다.

"무슨 일이 있더라도 증거를 찾아내거라. 누가 감히 나의 샤를을 죽이려 했는지 밝혀줘."

"……폐하."

알렉산드라가 입가에 묘한 미소를 띤 채 토마스 2세에게 물었다.

"혹 진범이 밝혀진다면 어쩌실 생각이십니까?"

"어쩌긴."

토마스 2세가 싸늘한 표정으로 대꾸했다.

"사형시킬 생각이다, 무조건."

"하지만 폐하께서 생각하신 대로 정말 황후 폐하께서 진범이시라면…… 사형은 무리일 텐데요."

"그건 나중에 생각할 이야기지만, 아무리 황후라고 해도 무고한 사람을 함부로 죽이려 한 대가는 충분히 받아야 하지 않겠느냐."

"……."

"꼭 사형이 아니더라도 방법은 많으니까. 하지만 자격 없는 여인이 황후의 자리에 앉는 건 분명 바람직하지 못한 일이지."

"……폐하의 의중은 알겠습니다."

알렉산드라가 엷은 미소를 입가에 건 채 토마스 2세에게 말했다.

"제게 수사의 전권을 주세요. 폐하께서 만족하실 만한 결과를 안겨다 드리겠습니다."

에밀리아나는 빈첸시아가 황제로부터 연금 명령을 받았다는 사실을 듣고 곧바로 파사궁으로 뛰어갔다.

남편인 제레미도 함께 오겠다는 걸 혹시 이상하게 연루될지 모르니 오지 말라고 말리느라 꽤 힘이 들었다.

에밀리아나가 파사궁에 도착했을 때, 그녀는 파사궁 겹겹이 둘러싸고 있는 황제의 근위 기사들을 보고 절망감에 휩싸였다.

아무래도 자신의 시모께서는 며느리의 충고를 제대로 받아들이지 않은 것이 틀림없다고 생각하면서, 에밀리아나가 다급하게 파사궁 안으로 들어갔다. 어째서인지 기사들의 제재는 특별히 없었다.

"황후 폐하, 1황자비 전하께서 드셨습니다."

"……안으로 들이세요."

목소리의 활기 없음이 적나라하게 드러났다. 에밀리아나는 드레스 자락을 꼭 움켜쥔 채로 빈첸시아가 있는 방 안까지 들어섰다.

빈첸시아는 허리를 꼿꼿이 편 채로 밀크티와 딸기가 들어간 초콜릿을 먹고 있었다. 태연하기까지 해 보이는 그 모습에 에밀리아나는 억장이 무너지는 듯했다.

"폐하."

그녀가 조용히 빈첸시아를 불렀지만, 듣지 못했을 리가 없는 빈첸시아에게서는 대답이 없었다.

에밀리아나가 좀 더 절망적인 목소리로 빈첸시아를 다시 불렀다.

"황후 폐하."

"귀머거리가 아니니 듣고 있단다, 아가."

"······어찌 된 일입니까."

차마 그녀에게로 가까이 가지 못한 채, 에밀리아나는 문가에 그대로 서 있었다. 하지만 그 모습에 눈길조차 주지 않은 빈첸시아는 메마른 목소리로 이렇게만 말할 뿐이었다.

"일단은 내게 좀 더 가까이 오는 게 좋겠구나. 멀리서만 대화하는 건 이제 지쳤으니까."

"······."

허탈함과 무력감이 느껴지는 목소리에 에밀리아나는 아무 말도 하지 못하고 빈첸시아에게로 가까이 다가갔다.

빈첸시아의 맞은편에 앉은 에밀리아나가 말을 꺼냈다.

"프리에타 공작부인이 독에 당해 쓰러졌다지요."

"······."

"폐하께서 꾸미신 일입니까?"

"독을 준비하기는 했었다."

빈첸시아가 담담한 목소리로 말했고, 에밀리아나는 절망한 표정으로 빈첸시아를 불렀다.

"······폐하!"

"하지만 아직 쓰지는 않았어."

"그게 무슨……"

"누가 먼저 선수를 친 것 같구나. 누군지는 대충 예상이 간다만."

알렉산드라.

에밀리아나가 저도 모르게 입술을 짓이겼다.

"폐하, 폐하께서는 무죄십니다. 지엔궁에서 이 일을 꾸민 것이
틀림없어요."

"하지만 에밀리, 그게 무슨 상관이겠느냐."

빈첸시아가 허탈한 목소리로 말하며 고개를 저었다.

"황제께서는 이미 나를 범인으로 생각하고 계신걸. 설령 지엔궁
에서 이 일을 꾸몄다고 해도, 이미 그들은 황제 폐하의 총애를 얻
은 지 오래야. 믿지 않으실 거다."

말을 마친 빈첸시아가 잠시 후 허탈한 미소를 지으며 덧붙였다.

"아니, 아니지. 어쩌면 황제께서는 그냥 나를 범인이라고 믿고
싶어 하시는 걸지도 몰라."

"폐하, 어째서 그런 말씀을……"

"그분은 처음부터 그 누구도 사랑한 적이 없으신 것 같아. 프리
에타 공작부인에게 왜 집착하시는지는 모르겠지만……. 이루지
못한 첫사랑을 그녀가 닮기라도 한 걸까?"

"……제가 폐하의 결백을 밝혀낼 것입니다, 폐하. 폐하께서는
결백하세요. 결백한 자가 억울한 죗값을 치를 수는 없는 노릇입

니다."

"아니, 에밀리."

빈첸시아의 눈빛이 갑자기 번뜩였다. 순식간에 돌변한 그녀의 눈빛에 에밀리아나가 저도 모르게 당황했다.

그 순간 빈첸시아가 에밀리아나의 손을 덥석 잡았다.

"넌 날 버려야 한다. 날 버리고 네 남편을 지켜."

"폐하……!"

"난 어차피 공작부인을 죽이려 했다는 혐의에서 벗어나지 못할 거다. 끝까지 결백을 주장하다 죽고 말 거야. 그리고 그게 가장 이상적인 선택지다."

"하지만, 하지만……!"

"내 결백은 내가 죽고 난 뒤에 풀릴 것이다. 아니, 풀리지 않아도 좋아. 중요한 건 내 아드님이, 네 남편이 황위에 오르는 거야. 다음 대 황후의 관은 반드시 네 것이어야 한다. 그 누구에게도 넘겨주어서는 안 돼."

"……."

"내가 바라는 건 구차하게 나의 목숨을 이어가는 것이 아니다. 내가 바라는 오직 한 가지는 내 아들이 나와는 상관없이 황위에 오르는 거야. 내 말, 무슨 말인지 알겠느냐?"

"알겠습니다, 폐하. 하지만……."

에밀리아나가 울먹거리며 말을 잇지 못하자, 빈첸시아가 드물게 따뜻한 표정으로 그녀에게 웃어 보였다. 그 순간, 방 안의 문이 예고 없이 열렸고, 에밀리아나는 깜짝 놀란 얼굴로 뒤를 돌았다.

"황후 폐하께서 계시는데 이 무슨 무례입니까."

에밀리아나가 드물게 싸늘한 목소리를 냈지만, 안으로 들어온 사람은 별 개의치 않아 하는 표정이었다.

알렉산드라가 우아하게 웃으며 에밀리아나에게 인사를 건넸다.

"오랜만에 뵙습니다, 1황자비 전하."

"3황자비……!"

에밀리아나가 새된 목소리로 알렉산드라를 불렀다.

하지만 알렉산드라는 그녀의 분노한 표정에 조금도 관심을 두지 않은 얼굴로 뒤의 시녀들에게 명령했다.

"뒤지세요, 샅샅이."

"네, 전하."

알렉산드라의 명을 받은 시녀들이 순식간에 안으로 쏟아 들어왔지만, 에밀리아나가 큰 소리를 내며 제지했다.

"그만!"

위엄 있는 한마디에 순간 지엔궁의 시녀들이 전부 멈칫했다.

에밀리아나의 기세에 눌려서가 아니다. 알렉산드라가 그 말과 동시에 손을 들었기 때문이었다. 그녀는 도도한 표정을 한 채 앞으로 걸어 나갔다. 그런 다음 에밀리아나의 앞에서 고개를 빳빳이 든 채 우아한 목소리로 물었다.

"무슨 문제라도 있으십니까, 전하?"

"그대가 벌인 짓이지요?"

"무슨 말씀을 하시는지 도통 모르겠습니다만."

"괜히 오리발 내밀 필요 없습니다. 여기 있는 모두가 알고 있으니까요. 그대가 프리에타 공작부인을 죽이려 한 것 아닙니까."

"……1황자비 전하."

알렉산드라가 무표정한 얼굴로 에밀리아나에게 경고했다.

"작금의 상황에 대하여 원통한 감정을 느끼시는 것은 이해합니다. 그로 인해 판단이 흐려지실 수도 있어요. 하지만 이 이상의 음해나 허언에 대해서는 저 또한 그냥 넘어가기 어렵군요. 제가 무슨 연유로 시부이신 황제 폐하께서 아끼시는 여인을 해한단 말씀이십니까."

"끝까지 오리발을 내미시겠다?"

"황후 폐하께서 프리에타 공작부인을 독살하려 하였다는 의혹을 받고 계신 만큼 조사가 필요합니다, 전하. 무엇보다……."

알렉산드라가 슬며시 입꼬리를 끌어올린 다음 웃었다.

"황후 폐하께서는 이미 전적이 있으시잖습니까?"

그 말을 들은 빈첸시아가 갑자기 자리에서 일어났다. 느릿한 움직임이었으나 눈에 띄기에는 충분했다.

알렉산드라는 제 쪽으로 걸어오는 빈첸시아를 빤히 바라보다가, 이내 무언가를 예상하는 사람처럼 질끈 눈을 감았다.

짝!

잠시 후 날카로운 소리가 알렉산드라의 귓가에서 울려 퍼졌다.

이미 각오하고 있던 일이었으나 고통의 감각은 예상을 뛰어넘었다. 알렉산드라가 짧게 숨을 내쉰 다음 빈첸시아에게 물었다.

"이제 수색을 시작해도 괜찮겠습니까?"

"네가 어떻게…… 어떻게 그런 말을 할 수 있지?"

"사실을 사실대로 말씀드린 것뿐인데."

알렉산드라가 삐딱하게 미소 지으며 대꾸했다.

"그것이 기분 나빴다 하시면 사과드리겠습니다."

"뻔뻔한 것!"

화를 참지 못한 빈첸시아가 결국 한 번 더 손을 들었지만, 이번에는 쉽사리 알렉산드라의 뺨을 내려칠 수 없었다.

그녀가 직접 빈첸시아의 손목을 붙잡았기 때문이었다. 냉정한 목소리가 그녀의 입술을 타고 흘러나왔다.

"……송구합니다, 폐하. 그냥 맞아 드리기에는 지나치게 아프네요."

"너……!"

"제가 아픈 것을 그리 좋아하지 않아서요. 뭐, 누군들 안 그렇겠느냐만."

그 말을 마친 뒤에야 알렉산드라는 팔을 놓았고, 빈첸시아는 사람이라도 하나 죽일 수 있을 것 같은 눈빛으로 알렉산드라를 쏘아보았다. 알렉산드라는 잠시 말이 없다가, 빈첸시아가 화를 못 이길 때 즈음이 되어서야 다시 입을 열었다.

"순순히 수색에 응하시는 것이 좋을 듯합니다. 폐하를 위해서도, 그리고…… 폐하의 아드님을 위해서도 말이지요."

"감히 협박을 하는 게냐?"

"사실을 말씀드리는 것이 협박은 아닙니다. 저는 도리어 폐하께 조언을 드리고 있는 것입니다."

알렉산드라가 무표정한 얼굴로 말을 이었다.

"황제 폐하께서 제게 수사의 전권을 주셨습니다. 그러니 황제 폐하의 신하로서 저의 소임은 그분께서 만족해하실 만한 결과를 가져다드리는 것이지요."

"……."

"절 좀 살려주십시오, 폐하. 아시잖습니까. 신하가 주군의 명을 제대로 이행하지 못하는 것은 불충입니다."

알렉산드라는 환하게 웃은 다음 뒤를 돌아 눈짓했다.

시녀들은 다시 일사불란하게 움직이기 시작했고, 빈첸시아는 알렉산드라만 쏘아보았다. 에밀리아나는 살기 어린 눈을 한 채 알렉산드라에게 물었다.

"이러고도 무사할 것 같습니까, 3황자비 전하?"

"세상에서 가장 무사한 분께 받은 권한입니다. 무사하지 못할 리 없지요."

알렉산드라가 빙긋 웃으며 에밀리아나에게 충고를 건넸다.

"전하를 위해 조언 한 말씀 드리자면, 황후 폐하와 너무 가까이 지내지 않으시는 것이 좋을 겁니다. 부군의 안위를 위해서라면요."

"뚫린 입이라고 함부로 지껄여도 되는 건 아니랍니다, 황자비."

"알고 있습니다. 하지만 폐하께서 직접 뚫어주신 입, 함부로 지껄이지 못할 이유는 없지요."

희미한 미소를 입가에 건 알렉산드라는 그 말을 끝으로 더는 입을 열지 않았다. 그러는 와중에도 수색은 계속되었다.

알렉산드라는 침묵했고, 빈첸시아도, 에밀리아나도 침묵했다. 그러나 팽팽한 긴장감만은 멈추지 않고 계속 흘렀다.

그러다 어느 순간, 바깥에서 누군가가 급하게 들어와 알렉산드라의 귓가에 대고 속삭였다. 잠시 후, 알렉산드라가 묘한 미소를 입가에 띤 채로 빈첸시아를 향해 말했다.

"사람은 무지할지라도 하늘과 땅은 모든 진실을 알고 있답니다."

알렉산드라는 황제를 찾아 발걸음을 옮기기 시작했다. 토마스 2세가 어디에 있을지는 군이 그의 측근에게 묻지 않아도 알 수 있었다.

그녀는 익숙한 궁전 안으로 들어섰다. 지금은 다른 이에게 그 주인 자리를 넘겨주긴 했지만, 한때 황비의 신분이었던 빈첸시아가 사용하던 궁전이었다. 알렉산드라는 익숙한 구조를 따라 걸어가면서 예측이라는 것을 해보았다.

빈첸시아 황후가 질투에 눈이 멀어 황제의 첫사랑을 닮은 여자를 독살하려 했다. 심지어 황후는 폐후를 모함하려 스스로 독을 먹은 전적 또한 있는 여자다.

첫 번째 사실 하나만으로도 토마스 2세가 분개할 확률은 충분히 높았다. 거기에 전과까지 있으니 처벌의 명분은 확실할 것이다.

알렉산드라는 과연 황제가 이 소식을 들었을 때 무슨 표정을 지을지 진심으로 궁금해졌다.

"아, 3황자비 전하."

밖을 지키고 있던 시종 하나가 알렉산드라를 보고 얼른 인사했다. 알렉산드라가 희미하게 미소 지은 다음 물었다.

"폐하께서는 안에 계시나요?"

"프리에타 공작부인의 곁을 계속 지키고 계십니다."

"……."

한심하긴.

알렉산드라는 속으로만 싸늘하게 중얼거린 채 시종에게 다시 질문했다.

"계신 지는 얼마나 계셨나요?"

"2시간입니다."

"……."

자신이 나간 다음 곧바로 이곳으로 온 모양이었다. 알렉산드라
는 속으로 헛웃음을 터뜨린 다음 시종에게 자신이 왔다는 사실을
고해달라고 말했다.

잠시 후 안쪽에서 토마스 2세의 음울한 목소리가 들려왔다.

"안으로 들이도록."

"들어가시지요, 전하."

시종들이 양쪽으로 문을 열어주었고, 알렉산드라는 감람색의
드레스 자락을 붙잡고 안쪽으로 들어갔다. 죽은 듯 누워 있는 샤
를레타와 젊은 정부의 곁을 지키고 있는 늙은 황제.

꼴 한 번 좋군. 알렉산드라가 속으로 실소를 터뜨리며 토마스 2
세에게 인사했다.

"제국의 주인, 황제 폐하를 뵙습니다. 레예스에 찬란한 영광을."

"……왔느냐."

"계속 이곳에 계셨다고 들었습니다."

알렉산드라가 아무렇지 않게 샤를레타가 누워 있는 침대 곁으
로 다가가 물었다.

"프리에타 부인께서는 좀 괜찮으신지 모르겠군요."

"상태가 좋지 않아."

그렇게 말하는 그의 목소리에서는 괴로움이 잔뜩 묻어나 있었

지만, 어찌 된 일인지 알렉산드라는 그런 그에게서 조금의 연민도 느낄 수 없었다.

'하긴 애당초 이 모든 일을 꾸민 사람이 나인데.'

그런 생각을 품는 것조차 위선인 건가. 알렉산드라가 속으로 자조하며 말했다.

"곧 깨어나실 겁니다, 폐하. 너무 걱정하지 마세요."

"그래야 할 텐데…… 상황이 너무 안 좋아."

그는 여전히 침울한 목소리로 알렉산드라의 앞에서 계속 한탄을 늘어놓았다.

"궁의들은 도무지 깨어날 기미가 보이지 않는다고 하더구나. 마음의 준비를…… 아, 아니다."

토마스 2세가 괴로운 표정으로 고개를 저으며 말을 아꼈다. 더이상의 부정적인 생각을 일체 차단하려는 것처럼 보여서 알렉산드라는 기분이 묘해지면 문득 이런 생각이 들었다.

만약 샤를레타가 정말로 돌아올 수 없는 강을 건넌다면, 저 유약한 황제는 어떤 모습을 보일까? 미쳐 버릴까?

"이런 이야기는 그만하자꾸나. 말이 씨가 될라."

"……네, 폐하."

"무슨 일로 왔느냐. 피곤할 텐데."

"원하시는 결과가 나왔습니다."

알렉산드라가 조용한 목소리로 토마스 2세에게 보고했고, 그 말을 들은 토마스 2세의 눈빛이 번뜩였다.

그가 아까보다 낮아진 목소리로 물었다.

"벌써 말이냐?"

"그렇습니다."

"누구지?"

그가 떨리는 목소리로 물었다.

"누가 감히 나의 샤를에게 그런 잔학무도한 짓을 저질렀단 말이야. 도대체 누가!"

그가 죽은 듯 누워 있는 샤를레타나 바로 눈앞에 있는 며느리는 안중에도 없는 듯 고함을 쳤고, 알렉산드라는 새삼 우습다는 생각이 들었다. 며느리 앞에서 정부를 걱정하며 고함을 치는 꼴이라니. 막장도 이런 막장이 없지 않은가.

알렉산드라는 눈썹 하나 까딱하지 않은 채 토마스 2세에게 말했다.

"황후 폐하십니다."

"······."

"파사궁의 뒤뜰에 독을 묻어 놓은 흔적이 발견되었습니다. 어지간히 급했는지····· 제대로 파묻지도 못했더군요."

"황후가······."

그가 앉은 상태에서 비틀거렸지만, 그 모습을 보고 나서도 알렉산드라는 걱정하는 척조차 하고 싶지 않았다. 다만 여전히 무표정한 얼굴로 약한 모습의 늙은 황제를 내려다보며 속으로 비웃기만 할 뿐이었다.

진실이 무엇인지도 모른 채 거짓을 그대로 받아들이는 꼴이란.

"일단은 아무런 조치도 취하지 않았습니다만…… 이제 어찌하실 생각이십니까?"

"……."

그는 대답하지 않았다. 아니, 대답을 못 하는 것 같았다. 알렉산드라는 굳이 그를 재촉하지 않았고, 차분히 기다렸다.

아주, 아주 오랜 시간이 흐른 다음에야 토마스 2세는 그 떨리는 입술을 천천히 열었다.

"황후를……."

알렉산드라가 저도 모르게 마른 침을 삼켰다.

"지하 감옥에 유폐시키도록 해라."

폐후였던 타르실라가 사형을 당하기 전 있던 곳이었다.

알렉산드라가 저도 모르게 올라가는 입꼬리를 진정시키며 토마스 2세에게 물었다.

"죄목은 무엇으로 할까요? 명분이……."

"프리에타 공작부인 역시 귀족은 귀족이지."

토마스 2세가 낮은 목소리로 덧붙였다.

"황후로서 모범을 제대로 보이지 못했고, 투기에 눈멀어 죄 없는 사람을 함부로 죽이려 하였으니……."

"……."

"명분은 그 정도면 충분하지 않겠느냐."

"무슨 말씀이신지 알겠습니다."

작게 고개를 끄덕인 알렉산드라가 조용한 목소리로 대답한 다음 토마스 2세에게 예를 갖추어 인사했다. 그런 다음 우아한 발걸음으로 샤를레타의 병실에서 빠져나가 긴 복도를 걷기 시작했다.

마침내 자신을 보는 눈이 완전히 없어졌을 때, 그녀는 큰 소리로 웃음을 터뜨렸다. 웃음소리는 몇십 초간 지속되었고, 조용한 복도 위에는 알렉산드라의 웃음소리만 소복하게 깔리고 있었다.

쾅!

빈첸시아가 중죄인이나 가두는 지하 감옥에 유폐되었다는 말을 들은 제레미의 첫 반응은 앉아 있던 의자를 박차고 일어나는 것이었다. 그가 믿을 수 없다는 목소리로 중얼거렸다.

"그럴 리가 없어, 엠. 어머니가…… 어머니가……!"

"전하, 진정하세요."

이성적인 에밀리아나가 제레미를 진정시키기 위해 그의 손을 붙잡았지만, 젊은 제레미의 눈에서는 불안감이 엿보였다.

그가 고개를 저으며 물었다.

"아니지, 엠? 아버지가 어머니를 그런 곳에 가두실 리 없잖아."

"……"

"지하 감옥이 어떤 곳인지는 엠도 알고 있지? 죽은 폐후가 유폐되었던 곳이야. 황제 시해범이나 가두는 곳이라고!"

"전하."

에밀리아나가 싸늘하리만치 냉정한 목소리로 제레미를 불렀고, 그 목소리에 제레미는 흠칫하며 자신의 아내를 바라보았다.

에밀리아나가 제레미의 손을 꼭 붙잡은 채 떨리는 목소리로 말했다.

"진정하세요. 황후 폐하께서 전하의 이런 모습을 좋아하지 않으실 겁니다."

"……어머니를 뵈러 가야겠어."

"안 돼요."

에밀리아나가 단호하게 고개를 저었고, 제레미는 절망스러운 얼굴로 아내를 바라보았다.

"엠."

"지금 상황을 냉정하게 파악하세요, 전하. 황후께서는……."

말을 하던 에밀리아나가 저도 모르게 입술을 깨물었다.

"더 이상 예전으로 돌아가실 수 없으십니다."

"어째서?"

"모두가 그렇게 생각하고 있어요. 일전 독살 관련 전과가 있으신 데다, 이번 상대는 다른 누구도 아닌 폐하께서 가장 총애하시는 정부입니다. 황제께서…… 황후 폐하를 용서하실 것 같지가 않아요."

"난 이해할 수 없어, 엠."

제레미가 한 대 얻어맞은 사람처럼 멍한 목소리로 중얼거렸다.

"도대체 무엇 때문에 부황께서는 어머닐 버리고 정부 따위를 선택하신 걸까."

"……."

유감스럽게도 에밀리아나는 그 이유를 알지 못했다. 그녀 또한 궁금하였으나, 그 이유를 당사자에게 물어볼 수는 없는 노릇이었다. 그래서 그녀는 한참 동안 입만 꾹 다물고 있다가, 아주 오랜 시간이 지난 후에야 입술을 다시 열었다.

"그건 중요하지 않아요, 전하."

확실한 건 토마스 2세는 자신의 자녀들을 사랑하지 않았다. 자신의 부인 또한 사랑하지 않았다. 개인의 마음을 완전히 다 헤아릴 수는 없겠지만, 적어도 에밀리아나가 본 토마스 2세는 그랬다.

에밀리아나가 저도 모르게 손끝을 말아 쥐어 손바닥 사이로 손톱이 파고들었다. 손톱자국이 날 게 뻔했지만, 개의치 않았다.

에밀리아나가 슬픈 목소리로 말했다.

"중요한 건 전하랍니다. 황후 폐하께서는 전하께서 이 일로 조금의 피해도 입지 않기를 원하세요."

"엠, 그게 무슨 소리야……."

"이 일에 전하께서 조금이라도 연루되시면 안 된다는 말씀을 드리고 있는 겁니다, 저는."

"하지만…… 어떻게 그럴 수 있어? 그분은 내 어머니셔, 엠. 나를 낳아주신 분이라고!"

"그런 분께서 전하가 다치는 걸 바라실 것 같나요, 전하? 정신 차리세요."

에밀리아나가 답답한 숨을 토해내며 사정했다.

"폐하께서 원하시는 건 당신께서 앞으로 어떻게 되시든 전하께서 무사히 황태자의 자리에 오르시고, 또 황제의 자리에 오르시는 겁니다. 그것만이 폐하께서 원하시는 모든 것이에요."

"아아……."

제레미가 괴로운 표정으로 자리에 주저앉았다. 그런 남편이 에밀리아나는 퍽 가엾었고, 그 감정은 지하 감옥에 유폐되어 있을 시모에게도 동일하게 적용되었지만, 어쩔 수 없었다. 이 상황에서 정신을 제대로 붙잡을 수 있는 사람은 자신뿐이었으니까.

에밀리아나가 눈물을 글썽이며 제레미의 옆에 쪼그려 앉은 다음 그를 위로했다.

"전하, 황제가 되세요. 황제가 되셔야지만 황후 폐하의 억울함도 풀어드릴 수 있는 거랍니다."

알렉산드라와 클레이오, 라키아스는 간만에 티타임을 가졌다.

　그 세 사람 사이에 친분이 있다는 사실을 모르는 사람이 없었기 때문에, 알렉산드라는 거리낌 없이 클레이오와 라키아스를 불러 함께 차를 마시고는 했다.

　라키아스는 그 사이에 클레이오가 끼어 있는 것이 불만이었고, 그건 클레이오 역시 마찬가지였지만, 알렉산드라는 라키아스와 마음을 확인한 이후 단 한 번도 두 사람 중 그 누구와도 단둘이 차를 마신 적이 없었다.

　"차 맛이 좋군요."

　라키아스가 상투적인 표현을 썼고, 알렉산드라 역시 상투적인 미소를 지으며 답변해 주었다.

　"그리 귀한 차가 아닌데 좋게 봐주시니 감사드립니다."

　"찻잎의 질도 중요하지만, 우리는 사람의 정성 또한 중요한 것이지요."

　"제 시녀 아이가 차를 기가 막히게 잘 우리지요. 그 이야기를 들으면 아마 좋아할 겁니다."

　우아하게 미소 지은 알렉산드라는 클레이오가 자신이 라키아스와 조금이라도 말을 섞는 것에 은근한 불쾌감을 표출하고 있다는 사실을 느끼고선 속으로 코웃음을 쳤다.

그녀가 아무렇지도 않게 말을 시작했다.

"특별한 일이 없다면 황후는 아마 폐위될 겁니다. 황제 폐하께서 그 정부를 퍽 많이 아끼시더군요."

그 말을 들은 라키아스가 저도 모르게 웃음을 터뜨렸다.

토마스 2세가 샤를레타를 애지중지 대한다는 것은 이미 귀족 회위에까지 익히 알려진 사실이었다. 그러니 그토록 많은 선물이 에인궁에 보내졌겠지.

라키아스가 재미있다는 목소리로 물었다.

"아직 깨어나지 못했지요?"

"그렇습니다."

"그보다 독은 어떻게 당한 거랍니까, 그 여자?"

"……."

그 질문에 알렉산드라는 곧바로 대답하는 대신 묘한 미소만 지었고, 라키아스와 클레이오는 그 미소를 보자마자 알렉산드라가 꽤나 기막힌 계책을 꾸몄다는 사실을 눈치챘다.

클레이오가 빙긋 미소 지으며 물었다.

"어떻게 한 거야, 렉시?"

"에인궁으로 귀족들이 선물을 퍽 많이 보낸다는 소식을 들었습니다. 웃기는 족속들이지요. 권력이 모이는 지점을 누구보다도 잘 아는……."

알렉산드라가 흘러내린 한쪽 머리카락을 귀 뒤로 넘기며 나긋

나긋한 어조로 말했다.

"그 많은 선물 사이에 독이 섞인 루주 하나를 보낸다고 한들 누가 알아차리겠습니까. 섞어 보낸다면…… 알아차리지도 못할 겁니다."

"과연 전하다운 계책이시군요."

라키아스가 만족스럽게 웃으며 대꾸했고, 알렉산드라는 순간 이게 칭찬인지 아닌지 애매해졌다.

하지만 이내 어느 쪽이든 상관없다는 생각이 들었다.

그녀가 라키아스의 말에 우아하게 맞받아쳤다.

"칭찬 감사합니다."

"그런데 앞으로 프리에타 공작부인이 영영 깨어나지 못한다면 어떻게 되는 거야, 렉시?"

어떻게 되긴. 알렉산드라가 엷게 미소 지으며 답변했다.

"우리는 무조건 그녀가 이대로 죽기만을 바라야 해요."

"어째서?"

"그래야 황제께서 더 실의에 빠지실 테니까? 그래야 황후에 대한 분노가 더 깊어지실 것이고, 그 피를 물려받은 1황자도 미워하게 되실 것이고……."

"……친아들을 미워하실 만큼 부황께서 그 정부를 사랑하신다고?"

"네."

알렉산드라가 조금의 여지도 두지 않은 채 단호하게 대답했다. 황제의 친아들인 클레이오의 입장에서는 퍽 서운할 수 있는 발언이었지만, 알렉산드라는 개의치 않았다.

"그분께 '그 정부'는 그 정도의 의미를 지닌 사람입니다."

우습지만 정말 그랬다. 알렉산드라가 심드렁하게 말했다.

"우리 쪽에는 더없이 좋은 일이랍니다. 모쪼록 그 여자는 최대한 빨리 돌아올 수 없는 강을 건너야 해요."

"그럴 거라고 생각해?"

"궁의들 의견이 좋지가 않아서요. 더구나 꽤 오랜 시간이 흘렀는데 아직까지 미동도 채 않는 것을 본다면……."

"……."

"하지만 설령 일어난다고 해도 별로 문제 될 건 없습니다. 독이란 건 다시 쓰면 그만이잖아요?"

알렉산드라가 빙긋 웃으며 두 사람에게 물었고, 라키아스와 클레이오는 침묵으로 대답을 대신했다. 어쨌든 그들이 이제 할 수 있는 일은 기다리는 것밖에는 없었다.

"두고 보세요. 어차피 시간은 우리 편일 테니까."

알렉산드라가 자신만만한 목소리로 단언했다.

6

Decision

쾅!

커다란 굉음과 함께 문이 열렸다. 아주 깊은 새벽이었다. 토마스 2세가 다급하게 방 안으로 들어왔다.

"샤를!"

절망적인 얼굴을 한 그가 서둘러 침대 곁을 다가왔다. 침대 위에 는 죽은 듯 누워 있는 여자 하나만이 있었다. 꽤 오랜 시간 누워 있 던 그의 정부, 샤를레타였다.

토마스 2세가 떨리는 두 손으로 차가운 여자의 손을 맞잡았다.

"안돼…… 안돼……!"

"송구합니다, 폐하. 최선을 다했습니다만, 공작부인께 서는……."

"아니다!"

토마스 2세가 비명과도 같은 소리를 지르며 고개를 저었다. 그
럴 리 없다.

샤를은 이미 한 번 죽었다. 또 한 번 죽을 수는 없었다.

그가 흐느끼며 샤를의 뺨을 어루만졌다. 죽은 지 얼마 안 된 여
인의 뺨에는 아직 온기가 남아 있는 듯했다.

토마스 2세가 현실을 부정하려는 듯 계속해서 고개를 저었다.

"아니야, 안 돼……."

"……."

"안 된단 말이다……."

그의 첫사랑은 이루어지지 못했다. 샤를리즈의 아버지가 그녀
를 외국의 귀족에게 쫓기듯 결혼시켰기 때문이었다. 그럼 잘 살기
라도 하지, 샤를리즈는 애통하게도 결혼한 지 얼마 되지 않아 죽
었다.

다른 남자의 아내로 길게 살지 못했다는 사실은 그에게 조금의
위안도 안겨다 주지 못했다.

그는 그녀가 살기를 바랐으니까. 곁에는 없다 할지라도 같은 하
늘 아래서 같은 공기를 마시다 죽기를 바랐으니까.

"이대로 가면 안 돼……."

샤를레타를 처음 봤을 때 그녀가 샤를리즈는 아닌지 의심했다.
동양의 어느 종교에서는 환생이라는 게 있다고 했다. 죽은 사람이

새로운 몸을 빌려 다시 태어나는 것이다.

샤를리즈가 샤를레타로 환생했다고 생각했다. 이번에는 결코 그녀와 떨어지지 않으리라고, 백 년을 해로하리라고 다짐했다.

하지만 이번에도 그녀는 먼저 가버리고 만 것이다. 단꿈은 짧았다.

"아아, 샤를…… 어째서 이번에도…….''

죽은 샤를레타를 부르짖는 그의 목소리는 누가 들어도 애절하다고 생각될 만큼 비통했다. 그는 한동안 숨을 죽인 채 울었다. 그 모습이 너무 슬퍼 보여서, 주변에 있던 궁의들과 시종들은 황제와 함께 조용히 죽은 샤를레타를 애도했다.

토마스 2세는 그리고 한참을 울다가, 아주 오랜 시간이 지난 다음에야 고개를 들어 올렸다. 다시 고개를 들어 올렸을 때 그의 눈빛은 아까의 슬픔이 믿기지 않을 만큼 흉흉했다. 눈물이 잔뜩 섞인 붉은 눈동자로 허공에 뜬 누군가를 노려보며, 그가 지시를 내렸다.

"오전 6시에 회의를 열도록 해.''

지나치게 이른 시간에 시종이 당황하며 물었다.

"안건은 무엇이라고 전할까요?''

"황후의 폐위.''

토마스 2세가 조금의 온기도 느껴지지 않는 목소리로 대답했다.

"그것이라고 전해라.''

"……네, 폐하."

시종이 조용히 고개를 조아린 다음 바깥으로 나갔고, 토마스 2세
는 그러고도 한참 동안 죽은 샤를레타의 곁을 지켰다.

그날 오전 6시가 되기도 전에 중앙 정계의 귀족들은 황궁으로
모여들었다. 본래 귀족 회의가 열리는 시각은 오전 9시였고, 토마
스 2세가 회의 시작 시각을 3시간이나 일찍 앞당긴 것은 매우 이
례적인 일이었기 때문에 귀족들은 무슨 일이 일어났어도 단단히
났을 거라고 지레짐작하고 있었다.

"오르누스 공."

회의가 열릴 하네스 궁으로 걸어가던 라키아스는 익숙한 목소
리에 뒤를 돌았다. 이가렐 공작이 자신을 향해 걸어오고 있었다.
라키아스는 의례적으로 미소 지으며 이가렐 공작의 인사를 받
았다.

"안녕하십니까, 이가렐 공작님. 좋은 아침입니다."

"……이런 상황에서 그런 말이나 하고 있다니."

이가렐 공작이 작게 눈살을 구기며 물었다.

"공은 태평한 거요, 아니면 긍정적인 거요?"

"둘 다 아닙니다, 이가렐 공작님. 태평할 이유도 없고 긍정적일
이유도 없지 않습니까?"

"그럼 공은 지금 이 상황에 아무런 문제도 없다고 말하고 있는

건가?"

"글쎄요."

라키아스는 괜히 시치미를 뗐다.

"무슨 문제 될 만한 것이라도 있습니까?"

"이런 반응은 공이 무언가를 이미 알고 있다고 생각할 수밖에 없소, 공. 폐하께서 회의 시간을 3시간이나 앞당긴 것은 극히 이례적인 일이오. 공도 알고 있지 않소?"

"알고 있습니다, 이가렐 공작님. 아주 잘 알고 있지요."

라키아스가 번뜩이는 눈으로 대답했다.

"지금의 황제께서 회의 시간을 앞당기신 적은 딱 두 번뿐이셨습니다."

"……."

"첫 번째는 황위에 처음 오르셨을 때. 그리고 두 번째는 지금이지요."

"잘 알고 있구만. 공도 알고 있듯 이건 극히 이례적인 일이야. 폐하를 모시면서 딱 두 번 일어난 일이라고. 그런데 이렇게 아무렇지 않다는 게 말이 되는가?"

"그렇다면 무슨 일이 생겼나 보지요."

"그 내용을 알고 있는 건가?"

"……저는 모릅니다, 이가렐 공작님."

진심으로 라키아스는 이유에 대해 모르고 있었다.

그러나 추측은 가능했다.

"다만 무슨 일이 일어났을 거라고는 지레짐작하고 있습니다."

쿠데타 이후 정권을 잡았던 것과 비견될 만큼 그에게 중요한 일이라면 딱 한 가지밖에는 없었다.

샤를레타가 죽은 것이다.

그리고 그 분노와 원망의 화살은 그대로 지금 황후인 빈첸시아에게도 돌려졌을 터. 즉, 지금 황제가 회의를 이렇게 일찍 소집한 이유는 황후의 폐위 때문일 터였다.

'그런 줄도 모르고 정작 태평한 건 이 자로군.'

확실히 불명예스러운 일이었다. 빈첸시아가 파사궁을 장악하여 내궁의 안주인 행세를 한 기간은 타르실라의 그것과는 비교할 수 없을 정도로 짧았으니까.

사실 이가렐 공작이 그런 상황을 예상하고 있다는 것 자체가 우스운 일이긴 했다. 그가 알 리 없었으니까.

'하지만 샤를리즈가 프리에타 공작부인을 무서우리만치 닮았다는 사실 정도는 알고 있을 텐데. 제 딸이 어떤 상황인지도 모르지는 않을 테고.'

설마 모르는 척하는 건가. 아니, 그것도 웃기는 가정이었다.

"그보다 공작님께서는 정말 아무것도 모르십니까?"

"어째서 자네는 내가 알고 있을 거라고 생각하나?"

"공작님이야말로 황제 폐하의 최측근이시니까요. 공작님께서 모르신다면 그 누가 알겠습니까."

"……자네에게 그런 말을 들으려니 매우 민망하군. 요즘 폐하께서 공만치 총애하는 귀족이 없다는 사실을 자네가 모를 리 없을 텐데?"

"그 말씀이야말로 저는 듣기 민망합니다, 이가렐 공작님. 저는 그저 미천한 재주로 폐하의 심신을 편안하게 해드리기 위해 노력할 뿐인 것을요. 정치적 수완이나 노회함은 감히 공작님을 따라갈 수 없지요."

이렇게 해서 화제가 점점 핵심에서 멀어지는 사이, 라키아스는 엉뚱하게도 머릿속으로 알렉산드라를 생각하고 있었다.

그녀가 이 사실을 알게 된다면 어떤 표정을 지을까? 기뻐하겠지?

그녀가 그 아름다운 입술을 호선을 그리며 움직이는 모습을 떠올리자, 라키아스의 입가에도 숨길 수 없는 미소가 피어올랐다. 그 모습을 보고 있던 이가렐 공작이 언짢은 목소리로 물었다.

"이 아침부터 좋은 일이라도 있는 건가? 그도 아니면 지금 이 상황이 공에게는 즐겁거나."

아, 이런.

라키아스가 속으로 난처한 미소를 지었다. 지금 이 순간 그녀를 떠올리는 게 아니었다. 감정 관리 못 할 걸 뻔히 알면서.

"그럴 리가요. 저도 사람이니 이 상황이 그리 반갑지는 않답

니다."

"……."

"순간적으로 제 벗에게 생길 좋은 일이 떠올라서요."

"……이런 상황에서까지 생각날 정도면 아주 절친한 벗인가 봅니다?"

절친하지. 서로의 모든 것을 공유할 만큼.

라키아스가 다시 한번 미소 지었다.

"평생을 함께하고 싶을 정도로 제가 사랑하는 벗이랍니다."

회의장 안은 시끄러웠다.

당연한 일이었다. 중앙 정계의 귀족들은 도대체 무슨 일로 나이든 황제가 이례적으로 회의 시각을 일찍 당겼는지 엄청난 궁금증에 휩싸였다.

그들은 주군이 오지 않은 사이 온갖 추리를 해댔다. 황제의 신변에 무슨 일이 생긴 것이다, 전쟁이 일어나는 것이다, 선위를 하려는 것이다, 등등등…….

셋 다 아니었다. 황제는 타르실라가 그를 시해하려 한 이후 매우 양호한 건강 상태를 유지했고, 전쟁이 일어날 것 같았으면 황제보다 라키아스에게 먼저 연락이 갈 것이었다.

그리고 선위는…… 황제는 그렇게 욕심 없는 사람이 아니었다. 당장 황위를 빼앗기는 것이 두려워 황태자도 정해 두지 않고 있는 데 선위는 무슨.

라키아스가 속으로 코웃음을 터뜨렸다.

하긴, 아무리 황제가 총애하는 정부가 죽었다고 할지라도, 정부는 정부였다. 고작 정부의 죽음으로 황후를 폐위시키기 위해 이런 일을 저질렀다는 걸 알면 귀족들은 무슨 표정을 지을까. 어이없어할까, 아니면 황당해할까. 그도 아니면 황제가 미쳤다고 생각할까?

어느 쪽이든 여기 중 황제의 태도를 정상적이라고 생각할 사람은 아무도 없을 터였다.

"황제 폐하께서 드십니다."

그 순간 시종의 목소리가 들려왔고, 장내는 삽시간에 조용해졌다. 모두가 황제에게 예를 갖추기 위해 기립했고, 라키아스 또한 예외는 아니었다.

라키아스는 물끄러미 양쪽으로 열리는 거대한 문을 쳐다보았다. 그 사이로 남자 하나가 걸어 들어왔다.

라키아스는 그의 모습에서 처음으로 어두운 슬픔을 발견할 수 있었다. 그는 그 순간 샤를레타가 죽었음을 눈치챘다.

황제에게서 단 한 번도 본 적 없는 슬픔이었다. 심지어는 그의 아비의 기일 때도 황제는 저런 슬픔 한 자락조차 내비친 적이 없었다.

혈육의 기일에는 조금도 슬퍼하지 않으면서 죽은 첫사랑과 꼭 닮은 남에게는 저런 슬픔을 드러내다니.

'이것 참, 좋아해야 할지 싫어해야 할지.'

라키아스가 속으로 헛웃음을 터뜨렸다. 가끔씩 그에 대한 복수심이 흔들릴 때가 있었는데, 아무래도 황제에게 감사해야 할 듯싶었다.

이토록 한결같은 모습이라니. 가까운 미래에 사촌을 처단할 것이라는 그의 죄책감을 토마스 2세가 오늘로써 완벽하게 덜어주었다.

"다들 앉도록 하지."

토마스 2세의 음울한 목소리에 웬만한 눈치 없는 귀족들도 황제에게 지난밤 무슨 일이 생겼음을 눈치챘다.

그들은 평소와는 달리 찍소리도 내지 못한 채 그대로 자리에 앉았다. 하지만 황제는 그 이후로도 한참 말이 없었다.

무언가를 생각하는 듯했는데, 사정을 모르는 귀족들로서는 그의 이유 모를 침묵이 한없이 불안했고, 라키아스는 솔직히 말해 웃고 싶었다. 그가 무슨 말을 꺼낼지 너무나도 쉽게 짐작이 갔으니까.

"프리에타 공작부인이 죽었다."

그 한마디에 귀족들은 그리 좋지 않은 이유로 동요했다. 그들은 그제야 비로소 황제가 정부 하나의 죽음 때문에 자신들을 아침 댓바람부터 불렀음을 깨달았다. 하지만 거기에 이의를 제기하기에는 황제의 모습이 그 어느 때보다도 심각해 보여서, 귀족들은 결국 아무 소리도 하지 못했다.

황제의 말은 느릿하게나마 이어졌다.

"황후의 짓이지."

그 한마디에 또 장내가 술렁였다. 하지만 황제는 특별히 제지하고픈 마음이 없어 보였다. 라키아스는 앞에 있는 이가렐 공작에게로 시선을 돌렸다. 그의 얼굴은 드물게 새파랗게 질려 있었다.

그 이유는 황후가 프리에타 공작부인을 독살하려 했다는 사실을 처음 알았기 때문이라기보다는, 결국 일이 이렇게 되었다는 사실에 대한 놀라움과 당혹스러움에 더 가까워 보였다.

라키아스는 다시 한번 속으로 냉소 지었다.

"감히 황제의 정부를 시해하려 한 짓을 나는 용서할 수 없다. 내궁을 통솔해야 할 황후가 질투에 눈이 멀어 귀족을 독살하다니! 이는 생각할 수조차 없는 파렴치한 짓이 아닌가. 게다가 황후의 이런 만행은 이번이 두 번째. 실수라고 생각하며 넘어가기는 어렵다."

"······."

"때문에 나는 황후가 내궁을 통솔할 자격뿐 아니라 황제 개인의 정실로서의 자격까지 부족하다고 생각하는바, 황후를 폐위할 것을 명한다.”

그 말에 이가렐 공작의 얼굴은 완전히 하얗게 질려버렸다. 이가렐 공작이 참지 못하고 소리쳐 토마스 2세를 불렀다.

“폐하!”

그는 다른 귀족에게 발언권을 넘길 생각조차 없어 보였다. 폐위라니! 그 끝이 너무나도 뻔하지 않은가?

제 딸은 남편을 사랑했다. 만일 황제에 의해 폐위당한다면 그녀는 미쳐 버릴 것이다.

그뿐인가? 외손자인 제레미가 황태자가 될 가능성 역시 현저하게 낮아진다. 자칫하다가는 3황자에게 제위가 넘어갈 수 있었다.

그건 결단코 안 될 말이었다.

이가렐 공작이 처절하게 황제를 부르짖었다.

“폐하, 안 됩니다! 이건 고작 일개 정부의 죽음일 뿐입니다. 그 이유 하나 때문에 황후 폐하를 폐위하신다는 것은……!”

“이가렐 공을 끌어내라.”

토마스 2세의 싸늘한 목소리와 함께 황제의 근위기사들이 회의장 안으로 들이닥쳤다. 귀족들이 움찔하는 사이에 이가렐 공작이 기사들에 의해 밖으로 끌려나갔다.

이 모습을 본 귀족들은 떨지 않을 수 없었다. 하네스 궁의 회의장은 나름 상식과 이성이 통하는 곳이라고 정평이 나 있는 곳이었다.

때문에 토마스 2세가 이곳에서 무력을 행사하며 억지로 황제의 권한을 강요한 적은 한 번도 없었다. 단 한 번도.

그런 그가 처음으로 이 신성불가침한 공간에 무력을 끌어들인 것이다.

"다른 반대 사항 있는가?"

서릿발이 치는 목소리로 토마스 2세가 물었고, 귀족들은 아무 말도 할 수 없었다. 라키아스 또한 굳이 말을 보태지 않았다.

돌아가는 상황을 보아하니 아무래도 황제는 자신이 원하는 대로 움직여줄 듯했다. 그것도 아주 적극적으로.

"오르누스 공."

그때 토마스 2세가 라키아스를 불렀다. 라키아스는 무표정을 유지한 채 대답했다.

"네, 폐하."

"너도 반대하는 것이냐?"

"……."

라키아스는 주변을 둘러보았다. 모두가 입을 다문 채 자신만 쳐다보고 있었다. 황제도 예외는 아니었고, 때문에 라키아스는 기분이 묘해졌다.

이런 말을 한다면 알렉산드라가 기겁하며 저를 이상하게 쳐다볼 테지만, 싫지는 않은 기분이었다. 그가 빙긋 웃으며 대답했다.

"제가 언제 폐하의 뜻에 반대한 적이 있습니까?"

황후의 폐위에 반대하는 사람은 없었다. 이가렐 공작의 최측근들조차 분노한 토마스 2세를 감당해 내는 것은 무리수라고 판단했는지 조용히 입을 다물고만 있었기 때문이었다.

결국 빈첸시아는 빠르게 폐위되었지만, 토마스 2세가 마지막 이성을 발휘하여 그녀를 사사시키지는 않았다.

대신 빈첸시아는 북쪽의 추운 지역으로 유배 보내졌다. 귀족 하나를 죽였다는 이유로 빈첸시아에게 사형을 내리기에는 토마스 2세 역시 정치적으로 부담감을 느낄 수밖에 없었기 때문이었다.

그렇다고 하더라도 황제는 샤를레타의 일에 대해서만큼은 항상 그러했듯 전례 없는 행보를 이어 나갔다. 레예스 제국 역사상 처음으로 정부의 장례식을 국장으로 치른 것이다.

고작 정부의 장례를 국장으로 치르는 것은 국내는 물론이고 국외에까지 조롱받을 만한 일이었지만, 토마스 2세는 개의치 않았다. 귀족들은 그를 설득하는 것을 포기했는지 반대표조차 던지지 않았고, 결국 샤를레타의 장례는 무탈하게 국장으로 치러졌다.

"3황자비 전하시로군요."

자신을 부르는 목소리에 알렉산드라가 고개를 돌렸다. 장례식의 드레스코드인 검은 드레스를 입고 레예스 제국에서 애도를 상징하는 노란 국화 한 송이를 손에 쥔 채였다. 알렉산드라는 자신을 부른 이를 확인하고선 저도 모르게 미소 지었다.

"오르누스 공작 전하시로군요."

더없이 사무적으로 그를 맞아들였으나, 두 사람 사이에서 오가고 있는 눈빛은 그런 것과는 거리가 멀었다. 알렉산드라가 우아하게 라키아스를 향해 고개를 숙여 인사한 다음 그에게 말했다.

"이 자리에까지 참석하실 줄은 몰랐습니다."

"황제 폐하께서 그리 아끼셨던 분의 장례이니 참석하는 것이 도리라 생각했습니다."

라키아스가 미소 지으며 대답했지만, 알렉산드라는 그가 이곳에 온 진짜 의미가 그런 것이 아님을 알았다. 그녀가 목소리를 낮추어 그만 들을 수 있게끔 속삭였다.

"거짓말."

내가 보고 싶어 왔다고 눈에 다 적혀 있는데.

알렉산드라의 속삭임에 라키아스는 하마터면 웃음을 터뜨릴 뻔했다. 하여튼 거짓말을 못 하겠다니까.

그가 즐거운 기색을 애써 숨기며 알렉산드라에게 물었다.

"그러는 전하께서는 이곳에 어쩐 일로 오셨습니까?"

"대외적인 이미지도 있지만…… 사실 그보다는 전하와 같은 이유 때문에 방문했습니다."

"그렇습니까."

기분 좋아지는 대답에 라키아스가 숨기지 못하고 미소 지었다.

그러자 알렉산드라가 눈빛으로 그에게 눈치를 주었다. 주의하라는 뜻이 다분했지만, 라키아스는 좀체 그녀의 말을 들을 생각이 없어 보였다.

그가 여전히 입가에 웃음기를 띤 얼굴로 알렉산드라에게 물었다.

"다음 계획이 무엇인지 여쭈어봐도 괜찮겠습니까?"

"안 그래도 그 일 때문에 부르려고 했습니다."

"단둘이?"

"……셋이서요."

그 대답에 라키아스가 저도 모르게 미간을 좁혔다.

반응이 재미있는 건지 알렉산드라가 피식 웃었고, 라키아스는 여전히 불쾌한 목소리로 그녀에게 투덜거렸다.

"웃지 마시지요, 3황자비 전하."

"웃기니까 웃는 건데 웃지 말라 하시면 저보고 어쩌란 말씀입니까, 오르누스 공작님."

"처음부터 끝까지 잔인하시군요."

"그런 사람을 선택한 분이 누구셨더라?"

"저지요, 이런."

그가 어쩔 수 없다는 듯 고개를 저은 다음 말을 이었다.

"하지만 제 촉으로는 말입니다 황자비 전하, 어쩐지 일이 생각했던 것보다 일찍 끝날 것 같은 느낌이 든답니다. 제가 나름 감이 좋은 사람인데…… 이번에도 그럴지 궁금해지는군요."

"……아마 공작님의 촉이 맞을 겁니다."

알렉산드라가 묘한 눈빛으로 라키아스에게 말했다.

"저도 지금 생각보다 일이 빠르게 진행되어서 좀 당황스럽긴 한
데…… 뭐, 어쩔 수 없지요. 잘 되어가는 일을 억지로 늦출 수는 없
는 법이잖습니까."

"동의합니다, 황자비 전하."

라키아스가 엷게 미소 지었고, 알렉산드라는 그런 그에게 마지
막으로 속삭였다.

"조문 마치시고 곧바로 지엔궁으로 오세요."

"……"

"기다리고 있겠습니다."

기다리고 있겠다. 그 별것 아닌 말이 왜 그렇게 야릇하게만 느껴
지는지.

아무래도 자신이 대단하게 미친 것 같다고 생각하며 라키아스
는 속으로만 쿡쿡 웃었다.

그가 허리를 숙여 알렉산드라의 귓가에 대고 속삭였다.

"마음의 준비, 단단히 하고 가겠습니다, 전하."

빈말이 아니라 라키아스는 정말로 마음의 준비를 단단히 한 다
음 지엔궁을 찾았다. 빈첸시아가 황후의 자격을 박탈당했고, 토마

스 2세는 사랑하는 정부의 죽음 이후 어딘가 제정신이 아닌 것 같았다.

상황이 이렇게 되면 라키아스 또한 대충 알렉산드라의 의중을 눈치챌 수 있는 것이다.

지엔궁의 응접실에 도착한 라키아스가 문 앞에 서 있는 익숙한 시녀를 발견하고선 빙긋 미소 지었다. 물론 시녀는 시종일관 한결같은 표정을 유지했지만.

"어서 오시지요, 오르누스 공작 전하."

"황자비 전하께서는 안에 계신가?"

"……황자 전하와 함께 기다리고 계십니다."

예상했던 대답이었지만, 기분이 나쁜 건 어쩔 수 없었다. 이내 마레타가 그가 왔음을 응접실 안에 있을 황자 내외에게 알렸고, 라키아스는 비뚜름하게 한 번 웃은 다음 직접 문을 열고 응접실 안으로 들어섰다.

가장 먼저 그의 시야로 들어온 이는 알렉산드라였고, 그는 그 상대가 클레이오가 아닌 알렉산드라라 다행이라고 생각했다. 라키아스는 아무렇지 않게 웃으며 두 사람에게 인사했다.

"3황자 전하, 3황자비 전하를 뵙습니다."

"어서 오세요, 당숙님."

클레이오가 답지 않게 환하게 웃으며 라키아스를 맞아들였다. 알렉산드라는 그 옆에 앉아 조용히 미소만 짓고 있었다.

그 모습에 눈길을 한 번 준 라키아스가 이내 태연하게 두 사람이 있는 테이블까지 걸어와 항상 앉던 자리에 앉았다.

알렉산드라가 물었다.

"차를 내오라고 할까요, 공작님?"

"번거로우니 그럴 필요 없습니다, 황자비 전하."

라키아스가 빙긋 웃으며 그녀에게 말했다.

"어쩐지 오늘 부르신 데 중요한 이유가 있는 것 같아서요."

"바로 보셨습니다, 전하. 역시 영민하시네요."

가벼운 칭찬을 던진 알렉산드라가 한 번 심각해진 표정을 지었다가, 곧바로 태평한 표정을 지어 보였다. 그 간극이 상당했음에도 불구하고 두 사람 중 그 누구도 그것을 이상하게 여기는 사람은 없었다.

알렉산드라는 잠깐 고민하는 얼굴을 한 채 앉아 있다가, 어느 순간 조용히 입술을 뗐다.

"파사궁이 비었습니다."

나쁘지 않은 서두에 라키아스가 고개를 끄덕이며 맞장구를 쳤다.

"에인궁도 비었습니다."

"중앙궁도 비워야겠군요."

클레이오도 말을 보탰다.

세 사람이 서로 한마디씩 주고받았고, 잠시 후 그들은 그 상황이 웃겼는지 너나 할 것 없이 작게 웃음을 터뜨렸다.

그중 가장 웃음을 먼저 그친 사람은 알렉산드라였다. 그녀는 여전히 웃음기가 남아 있는 목소리로 두 사람에게 말했다.

"황자 전하의 말이 옳습니다. 중앙궁도 이제 세대교체를 해야지요."

알렉산드라가 몸을 앞으로 숙인 채로 말을 이었다.

"황후의 자리도, 황비의 자리도 비었으니 아마 귀족들은 새 황후를 들이라고 폐하께 말씀드릴 겁니다. 그리고 아마 제가 아는 폐하라면…… 아마 거절하지 않으실 겁니다."

토마스 2세는 의외로 현실 감각이 뛰어난 사람이었다. 어쩌면 전국을 뒤져 또 한 명의 샤를리즈를 찾아낼지도 모른다.

그 생각이 들자 알렉산드라는 실소를 금할 수 없었다.

그 남자도 대단히 미친 것이 분명하다.

"그런데 우리가 굳이 그 과정을 기다려야 할 필요가 없다, 이 말이지요."

이야기가 그쯤 진행되자, 라키아스와 클레이오는 지금 알렉산드라가 무슨 말을 하고 싶어 하는지를 눈치챘다. 하지만 아무래도 클레이오는 직접적으로 피가 섞인 만큼 곤란해하는 기색이 얼굴에 드러났다.

그것을 귀신같이 잡아낸 알렉산드라가 빙긋 웃으며 클레이오를 불렀다.

"전하."

"……그래, 렉시."

"원치 않으세요?"

밑도 끝도 없는 질문이었지만, 클레이오는 그녀가 무엇을 말하고자 하는지를 알았다. 그가 대답을 머뭇거리자, 알렉산드라는 괜찮다는 듯 고개를 끄덕였다.

"괜찮아요, 전하. 괜찮습니다."

"렉시……."

"전하께서 이 일을 원치 않으신다면 저는 기다릴 수 있습니다. 기다림은 어려운 게 아니지요. 돈이 드는 일도 아니고. 다만 그 기다림의 시간을 평화롭게 유지하려면 노력은 좀 필요하겠지만…… 아마 어려운 일은 아닐 겁니다. 노력한다면 가능할 거예요."

"……."

"그러니 전하, 솔직하게 말해주세요. 이 일에 있어 주저함이나 머뭇거림이 있다는 건 곧 실패를 의미한답니다. 그리고 이 일이 실패한다면……."

거기까지 말한 알렉산드라는 보다 극적인 효과를 내기 위해 의도적으로 말을 줄였다. 그리고 클레이오는 그녀가 무슨 말을 할지 이미 알고 있다는 듯 긴장한 표정으로 마른 침을 삼켰다.

"우리 모두 죽는 겁니다. 감히 하늘 같은 시부를, 하늘 같은 아버지를, 피가 섞인 사촌을 권력에 눈이 멀어 살해하려 하였다는 오명을 뒤집어쓴 채로요."

"……."

"하지만 성공한다면 이야기는 달라지겠죠. 굳이 더러운 이름을 역사에 남길 필요도 없이 우리가 원하는 역사를 쓸 수 있을 겁니다. 전, 그럴 자신이 있습니다."

"렉시, 나는……."

"그러니 전하, 주저하시려거든 지금 말씀해 주세요. 생각할 시간을 조금, 드리지요. 기다리겠습니다."

알렉산드라는 미소를 지은 채 클레이오에게 대답을 강요했다. 물론 알렉산드라는 클레이오가 자신의 말을 받아들일 것을 알고 있었다.

그가 지금 저러는 것은 갚잖은 양심 때문이다.

애당초 있지도 않았던 천륜 때문이다.

진심으로 아버지를 사랑하지도 않으면서 자신은 악인이 되고 싶지 않아 발버둥 치는 위선의 편린이다.

그리고 아마 그는 끝까지 그런 척할 것이다. 그러면서도, 결정은 내리겠지. 알렉산드라가 속으로 조소를 지은 다음 라키아스를 불렀다.

"오르누스 공작님."

갑작스러운 호명에 라키아스가 의아한 얼굴로 알렉산드라를 쳐다보았다. 알렉산드라는 아까 클레이오를 응시했을 때보다 좀 더 부드러운 눈빛으로 라키아스를 쳐다보며 물었다.

"제가 왜 1황자 내외를 살려둔 것 같나요?"

가장 위험천만한 인물.

클레이오가 황위를 승계하는 데 있어 가장 걸림돌이 될 폐후와 황제 사이의 적장자.

라키아스는 잠시 생각하는 표정을 짓다가 이내 대답을 찾아냈는지 화사한 표정으로 웃었다.

"우리가 가지게 될 오명을 대신 뒤집어 써줄 사람들이군요."

"아아, 그렇답니다. 아주 고마우신 분들이지요."

알렉산드라가 노래를 하는 듯한 목소리로 나긋나긋하게 말했고, 클레이오는 그런 알렉산드라를 물끄러미 쳐다보았다. 알렉산드라는 그런 그의 시선을 느끼면서도 모르는 척하며 말을 이었다.

"사실 쿠데타라는 건 성공하면 그 자체로 죄가 되지 않지만, 어쨌든 오명은 남으니까요. 난 그런 게 싫습니다."

사실 그건 핑계에 불과한 말이었다. 만약 이 자리에 있는 사람이 오직 자신과 라키아스 둘이었다면 이런 식으로 말하지 않았을 것이다.

대신 이렇게 말했겠지. 지나치게 짧은 기간 동안 연이어 쿠데타가 일어나는 것은 황제의 권위를 심각하게 손상시킬 수 있다고.

하지만 이 말은 클레이오가 절대로 들어서는 안 되는 것이었으

니까.

알렉산드라가 히죽 웃으며 덧붙였다.

"폭력이라는 건 최후의 수단으로 사용해야 하는 것이지요. 우리는 우아하고 고귀한 피를 타고난 사람들이 아닙니까."

……라는 건 완전한 거짓말이다.

고귀하고 고귀하지 않은 피가 뭐가 그리 중요한가? 중요한 건 권력 앞에 개떼처럼 천박하게 구는 우리들이다.

알렉산드라는 쓸쓸하게 미소 지은 다음 마지막으로 말했다.

"무엇보다 쿠데타라는 건 황자 전하께 많이 부담이 되는 선지니까요."

"……."

"그렇지요, 전하?"

"렉시."

조용한 음성이 알렉산드라를 불렀고, 알렉산드라는 기다리고 있었다는 듯 고개를 끄덕였다.

"네, 전하."

"그대의 뜻에 따르겠어."

"……잘 생각하셨어요."

이미 이렇게 될 줄 알고 있었기 때문에, 알렉산드라는 아무 내색 없이 아름답게 미소 지을 수 있었다. 클레이오가 자신의 계획을 거부한다는 것은 생각조차 해본 적 없었다.

그는 권력을 사랑했다. 게다가 자신이 내미는 손을 거부할 수 있을 만큼 용기 있거나 강직한 사람도 아니었으니까.

"오르누스 공작님."

알렉산드라가 다정한 목소리로 라키아스를 불렀다. 라키아스는 기다렸다는 듯 그녀의 부름에 응답했다.

"네, 황자비 전하."

"이 일은 전하께 맡겨도 괜찮을까요?"

"아."

라키아스가 속내를 알 수 없는 얼굴로 클레이오를 흘긋 쳐다보았다가 물었다.

"그래도 괜찮을까요?"

"그렇게 해주신다면 저는 감사할 겁니다. 전하, 전하의 생각은 어떠세요?"

알렉산드라는 별생각 없이 클레이오에게 물었다.

남의 손 더럽힌다는데 거부할 사람이 아니라는 걸 알고 있었기 때문에 형식적인 절차에 불과했다.

"저 역시 괜찮습니다, 당숙님."

예상대로 그는 거절하지 않았다. 아니, 사실 누구라도 거절하지 않았을 것이다. 어쨌든 피가 섞인 아버지이니 직접 그를 죽이는 패륜적인 행위는 불쾌하게 느껴질 수 있겠지. 그게 누구라도 말이다.

알렉산드라가 엷게 웃으며 라키아스에게 말했다.

"그럼 공작 전하, 마무리는 전하께서 책임지고 장식해 주시겠어요?"

"그렇게 하겠습니다, 황자비 전하. 아무래도 두 분 전하께서 개입하시기에는 다소…… 불편한 감이 없잖아 있지요. 이해합니다."

"이해해 주셔서 감사합니다."

알렉산드라가 사무적으로 고개를 끄덕인 다음 무언가를 잊었다는 듯 그에게 덧붙였다.

"참, 공작님. 제가 따로 드릴 말씀이 있으니 잠시만 이곳에 남아 주세요."

결국 잠시 후 알렉산드라는 클레이오의 귓가에 무언가를 속삭이며 그를 내보냈고, 결국 응접실 안에는 알렉산드라와 라키아스, 두 사람만 남게 되었다.

라키아스가 흥미롭다는 얼굴로 알렉산드라에게 물었다.

"질투심 많은 당신 남편이 우리 둘만 남게 내버려 두지 않을 줄 알았는데 말이야. 아까 뭐라고 말하면서 3황자를 내보낸 거야?"

"마무리에 관한 내용이라고 했습니다."

알렉산드라가 별것 아니라는 듯 어깨를 으쓱이며 대답했다.

"그렇게 말했으니 무슨 내용인지 대충 눈치챘겠죠."

"아."

라키아스가 피식 웃은 다음 알렉산드라를 빤히 바라보았다. 그리고 잠시 후에 조용히 입을 열어 그녀에게 물었다.

"나를 배려한 건가?"

"그렇게 생각이 들었나요?"

"음⋯⋯."

알렉산드라의 물음에 라키아스가 잠시 생각하는 표정을 짓다 입을 열었다.

"두 가지 마음이었겠지. 당신은 나를 사랑하니까, 첫 번째는 나의 복수에 손을 대고 싶지 않았을 거고, 두 번째는⋯⋯."

"⋯⋯."

"당신의 손에 직접 피를 묻히고 싶지 않았겠지. 안 그런가?"

"너무 정곡을 찔러서."

알렉산드라가 쓸쓸한 미소를 지으며 중얼거렸다.

"뭐라고 대답해야 좋을지 모르겠네요."

"뭐라고 대답해야 좋을지 모르겠다니."

라키아스가 자리에서 일어선 다음 슬머시 알렉산드라가 있는 쪽으로 걸어왔다.

알렉산드라가 자신에게로 향하는 라키아스를 빤히 올려다보았다.

"솔직하게 말해, 렉시. 나는 그대가 내게 진실만을 말해주길 바라.”

"그 내용이 추악하고 더럽고 당신에게 피해가 가는 내용이라도요?"

"설령 나를 기만하는 내용이라도 그러기를 바라.”

"당신답지 않은 말이라서 당황스러운데요.”

"나다운 말이 뭔데?”

"……당신만 생각하는 것?”

알렉산드라의 대답을 들은 라키아스가 재미있다는 듯 낮게 웃었지만, 알렉산드라는 웃지 않았다. 그녀가 웃을 만한 상황은 아니었으니까.

"맞아, 렉시. 당신 말이 다 맞아.”

"……”

"하지만 적어도 당신의 일에 관해서만은 다르지. 왜냐하면, 내가 당신을 사랑하기 때문에.”

라키아스가 그녀의 흰 손을 슬쩍 잡으며 속삭였다.

"당신이 설령 나를 죽이고 싶다고 말한다면 진지하게 고민해 볼 정도거든.”

"그런 말은 함부로 하는 게 아닙니다, 라키아스.”

회귀 전 클레이오조차 하지 않았던 말이었다.

물론 그때는 상황이 지금과 판이하게 달랐지만.

"사랑에 목숨을 건다는 건 함부로 해서는 안 되는 말이에요.”

"하지만 렉시, 나는 진심인걸."

"······내 남편도 그렇게 말했어요."

알렉산드라가 표정이 어두워지며 읊조렸다.

"하지만 난 거기 배신당했답니다. 아무도 모르는 이야기지만요."

"······."

그 이상한 말에도 라키아스는 특별히 사정을 물어보지 않았다.

알렉산드라는 그 사실에 묘한 불안감과 편안함을 동시에 느끼며 말을 이었다.

"그래서 나는 그런 달콤한 걸 마음 편히 믿을 수가 없어요. 당신이 나를 사랑한다는 것도, 내가 당신을 사랑하고 있다는 것도."

"충분히 그럴 만해."

라키아스는 그게 이상한 일이 아니라는 것처럼 고개를 끄덕여 주었고, 그 모습이 그녀로 하여금 은근한 위안을 받게 만들었다.

라키아스가 그녀의 손등에 자잘한 키스를 남기며 속삭였다.

"당신이 불안하다면 나를 믿지 않아도 좋아. 당신이 나를 믿었으면 하는 만큼 내가 당신을 더 믿으면 되니까."

"······당신에게는 손해 보는 장사일 겁니다."

"사랑이라는 건 원래 그렇지. 손해 보는 장사야. 사랑뿐 아니라 모든 관계의 비극은 이득을 취하려는 시점에서 시작되지."

"꼭 그렇지도 않던데요."

알렉산드라가 회귀 전의 일을 떠올리며 웃었다. 그때의 자신은 클레이오와의 관계에서 이득을 취하려 했던 적이 한 번도 없었다. 오히려 이득을 취하려고 한쪽은 그 반대였다.

아, 그래서 끝이 비극이었던 건가.

"그렇다면, 나를 이용해, 렉시."

"라키아스."

"당신이 원한다면 그렇게 해도 좋아."

"어떻게 그렇게까지 말할 수 있는 건지."

알렉산드라가 떨리는 눈빛으로 라키아스의 두 눈을 응시했다. 그의 눈은 자신의 것과는 달리 단단하고 굳셌고, 조금의 흔들림이 없었다. 그 모습이 조금은 부럽다는 생각이 들었다.

"물어봐도 돼요?"

"기꺼이 대답해줄 수 있어, 렉시. 하지만 이미 당신은 답을 알고 있거든."

"……"

"당신을 사랑해. 아주 많이. 그래서 그렇게 말할 수 있는 거야."

라키아스는 그렇게 말한 다음 알렉산드라에게 입술을 겹쳐왔고, 알렉산드라는 자연스럽게 그의 어깨를 붙잡았다.

그녀가 흐느끼는 듯한 신음을 내며 그의 품으로 파고들었고, 라키아스는 그런 그녀를 따뜻하게 품어주었다.

간만에 느끼는 안정감에 알렉산드라의 몸이 이완되었다.

"모든 더러운 일은 다 내가 할게, 렉시."

"……."

"당신은 그냥 그 자리에 그대로 있어. 고귀한 황후로 나를 기다려줘."

"……아직 생각해본 적도 없는 이야깁니다, 그건. 너무 먼 이야기예요."

"멀지 않아."

라키아스가 부드럽게 알렉산드라의 윗입술을 물었다 당긴 다음 속삭였다.

"벌써 첫 번째 계획의 고지를 앞두고 있잖아? 결코 멀지 않을 거야."

"……."

"사랑해, 렉시. 당신이 나를 제위에 올려주겠다고 말했듯이, 나 또한 그대를 반드시 내 곁에 앉힐 거니까."

알렉산드라는 차마 거기에다 대고 함부로 말을 내뱉을 수 없었다.

그래서 그녀는 말을 아끼기로 했고, 라키아스는 그런 그녀의 마음을 이해한다는 듯 부드럽게 웃으며 그녀의 귓가에 속살거렸다.

"내 복수를 남겨주어서 고마워. 이젠 정말…… 끝낼 때가 온 것 같아."

토마스 2세는 사흘간의 국장을 마친 이후 중앙궁 안에서 칩거 생활을 시작했다. 회의에도 참석하지 않았고 그렇다고 해서 서류를 보는 것도 아니었다.

이 때문에 국정이 마비되는 것은 당연한 일이었으나, 라키아스는 거의 공석이나 마찬가지인 토마스 2세를 대신해 제국 안의 급한 일들을 유연하게 처리해 나갔다.

이 때문에 라키아스에 대한 귀족들의 평판은 높아졌고, 그는 황제의 총애로만 연명했던 정치적 입지를 이번 기회를 통해 확실하게 굳힐 수 있었다.

"황제 폐하, 오르누스 공작 전하께서 드셨습니다."

시종의 목소리를 들으며 라키아스는 생각에 잠겼다. 토마스 2세는 마치 삶을 거의 포기한 사람처럼 굴었다. 들기로는 식사도 대부분 거른다고 들었다.

라키아스가 속으로 혀를 쯧쯧 찼다. 정부 하나 죽었다고 그 모양이라니. 적어도 그가 황제로 있는 동안에는 그래서는 안 되는 것이다.

그때 방 안에서 토마스 2세의 목소리가 들려왔다.

"……들이도록 해라."

그 목소리를 들은 순간 라키아스는 놀라지 않을 수 없었다. 마지막으로 들었을 때와는 비교도 할 수 없을 정도로 토마스 2세의 목소리가 거칠고 황폐했기 때문이었다.

확실히 그는 하루하루 죽어가고 있었다. 그리고 아마 모두가 그 사실을 눈치채고 있을 터였다.

라키아스는 이 상황이 적기라고 생각했다.

"제국의 위대한 태양, 황제 폐하를 뵙습니다. 레예스에 영광을."

그가 태연한 얼굴로 황제의 침실까지 걸어 들어와 황제에게 예를 갖추어 인사했다. 하지만 토마스 2세는 샤를레타의 초상화에만 시선을 집중시킨 채 라키아스에게는 조금의 눈길도 주지 않았다.

그 모습에서 라키아스는 다시 한번 속으로 실소를 내뿜을 수밖에 없었다.

아주 그냥 넋이 나갔군.

"……무슨 일이냐."

한참 후에야 토마스 2세가 라키아스를 돌아보며 물었고, 라키아스는 아무렇지 않게 황제에게 답했다.

"요즘 귀족 회의에 참여하지 않으시는 것에 대해 귀족들의 불만이 상당합니다."

"별로 걱정되지 않는다. 네가 잘하고 있다고 들었는데."

"……이 제국의 황제는."

라키아스가 건조한 목소리로 말을 이었다.

"제가 아니라 폐하시니까요."

그 자리에 어떻게 올라갔는데 그토록 무책임하실 수 있습니까,

폐하.

라키아스가 속으로 이를 으득 갈았다. 아버지와 숙부의 피로 획득한 자리. 혈육의 사체를 밟고 올라가 앉은 자리.

그 자리를 이토록 천대하는 것은 그 후손인 라키아스를 간접적으로 모욕하는 것이나 다름없었다.

"적당한 후계가 생기면 이 자리를 넘기는 것 또한 미덕이지."

그렇게 말하는 사람이 그 나이가 되도록 후계자를 정해두지 않나.

라키아스가 비뚜름하게 웃으며 말했다.

"그 또한 일리 있으신 말씀이지만…… 아시다시피 아직 황태자가 정해지지 않았으니까요."

"누가 되었으면 좋겠는데?"

갑작스럽게 치고 들어온 질문에 라키아스는 당황했으나, 이내 아무렇지 않게 되받아쳤다.

"후계를 정하는 것은 엄연히 황제 폐하의 고유 권한이십니다. 제가 감히 왈가왈부할 사안은 아니지요."

"하지만 너는 나의 사촌이니까. 그리고 지금 상황에서 내가 가장 아끼는 신하이기도 하잖느냐."

"……그렇게 물으셔도 제가 감히 드릴 수 있는 답은 없습니다, 폐하."

라키아스는 경계를 유지했다. 아무리 약해졌다고 해도 이 남자는 아버지와 숙부를 잡아먹은 전적이 있었다. 빈틈없는 그의 대답에 토마스 2세는 어린 사촌을 빤히 바라보다가 이내 입을 열었다.

"하긴 너도 대답하기에는 좀 곤란한 질문이겠지."

"……그보다 폐하의 건강이 우려스럽습니다. 곡기를 거의 끊으시다시피 하신다면서요."

"너무 걱정하지 마라, 라키아스. 어제부터는 잘 챙겨 먹고 있으니까."

토마스 2세가 쓸데없는 걱정이라는 듯 고개를 저으며 말했고, 그 말을 들은 라키아스는 연한 미소를 지어 보이며 말했다.

"그 말을 들으니 그제야 안심이 되는군요. 언제 저와 함께 술이나 한잔하시지요."

"그것 좋지. 너와 개인적인 대화를 나눈 지도 너무 오래되었구나. 내일 어떠냐?"

"좋습니다, 폐하. 다만 과음하지는 마시지요."

"오래 살아야지."

토마스 2세가 빙긋 웃은 다음 덧붙였다.

"네가 결혼하고 아이를 낳을 때까지."

"……."

"그보다 너도 나이가 있는데 결혼 생각은 없는 것이냐. 너 정도면 영애가 줄을 설 법도 한데 말이다."

"과찬이십니다, 폐하. 물론 있긴 합니다만."

라키아스가 묘한 미소를 지어 보이며 말했다.

"아직 결혼 생각은 없습니다."

"그래? 어째서?"

"그 여자분이 조금 특수한 상황이어서요."

"뭐, 유부녀만 아니면 상관없지 않겠느냐."

토마스 2세는 그 말을 마친 직후 껄껄 웃었지만, 라키아스는 차마 웃을 수 없었다. 그가 말없이 억지로 입꼬리를 끌어 올려 미소 지은 다음 들고 왔던 결재 서류를 그의 책상 위에 올려 두었다.

"정말 중요한 서류인지라 이것만큼은 결재가 필요합니다, 폐하."

"알겠다. 살펴보도록 하지."

"감사합니다, 폐하."

정중하게 고개를 숙이는 그에게로 다시금 황제의 목소리가 들려왔다.

"너무 널 오랫동안 힘들게 했어. 조만간 귀족 회의에도 참석할 테니 너무 걱정하지 말거라."

"……네, 폐하. 그럼 전 이만."

라키아스는 조용히 인사를 마친 다음 밖으로 나왔다. 그는 말없이 중앙궁의 출구 쪽을 향해 걷기 시작했고, 그 옆으로 소리 없이 케이토가 따라붙었다.

"준비를 모두 마쳤습니다, 주군."

"그것참."

듣던 중 반가운 말이로군.

라키아스가 건조하게 중얼거렸고, 케이토는 대꾸하지 않았다.

그는 걸음을 멈추지 않은 상태로 계속 걷다가, 어느 순간 결심했다는 듯 말했다.

"계획을 예정보다 앞당겨야겠어."

알렉산드라는 간만에 도서관에 들러 책 한 권을 빌려 나왔다.

책의 이름은 〈안나 마리아의 슬픔〉.

회귀 전 너무 많이 읽어 회귀 후에는 손도 대지 않았던 책이었다.

그때는 이 이야기가 뭐가 그렇게 좋다고 많이 읽었는지. 생각해 보면 그리 낭만적인 이야기도 아니었다.

오히려 자신이 처한 상황과 너무 똑 닮아서 지금 읽어보면 불쾌감마저 드는 이야기. 착한 여자 안나 마리아가 자신이 사랑하는 사람을 위해 간이며 쓸개며 다 바치다가 결국은 버림받고 쓸쓸하게 죽음을 맞이하는 이야기였다.

알렉산드라는 안나 마리아처럼 성녀는 아니었지만, 어쨌든 간이며 쓸개까지 다 바치다 버림받고 쓸쓸하게 죽었다는 사실이 무서우리만치 자신의 상황과 일치한다고 느꼈다.

그래서 회귀 후에는 쳐다도 보지 않았는데, 이상하게 요즘은 그 책을 봐도 거부감이 들지 않았다.

곁에 마음을 나눌 다른 사람이 생겨서일까 생각도 해봤는데, 분명 그런 이유도 있겠지만 그 이유가 전부는 아닌 듯했다. 아무래도 그만큼 시간이 많이 흘러서가 아닐까.

그때는 견딜 수 없을 정도로 괴로운 일이었지만, 시간이 꽤 지난 지금은 회귀 전의 일을 다시 생각해볼 수 있을 정도였으니까. 물론 내면이 그때보다 강해진 것도 이유라면 이유일 터였다.

"아."

땅만 보고 걷던 알렉산드라는 문득 시야로 들어온 낯선 하이힐에 저도 모르게 고개를 위로 들어 올렸다. 익숙한 사람이 그곳에 서 있었다. 알렉산드라가 저도 모르게 미소 지었다.

"오랜만에 뵙습니다."

"……."

"1황자비 전하."

에밀리아나였다. 그간 마음고생이 심했다는 사실을 역력히 보여주듯 그녀의 얼굴은 그 전과는 비교할 수 없을 정도로 마르고 까칠해져 있었다.

에밀리아나가 눈을 가늘게 뜨며 알렉산드라를 쳐다보았지만, 알렉산드라는 별로 개의치 않는다는 듯 끝까지 웃는 낯을 지키고 있었다.

"……내게 오랜만이라는 말이 나오시는 모양입니다, 3황비 전하."

"그간 왕래가 없었으니까요. 제 표현이 불쾌하셨나요?"

"내가 왜 이렇게 되었는데요."

에밀리아나가 독기 서린 얼굴로 알렉산드라에게 쏘아붙였다.

"전부 3황자비 전하 때문이 아닙니까?"

"무슨 말씀을 하시는지 전혀 모르겠습니다만."

"참으로 가증스러우시군요."

허탈한 목소리가 알렉산드라를 조롱했지만, 그녀는 끝까지 태연한 모습이었다. 마치 잘못한 점이 하나도 없다는 듯한 태도에 에밀리아나는 더욱 속에서 열이 끓어올랐다.

빈첸시아가 추운 북방으로 유배를 간 이후 에밀리아는 남편인 1황자와 함께 거의 없는 사람처럼 지내고 있었다. 혹시라도 황제에게 덩달아 화를 입을까 봐 두려웠기 때문이었다.

그리고 그 모든 일의 원흉은 알렉산드라가 샤를레타를 죽였다는 누명을 빈첸시아에게 씌운 데 있었다. 하지만 물증 없이는 자칫 역으로 무고처럼 비춰질 수 있었기 때문에 에밀리아나는 결국 입을 다물 수밖에 없었다. 어쨌든 때를 기다리는 게 중요했다.

"지금은 그대가 이 싸움에서 이기고 있지만, 과연 끝까지 그럴까요?"

"……하."

그 말을 들은 알렉산드라는 저도 모르게 헛웃음을 터뜨렸고, 그 모습을 본 에밀리아나는 눈썹을 찡그렸다.

"웃으신 겁니까, 지금?"

"아, 죄송합니다, 1황자비 전하. 사람 면전에 대고 웃는 건 상당히 무례한 행동인데 제가 그래버렸네요."

알렉산드라는 웃음을 천천히 갈무리한 다음 에밀리아나를 똑바로 쳐다보았다. 에밀리아나 역시 알렉산드라의 눈빛을 피하지 않은 채 당당히 받아쳤다. 그 모습을 물끄러미 바라보던 알렉산드라가 어느 순간 조용히 입을 열어 에밀리아나에게 말했다.

"1황자비 전하."

"……"

"전하와 저의 다른 점이 무엇인지 아십니까?"

질문의 형식을 띠고 있었으나 대답을 바라고 한 질문은 아니었다.

애당초 알렉산드라는 에밀리아나가 이 질문에 답하지 못할 것을 알고 있었으니까.

"전하께서는 너무 생각이 많으십니다. 재는 것이 한두 가지가 아니시지요. 이 행동을 하면 저게 걸리고, 저 행동을 하면 또 이게 걸리고……. 그러니 당연히 행동이 늦어지실 수밖에 없지요. 이해합니다."

"……"

"그에 반해 저는 전하께서 생각할 시간에 행동합니다. 그래서 전하께서 생각을 마치고 행동하려 하시면 저는 이미 행동을 마친 상태가 되는 것입니다."

알렉산드라가 조곤조곤한 목소리로 말을 이었다.

"그게 전하와 저의 차이입니다. 유감스럽게도 황궁은 전하께서 생각을 마치실 시간을 보장해주지 않아요. 그 생각의 시간을 줄이는 것 또한 일종의 경쟁이거든요."

"지금 나를 가르치려 드는 겁니까, 전하?"

"감히 그럴 생각은 없습니다. 그럴 이유도…… 없고요."

느릿하게 대꾸한 알렉산드라가 이내 엷게 웃으며 말했다.

"그저 전하께서 패배의 원인을 찾지 못하시는 것 같아서 말입니다."

"그 또한 속단하지 마세요, 3황자비 전하. 끝은 직접 보기 전까지는 모르는 법입니다."

"물론 그렇지요, 전하."

알렉산드라가 마치 어린아이를 어르는 듯한 표정으로 웃으며 에밀리아나의 말에 응수했다.

"그렇다면 한 번 기다려보겠습니다, 전하."

하지만 서두르셔야 할 거예요. 그대가 그 고상한 머리를 굴리는 시간에, 우리는 이미 또 행동하려 하고 있으니까.

알렉산드라는 우아하게 허리를 굽혀 에밀리아나에게 인사한 다음, 자신을 쏘아보고 있는 그녀를 지나쳐 지엔궁 쪽으로 걸음을 옮겼다.

얼마 걷지 않았을 때, 제 앞쪽에서 마레타가 걸어오는 것이 보였다. 에밀리아나를 보았을 때와 다르게 알렉산드라는 진심으로 활짝 웃으며 그녀를 불렀다.

"마레타."

자신을 부르는 알렉산드라를 향해 마레타가 종종걸음으로 걸어왔다. 그녀가 궁금한 표정으로 마레타에게 물었다.

"아까부터 보이지 않던데, 무슨 일 있었나요?"

"네, 전하."

마레타가 웃음기 없는 얼굴로 알렉산드라에게 말했다.

"오르누스 공작 전하께서 잠시 저를 부르셔서…… 다녀왔습니다."

"그 사람이요?"

알렉산드라가 슬쩍 미간을 좁혔다. 웬만한 일이 있으면 늘 지엔궁을 찾는 라키아스였다. 자신을 보기 위해서라도 의도적으로 지엔궁에 발걸음하는 그였는데…….

흔치 않은 일에 알렉산드라가 이상하다는 표정으로 물었다.

"무슨 일이 있나요? 지엔궁으로 오지 않고……."

"그리 길게 전해 드릴 말씀이 아니었던 데다, 평소와는 달리 약간 심란해 보이셨습니다."

"……그 사람이요?"

"네."

짧게 대꾸한 마레타가 주저 없이 라키아스와 나누었던 이야기를 보고했다.

"내일 황제 폐하와 술자리를 같이하신다고 하셨습니다."

"……."

"그리고 더는 질질 끌고 싶지 않다는 말씀도 하셨습니다."

"……그랬군요."

알렉산드라가 조용히 대꾸했고, 그게 끝이었다. 그녀는 더 이상 입을 열지 않은 채 지엔궁 쪽으로 걷기만 했고, 마레타 역시 그녀에게 굳이 무언가를 더 말하려 하거나, 물으려 들지 않았다.

7

Silence

그다음 날 저녁이 되었을 때, 라키아스는 평소와 특별하게 달라지지 않은 모습으로 중앙궁에 들어섰다. 중앙궁의 정찬실로 발걸음을 옮기던 그가 어느 순간 그 자리에 우뚝 멈추어 섰다.

"……."

깊게 심호흡을 한 그는 잠시 후 다시 발걸음을 옮기기 시작했고, 어느 순간 그의 앞으로 정찬실의 문이 나타났다.

그는 아무렇지 않게 앞을 지키고 있던 시종에게 눈짓하여 자신이 왔음을 고하라는 듯한 신호를 보냈고, 곧이어 시종의 목소리가 라키아스의 귀를 타고 울려 퍼졌다.

잠시 후에 안에서 들어오라는 토마스 2세의 목소리가 들려왔다.

입궁할 때는 몸수색을 이미 마친 뒤였기 때문에 다른 특별한 절

차는 거칠 필요가 없었다.

"왔구나, 라키아스."

식탁 위에 앉아 있던 토마스 2세가 반갑게 라키아스를 맞아 주었고, 라키아스는 빙긋 웃으며 그에게 인사했다.

"위대하신 제국의 태양…… 황제 폐하를 뵙습니다. 레예스에 찬란한 영광을."

"그래, 어서 오너라."

만족스럽게 웃은 토마스 2세가 그를 향해 손짓했고, 라키아스는 정중하게 걸어가 그의 맞은편에 앉았다.

음식은 화려했다. 라키아스는 식탁 위를 훑어보다가 이내 만족스러운 미소를 지었다.

그 모습을 발견한 토마스 2세가 껄껄 웃으며 물었다.

"요리가 마음에 드는 모양이로구나."

"요즘 입맛이 없어 통 먹질 못했는데."

라키아스가 느릿하게 입꼬리를 위로 끌어올린 다음 말했다.

"폐하의 은혜로 오늘만큼은 포식하게 생겼습니다."

"공작가가 가난한 것도 아닐 텐데 왜 못 챙겨 먹고 다닌다는 게야. 건강이 우선이다, 라키아스."

"……네, 폐하."

라키아스는 그저 조용히 미소 지은 다음 애피타이저로 나온 연어 샐러드를 가볍게 해치웠다. 그런 다음 곧바로 정식에 도전했는데, 은빛으로 번쩍거리는 나이프를 들어 앞에 놓인 스테이크를 자르기 시작했다. 중앙궁의 요리장이 늘 적당한 굽기로 구웠던 것 같은데 이상하게도 오늘은 고기가 잘 잘리지 않았다.

"라키아스."

조용히 고기를 자르고 있는데 갑자기 토마스 2세가 라키아스를 불렀다. 때문에 긴장 상태에 있던 라키아스는 저도 모르게 흠칫 놀랄 수밖에 없었다.

그 모습을 본 토마스 2세가 별생각 없는 얼굴로 껄껄 웃었다.

"뭘 그리 놀라느냐. 고기 써는 데 어지간히 집중했나 보구나."

"고기가 생각보다 잘 잘리지 않아서요, 폐하."

"하긴. 오늘은 이상하게 그런 것 같기도 해."

"……무슨 하실 말씀이라도 특별하게 있으십니까?"

"그런 건 아닌데, 궁금한 게 하나 있어서."

"말씀하시지요."

"도통 네 부모의 무덤을 찾지 않는다고 들었다."

"……."

라키아스는 순간 나이프를 움직이던 손을 멈추었지만, 토마스 2세는 멈추지 않은 채 계속 이야기했다.

"내일이 네 아버지의 기일인 것으로 알고 있는데."

"……."

"내일은 찾아뵐 것이지?"

"……네."

라키아스가 힘겹게 입술을 떼어 말했다.

"그러려고 합니다."

순간 그는 먹은 것도 없는 속에서 토기가 치솟는 것을 느꼈다. 어떻게 그가 감히 제게 그런 말을 할 수 있다는 말인가.

다른 사람도 아닌, 제 아비의 죽음에 직접적으로 관여한 그가!

제 아비의 죽음을 사주하고 암살을 전사로 바꾼 파렴치한 남자가!

라키아스의 분노가 그대로 손에 쥐고 있던 나이프에 실렸고, 덕분에 그의 분노는 날렵한 칼질에 가려질 수 있었다.

"그간 너무 일이 바빴습니다. 내일은 꼭 찾아뵈어야지요."

그가 간신히 입술을 움직여 비뚜름하게 웃어 보였다.

"상징적인…… 날이니까요."

"그래, 맞다. 상징적인 날이지."

"……."

"전쟁 영웅이셨던 내 숙부께서 적의 칼날에 무참히 돌아가신 비극적인 날이야."

라키아스는 더 이상 아무 말도 하지 않았고, 대신 고개를 들어 토마스 2세가 와인잔을 기울이는 모습을 쳐다보았다.

그의 입술이 자연스럽게 호선을 그리며 웃었다.

"폐하께서 이렇게 강건한 군주가 되신 모습을 보셨더라면."

라키아스가 떨리는 목소리로 말을 이었다.

"아마 돌아가신 제 아버지께서도."

"……."

"저승에서 기뻐하실 겁니다."

"아마 그러시겠지. 숙부께서는 날 끔찍하게 아끼셨던 분이셨으니까."

"……폐하."

순간 라키아스는 참지 못하고 그가 10년의 세월 동안 아껴 두었던 말을 입 밖으로 낼 뻔했다.

말하고 싶었다. 자신이 누구의 아들이고 어째서 원수의 옆에서 종노릇을 자처해온 것인지.

무슨 연유로 그에게 식사를 제안했으며 무엇 때문에 아버지의 기일을 앞두고 있음에도 오르누스 영지로 떠나는 대신 이곳에 남아 그와 식사를 하고 있는 것인지.

'참아.'

참아야만 했다. 인내해야 했다. 그가 생각하는 최고의 복수는 그가 눈을 감기 전 자신의 조롱 어린 눈빛을 보고 경멸 섞인 목소리를 듣는 것이었다.

하지만 라키아스는 타르실라의 경우와 마찬가지로 생각을 바꾸었다.

과연 그렇다고 해서 이 남자가 조금이라도 뉘우칠 가능성이 있을까?

없었다. 황제는 타르실라에게 단순히 이용당한 힘없는 허수아비라고 보기 어려웠다. 그 역시도 진심으로 황위를 탐냈고, 그래서 타르실라의 계획에 동조하였으며, 실제로 제 아비를 죽이는 계략은 그의 머릿속에서 나왔다고 들었다. 지금의 클레이오처럼, 그는 황제의 관을 원했으되 상황이 그것을 허락하지 않았던 것뿐이었다.

그러니 지금 말해봐야 자신이 얻게 되는 건 아무것도 없었다. 굳이 위험부담을 감수하면서까지 뉘우치지도 않을 상대에게 진실을 다시금 일깨워주는 것보다는, 그리하여 그가 계획을 완수하지 못하는 것보다는, 그에게 예측하지 못한 죽음을 안겨주는 편이 훨씬 좋을 것이다.

그는 적어도 숨을 거두기 직전, 이 제국의 주인 자리를 누구에게 승계할 것인지 미리 지정해두지 못했다는 사실에 괴로워 몸서리를 칠 테니까.

"무슨 일이냐, 라키아스."

"……아무것도요."

그가 억지로 웃어 보였다.

"아무것도, 아닙니다, 폐하."

"싱겁기는."

"그저 여쭙고 싶은 것이 있었는데."

라키아스가 텅 빈 미소를 지으며 말을 이었다.

"폐하께서 대답해 주실지 모르겠습니다. 보잘것없는 질문이라서요."

"무엇인데? 질문해 보거라."

"폐하께서는……."

마른 침을 꿀꺽 삼킨 라키아스가 입술을 한 번 적신 후 질문을 이었다.

"폐하께서는 지금까지 살면서 후회하셨던 일이 한 번이라도 있으십니까?"

지금 시점에서 분명 부질없는 일이었으나, 라키아스는 은근히 대답을 바라고 있었다. 그러니까, 라키아스는 그의 입 밖으로 그게 무엇인지 설명하지 않아도 좋으니 부디 한 가지라도 후회하는 것이 있다는 말이 나오기를 기대했다. 라키아스의 말을 듣고 잠시 생각하는 표정을 짓던 토마스 2세가 일순 고개를 끄덕였다.

"샤를리즈와 결혼하지 못한 것이다."

"……."

"나의 샤를…… 그때 그렇게 보내서는 안 되었어. 만약 그때로 다시 돌아갈 수만 있다면, 나는 어떤 불이익을 감수해서라도 그녀를 내 아내로 맞아들일 것이다."

"……참."

라키아스가 공허한 눈빛을 한 채로 엷은 미소를 지어 보였다.

"슬픈 후회시군요."

"내 인생 그렇게 후회할 만한 일은 없었다, 라키아스."

"그 이외에는 없으십니까?"

"없다."

황제는 너무나도 단호하게 대답했다.

"내 인생에 그 이외에 후회되는 일은 없었어. 난 후회할 만한 일을 하지 않았다. 단 한 순간도."

"……그러시군요."

조용히 응수한 라키아스는 입을 다문 채 다시 식사에 집중했다. 하지만 얼마 못 가 불편한 표정으로 토마스 2세에게 말했다.

"폐하, 송구하지만 이만 물러나야 할 듯합니다."

"어째서? 음식이 입에 맞지 않느냐?"

"아무래도 체했던 탓에 요근래 입맛이 없었던 듯합니다."

그가 술술 거짓말을 하며 토마스 2세를 쳐다보았다. 마치 마지막 모습을 보아 두기라도 하려는 사람처럼, 집요하고 간절하게.

"실례가 되지 않는다면 일찍 물러가 보아도 괜찮겠습니까?"

"괜찮다, 라키아스. 무엇보다 중요한 건 건강이지. 과식은 좋지 않아."

"……."

"다음번에도 같이 함께 식사를 하자꾸나. 그때는 3황자 부부도 같이 부르면 되겠어."

그 말을 들은 라키아스가 저도 모르게 미소 지었다. 다름이 아닌 그 말 속에 섞여 있는 알렉산드라의 존재 때문이었다. 그가 여부가 있겠냐는 듯 가만히 고개를 끄덕인 다음 토마스 2세에게 말했다.

"그래 주신다면 영광이지요."

"영광은 무슨. 시간이 늦었는데 조심히 돌아가 보도록 해라."

"네, 폐하."

라키아스가 마지막으로 그에게 인사했다.

"안녕히 계십시오."

라키아스는 정중하게 허리를 굽혀 황제에게 인사했다. 아래로 숙인 그의 얼굴에는 조금의 감정도 실려 있지 않았다.

그는 다시는 뒤를 돌아보지 않은 채 정찬실 바깥으로 나갔고, 중앙궁을 벗어난 다음, 곧바로 지엔궁으로 향했다. 때마침 알렉산드라가 야식으로 먹을 오트밀 쿠키를 들고 지엔궁의 입구 쪽으로 걸어가고 있던 마레타가 그런 그를 발견하고는 아는 척을 했다.

"오르누스 공작 전하."

라키아스는 다소 힘이 빠진 얼굴로 마레타를 쳐다보았다. 하지만 그는 평소처럼 웃지 않았고, 대신 말 없이 지엔궁 안으로 들어갔다.

갑작스러운 행동에 당황한 것도 잠시, 마레타는 마치 원래부터 예정되어 있던 일인 것처럼 그의 뒤를 쫓았다.

그의 발걸음이 향한 곳은 다름 아닌 알렉산드라의 침실이었다.

지엔궁의 시녀 몇몇이 라키아스를 알아보고 인사를 건넸지만, 그는 그 누구의 인사도 받아주지 않은 채 묵묵히 발걸음만 옮겼다.

"전하."

침실 안에서 얌전히 자수를 놓고 있던 알렉산드라는 익숙한 마레타의 목소리에 시선을 돌리지 않은 채로 대답했다.

"네, 마레타."

"손님이 오셨습니다."

"……."

알렉산드라는 그 한마디에 상대가 누군지를 알아챘다. 늦은 저녁 시간 자신의 궁을 찾을 사람, 딱 한 사람 말고 또 누가 더 있겠는가.

알렉산드라는 조금의 머뭇거림 없이 자수를 테이블 위에 내려놓은 다음 직접 문 앞으로 걸어가 문을 열었다.

예상대로 문 앞에는 마레타가 서 있었고, 그 뒤에는 라키아스가 있었다. 알렉산드라는 다소 놀란 얼굴로 두 사람을 번갈아 쳐다보다가, 이내 태연한 목소리로 중얼거렸다.

"이런, 내 정신 좀 봐. 전하께 드릴 책을 가져다드린다는 걸 아주 까맣게 잊고 있었네요."

알렉산드라가 부러 너스레를 떨며 라키아스에게 물었다.

"잠시 안으로 들어오시겠어요? 오래 걸리지는 않을 겁니다."

"……그러죠."

짧은 대답을 마친 그가 마레타를 지나쳐 성큼성큼 안으로 걸어 들어왔고, 알렉산드라는 혼자 남은 마레타에게 눈짓을 보냈다.

망을 봐달라는 눈짓이었다.

그녀의 신호를 알아들은 마레타가 고개를 끄덕였고, 알렉산드라는 그대로 문을 닫은 다음 걸쇠를 걸어 잠갔다.

여전히 문을 바라본 채 문고리를 꽉 잡고 있던 알렉산드라가 저도 모르게 짧은 한숨을 내쉬었다.

"아……!"

그때 누군가가 알렉산드라를 뒤에서 안은 다음 그녀의 어깨에 깊게 얼굴을 파묻었다.

순간 놀란 알렉산드라가 저도 모르게 헛숨을 들이켰다.

"아……."

"끝났어."

"……."

그 세 음절에 알렉산드라는 자연스럽게 눈을 감았다. 정확히 말하자면 아직 끝난 건 아니었다. 그녀가 천천히 입술을 열어 읊조렸다.

"아직 한 단계가 더 남았습니다."

"그대가 과연 그 한 단계를 넘을 수 있을까?"

진심을 의심하는 물음에 알렉산드라가 지그시 입술을 깨물었다 쏘아붙였다.

"못 믿는 건가요, 날?"

"그건 중요하지 않아, 렉시."

여전히 어깨에 얼굴을 묻은 채로, 라키아스가 중얼거렸다.

"중요한 건 내가 그대를 사랑하고 있다는 거야. 그대가 나를 사랑하든, 사랑하지 않든."

"……."

알렉산드라는 잠시간 침묵을 지켰고, 라키아스는 더 이상 아무 말도 하지 않았다.

알렉산드라는 끝까지 침묵을 지키려 했지만, 어쩐지 라키아스가 입을 열 기미가 도통 보이지 않아서 그냥 먼저 입을 열기로 했다.

"당신을 배신할 리 없잖아요, 내가."

"……."

"난 사랑하는 사람, 배신 못 해요."

그래서 그렇게 죽었지만.

알렉산드라가 쓸쓸하게 웃었다. 알고 있었다.

이 남자에게 지금 약간의 위로가 필요하다는 걸. 하지만 유감스럽게도 그녀는 사람을 위로하는 법을 잘 알지 못했다. 그녀에게 있어 위로란 부질없는 감정의 교감이었으므로.

원하는 게 있으면 안겨다 주면 되고, 싫은 게 있으면 제거하면 된다. 그 이상의 감정적인 무언가는 어려운 일이라고 생각했다.

"……괜찮아요?"

어색한 물음이 알렉산드라의 입술을 타고 흘러나왔고, 라키아스는 여전히 침묵을 지키다가 간신히 입을 열었다.

"아까까지는 솔직히 좀 안 괜찮았는데."

"……"

"지금은 좀 괜찮네."

"나 때문에?"

"그래."

라키아스는 부정하지 않았다.

"당신 덕분이야."

"그것참."

고맙네. 알렉산드라가 소리 없이 중얼거렸다. 그녀는 잠시 생각하는 표정을 짓다가 이내 어이없다는 표정으로 웃으며 고개를 저었다.

지금 다 끝나지도 않은 마당에 이게 뭐 하는 짓인지. 그녀가 아까보다 건조해진 목소리로 말했다.

"이렇게 넋 놓고 있을 시간 없어요, 라키아스."

"……"

그 말을 들은 라키아스는 일리가 있다고 생각했는지 슬며시 알렉산드라에게서 묻었던 얼굴을 뗐다. 알렉산드라가 반사적으로 깊은 한숨을 내쉬는데, 갑자기 몸이 빙글 돌려졌다. 순식간에 마주 보게 된 구도에 당황한 그녀가 커진 눈으로 라키아스를 쳐다보았다.

"왜……."

말은 마쳐지지 못했다.

라키아스가 그대로 그녀에게 입을 맞춰왔고, 예고 없던 입맞춤에 알렉산드라는 일순 당황할 수밖에 없었다.

그녀가 짧은 신음을 내며 뒷걸음질 치다 문손잡이에 등을 부딪쳤다.

아래쪽에서는 고통이, 위쪽에서는 쾌락이 동시에 느껴지자 묘한 감각에 몸서리가 났다. 알렉산드라가 아픔으로 미간을 찡그리자, 라키아스가 더욱 강하게 알렉산드라의 입술로 파고들었다.

"하아…… 위로는 핑계였죠, 당신?"

"그건 아니었는데, 당신을 보자마자 생각이 바뀐 것뿐이야."

능청스럽게 대답하는 라키아스의 얼굴을 두 손으로 감싸 쥐며 알렉산드라가 좀 더 열정적으로 그에게 입을 맞추었다.

언제 클레이오가 방문해도 이상하지 않을 저녁 시간에 침실에서 이런 짓이라니. 대담한 건지, 겁이 없는 건지, 그도 아니면 들켜도 상관없다고 생각하는 건지.

알렉산드라가 속으로 어이없는 웃음을 터뜨린 다음 그의 입술에서 자신의 것을 뗐다. 라키아스의 금색 눈동자에 제 모습이 비춰지는 것을 보며, 알렉산드라는 거의 들리지 않을 것 같은 크기의 목소리로 그에게 속삭였다.

"독은 어떻게 넣었어요?"

"내가 안 넣었어."

"누가 당신이 넣었대요? 어떻게 매수했냐고요."

"매수 안 했어."

라키아스가 담담하게 설명했다.

"원래부터 심어 놓은 것뿐이야."

"……치밀도 하셔라."

"오래 꿈꾸어 왔던 일이야. 당신이 생각했던 것보다 훨씬 더."

"몇 년이나 됐는데요?"

"5년."

그랬겠지.

10년 전에 부친이 어떻게 죽었는지, 사건의 전말을 알았다고
했나.

하지만 확실히 약관을 겨우 넘긴 청년이 꾸미기에는 발칙한 짓
이긴 했다.

알렉산드라가 잠깐 고심하는 표정을 짓다가 라키아스에게 물
었다.

"마무리, 확실하게 할 자신 있어요?"

"응."

라키아스가 나른하게 웃으며 그녀의 콧방울에 작게 키스했다.

슬쩍 눈살을 구긴 알렉산드라가 날카로운 목소리로 말했다.

"장난하지 말고요. 난 진지합니다."

"아무렴, 그대에게 피해 가는 일을 하려고."

마지막으로 가볍게 입술을 머금은 라키아스가 느릿하게 웃으며 알렉산드라를 안심시켰다.

"내일부터는 바빠질 테니 일찍 자두는 게 좋을 거야. 알리바이도 필요하고."

알렉산드라가 말없이 고개를 끄덕였고, 잠시 후 라키아스는 아쉽다는 기색이 완연한 얼굴로 그녀에게서 떨어졌다.

하지만 끝까지 그의 시선은 알렉산드라를 집요하게 쫓다가, 결국 한참 후가 되어서야 바깥으로 향할 수밖에 없었다.

알렉산드라는 바깥으로 나가는 라키아스의 뒷모습을 다소 멍한 모습으로 바라보다가, 열린 문틈으로 마레타가 들어오고 문이 완전히 닫힌 뒤에야 길게 한숨을 쉬었다. 그 모습을 본 마레타가 물었다.

"공작 전하께서 황자비 전하를 서운하게라도 하셨습니까."

"……."

이런 걸 물어볼 수 있는 사람은 아마 이 황궁 안에 마레타뿐일 것이다. 다행인지 불행인지.

알렉산드라가 소리 없이 미소 지은 다음 고개를 저었다.

"아직까지 그런 일은 없었습니다. 그 반대라면 몰라도."

"그건 그리 중요하지 않습니다, 전하. 제게 중요한 건 다른 누구도 아닌 전하시니까요."

"하하."

마레타다운 발언에 알렉산드라는 낮게 웃었다. 웃음을 그친 그녀가 조용히 앞을 응시했다가, 한참 후에 다시 입을 열었다.

"아무래도 일찍 자두는 게 좋겠어요."

"침수 드실 준비를 할까요?"

"그래 주세요, 마레타."

알렉산드라가 엷은 미소를 띤 얼굴로 마레타에게 덧붙였다.

"황자 전하께도, 오늘은 일찍 침수에 드시라고 전해주세요."

에밀리아나는 그날 아침 어쩐지 불쾌한 기분으로 침대 위에서 일어났다. 재수 없게도 지난밤 꿈에서는 죽은 타르실라가 나왔다. 그것도 죽기 직전의 모습으로 피를 잔뜩 흘리면서.

에밀리아나가 눈살을 찌푸리며 침대 위에 앉아만 있자, 뒤늦게 깨어난 제레미가 의아한 목소리로 그녀에게 물었다.

"무슨 일 있어, 엠?"

"음…… 아뇨."

에밀리아나는 슬며시 고개를 저으며 남편을 진정시켰다.

"그냥 좋지 않은 꿈을 좀 꿨어요, 전하. 그게 전부랍니다."

"그래?"

제레미가 미간을 좁히며 에밀리아나에게 물었다.

"많이 불편한 꿈이었어?"

"아닐 거예요. 괜찮아요."

에밀리아나는 대수롭지 않게 말한 다음 제레미의 이마에 키스했다.

제레미가 기분 좋은 표정으로 다시 눈을 감았고, 에밀리아나는 황당한 얼굴로 제레미에게 물었다.

"계속 더 주무시겠다는 거예요, 지금?"

"으음…… 안 되나?"

"전하, 요즘 너무 게으르세요."

"좀 봐줘, 엠. 차라리…… 이게 우리에게는 더 나을지도 모르니까."

"……."

제레미의 말에 에밀리아나는 순간 입을 다물 수밖에 없었다. 남편의 말이 너무나도 뼈아프게 다가왔다.

그의 말이 맞았다. 차라리 그편이 나을지도 몰랐다.

혹시라도 토마스 2세가 남편이 황좌를 탐하고 있다고 오해라도 하는 날에는, 이 부질없는 목숨마저 끊어질지 몰랐으니까.

"……피곤하세요?"

"아니."

제레미가 조용히 고개를 저은 다음 빙긋 웃었다.

"이만 일어나는 게 좋겠어. 너무 자도 건강에 좋지 않으니까."

"네."

에밀리아나가 조용히 미소 지으며 제레미에게 한 번 더 입을 맞추려는데, 갑자기 바깥에서 노크 소리가 들려왔다.

이례적인 일에 에밀리아나가 저도 모르게 눈살을 구겼다. 시녀들은 결코 아침에 먼저 들어오는 법이 없었다. 항상 그녀의 요청이 있어야만 안으로 들어왔다.

무슨 일이지? 에밀리아나가 갑자기 불안해진 얼굴로 중얼거렸다.

"뭐야……."

"아침 일찍 송구합니다, 전하. 하지만 너무 급한 일인지라……."

"들어오도록 해요."

에밀리아나가 옆에 걸어 두었던 회백색의 나이트가운을 얼른 챙겨 입고선 시녀를 안으로 들였다. 문이 열리자마자 다급한 얼굴을 한 시녀가 두 사람이 있는 침대를 향해 종종걸음으로 달려왔다.

에밀리아나는 어쩐지 불길한 예감에 인상을 찌푸리며 물었다.

"무슨 급한 일이라도 생긴 건가요?"

"큰일 났습니다, 전하."

"무슨 큰일이요?"

에밀리아나의 목소리가 저도 모르게 떨려왔다.

이미 한 번 황후였던 시모가 폐위되어 유배를 가는 일까지 겪었기 때문에 웬만한 일로는 꿈쩍하지 않을 거라고 생각했는데, 또 큰일이 생겼다니 몸이 자연스럽게 떨려왔다.

여기서 더 큰일이 뭐가 있을까?

생각해봤지만 좀체 떠오르는 게 없었다.

"황제 폐하께서 서거하셨다고 합니다, 전하."

"……."

그 말을 들은 직후, 에밀리아나도 제레미도 한동안 말이 없었다. 에밀리아나는 지금 자신이 들은 내용이 믿기지 않았다.

황제가 죽었다고?

하지만 어제까지만 해도 분명 멀쩡했잖아.

에밀리아나가 당황스러운 얼굴로 시녀를 독촉했다.

"자세하게 좀 말해보세요. 폐하께서 갑자기 왜……."

"잘 모르겠습니다, 전하. 언제나처럼 아침에 시종이 폐하를 깨우기 위해 침실 안으로 들어갔는데, 숨을 쉬지 않고 계셨다고 합니다. 놀라서 궁의를 불렀지만, 이미 숨을 거두신 지 오래되었다는 말만 들었고요."

"맙소사……."

에밀리아나가 충격을 받은 얼굴로 비틀거렸다가, 이내 잊고 있었다는 듯 자신의 남편을 쳐다보았다. 제레미는 자신보다 더 충격을 받았는지 얼굴까지 새하얗게 질려 있었다. 에밀리아나는 마른침을 삼킨 다음 제레미에게 가까이 다가가 속삭이듯 말했다.

"제가 중앙궁에 다녀오겠습니다, 전하. 전하께서는 일단 여기에서……."

그때 갑자기 바깥에서 시끄러운 소리가 들려왔다. 에밀리아나가 인상을 찡그린 채로 자리에서 벌떡 일어나 문가까지 걸어간 다음 직접 문을 열었다. 그리고 동시에 지금 이 순간 가장 마주하고 싶지 않은 상대와 마주해야 했다.

에밀리아나가 날카로운 눈빛으로 알렉산드라를 쏘아보았다. 문 앞에는 그녀만 있는 것이 아니었다. 그녀의 뒤쪽으로 수많은 기사들이 우뚝 버티고 서 있었다. 그리 좋지 않은 광경에 에밀리아나가 마뜩찮은 목소리로 알렉산드라에게 물었다.

"이 시간에 여긴 어쩐 일이지?"

"……1황자비 전하를 뵙습니다."

태연하게 인사를 마친 알렉산드라가 이내 뒤에 있던 기사들에게 눈짓을 했고, 신호를 받은 기사들이 빠르게 방 안으로 들어와 에밀리아나와 제레미의 양옆을 붙잡았다. 당황한 제레미가 아내를 불렀다.

"에밀리!"

"전하!"

영문을 모르는 듯한 표정으로 다급하게 제레미를 소리쳐 부른 에밀리아나가 이내 앞에 있던 알렉산드라에게로 시선을 옮겼다.

그녀가 분노한 음성으로 알렉산드라를 향해 악을 질렀다.

"이게 뭐 하는 짓이야!"

하지만 알렉산드라는 그 무서운 기세에도 꼼짝 않고 서 있다가, 잠시 후에 느릿하게 입을 열었다.

"감히 황제 폐하를 시해한 자를 추포하려는 것뿐입니다."

"시해? 누가?"

에밀리아나가 헛웃음을 터뜨리며 물었다.

"설마 내가 말인가요?"

"유감스럽게도 그렇습니다, 전하."

알렉산드라가 눈 하나 깜짝하지 않은 채 에밀리아나에게 설명했다.

"황제 폐하께서 오늘 오전 6시 30분경에 서거하신 채로 발견되었고, 중앙궁의 주방에서 일하는 아이로부터 두 분 전하의 사주를 받았다는 증언을 확보했습니다."

"모르는 일입니다, 3황자비. 어디서 조작된 증거를 가지고 와서 나와 황자 전하를 음해하려는 건가요?"

"전하."

알렉산드라가 깊은 한숨을 내쉬었다.

"일단 지금 상황이 그리 좋지 않습니다."

"……."

"황제 폐하께서는 후계를 정해두지 않은 상태에서 돌연 서거하셨습니다. 폐하의 대행을 맡을 수 있는 사람이 1황자 전하와 3황자 전하뿐이고요. 일단 급한 대로 오르누스 공작 전하를 궁 안으로 부르긴 했습니다만……."

"오르누스 공은 왜요?"

"그분은 돌아가신 황제 폐하의 하나뿐인 사촌이시니까요. 또 이런 상황에서 무뢰배들이 이상한 생각을 품을지도 모르잖습니까? 누가 다음 황위를 계승하던, 그것만큼은 막아야지요."

알렉산드라가 무덤덤하게 말을 이어 나갔다.

"오르누스 공작님의 말씀으론 폐하께서 어제저녁까지도 멀쩡하셨다고 하시더군요. 두 분께서 같이 정찬을 드셨다고……. 그런 분께서 갑자기 돌아가셨으니 분명 이건……."

두 사람이 동시에 마른 침을 삼켰다. 하지만 에밀리아나는 입을 열지 못했고, 알렉산드라는 입을 열었다.

"피살되신 겁니다."

"……."

"전하께서도 그렇게 생각하시지요?"

"3황자비."

에밀리아나가 낮은 목소리로 알렉산드라를 불렀고, 알렉산드라는 한쪽 눈썹을 치켜떴다.

"나는 아닙니다. 하지만 설령 내가 폐하를 정말 죽였다고 하더라도……."

"……."

"……그대에게 나와 전하를 이런 식으로 대우할 권리는 없습니다."

"……아."

에밀리아나의 말에 알렉산드라가 틀린 말은 아니라는 듯 고개를 끄덕였다. 실제로 자신이 그녀에게 이런 식으로 대우할 자격은 없었다. 심지어 자신은 3황자도 아니었고, 3황자의 부인이었으니까. 1황자보다는, 1황자비보다는 서열이 낮은 것이 분명했다.

하지만 알렉산드라는 개의치 않는다는 목소리로 말했다.

"일리가 있습니다, 전하. 옳으신 말씀이에요."

"……."

"하지만 지금 상황에서 그 누가 감히 두 분 전하께 손을 댈 수 있겠습니까? 동서된 자가 이리 하시는 것이 불쾌하시다면 비교적 제삼자라고 할 수 있는 오르누스 공을 모셔올까요?"

"난……!"

에밀리아나가 크게 소리쳤다.

"폐하를 시해하려 했던 적이 없습니다. 없다고요! 증거도 없는데 우릴 이런 식으로 범인으로 몰아가는 건 아주 무례하고 경우 없는 겁니다. 안 그런가요?"

"물론 그렇습니다만."

알렉산드라가 눈썹을 까딱거리며 말했다.

"아까 제가 드린 말씀을 제대로 듣지 않으신 듯하군요."

"무슨 뜻인가요?"

"증거 말씀입니다."

알렉산드라가 아무렇지 않은 목소리로 에밀리아나에게 말했다.

"있습니다, 증거."

"무슨……!"

"폐하께서 서거하셨다는 걸 알게 된 직후 중앙궁을 샅샅이 뒤졌습니다. 그런데 중앙궁의 주방에서 극독이 발견되었고요."

"……."

"어리숙한 아이에게 일을 맡기지 말고, 좀 때가 탄 아이에게 일을 맡기셨어야지요. 추궁하니 금방 불었습니다. 황자 전하께서 황제 폐하의 식사에 독을 넣으라고 시키셨다면서요?"

"아니야, 에밀리."

뒤쪽에서 제레미가 다급하게 항변했다.

"난 그런 일을 사주한 적 없습니다, 3황자비. 다짜고짜 찾아와서 한다는 말이 근거 없는 헛소리라니!"

"억울하신 마음은 이해합니다, 1황자 전하."

하지만 말과는 다르게 알렉산드라의 표정은 유감스러운 것과는 상당히 거리가 있었다.

"하지만 이해해 주십시오. 이런 비상 상황에서는 작은 것 하나라도 그냥 넘길 수가 없어서요."

"……."

"유감스럽게도 저는 전하께서 거짓을 말씀하고 계신 것인지 진실을 말씀하고 계신 것인지를 구별할 수 없습니다. 제 머리가 그렇게 영민한 것과는 거리가 멀어서요."

"그렇다고 죄도 없는 사람을 잡아가겠다 이겁니까? 그것도 자격 없는 3황자비가?"

"아무래도 3황자 전하나 오르누스 공께서 직접 오시는 것보다는 제가 이리로 오는 게 남들 보기에도 좋을 것 같아서요."

이미 이곳에 기사들을 이끌고 들이닥친 이상 남들이 좋게 보지 않을 것이라는 건 자명한 사실이었다. 황당해진 제레미가 헛웃음을 터뜨렸다. 그의 머릿속에서 경고의 화살이 날아왔다.

이건 분명 음모다. 자신을 숙청하고 제위를 계승하기 위한 3황자의, 아니 3황자비도 연루되어 있을 가능성이 큰 음모.

제레미가 드물게 얼굴을 구기며 알렉산드라에게 물었다.

"지금 이 행동에 책임질 자신이 있습니까, 3황자비?"

"……물론입니다, 전하."

알렉산드라는 엷게 웃으며 고개를 끄덕였고, 제레미는 그런 알렉산드라를 빤히 바라보다가 이내 한숨을 내쉬었다. 그가 침대 위에서 일어선 다음 눈이 충혈된 채로 서 있는 에밀리아나에게로 다가와 아내의 어깨를 감싸 안았다.

에밀리아나가 저도 모르게 몸을 흠칫 떨며 남편을 쳐다보았지만, 제레미는 괜찮을 거라는 듯 엷은 미소만 짓고 있었다.

"지금 이건 누구의 지시를 받고 행동하시는 겁니까?"

"제 독단적인 행동입니다, 1황자 전하. 제게 이런 명령을 내리실 분이 이제 누가 있겠습니까. 황실에는 황제 폐하도, 황후 폐하도 계시지 않는걸요."

"그렇다면 클레이오와 3황자비 전하 모두 이 일에 책임을 지고 행동하셔야 할 것입니다."

"물론입니다, 전하."

"저희 부부를 조사하실 겁니까?"

제레미의 질문에 알렉산드라가 여전히 건조한 얼굴로 말을 이었다.

"그 부분에 대해서는 걱정하지 않으셔도 됩니다. 모두가 납득할 수 있을 만큼 공정한 조사가 이뤄질 테니까요."

"좋습니다. 하지만 아직 죄가 명백히 밝혀지지 않은 상태에서 이런 대우는 도무지 받아들일 수 없군요. 설마 우릴 지하 감옥으로라도 끌고 가려는 겁니까?"

"……도주의 우려를 막기 위해 그럴 생각이었습니다만, 지금 생각해보면 다소 지나친 감이 있군요. 일단은 연금으로 하겠습니다."

"그러시는 게 좋을 겁니다."

제레미 역시 건조한 목소리로 응수한 다음 에밀리아나를 데리고 다시 침대로 갔고, 알렉산드라는 그런 두 사람의 모습을 알 수 없는 얼굴로 빤히 바라보다 이내 에밀리아나의 침실에서 나왔다.

그녀가 차가워진 얼굴로 어딘가를 향해 걷기 시작했다.

"두 사람 지금 어디에 있나요?"

라키아스와 클레이오를 이르는 것이었다. 마레타가 얼른 대답했다.

"3황자님은 중앙궁에 계시고, 오르누스 공께서는 하네스 궁으로 귀족 회의를 소집하러 가셨습니다."

"그래요."

비상사태긴 비상사태였다. 하긴, 한 제국의 황제가 후계도 정해두지 않은 채 죽었으니.

알렉산드라가 서늘하게 웃으며 마레타에게 말했다.

"하네스 궁으로 갑시다."

후계자를 정해두지 않은 황제의 급작스러운 서거에 귀족들은 혼란에 휩싸였다. 라키아스의 소집에 중앙 귀족 모두가 늦은 오전에 하네스 궁으로 모여들었다.

그러나 이 유례없는 일에 귀족들은 쉽사리 진정하지 못했다. 그들은 누구를 다음 황위에 올려야 하는지에 대해 길게 토론하다가, 어느 귀족이 황제의 암살범으로 1황자 제레미가 지목되었다는 사실을 말하자 그 일에 대해서도 갑론을박을 벌였다.

제레미가 황위에 눈이 멀어 부황을 죽였느니 어쨌느니, 이 모든 게 누군가 – 클레이오로 이견이 좁혀졌다 – 의 음모일 거라느니 아니라느니. 온갖 잡담이 다 오가서 이곳이 과연 정사를 논하는 곳인지 시장 바닥인지를 알 수 없을 정도였다.

"너무 시끄럽군요."

그때 익숙한 목소리가 들려왔으나 귀족들의 말소리는 여전히 잦아들 기미가 보이지 않았다. 라키아스는 입을 다물고 뻐딱한 표정을 지은 채 말없이 그들이 떠드는 모습만 지켜보았고, 그러자 차츰 눈치를 챈 귀족들이 입을 다물기 시작했다. 어느 순간 장내는 쥐죽은 듯 조용해졌고, 라키아스는 비소를 지으며 모두에게 말했다.

"폐하께서 안 계시는 이 절체절명의 위기 상황 속에서."

"……."

"다들 귀족으로서의 품위는 어디로 버리시고 이러십니까."

"공작 전하, 전하께서도 아시듯 지금 상황이 상당히 이례적인 일입니다. 후계도 정해지지 않은 상태에서 폐하께서 이리 급하게 서거하실 줄 누가 알았겠습니까."

"하지만 어쩔 수 없지요. 이미 일은 벌어졌으니 우린 수습부터 하는 게 우선입니다."

라키아스는 평소와 다름없는 건조한 목소리로 모두에게 말했다.

"일단 상황을 좀 정리해보지요. 폐하께서는 오늘 오전 서거하신 채 발견되셨고, 다들 아시듯 후계를 따로 정해놓지 않으신 상황입니다. 그런데……."

"1황자 전하께서 폐하를 시해하려 했다는 말이 사실입니까, 공작 전하?"

"……안 그래도 그 말씀을 드리려 했는데 성격이 급하시군요."

갑자기 말이 끊긴 것에 기분이 나빴는지 라키아스가 다소 낮은 목소리로 말했다. 질문을 한 귀족이 주춤하는 사이 라키아스가 설명했다.

"들으신 그대롭니다. 중앙궁의 주방에서 숨겨진 독이 발견되었는데 추궁을 하다 한 시종이 자백을 하더군요. 1황자 전하의 사주를 받고 폐하의 식사에 독을 넣었다고."

"……."

"어제 저와 함께 저녁을 드시던 때 일을 저질렀다고 했습니다. 저와 정찬을 드실 때만 해도 정정하셨는데……."

라키아스는 부러 촉촉이 젖은 눈을 아래로 내렸다. 그 모습을 본 귀족들이 숙연해졌고, 그러다 한 귀족이 눈치 없이 입을 열었다.

"그렇다면 다음 대의 황제는 3황자 전하께서 되시는 겁니까?"

그 한마디에 귀족들이 술렁였다.

만약 라키아스의 말이 맞다면 정말로 그렇게 되는 것이다. 부황을 살해한 패륜아를 황제로 모실 수는 없는 노릇 아닌가.

라키아스는 귀족들이 또다시 시끄러워지기 시작한 모습을 가만히 바라보다가, 이내 무슨 말을 하기 위해 입을 열었다.

하지만 그에 앞서 다른 목소리가 그의 말을 막았다.

"1황자 전하께서 정말로 황제 폐하를 시해했다는 사실이 드러나면 그렇게 되겠지요."

그가 세상에서 가장 아끼는 목소리가 뒤쪽에서 울려 퍼졌고, 라키아스는 저도 모르게 미소 지으며 뒤를 돌았다.

알렉산드라가 더없이 아름다운 미소를 지으며 회의장 안쪽으로 걸어 들어오고 있었다.

"패륜은 용서받을 수 없는 죄입니다. 다들 아시잖아요?"

"지금 1황자 전하께서는 어디 계십니까?"

"도주의 우려가 있어 1황자비 전하와 함께 델마궁에 모셔두었습니다. 물론, 그 장소가 지하 감옥은 아니지만요."

"앞으로 어쩌실 생각이십니까, 3황자비 전하."

"어쩌긴요."

알렉산드라가 무심한 목소리로 대답했다.

"사건의 진위를 가려내야지요. 정말로 폐하를 시해하라고 지시한 분이 1황자 전하신지, 아니인지."

"그걸 누가 한다는 말입니까?"

"적어도 저는 아닐 겁니다. 공정성에 문제가 있으니까요."

다들 아시겠지만.

알렉산드라가 빙그레 웃은 다음 한 사람을 지목했다.

"코넬리온 후작님."

"네?"

갑자기 호명된 코넬리온 후작이 멍한 목소리로 물었고, 알렉산드라는 여전히 웃는 낯으로 말을 이었다.

"후작님께서 이 사건을 조사해주세요."

"왜 제가⋯⋯."

"후작님이라면 신뢰가 가서요."

물론 그가 공명정대하기 때문에 이 일을 맡긴 것은 아니다.

코넬리온 후작은 기회주의자였다. 눈치가 빠르고 얍삽한 그라면 지금 상황이 누구에게 유리하게 돌아가고 있는지 쯤은 어렵지 않게 파악할 수 있을 것이다. 알렉산드라는 부러 그를 향해 짙은 미소를 지어 보인 다음 모두에게 말했다.

"이 혼란스러운 틈을 타 혹시라도 부정한 무리가 나올 수 있지 않겠어요? 그래서 오르누스 공작님의 기사들을 추가적으로 황궁에 배치해 두었습니다. 물론 그런 불온한 일은 없겠지만, 혹시라도⋯⋯ 이상한 생각을 가지신 분이 계신다면 철회해 주시길 바라요."

"……."

"그럼 수고해 주십시오, 오르누스 공작 전하."

"조심히 가시지요, 3황자비 전하."

라키아스가 정중한 태도로 알렉산드라를 배웅했고, 그녀 역시
예의 바르게 응수한 다음 장내를 떠났다. 그녀가 장내에서 사라지
자마자 라키아스는 서늘한 미소를 지어 보이며 코넬리온 후작에
게 말했다.

"그럼 잘 좀 부탁드리겠습니다, 코넬리온 후."

코넬리온 후작은 퍽 당황스러웠다. 3황자비가 저한테 이런 식으
로 일을 맡길 줄이야. 생각지도 못한 상황에 후작은 연이은 당혹
스러움에 휩싸였다.

1황자비 부부가 있을 델마궁으로 걸어가면서 코넬리온 후작은
깊은 생각에 잠겼다. 정말로 누가 황제를 죽였는지는 중요하지 않
았다. 중요한 건 다음 대의 황위를 누가 잇느냐이다.

줄을 잘 타야만 했다. 그렇지 않는다면 남은 패자와 함께 숙청
당할 것이 제 운명이었으니까. 다른 귀족들은 몰라도 자신이 직접
적으로 일을 맡게 된 이상, 적어도 자신은 그러했다.

'골치 아픈 일을 맡게 됐군.'

그는 이미 황제의 식사에 독을 넣었다는 중앙궁 주방 시종의 신문을 마쳤다. 자신이 판단하기로 지금 이 사건은 지나치게 앞뒤가 딱딱 맞았다. 이상할 정도로.

시종은 지나치게 일찍 죄를 시인했고, 배후도 너무 쉽게 털었다.

3황자의 말로는 겁을 주니 그가 두려움을 견디지 못하고 불었다는데, 사실 신빙성이 없었다. 유약한 1황자가 그런 짓을 했다고는 생각되지 않았고, 설령 사주를 했다고 해도 그렇게 멍한 사람을 황제 시해 같은 중요한 일에 투입했을 리는 없었으니까.

'그렇다면 설마······.'

후작의 머릿속으로 있음 직한 가설 하나가 떠올랐다. 이내 말도 안 된다면서 고개를 젓긴 했지만 충분히 가능한 일이었다.

1황자를 처리하고 황제가 되기 위해 3황자가 이 모든 계략을 꾸몄다? 역사적으로 흔한 일 아닌가.

다만 자신이 봤을 때 3황자는 그런 일을 단독으로 이행할 만큼 대담하지도 과감하지도 않았다.

이내 그의 머릿속으로 두 사람이 더 떠올랐다.

'3황자비와 오르누스 공작.'

오르누스 공작이 타르실라 폐후의 황제 암살 미수 사건 이후 3황자 부부와 친분을 맺었다는 사실은 이미 유명한 이야기였다. 황제 역시 그 사실을 알고 있었고 1황자와 귀족들도 알고 있었다.

만약 세 사람이 협심하여 이 모든 일을 꾸몄다면……?

후작의 등골이 서늘해졌다.

'이거, 정말 위험하겠어.'

그러한 가능성까지 열어두고 생각한다면, 지금 이 상황은 작정하고 꾸민 것이다. 그들이 허술하게 꾸몄으리라고는 생각지 않는다.

더구나 오르누스 공작의 병력은 무시할 만한 수준이 아니다. 만약 일이 자칫 수틀린다면 쿠데타를 일으킬 가능성도 존재한다. 거기에 이미 오르누스 공작의 병력은 황실을 겹겹이 둘러싸고 있었다.

"1황자 전하, 1황자비 전하, 코넬리온 후작님께서 오셨습니다."

어느새 1황자의 서재에까지 도착한 코넬리온 후작이 마른침을 삼켰다. 그는 흘긋 자신의 뒤에 선 다른 조사관들을 쳐다보았다.

그는 누구의 편에 설 것인지 선택해야 했다.

잠시 난감한 표정을 짓던 코넬리온 후작은 이내 결심했다는 듯 서재 안으로 들어섰다. 그를 맞아들이는 두 사람의 얼굴은 그리 밝지만은 않았다. 당연한 일이었지만.

후작이 약식으로 그들에게 인사했다.

"두 분 전하를 뵙습니다. 레예스에 영광을."

"어서 오십시오, 코넬리온 후. 그대가 이 일의 조사를 맡게 되었다지요?"

1황자가 근심 어린 목소리로 물었고, 코넬리온 후작은 스스럼없이 답했다.

"그렇습니다, 전하."

"그 또한 3황자비의 지시를 받은 사항인가요?"

"……."

에밀리아나의 날카로운 질문에 코넬리온 후작은 잠시 머뭇거리다가 대답했다.

"그렇습니다, 전하. 하지만 너무 기분 나빠하지는 마시지요. 현재 상황이 특수하니까요."

"그래서 후는 지금 우리를 신문하시겠다는 건가요?"

"폐하의 식사에 독을 넣었다는 그 시종은 이미 신문을 마쳤습니다."

"뭐라고 하던가요?"

"1황자 전하의 사주를 받았다고 하더군요."

"……그 아이의 말이 맞다는 증거가 어디에 있죠? 막말로 조작한 것이라면요."

"그래서 보다 확실한 증거를 찾기 위해 델마궁 전체를 수색 중입니다."

"……."

그 말을 들은 에밀리아나는 기분이 상할 수밖에 없었다.

이건 완전히 범죄자 취급 아닌가.

에밀리아나가 불쾌하다는 기색을 숨기지 않은 채 쏘아붙였다.

"이런 식의 수사를 다른 사람도 아닌 직계 황족에게 시행하다니. 지금 이 상황이 정상적인지 도무지 판단이 서질 않는군요."

"특수한 상황이니 그렇습니다, 전하."

"특수하다 하더라도! 전하께서는 이 제국의 1황자이십니다. 돌아가신 황제 폐하의 적장자란 말씀입니다."

"그런 분께서 황제 폐하를 시해하려 하셨다는 의혹을 받고 계신 것입니다, 전하."

코넬리온 후작은 최대한 건조한 목소리를 유지하며 말했고, 에밀리아나는 저도 모르게 입술을 깨물었다.

상황이 계속 이런 식으로 흘러간다면 이쪽에 좋을 게 없다. 에밀리아나가 깊은 한숨을 내쉬며 말했다.

"우리 둘과 이번 일은 무관합니다, 후작. 아무리 신문하셔도 결과는 같아요."

하지만 에밀리아나의 말에도 코넬리온 후작은 개의치 않는다는 듯 제레미를 불렀다.

"전하."

"말씀하세요, 코넬리온 후."

"전하께서 황제 폐하를 시해하지 않으신 것이……."

"……"

"맞습니까?"

"내 모든 것을 걸고 맹세할 수 있습니다."

"……알겠습니다."

코넬리온 후작은 알 수 없는 표정을 지은 다음 자리에서 일어났다. 보아하니 더 이상의 신문은 의미가 없었다. 차라리 물증을 찾는 것이 더 빠르리라.

코넬리온 후작이 깊게 한숨을 쉰 다음 두 사람에게 정중히 인사를 남겼다. 제레미의 서재를 나오는 그의 발걸음이 가볍지 않았다.

"각하."

그때 조사관 하나가 서재의 문 앞에 선 코넬리온 후작에게 빠르게 다가왔다. 그가 피곤한 얼굴로 물었다.

"무슨 일이냐."

"그게……."

조사관이 심각한 얼굴을 하다가 이내 코넬리온 후작의 귓가에 대고 소리 죽여 무언가를 속삭였다. 말이 길어질수록 코넬리온 후작의 얼굴은 심각하게 변해갔다. 그가 깊은 한숨을 쉰 다음 한 마디를 내뱉었다.

"내가 3황자 전하께 보고할 테니 일단은 입을 다물고 있거라. 알겠느냐?"

"네, 각하. 알겠습니다."

말을 마친 코넬리온 후작은 심각한 표정으로 어딘가를 향해 걸어가기 시작했다.

한참 후에 그가 도착한 곳은 지엔궁이었다. 3황자를 불러달라는 요구에 시녀들은 그를 응접실로 데리고 간 다음 잠시만 기다려 달라는 말만 전하고선 어딘가로 가버렸다.

잠시 후 시녀들이 간단한 다과를 내왔고, 그는 클레이오를 만나게 되면 무슨 말부터 할지 고민하고 있었다.

"3황자비 전하께서 드십니다."

그러다 한참 후에 들려온 시녀의 목소리에 코넬리온 후작은 흠칫 놀랐다. 그가 만남을 요청한 사람은 3황자비가 아니라 3황자였기 때문이었다.

그가 당황하는 사이 문이 열리며 알렉산드라가 들어왔고, 코넬리온 후작은 바보처럼 멍한 표정으로 알렉산드라를 바라보기만 하다 이내 퍼뜩 정신을 차리고선 그녀에게 예를 갖추어 인사했다.

"3황자비 전하를 뵙습니다."

"안녕하세요, 코넬리온 후작님. 오랜만에 뵙습니다."

그녀가 낮게 웃은 다음 혼잣말했다.

"아, 오랜만은 아닌가요? 한 사흘 되었나……."

"나흘입니다, 전하."

"그랬군요. 어쨌든."

알렉산드라가 어깨를 으쓱인 다음 후작에게 말했다.

"앉으세요, 후작님. 시녀들이 대접을 미흡하게 하지는 않았는지 걱정이네요."

"아닙니다, 전하."

"이번에 새로 들어온 장미차랍니다. 한번 드셔보세요."

그렇게 말한 알렉산드라 역시 앞에 놓인 티포트를 들고 자신의 찻잔에 직접 차를 따랐다. 코넬리온 후작은 그 모습을 빤히 바라볼 뿐, 말이 없었다. 알렉산드라는 가득 찬 찻잔을 조심스럽게 들어 올리고선 우아한 미소를 띤 낯으로 물었다.

"무슨 일로 찾아오셨나요?"

"저…… 송구하지만 제가 만남을 요청하신 분은 황자비 전하가 아니라 황자 전하셨습니다."

"알고 있습니다, 후작님. 하지만 지금 3황자 전하께서 사정이 있으셔서 제가 대신 나오게 되었답니다."

사정 따위는 없었지만 클레이오에게 이 중차대한 일을 맡길 수가 없어서 그리했던 것이었다. 클레이오 역시 동의한 사안이었고. 알렉산드라가 형식적인 미소를 지어 보이며 물었다.

"조사의 보고 때문에 오신 것 아닌가요?"

"……그렇습니다."

"뭐라도 나왔나 보네요."

태연자약한 목소리에 코넬리온 후작은 긴장했다. 마치 뭐라도 알고 있는 것처럼 말하는 것 같았다. 그가 마른침을 삼킨 다음 물었다.

"들으셨습니까?"

"그럴 리가요. 이 조사의 총책임은 제가 아니라 후작님이신데."

알렉산드라가 고개를 저은 다음 덧붙였다.

"다만 뭐가 나왔으니 이곳을 찾으셨을 거라고 예측할 뿐이랍니다."

"……델마궁에 정원이 있는 건 아실 겁니다."

"알고 있지요. 어느 궁이든 후원은 있으니까요."

"다른 꽃들은 다 잘 자라는데 어느 특정 구역의 꽃들이 유독 힘을 못 쓰는 겁니다."

"……그래서요?"

"어쩐지 의심스러워서, 조사관들이 파보았답니다."

"그래서 뭐……."

알렉산드라가 입꼬리를 길게 끌어 올리며 물었다.

"뭐라도 나왔나요?"

"상당한 양의 비소가 발견되었습니다."

"저런."

알렉산드라가 매우 유감이라는 듯한 목소리로 대꾸했다.

"그것참 안타까운 일이군요."

"……."

"그렇다면 이로써 1황자가 황제 폐하를 시해했다는 사실이 완벽하게 입증된 것인가요?"

사실 그건 모르는 일이었다. 누군가가 의도적으로 델마궁의 후원에 그런 것을 묻어놓았는지 알게 뭔가. 하지만 코넬리온 후작은 자신이 여기서 드디어 선택이라는 것을 해야 함을 눈치챘다.

그는 고뇌하는 표정으로 알렉산드라를 쳐다보았지만, 그녀는 마치 아무것도 모르는 어린아이처럼 순진무구한 눈빛으로 코넬리온 후작의 눈빛을 그대로 받아낼 뿐이었다. 한참 동안 침묵을 지키던 코넬리온 후작이 결국 결심했다는 얼굴로 입을 열었다.

"전하의 말씀이 옳습니다."

"그래요?"

"증언이 있고, 물증이 있지요. 이는 1황자 전하께서 황제 폐하를 시해했다는 명백한 증거가 됩니다."

"증언은 몰라도 물증은 거짓을 말하지 않지요. 사실 델마궁의 시녀들을 추궁하는 방법도 있긴 하지만……."

알렉산드라가 낮게 웃으며 덧붙였다.

"그건 좀, 잔인하잖아요? 굳이 피를 흘릴 필요가 있나."

"……지당하신 말씀입니다."

"그렇다면 이제 귀족 회의에 이 결과를 보고하는 일만 남았군요."

알렉산드라가 만족스러운 얼굴로 고개를 끄덕이며 코넬리온 후작에게 말했다.

"모쪼록 마무리까지 잘 부탁드리겠습니다, 코넬리온 후작 각하."

1황자가 토마스 2세를 시해했다는 증인에 증언에 물증까지 발견되자 귀족들은 충격에 휩싸일 수밖에 없었다. 1황자 제레미는 끝까지 범행을 부인했지만, 그의 말을 믿는 귀족은 아무도 없었다.

아니, 설령 있다 하더라도 쉽사리 의견을 꺼내지 못했으리라. 황제 시해는 역모에 준하는 죄인 데다, 패륜까지 엮였기 때문에 함부로 입을 놀렸다간 공범으로 오인받을 수 있었다. 거기다 빈첸시아 폐후가 현재 북쪽 지방에 유배 중이었기 때문에 명분도 나름 충분했다.

결국 1황자는 귀족 회의에서 과반수의 동의를 얻어 사형 선고를 받았고, 1황자비는 얼마 후 자결했다.

일이 이렇게 되자 다음 황위를 이을 수 있는 사람은 오직 3황자 클레이오만 남게 되었다.

그는 토마스 2세의 뒤를 이어 클레이오 1세로 즉위했고, 알렉산드라는 자연스럽게 황후가 되었다.

토마스 2세의 세 아들 중 가장 권력에서 외떨어져 있다 생각된 클레이오의 즉위는 분명 아무도 예상하지 못했던 결과였다.

8

Secret

자신의 복수는 타르실라가 불명예스럽게 죽음으로써 반쯤 마쳐졌고, 토마스 2세가 후계자도 지정하지 못한 채 소리 없이 죽음으로써 거의 끝난 셈이 되었다.

복수 뒤에 오는 것은 허망함이라고 했지만, 라키아스는 특별히 그 두 사람이 제거되었다고 해서 삶의 의지를 잃었다거나, 사촌 부부를 죽였다는 죄책감에 괴로워하지 않았다.

엄밀히 말해 그에게는 아직 마지막 삶의 목표가 하나 남아 있었기 때문이었다.

"황후 폐하께서 과연 전하와 하신 약속을 지킬까요?"

"한 번만 더 들으면 30번은 더 듣겠군."

케이토의 걱정스러운 물음에도 라키아스는 태연하게 대꾸했다.

당연히 지켜보고 있던 케이토는 걱정되어 죽을 노릇이었다.

어쨌든 3황자가 황위를 잇는 것까지는 도왔는데, 그다음이 문제였다. 알렉산드라가 협조하기로 한 것은 분명 라키아스가 황위를 계승하는 것까지였기 때문이었다.

문제는 이미 황후가 된 그녀가 마음을 바꿀지도 모른다는 것이었다.

"만일 이대로 황후가 적자라도 가지게 된다면 과연 우리를 돕겠습니까?"

"그럴 일은 없으니 안심해."

적어도 그 부분에 관해서만큼은 라키아스가 자신할 수 있었다. 그녀는 남편과 같은 방을 쓰는 날이면 어김없이 비밀리에 피임이 되는 차를 마시고 있었다.

그건 그가 알렉산드라와 함께 있을 때 직접 들은 사안이었다.

물론 그 말은 결국 그 전날 알렉산드라가 클레이오와 관계를 가졌다는 의미를 내포하고 있었기 때문에 들었을 당시 썩 기분이 좋지는 않았지만.

"그분을 사랑하신다는 이유로 너무 관대해지셨습니다."

"나는 그녀를 믿는다, 케이토. 무엇을 걱정하는지는 알지만, 너무 걱정하지 말도록 해."

"만약 제 걱정이 현실이 된다면요?"

"……어쩌면."

라키아스가 잠깐 생각하는 표정을 짓다가 입을 열었다.

"그녀 스스로 아이를 배 속에서 사산시킬지도 모르지."

증오하는 남자의 아이만큼은 낳고 싶지 않다고 말했었다. 그건 복수가 대물림되는 일이었기 때문에 태어날 아이에게조차 고통일 것이라고. 그렇게 말하는 그녀의 눈빛에서 한 줌의 거짓도 보이지 않았으므로, 라키아스는 믿을 수밖에 없었다.

그리고 설령 믿지 못한다고 해도 지금 당장으로서는 방법이 없었다.

쿠데타는 명분 없는 것이었지만, 무력으로 찍어 누르는 것에는 분명 한계가 있었으니까.

"난 폐하를 뵈러 가야겠다."

"설마 황후 폐하를 이르시는 건 아니지요?"

"맞아. 왜 아니겠어?"

라키아스는 태연하게 자리에서 일어났고, 그 모습을 바라보던 케이토는 황당한 얼굴로 그에게 물었다.

"이제 3황자비가 아니라 황후 폐하십니다, 전하. 정신 차리세요."

"늦지 않게 오지."

"전하!"

케이토의 애타는 부름에도 라키아스는 가뿐히 무시한 다음 집무실 밖으로 나갔다.

혼자 남겨진 케이토는 깊게 한숨을 쉬었다. 라키아스를 믿지 않

는 것이 아니다. 사랑에 빠졌다고 하여 그가 경거망동할 것이라고
도 생각하지 않는다.

그러나 사람 일이라는 것은 본디 한 치 앞도 모르는 것이지 않
은가.

그의 감정이 그들의 대사에 조금이라도 악영향을 끼칠까 봐, 다
만 그것이 걱정스러울 뿐이었다.

황후가 된 알렉산드라는 지난날까지는 경험한 적 없던 사무에
치이고 있었다. 물론 회귀 전에도 황후로서 지냈던 기간이 있었기
때문에 내궁의 업무 처리가 아주 미숙한 편은 아니었지만, 알렉산
드라의 체감상 그때로부터 시간이 많이 지났기 때문에 처음에는
다소 어리숙할 수밖에 없었다. 다행히 그녀는 빠르게 다시 요령을
습득하여 내궁을 원활하게 운영하고 있는 중이었다.

단순한 내궁 운영뿐 아니라 귀부인들을 접대하고 티파티를 여
는 등, 황후가 해야 할 일은 많고도 많았다. 하지만 당연히 일이 많
다거나 귀찮다는 이유로 하지 않을 수는 없는 노릇이었기 때문에
알렉산드라는 성실하게 주어진 자신의 책무를 다해나갔다.

"다음 스케줄은?"

"없습니다, 폐하."

"휴."

알렉산드라가 피곤한 표정으로 의자에 몸을 늘어뜨렸다. 3황자비로 지낼 때와는 달리 스케줄이 지나치게 빽빽했다. 그간 타성에 젖어 생활했던 건 아닌지 반성이 들 정도로 휴식 시간이 적었기 때문에, 알렉산드라는 근래 진한 피로감에 자주 시달려야만 했다.

드네리스에게 카모마일 차 한 잔과 레몬맛 다쿠아즈를 부탁한 알렉산드라가 의자에 기댄 채로 천천히 눈을 감았다. 아무래도 오늘은 일찍 잠자리에 들어야 할 듯싶었다. 그러다 문득 그녀의 머릿속으로 그간 잊고 있던 문제 하나가 떠올랐다.

어쨌든 그녀가 라키아스에게 약속했던 것은 그를 황제로 만들어주겠다는 내용이었다. 그 대가로 그는 그녀를 도왔고, 그를 황제로 만들어야겠다는 생각은 아직까지도 유효했다.

그러나 근래 알렉산드라는 회귀 전의 클레이오와 회귀 후의 클레이오를 동일시하여 생각하는 것에 어려움을 겪고 있었다. 알렉산드라의 눈에 점차 회귀 전의 클레이오와 회귀 후의 클레이오가 달라 보이기 시작했던 것이다.

그는 분명 황제가 되고 얼마 되지 않아 화려한 여성 편력으로 이름을 날렸고 끊임없이 알렉산드라에게 상처를 주다 그녀를 죽이기까지 했지만, 회귀 후 황제가 된 클레이오의 행보를 보면 회귀 전의 일은 도무지 생각할 수조차 없을 정도로 딴판이었다.

그는 그녀와 규칙적으로 부부관계를 맺었고, 대놓고 정부를 들이지도 않았으며, 그녀가 알고 있기로 자신 이외에 그의 침대에 드나드는 여자는 없었다. 상황이 이렇게 되자 그녀 역시도 난감해지기 시작하는 것이다.

분명 처음 회귀를 하였을 때 그녀의 마음속에 자비란 없었지만, 빌어먹을 부부의 정 때문인지 아니면 회귀 전과는 딴판인 그의 태도 때문인지 알렉산드라는 점점 망설이고 있었다.

그렇다고 해서 클레이오를 사랑하는 건 아니었다. 이상하게도 예전 같은 마음은 들지 않았다.

무엇보다 그녀를 가장 괴롭게 만드는 것은 망설임이 몸집을 불려 갈수록 라키아스에게 느끼는 죄책감이었다. 그녀는 분명 그를 사랑했고, 그가 자신을 사랑한다는 사실 역시 잘 알고 있었다.

때문에 지금 이렇게 자신이 망설이는 것이 옳은 행동인지가 그녀를 고뇌하게 만들었다. 그렇다고 해서 이 마음을 누군가에게 털어놓기도 어려웠기 때문에 알렉산드라는 처음 회귀했을 때와 마찬가지로 모든 고민을 혼자 짊어지고 있는 상황에 놓여 있었다.

"황후 폐하, 근심이 있어 보이십니다."

때마침 다과를 가지고 들어온 드네리스의 걱정스러운 말에 알렉산드라는 천천히 눈을 떴다.

그녀가 아무것도 아니라는 듯 어색하게 웃으며 고개를 저었다.

"잠깐 피곤해서요. 아무것도 아닙니다."

"요즘 너무 과로하셨지요. 오늘은 드물게 이후의 스케줄이 비었으니 일찍 잠자리에 드시는 게 좋겠습니다."

"걱정해줘서 고마워요, 드네리스. 안 그래도 그럴 생각……."

"황후 폐하."

그때 바깥에서 마레타의 목소리가 들려왔고, 알렉산드라는 그대로 행동을 멈춘 다음 물었다.

"무슨 일인가요, 마레타?"

"오르누스 공작 전하께서 만남을 청하십니다."

"……."

알렉산드라는 순간 난처한 기색을 얼굴에 보일 뻔했다가, 이내 아무렇지 않게 드네리스에게 요구했다.

"오르누스 공 몫의 다과를 더 준비해 주겠어요, 드네리스? 이대로 응접실까지 가는 건 좀 아깝군요. 마레타에게는 오르누스 공을 집무실로 들이라고 전해주세요."

"알겠습니다, 황후 폐하."

드네리스가 알았다는 듯 고개를 끄덕인 다음 물러났고, 잠시 후 라키아스가 알렉산드라의 집무실 안으로 들어섰다. 그는 파사궁 시녀들의 시선을 의식하여 정중하게 황후가 된 연인에게 인사했다.

"제국의 빛나는 달, 황후 폐하를 뵙습니다. 레예스에 무한한 영광을."

"……오랜만에 뵙네요, 오르누스 공."

"실로 그렇습니다, 전하."

"일단 앉으세요. 손님을 계속 세워둘 수는 없는 노릇이니까."

라키아스가 말없이 알렉산드라의 앞에 앉았고, 그와 동시에 드네리스가 방 안으로 들어와 라키아스 몫의 다과를 가져다주었다.

알렉산드라는 엷은 미소를 띤 얼굴로 그녀에게 고마움을 표시했고, 잠시 후 드네리스가 나가자마자 알렉산드라는 이야기를 시작했다.

"근래 통 파사궁에 출입이 없었네요."

"아무래도 남들의 보는 눈이 있으니까요."

"……."

언제부터 그런 걸 신경 썼다고.

알렉산드라가 저도 모르게 입술을 꾹 깨물었다가, 이내 아무렇지 않은 척 다시 말했다.

"별고 없으시지요?"

"폐하의 은혜를 입어 무탈하게 지내고 있습니다."

"내가 황후가 되었다고."

알렉산드라가 아무렇지 않게 미소 지으며 말을 이었다.

"절대 안 쓰던 존댓말까지 쓰시고."

"……."

"영광이라고 생각해야 하나요?"

"이제 황후가 되셨으니, 응당 예를 갖추는 것뿐입니다. 아무리

저라도 황후 폐하께 반말을 쓰는 것은 부담스러워서요."

"픽이나."

헛웃음을 터뜨린 알렉산드라가 갑자기 벌떡 자리에서 일어난 다음 앞에 있던 라키아스에게로 다가갔다. 라키아스가 알 수 없는 시선으로 알렉산드라를 쳐다보는데, 알렉산드라가 돌연 라키아스의 무릎 위에 앉아 그의 입술에 입을 맞추었다.

그녀가 먼저 입을 맞춰오는 것은 드문 일이었기 때문에 라키아스는 당황하면서도 성실하게 그녀의 키스에 응했다.

"……내가 황후가 되었다고 그새 마음이 식기라도 한 겁니까?"

"그 말씀이야말로 엄청난 오해십니다, 폐하."

그가 낮은 목소리로 알렉산드라에게 속삭였다.

"지금이 낮만 아니었어도 폐하를 둘러업고 침대로 갔을 테니까요."

"……."

그 말을 들은 알렉산드라의 눈빛이 변했다.

그녀는 느릿하게 라키아스에게서 밀착시켰던 몸을 떼어낸 다음 마치 아무 일도 없었던 것처럼 다시 제자리로 갔다.

방금 전의 일을 상상할 수 없을 정도로 태연한 모습을 한 채, 알렉산드라가 무심하게 앞에 놓인 찻잔을 들어 올렸다.

그러는 사이 라키아스가 입을 열었다.

"마음이 변한 것이 폐하는 아니십니까?"

그 말을 들은 알렉산드라가 저도 모르게 모든 움직임을 멈추었다.

"……무슨 뜻입니까."

"폐하의 마음 한편에 조용히 파도가 치고 있지는 않은지 궁금해서요."

"내가요?"

"네."

조용히 미소 지은 라키아스가 친절하게 예를 들어주었다.

"이를테면 저와 약속하신 것에 대해서 말입니다."

"……그건."

알렉산드라가 미간을 좁히며 대꾸했다.

"처음이나 지금이나 생각은 변함없습니다."

"그렇군요."

"아니라고 생각하나요?"

"폐하."

라키아스가 부드러운 음성으로 알렉산드라를 불렀고, 알렉산드라는 저도 모르게 날카로워진 눈빛으로 라키아스를 쳐다보았다. 자신이 그를 이런 식으로 대하면 안 된다는 걸 누구보다도 잘 알고 있었지만, 그녀의 죄책감이 그녀도 모르는 새 자신을 뻔뻔하게 만들었다.

라키아스는 알렉산드라를 빤히 바라보다가 여전히 부드러운 음성으로 입을 열었다.

"폐하를 이해 못 하는 것이 아닙니다. 흔들리실 수 있습니다. 그 마음을 비난하고 싶지도 않습니다."

"……."

"다행히 폐하께서는 아직 젊으시지요. 혼자시고요."

그녀가 외동임을 말하는 것이 아니었다. 그 사실을 알아챈 알렉산드라가 저도 모르게 드레스 자락을 말아 쥐었다.

"우리에게 시간은 많습니다."

"날 믿나요?"

"믿습니다. 믿을 수밖에요."

라키아스가 빙긋 웃으며 대답했다.

"폐하를 믿지 않는다면 누굴 믿을 수 있겠습니까."

"세상에서 가장 못 믿을 사람이 바로 나 같은 사람입니다."

"어쩔 수 없는 노릇입니다. 그런 분을 사랑하게 된 제 책임이지요."

라키아스가 여전히 웃는 낯으로 말을 계속했다.

"부디 제가 생각하는 최악의 상황까지는 일이 진전되지 않기를 바랍니다만, 폐하께서 마음을 정리하실 시간 정도는 드리고 싶었습니다."

"……."

"기다리겠습니다, 폐하. 제 걱정은 마시고 마음을 다잡으시는 데

총력을 기울여 주십시오."

"라키아스, 난……."

"곧 폐하의 탄신일이시지요. 다음 주였던가요?"

갑작스럽게 주제가 바뀌었고 알렉산드라는 말없이 라키아스만 바라보고 있었다.

라키아스가 그녀에게 다정한 눈빛을 보내며 속삭이듯 물었다.

"혹 받고 싶은 선물이라도 있으십니까?"

"……선물은 무슨."

"말씀해 보시지요, 폐하. 폐하께서 그분의 황후로 계시는 동안 처음이자 마지막으로 드릴 선물 같으니까요."

"없습니다. 가지고 싶은 것."

알렉산드라가 공허한 목소리로 대답했다.

"당신이라는 남자도 가졌는데."

"……."

"뭔가 더 필요하겠어요."

"하지만 이대로 탄신일을 넘기기에는 제가 아쉬워서요."

"……그럼."

잠깐 고민하던 알렉산드라가 이내 느릿하게 입을 열었다.

"소원 하나 들어주세요, 라키아스."

"소원이라니…… 어떤 것 말씀입니까."

"지금은 말고요. 지금은 일단…… 아껴두는 것으로 하죠."

엷게 미소 지으며 말하는 알렉산드라를 똑같이 미소 지은 얼굴로 바라보던 라키아스가 잠시 후에 고개를 끄덕이며 말했다.

"알겠습니다, 폐하. 그럼 다음 주에 다시 뵙지요."

라키아스는 그 말만 마친 다음 정중하게 인사를 남기고 알렉산드라의 집무실에서 나갔다. 문이 닫히는 소리와 함께 알렉산드라가 들고 있던 찻잔을 조심스럽게 내려놓았다.

반대편에 있던 라키아스의 찻잔은 한 모금도 마시지 않았는지 가득 차 있었다. 알렉산드라는 온기가 남아 있는 라키아스의 찻잔을 들어 올린 다음 대신 마시기 시작했다.

"……."

알렉산드라의 얼굴에 드리워진 수심이 점점 깊어지기 시작했다.

"……시."

"……."

"……렉시."

"……네?"

멍하니 있던 알렉산드라가 흠칫 놀라며 맞은편에 앉아 있는 클레이오를 쳐다보았다. 이제 한 제국의 황제가 된 그는 3황자일 적의 시절보다 훨씬 더 늠름한 모습이었다.

그가 걱정스러운 얼굴로 알렉산드라에게 물었다.

"무슨 걱정이라도 있는 거야? 아까부터 얼굴이 어두워."

"아……."

티가 났다.

알렉산드라가 어색하게 미소 지으며 고개를 저었다.

"아니에요. 실은 요즘 일이 많아서 제대로 잠을 이루지 못했거든요."

"그랬어?"

클레이오가 자못 심각해진 얼굴로 알렉산드라를 걱정했다.

"내궁의 일이 너무 많은 것 아니야? 일을 누가 덜어주면 좋을 텐데."

"……."

그 말을 들은 알렉산드라가 잠깐 멈칫했다. 황후의 일을 덜 수 있는 사람은 황제의 두 번째 부인인 황비뿐이었다.

하지만 너무 예민하게 생각했다고 판단한 알렉산드라는 굳이 그 사실을 입 밖으로 내지 않은 채 다른 말을 했다.

"아직까지는 괜찮아요, 폐하."

"그렇다면 다행이고. 하지만 무엇보다도 중요한 건 그대의 건강이니까. 알았지?"

"……네."

말을 마친 클레이오는 다시 미소를 띤 얼굴로 앞에 놓인 스테이크를 썰기 시작했고, 알렉산드라 역시 그를 따라 스테이크를 썰기 시작했다. 그러다 잠시 후에 클레이오가 다시 입을 열었다.

"참, 그러고 보니 다음 주가 그대의 탄신일이지."

"네."

알렉산드라가 설핏 웃으며 대꾸했다.

"그러게요. 시간이 정말 빠르네요."

"작년에는 당신이 황자비였는데 말이야. 확실히 시간이 빠르긴 한 것 같아."

회상에 잠겼는지 클레이오의 목소리가 약간 몽롱했다. 그 말을 가만히 듣고 있던 알렉산드라의 귓가로 또 다른 말이 들려왔다.

"탄신선물로 받고 싶은 것은 없고?"

"없어요."

라키아스 때와 마찬가지로 답이 바로 나왔다. 하지만 그 칼 같은 대답에 서운함을 느꼈는지, 클레이오는 집요하게 물었다.

"정말 없어?"

"받고 싶은 게 뭐가 있겠어요. 제가 가질 수 있는 건 다 가졌는데."

알렉산드라가 솔직하게 대답했다.

"황후의 관을 가졌고, 원한다면 무엇이든 먹을 수 있고, 무엇이든 입을 수 있고, 무엇이든 할 수 있는걸요."

"그건 그래. 내가 너무 의미 없는 질문을 했군."

수궁한다는 얼굴로 고개를 끄덕이던 클레이오가 빙긋 웃으며 알렉산드라에게 말했다.

"그렇다면 내가 임의적으로 준비할까?"

"수고로우실 텐……."

그때 문득 알렉산드라의 머릿속으로 아까 라키아스와 나누었던 대화가 떠올랐다. 그녀는 잠시 고민하는 표정을 짓다가 입을 열었다.

"폐하."

"응?"

"소원 하나만 들어주세요."

"무슨 소원? 뭐든 말해봐."

"지금 말고요."

알렉산드라가 빙긋 웃으며 덧붙였다.

"지금은 말고, 나중에요. 필요할 때 들어주세요."

"알겠어, 렉시."

그가 환하게 웃으며 아내에게 말했다.

"무엇이든 들어줄게. 기대되는걸? 무리한 걸 시켜도 좋아."

"합리적인 걸로 소원을 빌 테니 걱정하지 마세요."

그렇게 말한 알렉산드라가 엷게 미소 지었다.

어차피 갖고 싶은 것도 없고, 그에게 마땅히 받고 싶은 것도 없었다. 그럴 바에야 언젠가 필요할 때 내가 원하는 걸 들어주는 게 훨씬 나았으니까. 알렉산드라는 과연 그 소원을 언제, 어떤 식으로 쓰게 될지 궁금해하면서 옆에 놓인 와인잔을 들어 올렸다.

어느덧 알렉산드라의 탄신일이 되었고, 라키아스는 아침 일찍부터 준비에 여념이 없었다.

평소 같으면 그리 신경 쓰지 않았겠지만, 적어도 오늘은 그녀의 탄신일이었으니까. 시종들 역시 정성 들여 라키아스를 치장해주었다.

똑똑.

그때 드레스 룸 안으로 노크 소리가 들려왔고, 다소 메마른 표정을 짓고 있던 라키아스가 눈을 찡긋거렸다.

안에 있던 시종이 눈치껏 물었다.

"누구십니까."

"케이토입니다, 전하."

"들어오도록 해."

짤막한 지시와 함께 문이 열렸고, 말쑥한 차림의 케이토가 안으로 들어왔다. 그 모습을 본 라키아스가 의외라는 얼굴로 그에게 물었다.

"같이 갈 생각은 아니겠지?"

"절 떼놓고 가시려 하셨다니, 섭섭합니다."

"섭섭하긴."

라키아스가 웃기지도 않는다는 얼굴로 대꾸했고, 그 칼 같은 반응에 급격히 서운해진 케이토가 미간을 작게 좁혔다.

하여튼 황후 폐하께 보이시는 다정함의 반의 반절만이라도 내게 보여주시면 얼마나 좋아? 그가 속으로 구시렁거리며 화제를 돌렸다.

"황후 폐하께서는 마음을 잡으셨답니까?"

케이토의 말에 라키아스가 피곤한 표정으로 한숨 쉬었다.

"그 이야긴 오늘은 하지 않는 것으로 하지."

"아뇨, 전하. 제가 잊어버릴 것 같아서요."

케이토가 성큼성큼 라키아스에게로 다가갔고, 그가 손에 든 황백색의 얇은 종이를 본 라키아스는 잠깐 시종들을 물렸다. 모두가 나가고 단둘이 남은 다음에야 라키아스가 그에게 질문했다.

"무슨 일이지?"

"황후 폐하의 마음을 확실하게 돌릴 수 있도록 제가 힘을 좀 썼습니다."

영문 모를 소리에 라키아스가 눈살을 구기며 물었다.

"무슨 소리야."

"듣는 것보다야 보시는 게 빠르실 겁니다."

그렇게 말한 케이토가 라키아스에게 들고 있던 서류를 건넸고, 라키아스는 별로 기대하지 않는 얼굴로 그것을 받아 들었다. 하지만 서류를 읽어 내려갈수록, 라키아스의 눈동자는 점점 커지기 시작했다.

잠시 후에 그가 충격을 받은 게 틀림없는 목소리로 케이토에게 물었다.

"이게 사실인가?"

"유감스럽게도 그렇습니다, 전하."

"대단하군."

시릴 듯한 눈빛을 한 라키아스가 케이토에게서 받아든 서류를 잔혹하게 구겼다. 그 얇은 종이 몇 장은 그의 억센 손아귀 힘을 이기지 못하고 형편없이 구겨졌다.

그는 여전히 서늘한 얼굴로 종이 뭉치를 바닥에 내버린 다음 손을 툭툭 털었다. 마치 더러운 것을 만진 사람처럼.

"일단 지켜보도록 해. 확실히 도움은 되겠군."

"저 잘했지요?"

"이런 일에도 소질이 있는 줄은 몰랐는데."

"대업을 이루는 데 더러운 일, 깨끗한 일이 어디에 있습니까."

케이토가 능글맞게 웃으며 대꾸했고, 라키아스는 황당한 듯 헛웃음만 터뜨렸다가, 이내 다시 내보냈던 시종들을 불러들였다.

케이토는 라키아스가 구겨버렸던 종이를 회수해 다시 나갔고,

남겨진 라키아스는 복잡한 표정으로 아까 그가 보았던 것들을 다시금 떠올렸다.

"폐하, 안색이 좋아 보이지 않으십니다."

엘로웬의 말에 알렉산드라가 약간 창백한 얼굴을 들어 올렸다. 확실히 어제부터 약간 현기증이 일었다.

'요새 통 잠을 못 자긴 했는데 그것 때문인가.'

옆에 있던 페넬로페가 속상하다는 목소리로 투덜거렸다.

"요즘 너무 잠을 적게 주무셨어요. 폐하, 그러다 쓰러지시는 것 아니에요?"

"괜찮아, 페니."

알렉산드라가 조용한 음성으로 모두를 안심시켰다.

"난 괜찮아요, 다들. 아무렇지 않은걸."

"하지만 오늘 유난히 안색이 나빠 보이셔서…… 탄신일이신데 속상하다고요."

"덕분에 분칠은 요란히 하지 않아도 되겠네요."

나름 농담이랍시고 꺼낸 말이었는데 반응은 좋지 않았다. 다들 침울한 표정이어서 알렉산드라는 괜히 헛기침을 한 다음 화제를 돌렸다.

"이러다 파티에 늦겠네요. 다들 좀 더 서둘러주세요."

그 말에 시녀들은 다시 분주하게 움직이기 시작했고, 한참이 지난 후에야 알렉산드라는 파티장에 갈 준비를 마칠 수 있었다.

화려한 은색의 드레스를 입은 그녀는 마지막으로 머리 위에 티아라를 쓴 다음에야 파티장으로 걸음을 옮길 수 있었다.

"황후 폐하, 오늘따라 너무 아름다우십니다."

"마치 폐하를 위해 만들어진 드레스 같아요."

"어쩜. 피부가 너무 좋으세요! 마치 비단결 같으신걸요?"

3황자비로서 파티장에 들어설 때와는 대조적으로 황후가 된 알렉산드라에게 쏟아지는 시선은 상당했다. '고작' 지위 하나가 달라졌을 뿐이었다. 그런데 말을 걸어오는 사람의 수도, 자신을 대하는 태도도 그때와는 너무나도 달랐다.

이미 회귀하기 전에 한 번 겪어본 일이었지만 이런 일은 참 어색했다. 어쩔 수 없다는, 자연스러운 일이라는 사실을 알고 있었음에도 씁쓸했고.

"황후."

그때 들려오는 익숙한 목소리에 알렉산드라는 조건 반사적으로 미소 지었다. 그녀가 우아하게 은빛의 드레스 자락을 들어 올리며 클레이오에게 인사했다.

"위대하신 제국의 태양, 황제 폐하를 뵙습니다."

"우리 사이에 그런 인사는 무의미하다는 걸 알면서, 렉시."

어느새 다정하게 알렉산드라를 애칭으로 부른 클레이오가 스스럼없이 그녀의 볼에 키스했고, 알렉산드라는 타인의 시선을 의식하며 당황한 얼굴로 말했다.

"보는 눈이 많습니다, 폐하."

"뭐 어때, 렉시. 우린 부부인걸."

하지만 그렇게 말하면서도 그는 더 이상 그녀에게 키스하지는 않았다. 클레이오가 다정한 눈길로 알렉산드라를 바라보며 물었다.

"한 곡 추겠어?"

"……그래요."

알렉산드라는 차마 거절하지 못했고, 클레이오와 함께 파티장의 중앙으로 이동했다. 이미 많은 사람들이 선율에 맞추어 춤을 추고 있었고, 두 사람 역시 그 흐름에 편승했다.

수많은 춤을 추는 커플들 중 가장 돋보이는 사람은 역시 누가 뭐래도 황제 부부였다. 알렉산드라는 감정을 애써 머릿속에서 지운 채 기계적으로 춤을 추었지만, 주변에서는 두 사람의 다정한 관계를 흠모하는 소리를 내느라 정신이 없었다.

말소리까지는 시끄러워 잘 들리지 않았지만, 표정으로 모든 게 다 짐작되었다. 알렉산드라는 설렘이라고는 전혀 드러나지 않는 멍한 얼굴로 어젯밤 다 처리하지 못한 내궁의 업무에 대해 생각하다가, 문득 누군가를 발견하고서는 그에게로 시선을 집중했다.

"……."

라키아스였다.

알렉산드라는 춤을 추면서 자연스럽게 그에게서 등을 돌리려 했지만, 음악이 이상하게도 도와주지 않았다. 결국 그녀는 꽤 한참 동안 라키아스와 시선을 마주해야 했는데, 사실 그녀가 먼저 눈을 돌려버리면 문제 될 게 없는 상황이었다.

하지만 이상하게도 그러고 싶지는 않아서 알렉산드라는 계속해 서 라키아스와 눈을 맞추었다. 알렉산드라의 키가 클레이오보다 한참 작았기 때문에 가능한 행동이었다.

'눈을 떼버리면 될 텐데.'

저쪽도 이상했다. 그녀를 계속해서 뚫어져라 쳐다보고 있었으 니까. 아마 자신과 같은 이유일 것이라고 알렉산드라는 생각했다.

계속 보고 싶으니까. 눈을 뗄 수가 없으니까.

서로가 서로를 바라보는 시간이 너무나도 소중하고 애틋하 니까.

'남들이 눈치채면 어쩌려고.'

그렇게 생각하는 자신도 정작 클레이오의 눈치를 보지 않고 라 키아스에게 시선을 고정시키고 있었지만 말이다.

속으로 한숨을 쉰 알렉산드라가 슬며시 위를 올려다보았다. 한 두 번 추는 춤도 아닐 텐데 뭘 그렇게 집중해서 추고 있는 건지.

알렉산드라가 자연스럽게 몸을 돌려 라키아스에게서 등을 돌렸고, 그제야 그녀는 가슴 속으로 안도의 한숨을 내쉴 수 있었다. 우습게도, 내연을 하고 있는 남자에게 남편과 같이 있는 모습을 보이는 것이 죄스러웠다. 엄밀히 말해 그는 파트너에 더 가까웠으니까.

"조금 쉬겠어, 렉시? 힘들어 보이는데."

"괜찮은 것 같은데……."

"얼굴이 창백해. 어디 안 좋은 거야?"

"그 말은 오전부터 들었는데……. 잠을 좀 못 자긴 했어요."

"이런."

그 말에 클레이오가 인상을 찌푸리며 알렉산드라를 구석으로 데려갔다. 푹신한 의자에 그녀를 앉힌 그가 그녀의 이마에 작게 키스를 남긴 다음 말했다.

"잠깐 쉬는 게 좋겠어, 렉시. 안색이 좋지 않아."

"그럴게요."

"나도 이곳에 있을까?"

"폐하를 기다리는 귀족들이 아주 많을 거예요. 가 보시는 게 좋겠어요."

"그럼…… 이따 다시 올게. 시녀들을 불러줄까?"

"괜찮아요. 잠시만 쉬었다가 일어나려고요."

"무리하지 말고."

알렉산드라가 힘없이 고개를 끄덕였고, 클레이오는 불안한 눈빛으로 알렉산드라를 바라보다가 이내 자리를 떴다.

홀로 남겨진 알렉산드라는 한참 동안 눈을 감은 채 아픈 사람처럼 의자에 늘어져 있다가, 익숙한 목소리가 들려왔을 즈음에야 슬그머니 눈꺼풀을 들어 올릴 수 있었다.

"어디 아프십니까."

이상한 일이었다. 언제나 남들에게 존중받길 원했고, 남들보다 우위에 서길 바랐는데, 기묘하게도 이 남자에게만큼은 존댓말을 듣는 게 어색했으니까.

알렉산드라가 피식 웃으며 라키아스를 쳐다보았다. 파란색이 섞인 검은색 머리카락과 그 머리카락을 쏙 빼닮은 연미복이 멋있었다. 알렉산드라가 대답했다.

"그런 것 같기도."

두루뭉술한 대답에 라키아스가 미간을 좁힌 채 알렉산드라의 안색을 뜯어보다가, 이내 그녀의 옆에 자리를 잡고 앉았다. 그 모습을 본 알렉산드라가 냉소를 머금은 채 그의 행동을 지적했다.

"남 시선 무서워 파사궁도 제대로 못 오시는 분이."

"하하."

그 말을 들은 라키아스가 청량한 웃음을 터뜨린 다음 물었다.

"마음에 담아 두고 계셨습니까."

"안 담아 둘 거라고 생각했나 보네요, 공께서는."

"워낙 자유로운 분이시니, 저 같은 사람에게 크게 영향받지 않을 거라고 생각했거든요."

"······그렇게 해볼까요?"

"농담입니다."

빠르게 자신의 말을 철회한 라키아스가 다시 알렉산드라에게 물었다.

"몸은 정말 괜찮은 게 맞으시고요?"

"괜찮은 것 같습니다. 적어도 아직까지는요."

"몸의 병입니까, 마음의 병입니까."

"둘 다."

알렉산드라가 짤막하게 대답했다.

"둘 다인 것 같네요."

그 말을 듣고 라키아스는 순간 자신이 알고 있는 내용을 그녀에게 고스란히 말해주고 싶은 충동에 휩싸였다.

하지만 일단은 참기로 했다.

이걸 자신이 먼저 입 밖으로 낸다면 그녀는 분명 자신이 그녀의 고녀에 대해 알고 있다는 사실을 눈치챌 것이다.

'사실 이미 눈치는 챈 것 같지만.'

어쨌든 그 사실을 못 박아 놓는 건 그로서도 원치 않는 일이었다. 유감스럽게도 그에게는 그녀가 전부였다.

아니, 전부는 아니더라도 8할은 되었다. 때문에 아직까지는 입을 다무는 게 좋았다. 그녀를, 자신을, 상호 간의 관계를 위해서라도.

"언제쯤 일어나실 생각이십니까?"

"조금만 여기 더 있으려고요."

"폐하."

라키아스가 알렉산드라를 불렀고, 그녀는 무표정한 얼굴로 고개만 돌려 라키아스를 응시했다.

그가 빙긋 웃는 얼굴로 그녀를 향해 말했다.

"전 언제 어디서든 폐하의 편입니다."

"……."

"그 점을 늘 잊지 말아 주세요."

"공, 나는……."

알렉산드라가 무슨 말을 꺼내기 위해 입을 열었지만, 여전히 웃고 있는 라키아스의 얼굴을 보니 도무지 입이 떨어지지 않았다.

그녀는 결국 말을 다 끝맺지 못한 채 입을 다물었지만, 라키아스는 그마저도 괜찮다는 듯 계속 미소 짓고 있었다.

다행히 알렉산드라는 얼마간의 시간이 지난 후에는 기운을 차릴 수 있었고, 곧 아무렇지 않게 다른 영애 및 귀부인들과 담소를 나누며 황후 겸 그날의 주인공으로서의 책무 아닌 책무를 다했다.

하지만 밤이 깊어졌음에도 파장 분위기가 좀처럼 느껴지지 않자 알렉산드라는 급한 피로감을 느끼기 시작했다. 그녀는 아무래도 이만 들어가 보는 게 좋겠다는 생각이 들었는지 조용히 파티장을 나섰다.

'정말 건강관리를 해야겠어.'

조용하게 뻗은 긴 복도를 따라 걸으며 알렉산드라가 피곤한 얼굴로 생각했다. 밤을 새우는 횟수도 가급적 줄여야 했는데, 상황이 여의치 않다 보니 그게 거의 불가능했다. 여차하면 운동이라도 자주 해야겠다고 생각하면서, 알렉산드라는 기둥을 돌았다.

"……흐읏, 여기서는 안 돼요."

그때 들려오는 민망한 소리에, 알렉산드라는 잘못한 것도 없는데 순간 흠칫하며 뒷걸음질을 쳤다. 바로 뒤쪽에 있던 기둥에 몸을 숨긴 그녀가 당황한 얼굴로 숨을 고른 다음 저도 모르게 얼굴을 붉혔다.

파티장에서 눈이 맞은 젊은 남녀가 정사를 벌이는 건 그리 특이한 일은 아니었다.

'하지만 아무리 빈번하게 이뤄지는 일이라도 해도 그렇지, 이런 장소에서 대놓고…….'

알렉산드라가 고개를 절레절레 저으며 다른 쪽 길로 가야겠다고 생각할 때였다.

"아아…… 폐하, 이러시면……."

그때 다시 한번 들려오는 여자의 간드러진 목소리에, 알렉산드라의 몸이 뻣뻣하게 굳었다.

폐하. 폐하라니.

제국에 폐하라 불릴 수 있는 자는 오로지 두 명이었다. 한 명은 황후인 자신이었고, 나머지 한 명은······.

'클레이오.'

제국의 절대자, 황후의 남편.

알렉산드라가 입술을 꾹 깨문 채 기둥 뒤에서 슬그머니 나왔다. 멀리서도 적나라하게 잘 보였다. 웬 이름 모를 젊은 여자와 정사를 나누고 있는 자신의 남편이.

알렉산드라는 우습게도 이 상황에서 배신감보다는 '그럴 줄 알았다'는 생각이 가장 먼저 들었다. 회귀 전에도 가장 먼저 걸린 장소가 침실이 아닌 중앙궁의 후원이었었나. 그때도 취향 한번 참 특이하다고 생각했는데, 지금도 별반 다를 것이 없었다.

알렉산드라는 냉소적인 얼굴로 뒤를 돌았다. 더 이상 볼 가치가 없다고 판단했기 때문이었다.

"······."

그리고 마주한 익숙한 얼굴에, 알렉산드라의 얼굴이 굳어져 내렸다.

무슨 생각을 하는 건지 모를 얼굴로 라키아스는 그녀의 등 뒤에 기둥처럼 서 있었다. 알렉산드라는 당황한 얼굴로 소리 없이 라키아스를 쳐다보았다. 라키아스 역시 별다른 말을 꺼내지 않은 채 알렉산드라를 빤히 쳐다보기만 했다.

알렉산드라는 한참 동안 라키아스를 물끄러미 쳐다보다가 이내 말없이 그 자리를 벗어났다. 지금 자신이 남편의 부정을 목격했다는 사실을 클레이오는 물론이고 라키아스에게조차 알리고 싶지 않았다.

전자의 경우 그로 인해 파생될 귀찮은 일을 방지하기 위함이었고, 후자의 경우 라키아스에게 이 일 때문에 남편에게서 완전히 마음이 돌아섰다는 인식을 주고 싶지 않았다.

사실 갈팡질팡하던 알렉산드라의 마음을 회귀한 직후와 같이 바꾸어준 것은 방금 전의 일이 분명했지만, 알렉산드라는 그 사실을 라키아스가 알게 됨으로써 그가 자신의 마음을 의심하게 되는 것을 원치 않았다.

이중적인 마음이었지만 분명 그랬다. 더 정확히는, 그가 자신의 마음을 의심하고 등을 돌릴까 봐 무서워했다. 물론 알렉산드라 본인은 이 말을 직접 듣게 된다면 격렬하게 부정할 확률이 매우 높았지만.

"렉시."

최대한 소리를 죽여 그 자리를 벗어난 알렉산드라의 귓가에 익숙하고도 낮은 목소리가 울려 퍼진 것은 잠시 후의 일이었다.

알렉산드라는 자신을 부르는 소리에도 멈추지 않은 채 계속 걸었고, 라키아스는 그런 그녀를 계속해서 뒤쫓았다.

마침내, 라키아스가 알렉산드라의 손목을 잡아 쥐었다.

"렉시."

알렉산드라는 라키아스에게 손목이 붙잡혀 걸음을 멈추었음에도 뒤를 돌아보지 않았다. 아니, '못했다'는 표현이 더 적합할 것이다. 그의 얼굴을 이상하게도 볼 자신이 없었다. 자신이 잘못한 건 분명 하나도 없었는데 말이다.

"렉시."

이것으로 세 번째였고, 알렉산드라는 문득 그가 이렇게 자신의 이름을 불러주는 것이 매우 오랜만이라는 사실을 깨달았다. 황후가 된 이후 두 사람은 잠자리를 같이한 적도 없었고, 그가 자신의 이름을 부른 적도 없었다.

뭐가 그렇게 무서웠던 건지, 그 대담했던 남자는 자신이 황후가 된 이후로 완전히 태도를 바꾸었다. 그게 자신을 지키고 계획을 지키기 위한 방법이라는 걸 모르지 않았음에도 가끔은 서운할 때가 있었다. 물론 직접적으로 티는 내지 않았지만.

"……"

알렉산드라는 드디어 뒤를 돌아 제 연인의 얼굴을 똑바로 응시했다. 라키아스는 속을 알 수 없는 얼굴을 하고 있었다. 사실 알렉산드라가 이 남자의 얼굴을 완전히 읽을 수 있는 순간은 딱 한 순간뿐이었다.

자신과 사랑을 나눌 때. 그때처럼 이 남자의 욕망과 감정을 적나라하게 읽어낼 수 있는 순간은, 적어도 일상생활에서는 없었다. 그리고 그건 지금도 마찬가지였다.

"무슨 말이 하고 싶은 겁니까."

처음으로 튀어나온 목소리가 다소 싸늘했다. 그걸 눈치채지 못할 리 없었음에도 라키아스의 표정은 한결같았다. 알렉산드라는 더 이상 입술을 움직이지 않은 채 라키아스가 입을 열기만을 기다렸다. 먼저 질문을 던졌으니 대답이 나오기 전까지는 말하지 않을 생각이었다.

"괜찮아."

저더러 괜찮다고 말해주려는 건지, 아니면 괜찮냐고 물어보려는 건지 알 수 없는 기묘한 어조.

알렉산드라는 고개를 끄덕였다. 어느 쪽이든 상관없다는 뜻이었다. 괜찮냐고 물어본 것이라면 그녀는 괜찮다고 대답할 것이었고, 괜찮다고 위로를 해주는 쪽이었다면 맞장구를 쳐 줄 생각이었으니까.

"괜찮아요."

그렇게 대답하면서, 알렉산드라는 앞으로의 대화가 어떻게 전개될지가 너무 궁금해졌다. 그 어느 쪽도 쉽사리 말을 꺼내기 어려운 상태라는 걸 알렉산드라는 잘 알고 있었다.

알렉산드라는 그 대답을 끝으로 더 이상 말을 꺼내지 않았고, 그건 라키아스 역시 마찬가지였다.

시선을 아래로 내린 알렉산드라를 빤히 바라보던 라키아스가 이내 그녀에게 입술을 겹쳐왔다. 알렉산드라는 차라리 이편이 편하다고 생각했다. 어쭙잖은 위로의 말보다, 괜찮냐는 걱정의 물음보다 단 한 번의 키스, 기왕이면 여러 번의 키스가 더 좋았다. 그게 그녀를 더 편안하게 만들어 줄 테니까.

그런 형식적인 위로는 적어도 그녀에게는 필요 없었다.

"하아……."

알렉산드라가 옅게 신음을 토해내며 자연스럽게 라키아스의 얼굴을 감싸 쥐었다. 열망으로 가득 찬 그녀의 눈에서는 아까 목격한 정사에 대한 불편함은 조금도 찾아볼 수 없었다.

그녀는 오로지 현재의 이 시간에만 집중했다. 눈앞에 있는 연인이 눈 밖으로 벗어난 남편보다 중요했다.

알렉산드라는 연인과 나누는 오랜만의 키스를 놓치고 싶지 않다는 듯 평소보다 열정적으로 라키아스에게 입을 맞추어 왔다.

"안아 줘."

알렉산드라가 라키아스의 눈을 똑바로 마주 본 채 짧게 명령했다. 라키아스는 그런 그녀를 물끄러미 쳐다보다가 이내 다시 알렉산드라에게 입술을 겹쳐왔다.

알렉산드라는 자연스럽게 뒷걸음질을 치며 근처에 있던 빈방으

로 이동했고, 문 앞에 다다랐을 때는 망설임 없이 그 안으로 들어
갔다.

더듬거리는 손길로 문을 잠근 알렉산드라는 그때까지도 라키
아스와의 키스를 멈추지 않은 채 침대로 뒷걸음질 쳤다.

어느 순간 그녀의 몸이 뒤로 넘어갔고, 알렉산드라는 자연스럽
게 라키아스의 연미복에 손을 가져다 댔다.

"……"

순간적으로 아까 보았던 광경이 주마등처럼 스쳐 지나갔지만,
이내 무시한 채 눈앞의 연인을 태초의 상태로 만드는 데 집중했다.
이 오래간만의 순간을 그런 불쾌한 일 따위에 방해받고 싶지 않
았다.

이 순간은 오로지 그와 그녀만을 위한 시간이었다.

그 어떤 이방인도 지금을 방해할 수는 없었다.

새벽 동이 터올 즈음에야 알렉산드라는 무거운 눈꺼풀을 일으
켰다.

간밤의 일로 여전히 졸렸지만, 그녀는 다시 잠드는 대신 저를 품
안에 가둔 채 잠들어 있는 라키아스에게로 시선을 옮겼다.

피곤했는지 깨어날 기미조차 보이지 않고 잠들어 있었다.

알렉산드라는 그런 그의 입술에 저도 모르게 입을 맞추었고, 어느 순간 라키아스의 눈이 번쩍 떠졌다.

잠든 사람의 입술을 허락 없이 탐했다는 죄책감이나 부끄러움 따위는 안중에도 없이, 알렉산드라는 반쯤 감긴 그의 눈에 작게 키스를 남긴 다음 다시 그의 입술에 자신의 것을 겹쳐왔다.

그러다 참다못한 라키아스가 벌떡 몸을 일으켜 알렉산드라를 제 아래에 눕혔다. 그러나 그녀는 아무렇지 않다는 듯 당돌하게 라키아스와 눈을 맞추며 야살스러운 미소를 지어 보이는 것이었다.

라키아스가 잠긴 목소리로 경고했다.

"자는 사람에게 이러는 건 반칙이야."

"이기면 그만 아닌가?"

"아까 졌다고 복수하는 건가, 지금?"

"……."

알렉산드라는 이번에는 대답하지 않고 가만히 손을 들어 매끈한 손가락으로 라키아스의 입술을 매만졌다.

그 행위를 몇 초 정도 견디던 라키아스가 이내 콧잔등을 찌푸리며 다시 원래 누웠던 자리에 누웠다.

그 모습에 알렉산드라가 재미있다는 듯 낮게 웃었다.

"예상대로 움직여 줄 줄 알았는데."

"말도 없이 사라져서는. 뒷감당 괜찮겠어?"

"……이제 그런 게 다 무슨 상관이야."

알렉산드라가 코웃음을 치며 대꾸했다.

"기분은 더럽지만, 마음은 편하네."

"……."

그 말의 진의를 모를 리 없었던 라키아스가 아무 말 하지 않고 가만히 그녀를 안아주었고, 알렉산드라는 그의 품에 안긴 채 솔직하게 이야기했다.

"실은 조금 흔들렸었어."

"……."

"내가 원래 알고 있던 남자가 아닌 것 같았거든. 다른 사람이 아닐까 하는 생각까지 들었어."

라키아스는 잠자코 그녀가 하는 이야기에 귀를 기울였고, 알렉산드라는 조곤조곤한 목소리로 말을 이어나갔다.

"당신한테는…… 미안하게 생각하지만 어쨌든. 근데 그냥 내가 착각한 거였네."

"착각에서 일찍 깨어나서 다행이군."

"거긴 어떻게 온 거야?"

알렉산드라가 진짜 묻고 싶었던 질문을 했고, 라키아스는 솔직하게 대답했다.

"그대가 걱정돼서 따라 가봤지."

"……."

"몸이 안 좋다면서."

"답지 않게 다정하긴."

"원래도 다정하다고 생각했는데."

라키아스가 가만히 그녀의 머리카락에 얼굴을 묻으며 물었다.

"아닌가?"

"……모르겠네."

대충 얼버무린 알렉산드라가 잠시 후에 덧붙였다.

"당신도 충격이 컸겠네."

"그런 걸 보고 충격받을 정도로 어리지는 않아서."

"마치 알고 있었던 사람처럼 말하네."

알렉산드라가 농담처럼 웃으며 말했지만, 라키아스는 잠깐 머뭇거리다 대답했다.

"알고 있었어."

그 말에 알렉산드라가 순간 몸을 굳혔다. 잠시 후에, 떨리는 목소리가 라키아스의 귓가에 스쳤다.

"언제부터? 아니, 어떻게라고 물어보는 게 먼저인가?"

"얄궂게도 어제. 케이토가 알려줬다."

"케이토 경은 도대체가."

알렉산드라가 너털웃음을 터뜨리며 물었다.

"황궁에 누굴 얼마나 심어둔 거야? 지난번 일부터 어제 이 일까지……."

"꽤 많이. 그때도 말했지만, 이건 오랫동안 계획된 복수거든."

"······."

잠시 침묵을 지키던 알렉산드라가 물었다.

"듣고 기분이 어땠는지."

"······."

"궁금하면, 나 웃긴 걸까?"

"궁금한가?"

"응."

알렉산드라가 솔직하게 말했다.

"당신은 다 알고 있었잖아. 날 배려해서 말하지 않았을 뿐이지. 내가 주저하고 있다는 것도 알고 있었고, 어제 일까지도 전부."

"······."

"궁금한 게, 오늘 내가 그 광경을 보지 않았더라면 나한테 끝까지 입 다물고 있을 생각이었어?"

"글쎄."

라키아스가 모호하게 답한 뒤 되물었다.

"어땠을 것 같은데?"

"어느 쪽이든 글쎄. 별로 생각해보고 싶지는 않은 주제네."

"궁금하기만 한 문제인 건가?"

"맞아."

알렉산드라가 짧게 긍정했다.

"정말 그래."

"꼬리가 길면 밟히는 법이지."

라키아스가 무심한 어조로 대꾸했다.

"그대가 나를 어떤 사람으로 보고 있는지는 모르겠는데, 나도 퍽 인내심이 좋은 사람은 아니라."

"아니긴. 그 오랜 시간 동안 복수를 계획했으면서."

"그건 이성적인 문제니까. 이건 감정의 영역이고."

그렇게 말한 라키아스가 잠시 생각하는 표정을 짓다가 질문에 답했다.

"아마 그대에게…… 말하지 않았을까."

"솔직하네."

"어차피 끝까지 숨기지도 못할 일이니까."

"당신 말이 맞아."

알렉산드라가 맞장구를 친 다음 덧붙였다.

"그리고 빨리 알수록 당신에게나, 나에게 더 좋은 일이지."

"괜찮은 건가?"

그제야 라키아스는 그 질문을 했다.

알렉산드라는 설핏 웃으며 고개를 끄덕였다.

"괜찮지."

괜찮고말고. 안 괜찮을 이유는 또 뭔데.

알렉산드라가 조용한 목소리로 중얼거렸다.

"아주 괜찮아. 아니, 어쩌면 이 상황을 바랐는지도."

덕분에 마음의 짐을 덜었잖아.

알렉산드라의 말에 라키아스가 저도 모르게 피식 웃었다.

"당신답네."

"칭찬이지?"

"좋을 대로."

"칭찬으로 들을게."

그 말을 끝으로 대화가 끊겼다. 두 사람 모두 무슨 생각을 하는 건지 말이 없었다.

둘 중 누군가가 먼저 입을 연 건 한참 후가 지난 뒤였다.

"최대한 빨리 진행하고 싶어."

알렉산드라가 냉소적인 어투로 말을 씹어뱉었다.

"이제 슬슬 지긋지긋하네."

쿠데타에 명분이 무슨 소용이겠느냐만, 알렉산드라는 가급적 라키아스가 욕을 덜 먹고 즉위하는 편을 바랐다.

그렇다면 자신이 판을 깔아주는 편이 좋겠지. 알렉산드라는 어제와 조금도 달라지지 않은 모습으로 파사궁에 들어섰다.

자신의 침실까지 가면서 몇 명의 시녀들과 마주치면서, 알렉산드라는 어제 목소리만 들었던 그 여자를 생각했다. 클레이오는 지금쯤 그 이름 모를 여자의 방에 잠들어 있을까. 알렉산드라는 속으로 냉소를 지으며 자신의 침실로 들어섰다.

그 모습을 본 마레타가 걱정스러운 목소리로 말했다.

"남들이 괜히 떠들까 무섭습니다, 폐하."

"……몸이 너무 좋지 않아."

알렉산드라가 건조한 목소리로 입을 열었다.

"파사궁까지 올 기력조차 없어 이름 모를 궁에서 밤을 보냈다."

"……"

"이리 둘러대면 되지 않겠어요?"

알렉산드라가 나른하게 웃었고, 마레타는 그녀의 환복을 돕기 위해 바깥에서 다른 시녀들을 불러왔다.

알렉산드라는 자줏빛의 드레스를 골랐고, 드레스를 다 갈아입을 때 즈음이 되어서야 다시 입을 열었다.

"어제 폐하께서 나를 찾으셨을까 봐."

"……"

"그게 가장 걱정이네요."

"폐하께서도 어제 돌아오지 않으셨습니다."

"그래요?"

알렉산드라가 짐짓 놀란 표정으로 물었다.

"어찌하여?"

"그건 모르겠습니다만, 어제 중앙궁에 확인한 바로는 그랬습

니다."

"아아, 그나마 다행인데요. 그렇다면 어제 나도, 폐하께서도 정 궁에 계시지 않으셨다는 뜻이니까……."

재미있다는 웃음소리가 저도 모르게 터졌다.

황실 꼴 한번 잘 돌아가는군. 황후의 생일에 황제와 황후 모두 배우자가 아닌 다른 이성과 밤을 보냈다, 라.

"어제 폐하께서 파사궁에 오셨나요?"

"아닙니다, 폐하."

황실의 '꼴'을 올바르게 돌리는 게 제국과 황실을 위한 일이겠 지. 알렉산드라가 냉소를 지으며 말했다.

"어제 궁을 비웠다는 이야기는 하지 않도록 해요. 폐하께서 괜히 걱정하실지 모르니까."

"알겠습니다, 폐하."

"나는 아무래도 중앙궁에 가보아야겠어요. 폐하가 걱정이군요."

과연 내가 중앙궁에 갈 때까지도 그 사람은 그곳에 없으려나.

알렉산드라는 진심으로 궁금해졌다.

"황후 폐하, 이곳까지는 어인 일로……."

자신을 보자마자 나온 시종의 말에 알렉산드라는 순간 어이가 없어졌다. 아내가 남편을 만나러 오는 데 이유가 필요한가?

그녀는 속으로만 냉소를 지어 보인 채 겉으로는 부드러운 얼굴로 대꾸했다.

"어제 황제 폐하께서 파사궁을 방문하실 줄 알았는데."

"……"

"소식이 없으셔서 저 혼자 외로운 밤을 보내야 했답니다."

"아…… 송구합니다, 폐하."

"송구라니요. 그렇지 않아요. 그대가 잘못한 일은 아니니까요. 그렇죠?"

"……그리 말씀해 주시니 감사합니다."

중앙궁의 시종은 얼굴을 펴 올리지 못한 채 알렉산드라에게 쩔쩔매는 모습을 보였고, 그 모습에서 알렉산드라는 이미 모든 것을 짐작했다.

보아하니 안에 아무도 없는 모양이었다. 물론 그녀는 일단은 아무것도 모르는 표정으로 계속 대화를 이어나갔다.

"그래서 폐하께서는 안에 계신가요?"

"저…… 그게……"

"안에 계시지 않나요?"

"아뇨, 폐하. 그런 게 아니라……"

"그렇다면 아무런 문제 될 게 없네요."

알렉산드라가 빙긋 웃으며 지시했다.

"어서 폐하께 내가 당도했음을 고해주세요."

"네, 네, 폐하. 물론 그래야지요."

시종은 최대한 시간을 끌었고, 알렉산드라는 그 모습을 빤히 바라보다가 이내 재미있다는 듯 웃었다.

"혹시 그대의 목이 안 좋아서 이리 폐하께 고하기를 주저하시는 거라면."

알렉산드라가 성큼성큼 문 앞으로 다가간 다음, 예고 없이 문을 열었다. 옆에 있던 시종이 경악했고, 알렉산드라는 마치 아무것도 몰랐던 사람처럼 해맑게 웃으며 말을 맺었다.

"제가 직접 열도록 할게요."

"아…… 폐하."

"이만 문을 닫아주세요."

알렉산드라는 그 말만 남긴 다음 성큼성큼 침실 안으로 걸어 들어갔다. 그녀의 예상은 틀렸다. 그 안에는 사람이 있었으니까.

"아, 렉시."

아무렇지 않은 듯 웃으며 클레이오가 자신을 반겨주었고, 알렉산드라는 그 모습에서 구역질이 났지만, 아무 내색도 하지 않은 채 그의 침대로 걸어갔다.

"폐하."

"이른 아침부터 어쩐 일이야?"

태연하게 물었지만, 눈가가 잘게 경련하고 있었다. 알렉산드라는 직감적으로 그녀가 들어오기 이전 이 공간 안에 한 명이 더 있었음을 눈치챘다.

그 쥐새끼는 어디에 숨었으려나.

알렉산드라는 마음 같아서는 지금 당장 곳곳을 뒤지고 싶었지만, 오늘은 포기하기로 했다. 어차피 이곳에는 도망갈 곳도 없었다. 아니, 있다 하더라도 이 남자가 황제의 침실에만 있는 비밀 통로로 여자를 빼돌렸을 가능성도 무시할 수 없었으니까.

후자의 경우 자신만 의부증 있는 여자 취급을 받는 것이다.

끔찍하기도 하지.

"그냥…… 폐하께서 어젯밤 파사궁에 오지 않으셔서."

알렉산드라가 짐짓 서운한 얼굴로 다가와 클레이오가 앉아 있는 침대에 걸터앉았다.

그녀가 자못 농염한 눈빛으로 클레이오를 훑어보며 물었다.

"어제가 제 탄신일이었는데, 절 별로 원치 않으셨나 봅니다?"

"그럴 리가, 렉시."

클레이오가 어색하게 웃으며 고개를 저었다.

"다만 그대의 몸이 안 좋다니 걱정이 되어서…… 부러 찾지 않았을 뿐이야. 괜히 무리하면 안 되잖아."

"……."

고양이 쥐 생각하기는.

입에 침이나 바르고 거짓말을 할 것이지. 알렉산드라가 속으로 헛웃음을 터뜨리며 그에게 낮은 목소리로 답했다.

"이제는 괜찮아요, 폐하."

"그래?"

"네. 폐하께서 걱정해주신 덕분에……."

알렉산드라가 달콤한 목소리로 클레이오의 귓가에 속삭였다.

"이제는 다 나았답니다."

"정말 다행이네."

"네, 폐하."

알렉산드라가 빙긋 웃으며 맞장구쳤다.

"정말 다행이지요."

"그럼 이제 파사궁으로 가서 좀 쉬는 것이……."

"폐하."

알렉산드라가 느릿하게 클레이오를 불렀고, 클레이오는 빙긋 웃으며 물었다.

"왜 그래, 렉시?"

"모르시겠어요?"

"뭘?"

"……."

알렉산드라는 입가의 미소를 좀 더 짙게 한 채 클레이오를 똑바로 응시하며 속삭였다.

"지금 해도 괜찮다는 소리예요."

"……렉시, 지금은."

"폐하."

알렉산드라가 예고 없이 클레이오의 위에 올라탔고, 당황한 클레이오가 저도 모르게 뒤로 넘어갔다. 그녀는 입가에 시린 미소를 지은 채 그에게로 허리를 숙여 물었다.

"싫으신가요?"

"……."

뒤에 '설마'라는 말이 생략되어 있는 것 같아서, 클레이오는 순간 아무 말도 할 수 없었다. 기분 탓인지는 모르겠으나 어쩐지 알렉산드라가 지난밤의 일을 알고 있는 것 같은 느낌이 들었다.

사실 어제가 한 번이 아니었기 때문에 꼬리가 길어질 대로 길어지긴 했지만, 그래도 나름 들키지 않고 잘 처신해 왔다고 생각해왔던 그였다. 부러 뒤탈이 없는 여자들만 침실로 들였으니까.

'설마 뭘 이미 눈치챈 건 아니겠지?'

하지만 그럴 만한 일이 없었다. 파티가 있던 날 아내의 침실을 찾지 않은 것은 어제가 처음이었으니까 의심할 만한 근거도 충분하지 않았고. 클레이오가 알쏭달쏭한 표정을 지었다가, 이내 대답했다.

"설마."

일단은 하자는 대로 다 해주는 게 좋았다. 사실 즉위까지 한 마당에 그녀가 무슨 쓸모가 있겠느냐는 생각이 들었지만, 어쨌든 지클린데 가문과 완전히 척을 지지 않으려면 최소한의 노력은 기울여야 했다.

더구나 사교계의 평판이라는 것도 있었으니까.

"난 좋아, 렉시."

어젯밤 내내 여자를 끼고 있었던 탓에 몸이 힘들어 가급적 피하고 싶었으나, 의심을 피하기 위해서는 이 방법밖에 없었다.

클레이오가 억지로 웃으며 저를 깔고 앉아 있는 알렉산드라의 자줏빛 드레스 앞섶으로 손을 옮겼다.

하지만 바로 그 순간, 알렉산드라가 그의 손목을 움켜잡았다. 놀란 클레이오가 멍한 표정으로 알렉산드라만 응시하고 있는데, 알렉산드라가 옅게 웃으며 클레이오의 귓가에 얼굴을 가까이 숙인 다음 속삭였다.

"농담이에요, 폐하."

"……."

"아무렴 아랫것들이 밖에 있는데, 이 아침부터 그럴 수는 없지요."

"그……렇지?"

"네. 그럼요."

알렉산드라가 아무렇지 않게 웃으며 자세를 고쳐 앉았고, 클레이오는 그제야 속으로 안도의 한숨을 내쉬며 알렉산드라를 따라서 자리에 앉았다.

"이따 밤에 파사궁으로 갈게."

"원하시는 대로 하세요, 폐하."

마음 같아서는 오지 말라고 하고 싶었지만, 그것도 의심의 여지를 줄 것 같아서 알렉산드라는 포기해 버렸다.

대답을 마친 그녀가 잠시 생각하는 표정을 지었고, 그 모습을 보고 있던 클레이오는 슬며시 불안해졌다.

저런 표정은 무언가를 꾸밀 때나 볼 수 있었기 때문이었다.

그가 내심 초조한 마음으로 알렉산드라를 바라보고 있는데, 그 순간 알렉산드라가 클레이오를 불렀다.

"폐하."

알렉산드라의 물음에 클레이오가 얼른 대답했다.

"응, 렉시."

"저 부탁드리고 싶은 게 있어요."

"부탁?"

"네."

알렉산드라가 그리 어려운 일이 아니라는 듯 환하게 웃으며 말했고, 클레이오는 일단 고개를 끄덕여 주었다.

"뭐든 말해."

"정말요?"

"그럼."

클레이오가 믿음직스러운 인상을 한 채로 웃은 다음 대답했다.

"내가 이 제국의 황제인데. 그대의 부탁이라면 무엇이든 들어줄 수 있어."

"한 입으로 두말하시면 안 됩니다, 폐하?"

"그렇다니까. 어서 말해보도록 해."

"그럼……."

잠깐 주저하던 알렉산드라가 슬며시 입을 열었다.

"지금 비어 있는 총기사단장의 자리, 오르누스 공에게 주시는 건 어떠세요?"

"총기사단장의 자리를?"

"네, 폐하."

알렉산드라가 빙긋 웃으며 고개를 끄덕였고, 클레이오는 흥미롭다는 얼굴로 알렉산드라에게 물었다.

"특별히 그를 천거하는 이유라도 있어?"

"이유가 있다기보다는, 아무래도 힘든 시절을 같이한 동지니까요."

알렉산드라가 말간 미소를 지어 보이며 덧붙였다.

"상응하는 보상이 있어야 한다고 생각해요. 그래야 괜히 불만도 나오지 않을 거고."

"음…… 일리 있는 말이야."

클레이오가 고개를 끄덕이며 알렉산드라에게 말했다.

"긍정적으로 생각해 볼게. 아마 반대하는 귀족들만 없다면 그렇게 될 거야."

"전부 우리를 위해서니까요."

"그래, 맞아."

클레이오가 묘한 얼굴로 고개를 끄덕였다.

"우리가 일궈낸 업적이지."

"……."

알렉산드라가 속내를 알기 어려운 얼굴로 클레이오를 빤히 쳐다보다가 이내 방긋 미소 지었다.

"이만 가볼게요, 폐하. 어제 파티 때문에 피곤하셨을 텐데."

"그래, 렉시. 그대도 가서 쉬는 게 좋겠어."

"네."

말을 마친 알렉산드라가 가만히 자리에서 일어나려는데, 클레이오가 그녀를 붙잡았다.

"아, 참. 렉시."

그 목소리에 알렉산드라가 저도 모르게 멈추어 선 다음, 느릿하게 뒤를 돌았다.

"네?"

"늦었지만."

클레이오가 씩 웃으며 말했다.

"생일 축하해."

"……고마워요, 폐하."

알렉산드라가 나른하게 웃으며 대꾸했다.

"역시 제게는 폐하뿐이시네요."

"결국 알게 되셨다고요?"

케이토가 신기하다는 목소리로 물었고, 라키아스는 고개를 끄덕이며 대꾸했다.

"그래."

"상당히 일찍 아셨네요."

"내가 알려준 건 아니야."

"그럼요?"

"그 치가 들켰더군."

라키아스의 말을 들은 케이토는 저도 모르게 라키아스의 앞에서 웃음을 터뜨렸다. 웃지 않으려고 했는데 도무지 그럴 수가 없었다.

맙소사, 멍청한 인간 같으니라고!

"제정신이 아닌 게 틀림없군요."

"나도 그렇게 생각해."

라키아스가 냉소적인 얼굴로 중얼거렸다.

"하지만 뭐, 충분히 가능하지 않겠어?"

"원래 남자가 아랫도리 간수를 못 하면 그렇게 아작 나는 겁니다."

"자기는 마치 남자가 아니라는 것처럼."

"전 잘 간수하니까요."

케이토가 자랑스럽게 어깨를 으쓱인 다음 라키아스에게 물었다.

"전하께서는 잘하십니까……?"

"별걸 다 걱정하는군."

"걱정돼서요. 오늘 아침에 들어오실 때부터 예상은 했습니다만."

"시끄러워."

케이토의 걱정 아닌 걱정을 짧게 일축시킨 라키아스가 피곤한 표정으로 머리를 뒤로 넘겼고, 그 모습을 보고 있던 케이토는 괜히 걱정스러운 말을 중얼거렸다.

"꽤 충격이 크셨을 것 같습니다."

"누가?"

"황후 폐하요."

"아."

라키아스가 무덤덤하게 대꾸했다.

"당연하지. 왜 아니겠어."

아닌 척은 했지만. 라키아스의 말에 케이토가 쓰디쓴 표정으로 한마디 했다.

"강한 분이시니까요. 하지만 그 꼴을 보고도 멀쩡하시기란 드물죠."

"동의해."

"근데 오늘은 회의 없으십니까?"

"오후에 있다."

"그렇군요."

두어 번 고개를 끄덕이던 케이토가 이내 진지한 표정으로 중얼거렸다.

"그보다 우리가 문제인데 말입니다……."

"무슨? 병력이 부족한가?"

"차라리 그런 거라면 다행이지요."

라키아스의 말을 들은 케이토가 깊게 한숨을 내쉬었다.

"아시다시피 지금 황제가 집권한 지 얼마 안 됐습니다. 그런 상황에서 함부로 끌어내리기란 어렵죠."

"알아. 무력이 다는 아니니까."

라키아스가 고개를 끄덕인 다음 고민하는 얼굴로 읊조렸다.

"명분이 필요한데…… 명분이 없네?"

"아무리 만들면 그만이라고 해도 지금 상황에서는 만들기가 쉽지 않지. 불쾌하게도 그는 잘하고 있으니까. 나이가 어려서 섭정의 도움이 필요한 것도 아니고, 특별한 죄를 짓지도 않았어. 이거 곤란하게 됐군."

"사실 꼬투리를 잡을 때까지 기다리는 방법도 있긴 합니다. 하지만 그 전에 황후께서 황손을 출산하시거나 이대로 세력 굳히기에 성공한다면 쿠데타는 더욱 어려워지죠. 아시지요?"

"날 바보 취급하는군. 그 정도는 알고 있어."

조용히 대꾸한 라키아스가 잠시 침묵했다가, 한참 후에 다시 입을 열었다.

"아무래도 대책을 강구해 봐야 할 것 같군. 괜히 미루다가 이도 저도 안 되면 곤란하니까."

그날 늦은 오후가 되었을 때 라키아스는 황궁으로 이동했다.

회의가 열리는 하네스 궁으로 걸어가고 있는데, 누군가가 라키아스를 부르며 그의 곁으로 다가왔다.

"오르누스 공작 전하."

조용한 부름에 라키아스가 슬며시 뒤를 돌았다. 시종으로 보이는 웬 남자가 그를 향해 빠르게 걸어오고 있었다.

라키아스가 물었다.

"무슨 일이지?"

"중앙궁에 계신 황제 폐하께서 부르십니다."

"……지금 말인가?"

30분 후가 회의 시작 시각이었다. 시간이 촉박했다. 그 사실을 상대라고 모를 리 없었는지, 그가 고개를 끄덕이며 덧붙였다.

"폐하께서는 이야기가 길어지지 않을 것이라고 말씀하셨습니다."

"……흠."

라키아스가 고민하는 표정을 지었다가 이내 고개를 끄덕였다. 애당초 상하수직적인 관계에서 선택권 따위는 없었다.

적어도, 지금은 그랬다.

"알았다. 바로 가도록 하지."

"절 따라오십시오."

시종이 공손한 어조로 그에게 말했고, 그는 의구심이 드는 얼굴로 자연스럽게 방향을 틀었다.

황제가 자신을 찾을 이유가 있나?

"황제 폐하, 오르누스 공작 전하께서 드셨습니다."

"안으로 들이도록."

어느새 중앙궁까지 다다랐을 때, 라키아스는 묘한 기분에 사로잡혀야만 했다. 본래 자신의 것이어야만 했던 궁전. 그리고 가까운 미래, 자신이 차지하게 될 궁전. 그리고 그 옆자리에는…….

"위대한 제국의 태양, 황제 폐하를 뵙습니다. 레예스에…… 찬란한 영광을."

이 남자의 아내가 앉아 있게 되겠지.

라키아스가 저도 모르게 만족스러운 표정을 지으며 마치 연극 배우처럼 클레이오에게 인사했고, 클레이오는 그런 라키아스를 아무렇지 않게 대했다.

"앉게, 공."

"……."

자리가 사람을 만든다.

불과 몇 달 전까지만 해도 꼬박꼬박 그에게 '전하', 혹은 '당숙님'이라고 부르던 어린 황자는 어디로 가고, 이제는 자연스럽게 저를 하대하는 젊은 황제가 있었다.

뭐, 당연한 일이었고 당연히 그래야 했긴 했지만, 어쨌든 도둑맞은 왕관의 주인으로서는 마땅히 기분 나쁠 노릇이었다.

"어쩐 일로 부르셨습니까, 폐하. 회의까지는 30분도 채 남지 않았는데요."

"잠깐이면 되네, 공. 아무리 그래도 당사자에게는 이야기를 해야 할 것 같아서."

그렇게 말하는 클레이오의 얼굴에는 이유 모를 뿌듯함이 서려 있었다. 라키아스는 자기 아내의 생일날 다른 여자와 놀아난 남자가 뭐 그렇게 당당하냐고 물어보고 싶었지만, 당연히 행동으로는 옮기지 못했다.

"무슨 일이 있으십니까?"

"오전에 황후가 날 찾아와서 공에게 총기사단장의 자리를 주었으면 한다고 말하더군."

"……."

묘하게 감동한 라키아스가 저도 모르게 고개를 숙였다.

클레이오의 말이 이어졌다.

"아무래도 그 자리를 계속 비워두는 것도 좋지는 않을 듯해서, 이왕 말이 나온 김에 빨리빨리 처리하려고 해. 잠시 후에 있을 회의에서 말할 생각이다."

"제가 그런 대단한 자리를 받아도 될는지 모르겠군요."

"왜 안 되겠나? 난 어차피 그간 공이 세웠던 공을 생각하면 이 정도는 마땅히 내려야 한다고 생각해."

"……그리 말씀해 주시면 감사하지요."

그 말을 듣자마자 웃음이 터져 나왔다. 이 순진한 젊은 군주는 정말로 자신이 그를 위해 그 모든 궂은일을 했다고 믿는 모양이었다.

실상은 그가 기생하는 그의 아내 덕분이었는데. 자신이 했던 모든 일들은 전부 그녀만을 위한 것이었는데.

"혹시라도 공이 놀랄까 봐 미리 말해두는 게 좋겠다 싶었어."

"그렇습니까. 영광이군요."

라키아스가 우아한 미소를 지은 다음 그에게 인사치레와 비슷한 말을 했다.

"그렇게 말씀해주신다면 제가 너무 감동해서…… 폐하께 더욱 충성을 다할지도 모르겠습니다."

"응당 그래야지."

거만한 미소를 지은 클레이오가 두 번 다리를 꼰 다음 거들먹거리는 목소리로 말했다.

"이 일로 알겠지만, 난 나를 따르는 사람을 아끼는 편이다. 내 사람들에게는 특별히 각별하지."

"……."

그런 사람이 즉위의 일등공신인 아내를 그런 더러운 방법으로 배신하나? 웃기지도 않았다.

"하여튼 공이 있어서 든든해. 우리가 만약 혈연으로 엮여 있지 않았다면 공의 딸을 차기 황후로 삼았을 텐데…… 그 부분은 조금 안타깝군."

"전 그런 욕심이 없습니다, 폐하."

고작 황후의 아버지에서 만족할 그가 아니었다. 황제의 아버지라면 또 모를까.

지금처럼 제 딸이 이런 인간말종 같은 남편을 만나 마음고생할 거라고 생각하면 그 생각만으로도 끔찍했다.

어쨌든 권력이란 건 직접 잡고 있어야지, 다른 사람의 손을 통해 잡고 있다는 건 그리 효력이 없었다.

"그저 두 분 폐하를 보필하고 제국을 융성하게 만드는 것만이 저의 단 하나뿐인 목표이지요."

라키아스는 입에 침도 바르지 않고 거짓말했고, 당연하게도 클레이오는 속아 넘어갔다.

"그래서 내가 공을 좋아하지. 선이라는 걸 아니까."

같잖았다.

"할 이야기는 여기서 끝났네. 이만 가보는 게 좋겠어. 회의에 늦으면 곤란하니까."

"……물론입니다, 폐하."

라키아스가 더없이 아름다운 미소를 지으며 클레이오에게 물었다.

"같이 가시겠습니까?"

"좋지."

클레이오가 껄껄 웃으며 자리에서 일어섰고, 라키아스는 앞서 나가는 클레이오를 묘한 얼굴로 쳐다보다가 이내 따라서 자리에서 일어섰다.

누군가 지금 황제의 가장 큰 약점이 무엇이냐고 묻는다면, 라키아스는 그가 적에게 등을 쉽게 내보인다는 점을 들 것이었다.

9

Affair

라키아스가 총기사단장이 되는 것을 반대하는 이는 없었다.

단순히 그가 권력의 2인자여서 그런 것은 아니었다. 라키아스만한 무관이 아직 제국 내에 없었다.

그는 제국의 국경에 있는 오르누스 전 지역을 통솔한 경험이 충분했고, 지금도 어마어마한 군대를 이끌고 있었는데, 이러한 능력을 갖춘 인재는 분명히 흔치 않았다.

귀족들도 차라리 잘 되었다고 생각했을 것이다.

"황후 폐하."

남편이 바람을 피우건 말건 알렉산드라는 내궁의 업무에 열중해야만 했다. 오히려 남편의 외도를 다시금 목격한 경험은 그녀로 하여금 각성의 계기를 마련해 주었다.

알렉산드라는 마지막 서류를 넘긴 다음에야 페넬로페의 목소리에 응답했다.

"무슨 일인가요?"

"오르누스 공작 전하께서 오셨습니다."

데구르르.

페넬로페의 말에 알렉산드라는 저도 모르게 들고 있던 펜을 떨어뜨렸다. 그녀는 당황한 얼굴로 시계를 쳐다보았다.

파티 다음 날은 늘 회의가 늦게 열렸고, 그래서 회의가 끝난 지금 시각은 결코 이르다고는 말할 수 없는 시각이었다.

아니, '야심하다'는 표현이 더 적합하리라.

그녀가 긴장한 얼굴로 아직 아무도 들어오지 않은 문을 응시했다.

알렉산드라는 잠시 침묵을 유지하다가, 한참 후에 입을 열었다.

"……안으로 들이세요."

"네, 폐하."

페넬로페는 마치 지금 시각 라키아스가 방문한 것에 조금의 이상함도 없다는 목소리로 대답했고, 알렉산드라는 긴장한 눈빛으로 자리에서 일어서 떨어진 펜을 주워들었다.

알렉산드라가 펜을 줍느라 굽혔던 허리를 펴 올리자마자 시야로 라키아스가 들어왔다. 저도 모르게 긴장한 알렉산드라가 조용히 그를 불렀다.

"……오르누스 공."

그 말을 들은 라키아스는 아무 말도 하지 않았고, 그 모습에 알
렉산드라는 괜히 불안해졌다. 귀족회의에서 특별히 무슨 안 좋
은 일이 있다는 소식은 들어오지 않았다. 기껏해야 클레이오가 자
신이 부탁한 대로 라키아스를 총기사단장의 자리에 앉혔다는 내
용뿐.

"폐하."

그 말과 함께 라키아스가 성큼성큼 자신이 있는 방향으로 걸음
을 옮겼고, 알렉산드라는 그런 그를 빤히 바라보며 아무 행동도
하지 않았다. 어느 순간 두 사람 사이의 거리가 지나치게 가깝다
고 말할 수 있을 때 즈음이 되어서야 라키아스는 발을 멈추고 알
렉산드라를 노골적인 시선으로 바라보았다. 밤에 어울리는, 욕망
에 가득 찬 시선이었기 때문에 알렉산드라는 순간 당황할 수밖에
없었다.

"밤에까지 그 이름으로 불리고 싶지는 않습니다."

"……그렇다면 먼저 모범을 보여야죠."

알렉산드라가 서늘하게 웃으며 그의 행태를 꼬집었다.

"누군 밤에 그 이름으로 불리고 싶은 줄 아나요."

"렉시."

그 말을 들은 라키아스가 냉큼 알렉산드라의 애칭을 불렀고, 알
렉산드라는 그제야 만족한 얼굴로 웃으며 라키아스에게 물었다.

"무슨 일이 있나요?"

하지만 라키아스는 대답하는 대신 그녀를 향해 고개를 숙인 다음, 그대로 입을 맞추어왔다.

알렉산드라가 나른한 미소를 지으며 라키아스의 목을 팔로 감은 뒤 키스에 열중했다.

알렉산드라 혼자만 있어 싸늘했던 방에 점차 온기가 돌기 시작했다. 알렉산드라가 뜨거운 숨을 내뱉으며 저도 모르게 뒷걸음질 쳤다.

"아……."

마침내 창가까지 도달한 그녀에게는 더 이상 도망칠 곳이 없었고, 라키아스의 손은 어느새 그녀의 허리를 죄고 있는 드레스 끈으로 향했다.

그 손길을 눈치챈 알렉산드라가 라키아스를 바라보며 고개를 저었다. 그녀의 눈에 정욕이 가득했기 때문에 단순히 그가 싫어서 내젓는 고갯짓은 아니었다.

라키아스가 냉소를 지으며 말했다.

"어차피 황제는 오늘 이곳으로 오지 않을 텐데."

"누가 그걸 모르나요?"

알렉산드라가 옅은 숨을 내쉬며 쏘아붙였다. 그녀의 생각으로도 클레이오는 오늘 자신의 침실을 찾지는 않을 것 같았다.

물론 확실치는 않았지만, 자신보다 젊고 싱싱한 다른 여자들에게로 이미 눈이 돌아갔는데 과연 이곳을 찾을까.

앞으로는 의례적으로 몇 번 정도 찾을 것이다.

'물론 그 몇 번이 오기도 전에 모든 걸 끝낼 테지만.'

알렉산드라가 라키아스의 입술에 가볍게 입을 맞춘 다음 그에게 속삭였다.

"다만 오늘은 시기가 적절치 않네요."

"……알았어."

라키아스는 적잖이 실망한 표정이었고, 알렉산드라는 그 모습이 어째 비 맞은 강아지처럼 보여서 귀엽다는 생각이 들었다.

그녀가 피식 웃으며 라키아스에게 말했다.

"그보다 해결해야 할 문제가 있지 않나요, 우리?"

"무슨?"

"나와 앞으로도 계속 이런 식으로 만나고 싶은가 보죠?"

알렉산드라가 묘한 표정으로 웃었고, 라키아스는 그제야 그녀가 무슨 말을 하고자 하는지를 깨닫고선 고개를 끄덕였다.

"당연히 아니지."

"앉아 봐요. 건전하게 이야기나 하게."

알렉산드라가 고개를 까딱거리며 응접용 소파로 걸음을 옮겼고, 라키아스는 못내 서운한 얼굴로 그녀를 따라 자리에 앉았다. 한쪽 다리를 꼬고 앉은 알렉산드라가 진지한 목소리로 이야기를 시작했다.

"열심히 생각해 봤는데, 명분이 없습니다."

"무슨 명분?"

"황제를 폐위시킬 명분이요."

알렉산드라가 미간을 좁히며 말을 덧붙였다.

"황제는 지금 혼자서 제국을 통치할 수 있는 나이고, 다행인지 불행인지 나름 정치력도 좋습니다. 나라 안팎으로 혼란이 없으니 엮을 만한 구실도 없고요."

"그걸 지금까지 생각하고 있었던 건가?"

라키아스가 기특하다는 얼굴로 알렉산드라를 응시했고, 알렉산드라는 진지한 얼굴로 대꾸했다.

"중요한 문제니까요."

"아는데."

라키아스가 빙긋 웃은 다음 자리에서 일어나 알렉산드라에게 다가왔다. 갑작스러운 행동에 그녀가 인상을 찌푸리는 사이, 라키아스가 그녀의 앞에 무릎을 꿇고 앉아 알렉산드라의 손등에 키스했다.

"솔직히 좀 감동이네."

"뭐가요?"

"날 이렇게까지 생각하고 있을 줄은 몰랐어."

"날 위해섭니다, 날 위해서."

알렉산드라가 착각하지 말라는 듯 오른쪽 검지로 라키아스의 이마를 가볍게 밀었다. 라키아스는 작게 웃다가 갑자기 자리에서 벌떡 일어난 다음 앉아 있던 알렉산드라를 번쩍 들어올렸다.

그 갑작스러운 행동에 당황한 알렉산드라의 눈이 커졌다.

"뭐, 뭐하는 겁니까, 지금?"

"그냥."

알렉산드라가 원래 앉아 있던 자리를 빼앗아 앉은 라키아스가 알렉산드라를 제 무릎 위에 앉힌 다음 사랑스러운 눈빛으로 그녀를 쳐다보며 말했다.

"오늘따라 예뻐서."

"……밤이라 그런가 맛이 갔네요."

"진짜 맛 간 모습, 보여줄까?"

"오늘은 안 된다니까."

따끔하게 못을 박은 알렉산드라가 라키아스를 슬그머니 노려보다가, 이내 예고 없이 그의 입술에 입 맞췄다.

라키아스가 거부할 리 없었다. 그는 알렉산드라의 몸을 꼭 끌어안은 채 그녀의 입술을 정신없이 탐했다.

그러다 어느 순간, 라키아스가 낮게 소리를 내며 알렉산드라에게서 거리를 두었고, 그 모습에 그녀가 의아하게 물었다.

"왜 그래요?"

"아무래도 그대가 내 뮤즈인 게 맞는 것 같아."

"무슨 소리예요, 그게."

영문 모를 소리에 알렉산드라가 한쪽 눈썹을 찌푸렸지만, 라키아스는 갑자기 즐거운 표정이 되어 알렉산드라에게 속삭였다.

"좋은 생각이 났어."

그다음 날 아침이 되었을 때, 알렉산드라는 멍한 표정으로 자리에서 일어났다.

일어나자마자 그녀의 뇌리를 스쳐 지나가는 것이라곤 어제 나누었던 이야기가 전부였다. 그만큼 어제 라키아스가 제게 했던 말은 꽤나 충격적인 것이었다. 알렉산드라는 한동안 말없이 허공을 응시하다가 바깥에서 들려오는 엘로웬의 목소리에 정신을 차릴 수 있었다.

"폐하, 기침하셨나요?"

"……네."

알렉산드라가 조용히 대꾸하자마자 바깥에서 문이 열리며 시녀들이 들어왔다. 그들은 평소처럼 아무렇지 않게 알렉산드라의 머리를 손질하고, 얼굴을 세안하고, 손톱을 정돈한 다음 그녀가 가장 좋아하는 붉은색 드레스를 입혀 주었다. 알렉산드라는 그 모습을 별 감흥 없는 얼굴로 바라보다가 이내 입을 열어 페넬로페에게 물었다.

"페니."

"네, 폐하?"

"황제 폐하께서는 중앙궁에 계시려나?"

갑작스러운 질문에 페넬로페는 당황한 듯했으나, 이내 아무렇지 않게 대답했다.

"아마 그러실 겁니다, 폐하."

"그렇구나."

표정만큼이나 건조한 목소리로 대꾸하며 고개를 끄덕인 알렉산드라가 이내 아무렇지 않게 말을 내뱉었다.

"중앙궁에 가야겠어."

그 말을 듣고 놀란 페넬로페가 곧바로 물었다.

"지금 바로 말씀이세요, 폐하?"

"그래."

"하지만 방금 일어나셨는걸요. 조찬도 드시지 않으셨잖아요."

"조찬을 폐하와 함께 들 생각이야."

알렉산드라가 그제야 처음으로 엷게 미소 지으며 페넬로페에게 지시했다.

"중앙궁으로 가서 폐하께 조찬을 함께 들 수 있는지 여쭙고 오렴."

"황후가?"

비슷한 시간에 침대에서 일어난 클레이오는 당황할 수밖에 없었다.

알렉산드라가 먼저 자신에게 식사를 권유하는 것은 그리 흔한 일이 아니었다. 굳이 그 자신이 아니더라도 알렉산드라는 누군가와 함께 식사하는 것을 그리 즐기지 않았으니까.

그가 괜히 겁먹은 얼굴로 생각했다.

'설마 눈치챈 걸까?'

하지만 그도 억울했다. 적어도 어제는 엉뚱한 짓을 하지 않고 얌전히 잠자리에 들었으니까. 물론 그렇다고 해서 그간의 행적이 용서받을 수 있다는 건 아닌데도 말이다.

'아냐, 그럴 리 없어.'

나는 완벽했다고. 그가 자부심이 서린 얼굴로 당당한 표정을 지었다.

그런 은밀한 만남에 얼마나 주의를 기울였는데. 황후가 눈치챌 리 없었다. 대답을 기다리는 페넬로페에게 클레이오는 아무렇지 않게 웃어 보이며 말했다.

"언제든 편하실 때 방문하시라고 전해드려라."

"……그래?"

돌아온 페넬로페의 대답을 들은 알렉산드라가 퍽 놀랍다는 표정으로 물었고, 페넬로페는 고개를 끄덕이며 덧붙였다.

"지금 중앙궁의 요리장에게 두 사람 몫의 요리를 준비해 놓으라고 지시하셨답니다."

"그랬구나."

무덤덤한 목소리로 대꾸한 알렉산드라가 이내 자리에서 몸을 일으켰고, 페넬로페는 놀란 목소리로 물었다.

"지금 바로 가시게요?"

"할 일도 없잖아."

알렉산드라가 엷게 웃은 다음 덧붙였다.

"폐하께 드릴 말씀도 있고 해서. 자, 나가자, 페니."

"황제 폐하, 황후 폐하께서 오셨습니다."

일찌감치 정찬실에 와 있던 클레이오는 약간 긴장한 얼굴로 시종의 말을 들었다. 어쨌든 그가 알렉산드라 앞에서 무죄는 아니었기 때문에 긴장이 될 수밖에 없었다. 클레이오가 얼굴에서 떨리는 기색을 애써 지워내기 위해 애쓰며 입을 열었다.

"안으로 모시도록 해."

곧이어 문이 양쪽으로 열렸고, 강렬한 붉은 드레스를 입은 알렉산드라가 안으로 들어섰다.

확실히 그녀는 아름다운 여자였다. 자신의 곁에 두기에 자부심이 느껴질 만큼.

"위대하신 제국의 태양, 황제 폐하를 뵙습니다."

자신에게 허리 굽혀 인사하는 알렉산드라를 바라보던 클레이오가 엷게 미소 지으며 반갑게 그녀를 맞아들였다.

"어서 와, 렉시. 아침에 보니 더 아름다운걸?"

"감사해요, 폐하."

알렉산드라가 의례적으로 웃으며 클레이오에게 말했다.

"폐하께서도 오늘따라 멋있으신데요, 뭘."

"고마워, 렉시. 어서 앉도록 하지. 오느라 힘들었을 텐데."

"네."

알렉산드라가 조용히 의자에 앉았고, 시종들은 예상보다 일찍 온 알렉산드라를 위해 애피타이저부터 가져다주었다.

제 앞에 내려진 카프레제 샐러드를 빤히 바라보던 알렉산드라가 곧 포크를 들어 그것을 먹기 시작했다.

알렉산드라는 한동안 말없이 애피타이저를 먹는 데만 집중했고, 그 때문에 그녀가 무언가 할 말이 있기 때문에 중앙궁을 찾았을 것이라고 생각한 클레이오로서는 내심 당황할 수밖에 없었다.

그는 다소 불안해 보이는 얼굴로 샐러드를 먹다가, 어느 순간 들려오는 알렉산드라의 목소리에 저도 모르게 고개를 들어 올렸다.

"폐하."

그 목소리가 싸늘한 것과는 거리가 멀었기 때문에, 클레이오는 살짝 안심하며 알렉산드라의 부름에 답했다.

"그래, 렉시. 할 말이라도 있어?"

"여쭈어볼 게 있어요."

알렉산드라가 엷게 미소 지으며 클레이오에게 물었다.

"곧 폐하의 탄신일이시지요?"

"그렇지?"

생각했던 것보다 평범한 질문에 클레이오는 살짝 당황했다.

뭐야, 고작 탄신일이 언제인지 물어보려 했던 거야?

"맞죠? 다행이네요."

알렉산드라가 엷게 웃으며 고개를 끄덕였고, 그 모습을 본 클레이오는 다소 조심스러운 목소리로 물었다.

"무슨 문제라도 있는 거야?"

"아뇨, 폐하. 그럴 리가요."

작게 고개를 저은 알렉산드라가 여전히 빙긋 웃는 얼굴을 한 채로 말을 이었다.

"그저 노파심에 여쭤준 것뿐이랍니다. 신경 쓰지 마세요."

"그렇다면 다행……."

"참, 폐하."

알렉산드라가 깜빡 잊고 있었다는 듯 클레이오를 불렀고, 클레이오는 놀란 티를 최대한 감추며 대답했다.

"응, 렉시?"

"그때 제 탄신 선물로 약속하셨던 것, 기억하세요?"

"뭘?"

"소원 하나, 들어주기로 하셨잖아요."

청명한 아침과는 어울리지 않는 매혹적인 미소를 입가에 띤 채 알렉산드라가 조용히 속살거렸고, 클레이오는 그제야 기억이 났다는 듯 '아' 하고 소리를 냈다.

"맞다, 그랬어."

클레이오가 갑자기 다정한 눈길로 알렉산드라를 쳐다보며 물었다.

"혹시 소원이 생긴 거야?"

"네, 폐하."

알렉산드라가 빙긋 웃으며 말을 이었다.

"폐하의 탄신 연회가 끝나고…… 저와 함께 시간을 보내주셨으면 좋겠어요."

"물론이지, 렉시. 그게 뭐가 어렵다고."

흔쾌한 목소리로 클레이오가 말했고, 알렉산드라는 그런 클레이오를 보며 빙긋 웃었다.

그는 아마 자신이 무슨 생각을 하고 있는지 모를 것이다.

그리고 몰라야만 했다.

마침내 클레이오의 탄신일이 되었다.

그가 황제가 된 후 처음 맞는 탄신일인 만큼 알렉산드라는 최대한 정성을 들여 화려한 파티를 준비했다.

라키아스는 그러한 태도의 저의를 머리로는 충분히 알고 있었지만, 감정은 완전히 숨길 수 없었는지 많이 못마땅해 했다.

"황후 폐하, 오늘 너무 아름다우신걸요?"

알렉산드라의 손목에 유리로 세공된 팔찌를 끼워주던 드네리스가 화사한 얼굴로 말했고, 그 말을 들은 알렉산드라는 낮게 웃으며 물었다.

"그래요?"

"네. 물론 평소에도 아름다우셨지만…… 오늘은 유독 더 아름다우신 느낌이에요."

"오늘이 황제 폐하의 탄신일이라, 좀 더 예쁘게 보이고 싶었답니다."

묘한 미소를 지은 알렉산드라가 조용한 목소리로 덧붙였다.

"특별한, 날이니까요."

"맞아요, 폐하. 특별한 날이지요."

"아마 황제 폐하께서도 오늘 황후 폐하의 모습을 보신다면 틀림없이 다시 반하게 되실 거예요."

"그러려나요?"

소리 없이 웃은 알렉산드라는 마지막까지 시녀들의 도움을 받아 완벽하게 준비를 마쳤다. 하지만 준비를 마친 그녀는 곧바로 파티장으로 가는 대신 혼자 남겨진 방에서 마레타를 불렀다. 마레타가 기다렸다는 듯 알렉산드라의 곁으로 다가와 속삭이듯 말했다.

"준비는 모두 다 끝마쳤습니다, 폐하."

"……아직 이른 시간인데 말입니다."

"중간부터 낯선 사람들이 유입되면 공연한 의심을 살 수 있으니까요. 어젯밤부터 준비해 두었습니다."

"준비가 빠르네요."

알렉산드라가 한마디를 더 덧붙였다.

"완벽하고."

"감사합니다, 폐하. 그게 제 일인걸요."

"들키는 일은 없어야 할 것입니다."

"물론입니다. 인적이 드문 곳에 준비를 마쳤고, 현재 방문을 걸어 잠근 상태이니 문제가 생길 소지는 없을 겁니다."

"좋네요."

고개를 끄덕인 알렉산드라가 슬며시 왼쪽 팔을 마레타에게 내밀었고, 마레타는 조심스럽게 그녀를 일으켜 주었다. 다소 싸늘한 눈빛을 한 알렉산드라가 바깥으로 나가기 위해 억지로 미소를 입가에 걸었다.

어차피 그에게 미소를 지어줘야 하는 것도 오늘이 마지막이다.

"그럼, 가볼까요?"

"제국의 찬란한 달, 황후 폐하를 뵙습니다. 레예스에 무궁한 영광을."

파티장에 들어서자마자 그곳에 있던 모든 귀족들이 알렉산드라에게 자연스레 인사를 건넸다. 알렉산드라는 의례적으로 미소를 지어 보인 채로 주변을 둘러보았다. 아직 클레이오는 오지 않은 듯했다.

대체 뭘 하기에 아직까지 코빼기도 비추지 않는 것인지.

저도 모르게 못마땅한 표정을 지은 알렉산드라가 우아한 걸음으로 파티장 중앙까지 걸어왔다. 그런 그녀의 곁으로 순식간에 사람들이 몰려들었고, 그때 몇몇 귀부인들이 그녀에게 인사를 건넸다.

"아름다우신 제국의 달을 뵙습니다. 늘 아름다우셨지만, 오늘은 더더욱 아름다우시네요."

알렉산드라는 자신에게 말을 건넨 이들을 물끄러미 쳐다보았다.

몇몇은 언젠가 한 번 본 것도 같은데 기억이 없었다. 굳이 기억하지 못하는 내색을 할 필요는 없겠다고 생각하며 알렉산드라는 태연하게 대화를 이어 나갔다.

"아, 부인. 감사합니다."

"오늘 입으신 드레스 또한 아름다우시네요. 늘 생각하는 것이지만, 폐하께선 당신께 잘 어울리는 드레스를 잘 입으시는 듯해요."

알렉산드라가 오늘 입은 것은 진한 분홍색 원단으로 만든 드레스였는데, 하단의 장식이 전부 루비와 레드 다이아몬드를 작게 세공한 것으로 되어 있어서 상당히 화려했다. 칭찬에 기분이 좋아진 알렉산드라가 엷게 웃으며 의례적으로 대꾸했다.

"감사합니다, 부인. 하지만 부인께서 입으신 드레스도 아름다우신걸요."

"그래 봤자 황후 폐하께 비할 바는 못 된답니다. 하지만 그리 말씀해 주시니 가문의 영광이로군요."

그때 옆에서 잠자코 두 사람의 이야기를 듣고 있던 귀부인 중 한 명이 이때다 싶어 끼어들었다.

"오늘은 정말 여신 같으십니다, 폐하. 황제 폐하께서 이 모습을 보신다면 분명 폐하께 새삼 반하게 되실 거예요."

"하하하."

그 말을 들은 알렉산드라가 저도 모르게 낮은 웃음을 터뜨렸다. 아까 드네리스도 그 말을 했었다.

하지만 자신은 그 남자가 자신을 보고 새삼 반하지 않기를 바랐다. 역겨웠으니까. 차라리 라키아스라면 또 모르겠다.

"하긴 굳이 반하지 않으셔도 두 분의 금슬은 참 좋으시지요."

그때 다른 귀부인 하나가 또 이런 말을 했고, 알렉산드라는 여기서 웃는 것처럼 우스운 일도 없다고 생각했기 때문에 최대한 입술 안쪽을 깨물며 감정을 추슬렀다. 그런 다음 그녀는 말없이 엷게 웃기만 했고, 또 다른 귀부인은 이런 말을 했다.

"곧 좋은 소식이 들려올 것이라고 저희들은 기대하고 있어요."

"맞아요. 두 분 모두 젊으시니까요."

"두 분 모두 미모가 출중하시니 황녀님이든 황자님이든 그분은 아주 아름다우실 겁니다."

"다들 칭찬 감사합니다."

알렉산드라가 공허한 눈빛으로 대꾸했다. 유감스럽게도 자신은 지금 황제의 낯을 생각이 전혀 없었다. 아마 이들은 자신이 지금 꾸미고 있는 계획이 무엇인지 알면 놀라 까무러질 것이다.

알렉산드라가 낮게 웃은 다음 한마디를 더 보탰다.

"저도 그렇게 기대하고 있답니다. 곧 좋은 소식을 들려드릴 수 있기를 바라요."

그때 파티장 앞쪽에서 웅성거리는 소리가 들려왔고, 알렉산드라를 포함한 다른 귀부인의 시선은 자연스럽게 그리로 향했다.

라키아스가 파티장 안쪽으로 들어서고 있었다.

"어쩜, 오르누스 공작 전하는 오늘도 멋있으세요!"

젊은 영애 한 명이 감탄사를 흘렸고, 알렉산드라는 그 말에 묘한 감정을 느꼈다. 옆에 있던 다른 귀부인이 낮은 웃음소리를 흘리며 그 영애에게 물었다.

"영애께서도 오르누스 공작님께 호감이 있으신가 봅니다?"

"당연하지요. 지금 황성 안에 저분을 흠모하지 않는 영애는 없을 걸요? 지금 저분을 사위 삼으려고 호시탐탐 노리고 있는 귀족들이 얼마나 많은데요."

"하긴, 일리가 있어요. 지금의 오르누스 공작 전하라면 황성 내에서 황제 폐하 다음으로 권력이 높으신 분이시니까요."

"사실 1년 전, 아니 이제 2년이 다 되어가는군요. 하여튼 그때만 해도 오르누스 공작 전하께서 이 정도의 위치에 서게 되실 줄은 아무도 몰랐지요. 젠스카야 백작성을 매입하시고 중앙 정계로 오시면서 갑자기 권력을 잡게 되신 분이니까요."

"다른 걸 다 떠나서 너무 잘생기지 않으셨나요? 역시 황가의 핏줄이라 그런지 미모가 남다르세요."

"부친이신 선대 오르누스 공작님께서도 미모가 상당하셨지요. 돌아가신 공작부인께서도 마찬가지셨고."

"오르누스 공작부인은 도대체 누가 될까요? 운 좋기도

하지……."

"……."

그 모든 대화를 듣고 있던 알렉산드라는 그저 어색한 미소를 지어 보일 수밖에 없었다.

당신들이 그렇게 찬양하는 오르누스 공작이 실은 지금 자신과 함께 반역을 도모하고 있다는 사실을 알면 어떤 표정을 지을까.

알렉산드라가 낮게 웃으며 중얼거렸다.

"좋은 분과 결혼하시겠지요. 그렇게 생각하고 있습니다."

"황후 폐하, 공작 전하와 친하시지요? 혹시 공작 전하의 이상형을 알고 계세요?"

"으음……."

발랄한 영애의 질문에 알렉산드라가 곤란한 기색을 내비쳤다. 라키아스의 이상형…… 같은 건 몰랐지만, 적어도 눈앞의 영애는 취향이 아닐 것 같았다. 알렉산드라가 곤란하다는 듯 웃으며 대답했다.

"미안해요, 영애. 나도 잘 모르겠네."

그리고 설령 안다고 하더라도 별로 가르쳐주고 싶지 않았다. 같잖은 질투심이라고 봐도 무방하긴 했지만, 어쨌든 라키아스가 인기 많은 상황이 그리 기꺼운 건 아니었으니까.

"라시타, 황후 폐하께 무례하게!"

그 영애의 어미가 분명해 보이는 다른 귀부인이 딸을 혼냈지만,

알렉산드라는 그저 낮게 웃으며 그녀를 말렸다.

"그럴 수도 있지요, 부인. 너무 타박하지 마세요. 오히려 알려주지 못해 유감스럽네요."

"아닙니다, 폐하. 제 딸이 폐하께 무례를 저질렀네요."

"괜찮······."

"렉시."

그때 익숙한 목소리가 알렉산드라의 귓가를 스쳤고, 동시에 그 주변에 있던 모두가 고개를 숙였다. 알렉산드라가 비뚜름하게 입꼬리를 끌어 올리며 뒤를 돌았다.

"폐하."

"여기에 있었어?"

"아직 안 오신 줄 알았는데, 와 계셨네요."

"외진 곳에 있었거든."

다정하게 알렉산드라에게 속삭인 클레이오가 이내 그녀에게 물었다.

"저쪽으로 갈까?"

"······좋아요."

빙긋 미소 지으며 고개를 끄덕인 알렉산드라가 클레이오가 내민 손을 맞잡은 다음 그를 사람이 그리 많지 않은 테이블로 이끌었다.

'우연찮게도' 거기에는 마레타가 있었는데, 마레타는 함께 오는 두 사람을 보고 얼른 허리를 숙여 그들에게 인사했다.

"두 분 폐하를 뵙습니다. 레예스에 영광을."

"아, 마레타."

알렉산드라가 반가운 목소리로 그녀에게 말했다.

"파티를 즐기지 않고요."

"전 조용히 자리를 지키는 게 편해서요. 자리를 비켜 드리겠습니다."

"괜히 미안하네요."

"괜찮습니다, 폐하. 마침 어딜 가보려던 참이었거든요."

특유의 엷은 미소를 지어 보인 마레타가 이내 고개를 숙인 다음 자리를 피해주었다.

알렉산드라는 그런 마레타의 뒷모습을 빤히 쳐다보다가, 이내 적포도주 두 잔을 들어 올린 다음 그중 한 잔을 클레이오에게 권했다.

"드세요, 폐하."

"그럴까?"

흔쾌히 그녀가 내민 잔을 받아든 클레이오가 망설임 없이 잔을 비웠고, 알렉산드라 역시 한 모금을 마셨다.

두 모금 정도를 더 마셨을 때, 알렉산드라가 클레이오에게 물었다.

"폐하, 제가 지난주에 드린 말씀 기억하고 계시지요?"

"당연하지, 렉시."

눈꼬리가 휘게 웃음 지은 클레이오가 다정하게 속삭였다.

"오늘 밤은 그대를 위해 비워 놓을게."

"……감사해요, 폐하."

알렉산드라 역시 아무렇지 않게 미소 지었다.

그래, 그를 향해 지어 보이는 아름다운 미소도 이것으로 마지막이었다.

"폐하께서 늦으시는군요."

귀족들 중 한 사람이 그렇게 말했고, 그 말이 끝마쳐지기 무섭게 모두가 고개를 끄덕였다. 황제가 늦었다는 사실에는 조금의 이견도 없었다. 다른 누군가가 입을 열었다.

"시간을 잘 지키시는 분께서 이리 늦으시다니. 유례없는 일이지 않습니까."

물론 유례를 따지기에 그들의 젊은 황제가 집권한 시간은 너무나도 짧았다. 그럼에도 불구하고 확실히 지금 일은 이상했다.

황제는 시간 엄수가 철저한 사람이었고, 때문에 회의가 시작되어야 할 시각에서 1시간이나 모습을 드러내지 않았다는 사실은 하네스 궁에 모인 귀족들의 걱정을 사게 하기에 충분했다. 그러다 누군가가 조심스러운 목소리로 의문을 제기했다.

"혹 황후 폐하와 함께 계신 것이 아닐까요?"

그 말을 들은 귀족들이 무서우리만치 조용해졌다. 일리가 있었다. 어제는 황제의 탄신일이었으니까.

하지만 정말로 그렇다고 하더라도 신하된 자로서 감히 부부 사이에 끼어들 수는 없는 일이었다.

물론 그렇다고 해서 이대로 무작정 기다릴 수도 없는 노릇이었다.

"어찌 하는 것이 좋겠습니까, 오르누스 공작 전하. 이대로 가다가는 해가 중천에 뜨겠습니다."

"흠……."

고민하는 표정을 짓던 라키아스가 이내 어렵지 않다는 듯 입을 열었다.

"누군가가 폐하를 직접 모시러 다녀오면 되지 않겠습니까?"

"폐하를…… 직접이요?"

"그럼 지금 별다른 방법이 있습니까?"

"없……지요."

"하지만 그렇다면 누가 다녀온다는 말입니까?"

그 말과 동시에 귀족들이 눈이 전부 라키아스를 향했고, 라키아스는 어색한 눈을 한 채 낮게 웃으며 물었다.

"왜 다들 저를 보십니까?"

"폐하와 가장 가까운 분이 공작님 아니십니까."

"아무래도 저희보다는 공작 전하께서 다녀오시는 것이 가장 사리에 맞을 듯합니다."

"아니, 그래도 저보다는 다른 분이……."

"부탁드립니다, 전하."

"저희도 어서 회의를 마치고 집에 가야 하지 않겠습니까."

"안 그래도 어제 늦게 집에 들어가서 피곤해 죽겠는데……."

"저희 좀 살려 주십시오, 공작님."

"……이런."

귀족들의 애원에 라키아스가 난감한 표정을 짓다가, 이내 한숨 섞인 목소리로 푸념하듯 말했다.

"하지만 여러분, 저 또한 곤란하기는 마찬가지랍니다."

"그, 그럼 어찌 합니까?"

"좋은 방법이 있지 않습니까."

라키아스가 묘한 미소를 띤 얼굴로 말하자, 귀족들이 너도나도 물었다.

"그게 뭡니까, 전하?"

"더 좋은 방법이 있습니까?"

"있지요."

라키아스가 고개를 한 번 끄덕인 다음 말을 이었다.

"우리 모두 다 같이 폐하를 모시러 가는 것입니다."

"……"

"어떻습니까."

"하, 하지만 그래도 되는지……."

"중앙궁은 아무래도 좀…… 부담스러워서."

"우르르 몰려가면 폐하께서도 부담스러워하실지 모릅니다."

"괜찮습니다, 여러분. 상황이 상황이니까요."

라키아스가 살포시 미소 지으며 모두에게 말했다.

"모름지기 책임이란 건 나눌수록 가벼워지는 것이지요. 그편이 모두에게, 공정하게 좋지 않겠습니까?"

"……"

라키아스의 말에 장내에는 잠시간 침묵이 감돌았다. 한참이 지났을 때, 어느 귀족 하나가 결심했다는 듯 자리에서 일어섰고, 그 옆의 귀족도 따라서 일어섰다.

그 옆의 귀족, 그 옆의 귀족, 그 옆의 귀족까지……. 도미노처럼 모두가 옆 사람을 따라 일어섰고, 마침내 장내에 모여 있던 모든 귀족들이 일어서게 되었다. 그 모습을 바라보던 라키아스가 만족스러운 얼굴로 미소 지으며 마지막으로 자리에서 일어섰다.

"자, 그럼 폐하를 모시러 가볼까요."

그렇게 라키아스를 필두로 귀족들은 하네스 궁을 벗어나 중앙궁으로 발길을 옮기기 시작했다. 그중 몇몇은 영 떨떠름한 얼굴이었지만 그렇다고 해서 멋대로 무리를 이탈할 수도 없는 노릇이었기에 불평 없이 라키아스의 뒤를 쫓았다.

　그러다 마침내 라키아스는 도무지 속을 알 수 없을 것 같은 얼굴로 중앙궁에 들어섰고, 복도를 얼마 걷지 않았을 때 반가운 목소리로 누군가를 불렀다.

　"황후 폐하."

　라키아스의 목소리에 저만치서 앞서가던 아름다운 한 여자가 뒤를 돌았다.

　알렉산드라였다.

　"아아, 오르누스 공."

　알렉산드라가 엷게 미소 지으며 걸음을 멈추었고, 라키아스는 그녀에게로 다가갔다. 자연스럽게 라키아스의 뒤를 따르던 다른 귀족들까지 알렉산드라에게로 향했다.

　"위대하신 제국의 달, 황후 폐하를 뵙습니다."

　"레예스에 찬란한 영광을."

　"황실에 신의 축복이 있기를."

　라키아스의 뒤에 있던 귀족들이 자연스럽게 알렉산드라에게 예를 갖추어 인사했고, 알렉산드라는 자애로운 여신처럼 웃으며 모두의 인사를 받았다.

　"다들 아침부터 부지런하시군요. 그런데 모두 이곳까지는 어인 일이신가요?"

　"아……."

당황한 귀족들이 말을 아끼고 있는데, 라키아스가 빙긋 웃으며 대신 이유를 말해주었다.

"실은 황제 폐하께서 1시간째 회의장에 나타나지 않으셨습니다."

"어머."

"그래서 저희 모두 폐하를 모시러 가는 중이랍니다."

"그러셨군요."

알렉산드라가 자못 놀란 얼굴로 대꾸했다.

"실은 저도 황제 폐하를 뵈러 가는 길이랍니다."

"황후 폐하께서도 말씀입니까?"

"그렇답니다, 오르누스 공. 실은 어제 황제 폐하께서 파사궁을 찾기로 하셨는데…… 결국 오지 않으셨거든요."

알렉산드라가 처연한 표정을 지은 채 고개를 살짝 옆으로 돌렸고, 그 모습을 본 다른 귀족들은 어쩐지 아련해진 표정을 지었다.

그 모습을 본 라키아스는 하마터면 웃음을 터뜨릴 뻔했지만, 간신히 참아낸 뒤 알렉산드라에게 위로의 말을 건넸다.

"저런, 그러셨군요. 유감스럽습니다."

"아닙니다, 공. 어쨌든 그래서…… 혹시 폐하께서 편찮으신 건 아닌가 하고 중앙궁에 가보려던 길이랍니다."

"같이 가시지요. 방향이 같으니까요."

"그럴까요?"

알렉산드라가 엷게 웃으며 고개를 끄덕였고, 결국 그들은 황제의 침실을 향해 걸음을 옮기기 시작했다.

마침내 그들이 황제의 침실 앞에 도착했을 때, 중앙궁의 시종장인 벤체스가 당황한 목소리로 모두에게 인사한 뒤 물었다.

"여기까지는 다들 어쩐 일이십니까."

"무례를 무릅쓰고 왔답니다. 폐하께서 하네스 궁에 나타나지 않으셨다고 하시는군요."

"하지만 폐하께서는 어제 파사궁에 가셨는걸요."

벤체스가 의아한 표정으로 고개를 갸웃거렸고, 그 말을 들은 알렉산드라는 자못 충격받은 표정으로 물었다.

"폐하께서 파사궁에 가셨다고요?"

"예, 폐하. 저는 어제 그렇게 전달받았습니다."

"하지만 폐하께서는 어제 파사궁에 오지 않으셨어요. 전달에 오류가 있었던 모양이군요."

"네? 그럴 리가……."

"그렇다면 지금 폐하께서는 실종 상태라는 말이 되는 건가?"

그때 가만히 있던 라키아스가 끼어들었고, 그 말을 들은 귀족들이 웅성대기 시작했다.

알렉산드라가 걱정하는 얼굴로 라키아스에게 물었다.

"설마 무슨 일이 생기신 건 아니겠지요?"

"혹 어제 과음을 하시어 경황이 없으셨다면 다른 방에서 주무셨을지도 모를 일입니다, 폐하. 너무 걱정하지 마시지요."

"그렇습니다, 황후 폐하. 별일 아닐 겁니다."

모두가 하나 되어 알렉산드라를 위로했고, 알렉산드라는 눈물까지 글썽이며 말했다.

"모쪼록 그래야 할 텐데요."

"그럼 일단은 중앙궁의 방을 하나하나 열어보도록 하지요. 일단 폐하께서 이곳으로 오셨을 가능성이 가장 높으니까요."

어느 귀족의 의견을 냈고, 모두가 고개를 끄덕였다. 그들은 혼란을 막고 정숙을 유지하기 위해 끝에서부터 하나씩 방을 열어보기로 합의한 다음, 다시 발걸음을 옮기기 시작했다.

머리가 깨질 것 같은 느낌에 몸부림치며 클레이오는 눈을 떴다.

많이 마시지도 않았는데 이 감각은 도대체 무엇인지. 클레이오의 입속에서 자연스럽게 신음이 흘러나왔다.

"으……."

마지막 기억이 전혀 나지 않았다. 도대체 이게 무슨 상황일까? 클레이오가 자연스럽게 눈을 비빈 다음 눈을 깜빡였다.

어제의 마지막 기억조차 흐릿한 게, 도대체 이게 무슨 상황인가 싶었다. 그는 멍한 표정으로 지그시 눈을 감은 채, 어제 있었던 일을 찬찬히 회상해 보았다.

저녁까지 파티장에서 시간을 보냈고, 술을 그렇게 많이 마셨던 것 같지는 않았다. 하지만 어쩐지 머리도 아프고 몸도 좋지 않아서 밤이 너무 늦기 전에 파티장을 빠져나왔다. 그리고…….

'그리고……?'

생각이 나지 않았다. 클레이오가 당혹스러운 얼굴로 눈을 번쩍 떴다. 그는 자연스럽게 느껴지는 휑한 느낌에 저도 모르게 고개를 아래로 숙였다.

그리고 잠시 후, 그가 깜짝 놀란 얼굴로 외마디 비명을 질러 냈다.

"으악!"

그는 완전히 발가벗겨진 상태였다. 실오라기 하나 걸치지 않은 채 앉아 있는 제 모습에 경악한 클레이오가 당황한 표정을 지었다.

그는 어제 여자를 침실로 끌어들인 적이 없었다.

"폐하?"

그때 촉촉한 목소리가 귓가를 스치고 지나갔다. 그 목소리에 클레이오의 귓가 솜털이 바짝 곤두섰다. 그가 설마 하는 얼굴로 뒤를 돌았고, 이내 충격적인 광경과 마주해야만 했다.

"말도 안 돼……."

실로 민망한 광경이 그곳에 펼쳐져 있었다. 수많은 여성들이 자신과 똑같은 태초의 상태로 돌아가 제 침대 위와 주변을 점령하고 있었던 것이다.

클레이오는 도대체 이 상황을 믿을 수 없었다.

물론 아내 이외의 다른 여자에게 한눈을 판 건 맞았지만, 그는 이렇게 음란하게 노는 취미가 없었다. 클레이오가 현실을 부정하기라도 하려는 사람처럼 눈을 질끈 감았다 다시 떴지만, 유감스럽게도 눈앞의 광경은 꿈이 아니라 생시였다.

"폐하, 왜 그러세요?"

"너, 너……누구냐."

"어머, 폐하. 저를 기억하지 못하시는 거예요?"

금발의 여자가 클레이오에게 찰싹 달라붙으며 그의 귓가를 지분거렸고, 클레이오는 미칠 것 같은 기분이었다. 제 왼편에 붙어 있는 여자는 난생처음 보는 얼굴이었다.

그때, 오른편에 붙어 있던 은발의 여자가 새초롬한 얼굴로 클레이오에게 투정을 부렸다.

"아이, 폐하. 어젠 저만 그렇게 찾으시더니, 아침이 되니 마음을 바꾸신 거예요?"

"이게 도대체 무슨……."

"폐하, 저와도 놀아 주시어요."

"폐하, 이리로 오세요."

"폐하."

"폐하."

사방에서 쏟아지는 여자들의 목소리에 클레이오는 도무지 정신을 차릴 수 없었다.

그는 이런 일을 지시한 적이 없었다. 혼란함 속에서 정신을 차리려고 노력하고 있는데, 갑자기 굳게 닫혀 있던, 그래서 열리지 않을 것만 같았던 문이 양쪽으로 열리기 시작했다.

"……폐하?"

그리고 들려오는 알렉산드라의 목소리.

아니, 그보다 더 빠르게 시야로 들어온 알렉산드라와 중앙 귀족들의 모습에 클레이오는 그 상태로 완전히 굳어 버렸다.

도무지 지금 상황을 믿을 수 없었다. 클레이오가 멍한 얼굴로 앞만 바라보았다. 지금 그의 눈이 맞다면, 중앙 귀족들과 황후가 전부 이 모습을 보고 있는 게 되는 것이다.

맙소사, 클레이오의 얼굴이 사색으로 변했다.

"폐, 폐하?"

"맙소사……."

이 무슨 망측한 광경이냐는 듯 귀족들이 하나같이 눈을 돌렸지만, 개중에는 그 모습을 흘긋흘긋 쳐다보는 이들도 있었다. 라키아스는 그 어느 쪽도 아니었고, 그건 알렉산드라도 마찬가지였다.

두 사람은 엄청나게 충격을 받은 사람처럼 입이 떡 벌어진 채로 눈앞의 광경을 하나도 빠지지 않고 눈에 다 담았다.

"폐하, 어떻게 폐하께서 제게 이러실 수 있습니까……!"

이 무슨 비련하고 가련한 비운의 여주인공 같은 대사란 말인가.

알렉산드라는 이 대사를 입 밖으로 꺼내면서도 제 모습이 우습기 그지없었지만, 한편으로는 슬프기도 했다.

회귀 전 자신의 마음이 딱 이러했으므로. 회귀 전 남편의 불륜을 처음 알았을 때 느꼈던 감정이 정말 그랬다.

당신이, 당신이 어떻게 내게 이럴 수가 있느냐고.

"당신이 어떻게 내게……."

여기서 가장 중요한 부분은 금방이라도 쓰러질 듯한 창백한 표정, 그리고 비틀거리는 걸음걸이. 알렉산드라가 연약한 모습으로 휘청거렸고, 옆에 있던 라키아스가 재빨리 그런 그녀를 붙잡았다.

"괜찮으십니까, 황후 폐하?"

"아아, 오르누스 공…… 어떻게 폐하께서 제게 이러실 수 있습니까……!"

알렉산드라는 마치 처음 그런 광경을 보는 것처럼 - 다른 사람들이 알기로는 처음이긴 했다 - 대단히 충격받은 모습을 보였고, 클레이오는 몸을 덜덜 떨며 고개를 저었다.

"아, 아냐, 렉시. 지금 당신이 보고 있는 건 진실이 아냐!"

"그렇다면 이 모든 게 꿈이라는 말씀이신가요, 폐하?"

알렉산드라가 울먹이며 물었다.

"저는 폐하께 이 정도밖에 안 되는 사람이었던 건가요? 저와의 약속을 저버리시고 택하신 것이…… 이런 것이었어요?"

"아니야, 렉시. 난 정말 억울해. 이건 함정이야. 함정이라고!"

"누가 폐하를 노리고 이런 함정을 팠겠습니까!"

알렉산드라가 이제 그만하라는 듯 소리를 질렀고, 그녀의 뒤에 있던 다른 귀족들은 숙연해진 채로 알렉산드라와 클레이오를 번갈아 쳐다보았다.

사실 그들로서는 황제의 문란한 모습을 직접적으로 목격한 것에 대한 충격보다는 지금 이 상황이 더욱 자극적으로 다가왔다.

"전 폐하를 도무지 용서할 수 없을 것 같아요. 어떻게, 어떻게 절 이런 식으로 배신하실 수 있으세요?"

"오해야, 렉시. 정말 오해야……"

"아이, 폐하. 그렇게 말씀하시면 저희가 뭐가 되나요."

"맞아요, 폐하. 재미는 이미 다 보시고선 그렇게 말씀하시면 저희만 나쁜 사람이 된 것 같잖아요."

물론 실제로는 지난밤 아무 일도 없었지만, 그 사실을 알고 있는 사람은 유감스럽게도 알렉산드라와 라키아스뿐이었다. 귀족들은 수군거리기 시작했고, 클레이오는 화를 내며 억울함을 토로했다.

"난 이 여자들을 처음 봐, 렉시. 믿어줘, 정말이야!"

"……흑."

알렉산드라는 결국 참지 못하고 흐느끼며 울기 시작했는데, 그건 이 상황이 너무나도 우스웠던 탓에 하마터면 웃음을 터뜨릴 뻔한 그녀가 선수를 친 것이었다.

"전 이제…… 믿을 수 없어요……."

알렉산드라는 그 말과 함께 혼절했다. 물론 진짜 혼절한 게 아니라 혼절한 척만 한 것이었지만, 라키아스가 그녀를 많이 도와주었기 때문에 상황은 정말로 심각한 것처럼 보였다.

"황후 폐하, 정신 차리십시오!"

"황후 폐하!"

"뭣들 하십니까? 궁의 먼저 부르지 않고!"

다소 산만했던 분위기는 알렉산드라의 혼절로 훨씬 더 혼란해졌다.

귀족들은 다들 궁의를 부르라고 소리만 치지 그 누구도 직접 움직이지 않았고, 결국 중앙궁의 시종들이 궁의를 부르러 갔다.

그리고는 마치 금방이라도 사람 하나가 죽을 것처럼 호들갑을 떠는 것이었다.

"황후 폐하, 정신을 차려보십시오!"

"이러다 혹시 큰일 나시는 것 아닙니까?"

"곧 궁의가 올 텐데 큰일이라니요!"

때문에 클레이오는 다소 관심에서 멀어진 듯 보였으나, 다소 단정한 성품의 귀족들이 그를 경멸 어린 시선으로 보고 있었기 때문에 완전히 그런 것도 아닌 듯했다.

사실 황제가 많은 여인들과 잠자리를 함께하는 것이 수치스러운 일은 아니었으나, 그로 인해 귀족 회의에 불참하고 황후와의 약속까지 깼다면 그건 도덕적으로 분명 흠결이 되는 일이었다. 전자는 황제로서의 자질 문제였고, 후자는 부부간 신의의 문제였기 때문이었다.

"황후 폐하께서 쓰러지셨다고요?"

얼마 지나지 않아 궁의 몇 명이 달려왔고, 그로 인해 그들 모두가 황제의 문란한 모습을 보게 되었다.

그들은 저도 모르게 눈살을 찌푸렸다가 곧 황제의 앞이라는 사실을 깨닫고선 황급히 표정을 풀었다.

그때까지도 클레이오는 너무 놀라 몸을 가릴 생각조차 하고 있지 않았고, 방에 있던 여인들 또한 당연히 그러했다.

클레이오는 궁의들이 온 다음에야 이불로 하반신과 상반신 일부를 가렸는데, 모순되게도 그 모습이 훨씬 음란해 보였다.

"커다란 충격을 받으시어 일시적으로 정신을 잃으신 것뿐, 다른 문제는 없으시니 너무 걱정하지 않으셔도 됩니다."

"하아……."

그 말을 들은 귀족들이 너나 할 것 없이 안도의 한숨을 내쉬었고, 그건 라키아스 역시 마찬가지였다. 그가 걱정스러운 목소리로 궁의에게 물었다.

"혹시 언제쯤 깨어나시겠습니까."

"그건 장담할 수 없습니다만…… 큰일은 아니니 너무 염려치 않으셔도 될 듯합니다, 공작 전하."

"후."

짧게 한숨을 내쉰 그가 곧 시선을 앞으로 돌려 클레이오를 쳐다
보았고, 클레이오는 잔뜩 붉어진 얼굴로 라키아스에게 말했다.

"나는 정말 억울하네, 오르누스 공."

"……알겠습니다."

그리 믿는 것 같지 않는 목소리로 대꾸한 라키아스가 옆에 있던
시종에게 말했다.

"가서 폐하께서 입으실 옷을 가지고 오너라."

"네, 전하."

"아무래도 오늘 회의는 어려울 것 같습니다. 다들 그만 돌아가
주시지요."

그 말을 들은 귀족들은 서로의 눈치만 쭈뼛쭈뼛 보았다. 어쨌든
황제가 바로 눈앞에 있는데 명령을 내리는 주체가 황제가 아닌 공
작이었으니까. 예상대로, 클레이오가 버럭했다.

"아니, 회의는 정상적으로 진행할 수 있다."

하지만 그 말을 들은 라키아스는 대놓고 냉소를 지었다.

"지금 폐하의 모습을 보십시오."

"……."

"정상적인 회의를 오늘 진행하는 것은 불가능합니다, 폐하. 해산
을 명하여 주시지요."

그 말을 들은 클레이오가 입술을 꾹 깨문 채 다른 귀족들을 쳐

다보았다. 하지만 그들은 모두 클레이오의 시선을 회피하기만 할 뿐, 이렇다 저렇다 할 반응을 보이지 않았다.

겁쟁이들 같으니라고. 클레이오가 매서운 눈으로 그들을 노려 보다가 이내 낮은 목소리로 명령했다.

"……오늘은 이만 해산하고 내일 다시 모이도록 하지."

"황은에 감사드립니다, 폐하."

그들은 모두 한목소리로 이렇게 말하고선 서둘러 자리를 떴다. 예상치 못하게 이르게 귀가하게 된 것에 대한 기쁨이 적나라하게 묻어나는 행동에 라키아스는 저도 모르게 피식 웃었고, 잠시 후 클레이오의 싸늘한 시선을 의식하기라도 했는지 다시 시선을 돌렸다.

클레이오가 낮은 목소리로 물었다.

"황후는 내가 돌보도록 하지. 이만 물러가도 좋아, 오르누스 공."

"하지만 아무래도 지금 폐하의 상태로는 황후 폐하를 건네 드리기가 어렵군요."

라키아스가 저도 모르게 알렉산드라를 안은 손에 힘을 주며 말을 이었다.

"실례지만 주변 상황을 먼저 정리하는 것이 순서일 듯합니다."

"지금 감히 짐을 훈계하려 하는 것인가?"

"감히 그런 생각을 품은 적은 없습니다, 황제 폐하. 저는 그저…… 황제 폐하를 염려하여 말씀 드린 것뿐입니다."

"뭐?"

"아랫것들이 전부 지켜보고 있습니다, 폐하. 지금 이 상황을 그대로 두실 것입니까? 폐하와 황실의 체면도 생각하셔야지요."

"……."

"황후 폐하는 제가 파사궁까지 직접 모셔다드릴 테니 너무 염려 마시고, 지금은 상황 정리부터 하시지요. 그것이 황후 폐하를 진정으로 위하는 길일 것입니다."

"지금 너무 건방지다고 생각하지 않나, 오르누스 공?"

"……제가요?"

"그래, 자네 말이야. 내가 원치 않는다는데 끝까지 내 말을 듣지 않고 있지 않나."

"그럴 리가요, 지고하신 저의 주인이시여."

라키아스가 빙긋 웃으며 말을 이었다.

"저는 그저 두 분 폐하의 충실한 종으로서, 황후 폐하를 염려하여 드린 말씀일 뿐이랍니다."

"……."

"만일 황후 폐하께서 깨어나셨을 때 황제 폐하의 얼굴을 뵙게 된다면 다시금 충격으로 쓰러지실지도 모를 일 아닙니까."

차마 부정할 수는 없어서, 클레이오는 입을 다물었다. 라키아스는 그럴 줄 알았다는 듯한 미소를 입가에 머금은 뒤 말을 이었다.

"그런 최악의 사태는 막아야겠지요, 폐하. 아니 그렇습니까?"

"하지만……."

"천천히 정리하시고 파사궁으로 오시지요, 폐하. 기다리고 있겠습니다."

라키아스는 그 말을 마친 채 알렉산드라를 안아 들고 파사궁으로 향했다. 클레이오는 그런 그의 뒤에 대고 무어라 말하려다가, 결국 한마디도 입 밖으로 꺼내지 못하고 입을 다물었다.

"이제 눈 떠도 돼, 렉시."

주변이 조용해졌을 때가 되어서야 알렉산드라는 슬며시 눈을 떴고, 자신을 내려다보고 있는 라키아스와 마주했다.

그녀가 빙긋 웃으며 물었다.

"괜찮은 건가, 지금?"

"그래."

"주변에 아무도 없고?"

"아무도 없어."

"그럼 키스해 줘."

대담하게 요구한 알렉산드라가 매혹적으로 미소 지었고, 라키아스는 나른하게 웃다가 알렉산드라를 안아 든 채로 망설임 없이 알렉산드라에게 입을 맞추었다.

알렉산드라가 자연스럽게 라키아스의 목을 감은 채 그와의 키스에 집중했고, 라키아스는 그로 인해 다소 힘이 빠지는 듯 순간 팔에서 힘이 빠졌다가, 곧 정신을 차리고선 다시 그녀를 안정적으로 안아 들었다.

"하아…… 침대로 갈까?"

"장난은 치지 말고."

입술을 뗀 알렉산드라가 비뚜름하게 웃으며 말했다.

"일단, 파사궁으로 가자."

"네, 황후 폐하."

라키아스가 과장된 목소리로 대답한 다음 다시 파사궁으로 걸음을 옮겼고, 어느 지점까지 왔을 때 그녀는 몸을 다시 아픈 사람처럼 축 늘어뜨렸다. 당연히 그 모습을 보고 파사궁의 시녀들은 경악하며 라키아스 주변으로 달려들 수밖에 없었다.

"황후 폐하!"

"괜찮으십니까, 폐하!"

"어찌 된 일입니까, 공작 전하!"

"다들 진정하는 게 좋겠어. 폐하께서는 무사하시다."

짐짓 근엄한 목소리로 상황을 진정시킨 라키아스가 이내 다시 차분한 목소리로 물었다.

"폐하께서는 잠시 혼절하신 것뿐이다. 폐하의 침실이 어디지?"

"이쪽입니다, 오르누스 공작 전하."

마레타가 가장 먼저 상황을 파악하고 라키아스에게 말했다.

"이쪽으로 오시지요."

라키아스는 마레타와 다른 시녀들을 따라 알렉산드라의 침실로 발걸음을 옮겼고, 그는 자못 진지한 얼굴로 시녀들에게 말했다.

"곧 황제 폐하께서 오실 것이다. 그때까지만 이곳은 내가 지키도록 하지."

"저희 폐하께서 왜 이러시는 건가요, 전하?"

엘로웬이 불안한 목소리로 물었고, 라키아스는 별일 아니라는 듯 아름다운 미소로 그녀를 안심시켰다.

"잠깐 충격을 받아 쓰러지신 것뿐이니 너무 걱정하지 않아도 좋아. 다들 호들갑 떨 필요 없이 평소처럼 일해주면 된다."

"알겠습니다, 전하."

드네리스가 조용히 답한 다음 다른 시녀들에게 말했다.

"곧 황제 폐하께서 이쪽으로 오신다니 일단 우리는 나가 있는 게 좋겠습니다."

결국 드네리스를 포함한 시녀들이 전부 알렉산드라의 침실에서 나갔고, 마침내 라키아스는 알렉산드라와 단둘이 남게 되었다.

알렉산드라는 계속 눈을 감고 있었고, 라키아스는 그런 알렉산드라를 빤히 바라보았다.

그러다 어느 순간, 라키아스가 예고 없이 알렉산드라에게 키스했고, 알렉산드라는 눈 뜨지 않은 채 그와 계속 입술을 나누었다.

"아……."

어느 순간 호흡이 가빠진 알렉산드라가 참지 못하고 자리에서 벌떡 일어섰다. 라키아스가 나른하게 웃는 얼굴로 알렉산드라를 응시하며 물었다.

"일어났나?"

"눈 감은 사람에게 이러는 건 반칙이야."

"우리 사이에 그런 게 어디 있어."

"여기."

말이 끝나기 무섭게 알렉산드라가 갑자기 라키아스에게 키스했고, 라키아스는 당연히 거부하지 않았다. 도리어 알렉산드라를 꼭 끌어안으며 알렉산드라와의 거리를 좁혔다.

"하아…… 당신 요즘 너무 겁이 없어졌어."

알렉산드라가 낮게 웃으며 라키아스의 머리를 슬며시 쓰다듬었고, 라키아스는 궁금하다는 목소리로 물었다.

"그래서 싫어?"

"그래서 좋다고 말하려고 했어."

그 말과 동시에 알렉산드라가 다시 입을 맞추었고, 라키아스는 그녀를 번쩍 들어 올린 다음 마지막인 것처럼 짙게 입술 자국을 남겼다.

느릿하게 떨어진 알렉산드라가 묘한 눈빛으로 라키아스를 바라보다 입을 열었다.

"성공인 것 같지?"

클레이오 이야기였다. 갑작스러운 화제 전환에도 라키아스는 느긋하게 고개를 끄덕였다.

"응."

"아까 다른 사람들 표정 봤어? 가관이더라."

"그럴 수밖에."

라키아스가 빙긋 웃었다.

"아무리 황제는 무치라지만, 그건 좀 아니었으니까."

"맞아. 그건 좀 아니었지."

조용히 읊조린 알렉산드라를 물끄러미 바라보던 라키아스가 또 다른 질문을 해왔다.

"그 여자들은 어떻게 할 거야?"

"아까 방에 있던 여자들?"

알렉산드라가 어렵지 않다는 목소리로 대답했다.

"전부 외국으로 보낼 거야. 처음부터 그게 조건이었고."

"말 바꾸면?"

"다들 이 나라에 환멸감 느끼는 사람들이라. 괜찮을 거야."

"이유는?"

"……내가 그것까지 알아야 하나?"

알렉산드라가 다소 낮아진 목소리로 되물었고, 라키아스는 고개를 저었다.

"아니, 렉시. 몰라도 돼."

"……애당초 내가 없으면 죽도 밥도 안 될 남자였어."

클레이오 이야기였다. 라키아스는 잠자코 이어지는 알렉산드라의 말에 귀를 기울였다.

"그런데 분수를 모르고 날 배신했지."

클레이오가 어리석은 남자라는 사실에 대해서는 라키아스 역시 동의하는 바였다. 어떻게 이런 여자를 배신할 생각을 다 했을까.

간도 크지. 적어도 자신은 그럴 용기가 없었다. 다른 게 아니라 이런 유의 사람은 적으로 돌리면 가장 골치가 아팠으니까.

"합당한 벌을 받는 거야."

"……원래부터 받아야 할 벌이었어."

알렉산드라는 가만히 회귀 전의 일을 떠올려 보았다. 사실 그때부터 어긋나 있던 인연이었다.

하지만 그렇다고 해서 지금까지 해온 선택을 후회하는 것은 아니었다. 어쨌든 지금의 그녀는 라키아스를 사랑했고, 만일 회귀 전과 똑같은 선택을 하지 않았더라면 그녀는 라키아스를 만날 수 없었을 테니까.

그러니 알렉산드라에게 있어 라키아스란 꽤나 뼈아픈 혜택이었다.

알렉산드라가 가늘게 뜬 눈으로 라키아스를 쳐다보다가 입을 열었다.

"당신은 내가 얼마나 무거운 값을 치르고 당신을 만나 사랑했는지 모를 거야."

"모르지, 나는. 당신이 이야기한 적이 단 한 번도 없었으니까."

라키아스는 어깨를 으쓱였고, 굳이 알렉산드라의 말에 부정하지 않았다. 대신 알렉산드라를 빤히 쳐다보다가 다시 입을 열었다.

"그래도 이건 알아줘."

"뭘?"

"내가 당신을 아주, 많이, 몹시도 사랑하고 있다는 거."

"……알고 있었어."

아주 오래전부터, 입이 마르고 닳도록 말하고 다닌 게 라키아스였다. 알렉산드라는 문득 떠오르는 과거의 편린을 되새기며 웃었다.

"당신은 왜 내가 남편을 증오했는지도 모르지."

"그것 또한 당신이 이야기한 적이 단 한 번도 없었어."

"말해주고 싶은데, 당신은 못 믿어."

그 말을 들은 라키아스가 눈매를 가늘게 한 뒤 물었다.

"날 못 믿는 건가? 그렇다면 조금 마음이 아플 것 같은데."

"그런 차원의 문제는 아니니 걱정하지 말고."

어떻게 믿을 수 있겠는가. 회귀 전 나는 당신의 정적이었고, 결국 남편에게 버림받아 죽었다는 말을.

애당초 다시 과거로 돌아왔다는 말을 믿을 수 있을 리 없었고,

사실 중요한 문제도 아니라고 알렉산드라는 생각했다.

중요한 건 지금, 이 순간. 자신이 마주하고 있는 남자인 라키아스와, 자신이 처단해야 할 남자인 클레이오. 이게 전부였다.

"중요한 건 내가 당신을 사랑한다는 거야."

"그것참 듣기 좋은 말인데."

라키아스가 아쉽다는 목소리로 대꾸했다.

"어쩐지 이만 떨어져야 할 것 같아."

그 말과 함께 라키아스가 자연스러운 움직임으로 알렉산드라에게서 조금 떨어져 앉았고, 그 순간 벌컥 문이 열렸다.

알렉산드라와 라키아스 모두 내심 놀랐지만, 겉으로는 무표정한 얼굴로 문가를 바라보았다.

문 앞에는 클레이오가 서 있었는데, 그는 옷을 갖춰 입은 탓에 더 이상 나체가 아니었다.

알렉산드라가 건조한 눈빛으로 그를 응시했다.

내가 저 남자의 외도를 처음 알게 되었을 때 기분이 어땠더라. 무슨 표정을 짓고 있었더라. 이제는 기억조차 까마득했지만, 그때 느꼈던 고통만큼은 적어도 생생했다.

알렉산드라가 천천히 눈을 감았다가, 이내 다시 떴다.

"렉시."

클레이오가 떨리는 목소리로 알렉산드라를 불렀으나, 알렉산드라는 아까와는 대조적으로 입을 열지 않았다. 그 모습에 더욱 애가 탄 클레이오가 연이어 알렉산드라를 불렀다.

"렉시."

"……."

하지만 여전히 들려오는 답은 없었다. 라키아스는 이만 자신이 빠져야 하는 때라고 생각했는지 소리 없이 자리를 빠져나왔고, 동시에 클레이오는 앞으로 전진했다.

알렉산드라에게 향하는 방향으로 자신이 아닌 클레이오가 있다는 사실이 더없이 기분 나빴지만, 상관없었다.

결국 최후의 순간 그녀와 나란히 설 사람은 자신이 될 테니까.

라키아스는 그 생각을 하며 바깥으로 나섰다.

"……."

한편 알렉산드라는 라키아스가 완전히 바깥으로 나가는 모습을 확인하고 나서야 클레이오에게로 시선을 돌렸다. 애절하고 간절한 눈빛. 이 눈빛은 회귀 전에도 남편이 보이지 않았던 눈빛이었다.

그때의 그는 훨씬 더 좋지 못한 태도를 보였다. 감히 제게 참견할 필요 없다는 말이나 지껄였으니까.

그때나 지금이나 똑같이 멍청했지만, 지금이 그때보다는 조금 더 나았다. 칭찬이라면 칭찬이었다.

"……지금은 폐하를 만나 뵙고 싶지 않습니다."

"렉시, 나는……."

"죄송해요, 폐하. 돌아가 주세요."

"렉시."

"혼자 생각해야 할 시간이 필요해요."

"무슨 생각?"

클레이오가 떨리는 목소리로 물었고, 알렉산드라는 뭐라고 대답해야 할지 고민하다가 이내 아무 말이나 내뱉었다.

"지금 상황에 대한 생각이요."

"전부 다 음모야, 렉시. 누군가 날 음해하기 위해 계략을 꾸민 거야."

"폐하."

알렉산드라가 슬픈 눈을 했다. 회귀 전, 순진했던 그때 그녀가 지었던 눈빛이었다.

"누가, 무엇 때문에 폐하를 음해하겠어요."

"그건……!"

"그것도 그런 지저분한 방식으로."

알렉산드라가 다소 싸늘한 목소리로 쏘아붙였고, 클레이오는 한동안 아무 말도 하지 못했다. 알렉산드라가 피곤한 목소리로 말했다.

"돌아가 주세요, 폐하. 적어도 지금만큼은요."

"렉시……."

"일어난 지 얼마 되지 않아서 몸이 좋지 않아요. 오늘은 조금 쉬어야겠어요."

"……."

"부탁입니다, 폐하."

"알겠어."

클레이오가 힘없이 자리에서 일어섰고, 이내 천천히 그녀에게서 멀어졌다. 알렉산드라는 제게서 천천히 거리를 넓혀 나가는 클레이오의 뒷모습을 물끄러미 바라보았다.

처음부터 이러기로 예정된 운명이었기 때문에 슬프지는 않았다. 다만 기분이 더러웠다. 회귀 전에도 이런 기분은 못 느꼈는데. 그때는 좀 더 과격한 분노였다.

이 차분한 분노와는 동떨어진, 새로운 종류의 분노.

"하아."

클레이오가 사라진 뒤에 알렉산드라는 짤막한 한숨을 내뱉었다.

이제는 마지막 일격을 준비해야 할 시간이었다.

"하아……."

바깥으로 나온 클레이오가 낭패라는 듯 불쾌한 한숨을 내쉬었다.

일이 이렇게 되어 버릴 줄이야.

그는 파사궁의 긴 복도를 따라 걸으며 인상을 찡그렸다. 이건 분명 음모다. 함정이다.

자신이 기억도 나지 않은 상태에서 그렇게 많은 여자들을 끼고 놀았을 리 없었다. 더구나 그런 방식이 그의 취향도 아니었다.

'하지만 도대체 누가······?'

집권 초기이니 황권이 불안정한 게 이상한 일은 아니었다. 하지만 그렇다고 하더라도 제게 대놓고 적의를 드러낸 자는 아직까지 없었다.

그렇다면 도대체 누구일까? 누가 감히 이런 짓을······.

'파사궁의 하녀들이라고 했지.'

벤체스는 분명 자신과 같은 방에 있던 여자들이 파사궁 소속의 하녀들이라고 말했다. 아마 그네들에 다한 처분은 황후에게 맡겨질 것이었다. 자신이 감히 왈가왈부할 문제가 아니었으니까.

하지만 그렇게 되면 이 일은 완전히 규명할 수 없게 되는 것이다.

문제는 그렇다고 하더라도 그가 이 문제에 대한 조사를 하기가 다소 민망하다는 데 있었다. 어쨌든 그가 황후 앞에서 완전히 떳떳한 건 아니었으니까.

혹시라도 조사 과정에서 그의 치부들이 밝혀지기라도 하면 어쩌나. 차라리 이 상태로 상황을 종결짓는 게 나을 수도 있었다.

'당분간은 좀 조심해야겠어.'

황제가 많은 여자들을 곁에 두는 것이 부끄러움을 살 일은 아니었다. 하지만 아까의 일은 그것을 고려하더라도 다소 무리인 부분이 있었으니까. 괜히 긁어 부스럼을 만들어낼 필요는 없었다.

사실 클레이오가 정말로 떳떳했다면 감히 황제에게 겁도 없이 이런 일을 저지른 치들을 찾아내어 심각하게 처벌하는 것이 맞았다. 하지만 클레이오 자체가 이미 황후 앞에 떳떳하지 못해 조사를 꺼린 데다, 그런 것을 감내할 만큼 그의 성격이 대담하다거나 용기 있지 않았기 때문에 그는 이 일을 묻는 것을 택했다.

그게 적에게 빌미를 제공할 것이라는 생각은 꿈에도 하지 못한 채.

망측하고 자극적인 소문은 금세 퍼졌다. 클레이오의 중앙궁과 알렉산드라의 파사궁은 물론이었고, 황궁을 드나드는 모든 사람들이 황제가 그의 탄신 연회 때 벌인 일들에 대해 빠짐없이 알게 되었다.

물론 그 내용이 워낙 흥미로웠기 때문에 소문이 빨리 퍼진 것도 있었겠지만, 알렉산드라가 사람을 시켜 소문을 퍼뜨린 것 또한 그 속도에 한몫했다. 알렉산드라는 황궁 안에서 만족하지 않고 사교계와 제국민들에게까지 그 소문을 퍼뜨렸다.

사실 그 소문이 널리 퍼지는 게 알렉산드라에게 완전히 무해하다고는 할 수 없었지만, 앞으로의 일을 위한 초석으로 생각한다면 충분히 감수해낼 만했다. 어쨌든 이번 일로 황제를 비난하는 목소리가 알렉산드라를 동정하는 목소리와 함께 높아졌으니까.

 물론 일시적인 것일 테지만, 그 효과가 끝을 보기 전에 모든 상황은 이미 종결되어 있을 것이었기 때문에 상관없었다.

 "황후 폐하."

 내궁의 정무를 보고 있던 알렉산드라는 위쪽에서 들려오는 페넬로페의 목소리에 시선을 위로 들어 올렸다.

 그녀가 우아하게 미소 지으며 물었다.

 "페니, 노크도 없이 무슨 일이야?"

 "노크도 했고 말씀도 드렸는데…… 정무에 너무 집중하신 탓인지 답이 없으셔서 실례를 무릅쓰고 들어왔어요."

 "아, 그랬구나."

 어쩐지 그랬던 것 같기도 했다.

 알렉산드라가 온화하게 웃으며 물었다.

 "그래서 무슨 일이야?"

 "사흘 후에 있을 티파티의 메인 티가 아직 결정되지 않아서요. 폐하께서 정해주셔야 합니다."

 그 말과 함께 페넬로페가 얇은 종이 몇 장을 알렉산드라에게 건넸고, 알렉산드라는 그것을 빤히 내려다보았다.

'그러고 보니 당장 사흘 후에 티파티가 있었지.'

알렉산드라가 묘한 표정을 지었다. 시기가 절묘했다.

지금 돌고 있는 이 즐거운 소문을 더 증폭시킬 수 있을지도 모른다.

'물론 조금 짜증 나는 일도 생기겠지만.'

그 정도는 감수해야지. 세상에 노력 없이 얻어지는 건 없으니까.

있다고 하더라도 그건 지금의 그녀에게는 필요하지 않았다.

알렉산드라가 빙긋 웃으며 페넬로페에게 말했다.

"천천히 고민해보고 말해줄게. 어차피 웬만한 차는 이미 상당량이 다 구비되어 있잖아?"

"물론이죠, 폐하. 하루 전까지만 말씀해 주시면 돼요."

페넬로페는 그 말만 남긴 채 바깥으로 나갔고, 다시 혼자 남겨진 알렉산드라는 멍한 눈빛으로 제 아래에 놓인 얇은 종이들을 쳐다보았다.

익숙한 찻잎의 이름들이 눈에 들어왔다. 알렉산드라는 한참 동안 고민하는 표정을 짓다가 이내 펜을 다시 집어 들었다.

"역시 피날레는 화려해야지."

리제 주변에 검은 원이 그어졌다.

사흘 후, 알렉산드라가 티파티 의상으로 택한 것은 어두운 초록색의 드레스였다.

노골적으로 사람들이 추측할 만한 그녀의 감정 상태를 표현한 것이었는데, 실제 그녀의 감정 상태는 그리 어둡지 않았으나 적어도 다른 사람들만큼은 그렇게 추측해 내야 할 필요가 있었기 때문이었다.

알렉산드라가 우아한 발걸음으로 파사궁의 후원에 들어섰다. 그녀가 들어서자마자 시끄럽게 이야기를 나누던 다른 귀부인과 영애들이 일제히 그녀에게 고개 숙이며 인사했다.

"제국의 위대한 달, 황후 폐하를 뵙습니다."

"파사궁에 찬란한 영광을."

"다들 와주어 반갑습니다."

알렉산드라가 나른하게 웃으며 후원의 중앙으로 들어섰고, 그런 그녀를 위해 다른 사람들이 길을 비켜주었다.

알렉산드라는 그날의 메인 티로 지정된 리제 티를 찻잔에 우아한 손놀림으로 따르며 아무렇지 않은 모습을 보였고, 그 모습을 바라보던 사람들은 다들 안쓰럽다는 시선으로 알렉산드라를 쳐다보았다.

자존심 강한 그녀에게 그러한 유의 시선은 일종의 모욕과도 다름이 없었으나, 어쩔 수 없는 일이었다.

지금으로서는 그런 시선이 역설적이게도 그녀에게 간절했으

니까.

"차 맛이 훌륭합니다, 황후 폐하. 늘 생각해온 것이지만, 폐하의 차를 고르시는 안목은 정말 탁월하세요."

"그러고 보니 이번에 엑셀먼드 가문에도 새 찻잎이 들어왔는데, 아주 최상급이라고 하더군요."

"엑셀먼드 가문이요? 이번에 그 댁 따님께서 이젠트리 자작에게 이혼당하지 않았어요?"

"어머, 이혼이요? 도대체 왜……."

"왜긴요. 그거 모르셨어요? 이젠트리 자작부인, 아니 이제는 다시 엑셀먼드 영애네요. 하여튼 그분이 이젠트리 저택을 드나들던 음악교사와 외도를 저질렀대요!"

기본적으로 알렉산드라에 대한 칭찬을 서두로 대화는 시작되었지만, 귀부인과 영애들은 끊임없이 자유자재로 화제를 바꾸어나갔다.

황후의 차 고르는 안목에 대한 칭찬이 이어지고 이어져 마침내는 고령의 에그스 백작에게 새로 생긴 늦둥이 이야기까지 이어졌고, 알렉산드라는 그것도 능력이라고 생각하며 이따금씩 가만히 맞장구를 쳐주기도 하고, 응수를 해주기도 했다. 하지만 내심 그녀가 바라고 있는 화제가 튀어나오지 않아 언제쯤 나오는지 궁금해하고 있었다.

"그러고 보니 이제 황후 폐하께서도 황손을 낳으실 때가 되었지요."

그때 누군가가 민감한 주제를 입 밖에 냈고 본능적으로 당황한
귀부인들은 알렉산드라의 눈치를 봤다.

알렉산드라는 겉으로는 건조한 표정을 지었지만, 속으로는 기
뻐하면서 그 말을 꺼낸 사람을 쳐다보았다.

"지금 상황에 폐하께서 황자만 낳으신다면 황권이 더욱 공고해
지지 않을까, 저는 그렇게 생각하고 있습니다."

그녀는 야무진 인상이 돋보이는 금발의 영애였는데, 중요하지
않은 사람의 얼굴을 기억하는 데 지나치게 형편없었던 알렉산드
라로서는 언젠가 한 번 본 것 같긴 했지만 거의 초면인 것 같은 느
낌을 주었다.

알렉산드라는 그저 말없이 미소 지은 채로 그 영애만 빤히 쳐다
보았고, 그걸 황후가 불쾌해하고 있다고 해석한 어떤 귀부인이 말
을 꺼낸 영애에게 눈치를 주었다.

"스타인즈 공녀, 그런 말씀은 함부로 입에 올리시는 게 아닙
니다."

말을 들어보니 스타인즈 공작의 여식인 듯했는데, 알렉산드라
는 적어도 스타인즈 공작이 누구인지까지는 알고 있었다. 선황이
젊었던 시절 그에게 입을 잘못 놀려 미움을 산 뒤로는 공작의 신
분에도 불구하고 요직을 차지하지 못했던 자였다.

알렉산드라가 아무렇지 않게 미소 지으며 입을 열었다.

"괜찮습니다, 부인. 스타인즈 공녀의 말이 완전히 틀린 것은 아니니까요."

"것 보세요, 에킨스 후작부인. 황후 폐하께서도 괜찮다고 하시잖아요. 제가 뭘 어쨌다고."

알렉산드라가 편을 들어주자 앳된 인상의 스타인즈 공녀가 의기양양한 목소리로 에킨스 후작부인에게 쏘아붙였고, 알렉산드라는 그녀가 제 아비의 피를 그대로 물려받은 것이 틀림없다고 생각했다.

높은 사람 앞에서 입을 잘못 놀리는 건 혹시 집안 내력인 걸까.

"두 분 폐하의 금슬이 나쁘지 않으시니 금방 좋은 소식이 들려올 거라고 저는 믿고 있답니다."

그 말에 분위기는 아까보다 한층 더 가라앉았다. 적어도 방금 발언이 황제의 탄신 연회 이전에 나왔다면 모두가 수긍하며 고개를 끄덕였을지도 모를 일이었다.

하지만 클레이오가 그런 민망한 광경을 모든 귀족들과 황후의 앞에서 들킨 상황에서 스타인즈 공녀의 말은 황후에게 전면적인 도전장을 내민 것과 다름없었다.

과연 저 여자는 요즘 황성 안에서 파다하게 돌고 있는 소문을 모르고 저런 말을 한 걸까, 아니면 알고도 저런 말을 한 걸까?

알렉산드라는 진지하게 궁금해졌다. 전자라면 사교계에서 소외되고 있다는 의미일 테니 어떤 의미로는 불쌍했고, 후자라면 괘씸

했다. 물론 앞으로의 일까지 놓고 보자면 그녀에게 고마웠지만.

어쨌든 '그 일'에 대해 직접적으로 발언하는 것은 알렉산드라로 서도 부담이 되는 일이었고 작위적인 느낌을 줄 수 있었기 때문에 알렉산드라는 그저 낮게 웃으며 아무렇지 않게 맞받아칠 뿐이었다.

"황실의 후사에 대해 그렇게 걱정해주다니. 정말 고마울 따름입니다, 스타인즈 공녀."

물론 그 말을 곧이곧대로 받아들이는 사람은 없었다.

단 한 명을 제외하고는.

"그런 말씀은 안 하셔도 된답니다, 위대하신 황후 폐하. 황후 폐하를 진심으로 존경하고 경애하는 제가 그런 생각을 하는 것은 지극히 당연한 일이니까요."

"……."

알렉산드라는 순간 그 뻔뻔함에 할 말을 잃었고, 그건 다른 사람들도 마찬가지였다. 알렉산드라가 어색함이 묻어나는 목소리로 스타인즈 공녀에게 물었다.

"혹시 공녀는 사교계에 데뷔한 지 얼마나 되었나요?"

"아, 저번 달에 데뷔했습니다, 황후 폐하."

스타인즈 공녀가 해맑은 표정으로 답했고, 알렉산드라는 그럴 줄 알았다고 생각했다. 이런 특이한 존재가 예전부터 있었는데 소문이 안 날 리 없었고, 자신이 몰랐을 리 없었으니까.

알렉산드라는 이 영애의 존재가 다행인지 불행인지 감이 잡히지 않는다고 생각하면서도, 아직까지는 나쁘지 않다고 결론 내렸다.

적어도 아직까지는.

알렉산드라가 엷게 미소 지으며 말했다.

"고마워요, 스타인즈 영애. 하지만……."

이제 연기 시작이었다. 알렉산드라가 의도적으로 고개를 떨어뜨린 다음 슬픈 표정을 지었고, 그 모습을 지켜보고 있던 다른 사람들은 안타까운 표정으로 그녀를 동정했다.

어쨌든 그곳에 모인 사람들은 전부 여자였고, 이미 가정을 꾸렸거나 혹은 언젠가 가정을 꾸릴 사람들이었기 때문에 알렉산드라의 상황에 흥미를 느끼면서도 동정심을 가지는 건 당연한 일이었다.

"하지만 전……."

알렉산드라는 의도적으로 말을 끝맺지 않은 다음 눈물을 글썽였다.

그 모습을 보고 있던 중년의 한 귀부인이 알렉산드라의 곁으로 다가와 그녀를 얼른 부축했다.

"황후 폐하, 더 말씀하지 않으셔도 괜찮습니다."

"그래요, 폐하. 저희 모두 황후 폐하의 편입니다."

"저희는 폐하의 마음을 이해할 수 있어요."

뜬금없이 위로의 장이 펼쳐졌고, 알렉산드라는 슬픔을 이기지 못하는 척 괴로워하는 얼굴로 바로 옆에 있던 귀부인의 품에 얼굴을 묻은 채 흐느끼기 시작했다.

다른 귀부인과 영애들이 한마디씩 말을 보태며 알렉산드라를 위로하기 시작했고, 그 한가운데 혼자 서 있던 스타인즈 공녀만 지금 상황을 이해 못 하는 듯했다.

돌아가는 분위기만 보면 마치 자신이 무슨 대단한 잘못을 한 듯했으니까.

스타인즈 공녀가 당황한 목소리로 옆에 있던 다른 영애에게 물었다.

"제가 무슨 잘못을 했나요……?"

그 말을 들은 다른 영애가 다소 날이 선 목소리로 스타인즈 공녀에게 물었다.

"정말 몰라서 물으시는 건가요, 아니면 아시면서도 모르는 척하시는 건가요?"

"아니, 그게 무슨……."

"지난번에 황후 폐하께서 당하신 일에 대해 설마 모르고 계신 거예요?"

영애의 말에 스타인즈 공녀가 잠시 기억을 더듬다가 이내 조심스러운 목소리로 물었다.

"그때 황제 폐하께서 침실에서 나체로 다른 여자들과 밤새 함께 있었던 일을 말씀하시는 건가요? 그거야 당연히 알고 있었죠. 얼마나 떠들썩한 사건이었는데."

"……."

맙소사, 알고 있었어?

스타인즈 공녀와 이야기를 나누던 영애가 당황한 목소리로 되물었다.

"그걸 알고 있었으면서도 폐하께 그런 말씀을 드렸다고요?"

"황제가 정부를 몇 명씩 들이는 게 흠 될 일은 아니잖아요? 역사적으로도 흔한 일이었는데, 왜 그렇게 민감하게 구시는 건지 모르겠어요."

"……."

이야기를 나누던 영애는 할 말을 잃었고, 두 사람의 대화를 조용히 듣고 있던 다른 사람들은 스타인즈 공녀의 무례함에 저들끼리 수군거렸다.

그 내용은 당연히 알렉산드라와 그 주변에 있던 사람들에게까지 들려왔고, 알렉산드라는 기가 찰 수밖에 없었다.

이건 또 무슨 신종 관심 끌기란 말인가.

만약 알렉산드라가 진심으로 클레이오를 사랑해 그에게 상처받은 상황이었다면 아마 그녀는 화를 참지 못하고 저 공녀에게 달려들어 뺨을 때렸을지도 모를 일이었다.

다행히 이 모든 것은 일종의 연극에 지나지 않았기 때문에 알렉산드라는 이성적으로 대처할 수 있었다.

"……죄송합니다, 다들. 오늘은 제가 너무 컨디션이 좋지 않네요."

알렉산드라가 눈물에 젖어 촉촉해진 목소리로 모두에게 양해를 구했다.

"오늘은 저 먼저 들어가 보겠습니다. 모쪼록 즐거운 시간 보내시길."

그 말만 남긴 채 알렉산드라는 비척비척 자리를 빠져나왔고, 남겨진 사람들은 한동안 어벙한 표정으로 상황에 적응하지 못한 것처럼 굴었다.

그러다 하나둘씩 정신을 차렸고, 그들은 하나같이 황후의 상처를 헤집어낸 스타인즈 공녀에게 비난을 퍼부었다. 당연한 일이었지만 사고 구조가 다소 남달랐던 스타인즈 공녀는 그러나, 끝까지 자신의 잘못을 이해하지 못했다.

10

Happiness

"……정말로 그런 일이 있었다고요?"

그날 저녁, 알렉산드라로부터 낮의 일에 대해 듣게 된 마레타는 경악을 금치 못했다. 저 역시 사교계의 예법에 익숙한 사람은 아니었으나 방금 들은 이야기는 그 도가 지나쳤다.

마레타가 고개를 절레절레 저으며 알렉산드라에게 말했다.

"참으로 경우 없는 분이시로군요."

"그런 사람은 나도 처음이었답니다. 다 알면서 사람 속을 긁어대는데…… 내가 정말로 폐하를 사랑하고 있었더라면 그 자리에서 추한 꼴을 보였을지도 모를 일이지요."

"폐하를 사랑하지 않으셔서 다행입니다."

"나도 그렇게 생각하고 있어요."

앞에 놓인 붉은색 닐기리 티를 홀짝이던 알렉산드라가 이내 고민하는 표정으로 물었다.

"내가 지금 폐하를 찾아가 봐야 할까요?"

"어쨌든 적당히 용서해 주시는 척을 하는 것이 자애로운 황후의 모습을 만드시는 데는 좋을 겁니다."

"기분 참 뭣 같네요. 내가 만약 정말로 그 사람을 사랑했다면 어쩔 뻔했어."

알렉산드라가 고개를 절레절레 저으며 마레타에게 말했다.

"지금 방문하기에는 시간이 애매하니 조금 더 늦게 찾아 봬야겠어요."

"저도 그편이 좋을 것 같습니다."

"그럼 그때까지 나는 일을 해야겠군요."

알렉산드라가 짧게 한숨을 쉰 다음 마레타에게 말했다.

"낮에 다 보지 못한 서류들을 좀 가져다주세요, 마레타."

알렉산드라는 그날 10시 즈음이 되었을 때가 되어서야 파사궁을 나섰다. 진주색의 단출한 드레스와 겉에는 실크로 된 나이트가운을 입은 알렉산드라의 모습을 청초하면서도 아름다워 보였다.

중앙궁으로 걸어가면서 알렉산드라는 언제쯤 중앙궁의 주인이 교체될 것인가에 대해 진지하게 고민해 보았다.

사실 지난번의 일은 어설픈 명분이나마 필요했던 그들에게 좋은 기회를 제공해 주었다. 그 효과가 사그라들기 전에 황위가 교체되는 것이 그나마 라키아스에 대한 반대 여론을 없애는데 좋을 것이었다.

하다못해 황후를 짝사랑하던 라키아스가 황제의 태도에 분노하여 반역을 일으켰다고 하면 로맨틱하다면서 수긍하는 여론도 분명 생길 테니까. 자칫 말이 안 되는 이야기로 들릴 수 있었지만, 이런 사례는 외국에서도 다소 흔했다.

"화, 황후 폐하."

중앙궁으로 들어선 알렉산드라가 클레이오의 침실 앞에 당도했을 때, 그 앞을 지키고 서 있던 중앙궁의 시종장 벤체스는 상당히 당혹스러운 얼굴을 하고 있었다. 알렉산드라는 미소와 무표정의 경계에 선 얼굴로 벤체스에게 물었다.

"황제 폐하께서는 안에 계신가요?"

"그, 그렇습니다만, 폐하…… 미리 기별이라도 주셨으면 좋았을 텐데요."

"아."

알렉산드라가 짐짓 깜빡했다는 표정으로 말했다.

"미안합니다, 벤체스 경. 내가 깜빡했네요. 앞으로는 신경 쓰도록 하지……."

"하앗……!"

그때 어디선가 민망한 소리가 들려왔고, 알렉산드라는 순간 멈칫했다. 그녀의 머릿속에 있는 사고회로가 빠르게 돌아갔고, 그녀의 이성이 바로 지금이 결정적인 순간이 될 것이라고 명령하고 있었다.

알렉산드라는 속으로 미소 지은 채 벤체스를 무시하고 침실 문 앞까지 걸어갔다.

"폐, 폐하, 잠시만……."

벤체스가 하얗게 질린 얼굴로 알렉산드라를 제지했지만, 애당초 시종장이 황후를 방해한다는 건 있을 수 없는 일이었다. 알렉산드라는 망설임 없이 직접 양쪽 문을 열어젖힌 다음, 방 안에서 느껴지는 뜨거운 열기가 피부에 닿는 것을 체감하며 안으로 들어갔다.

"화, 황후?"

안의 꼴은 가관이었다.

알렉산드라가 저도 모르게 헛웃음을 터뜨렸다. 개 버릇 남 못 준다더니. 그때 그런 수치를 당하고도 결국 이런 꼴인가.

"……."

알렉산드라는 말없이 황제의 넓은 침대 위에서 뒹굴고 있는 자신의 법적 남편과, 이름 모를 한 여자에게로 시선을 고정시켰다. 뒤따라 들어온 알렉산드라의 시녀들이 그 모습을 발견하고선 조용히 분노 어린 표정을 지었지만, 알렉산드라는 이미 클레이오에게서 감정적인 관심이 떠나버린 지 오래였기 때문에 분노라는 감정조차 피어오르지 않았다.

다만 그런 것과는 별개로 어처구니는 없었다. 아랫도리 간수 하나를 못 해서 또 일을 치다니.

"레, 렉시, 이건……."

덕분에 황제의 탄신연회 다음날 있었던 어이없는 사건은 이로 인해 확실한 근거를 얻게 된 셈이다.

이번에는 자신의 눈으로 확실히 목격했으니 핑계를 댈 수도 없을 터. 알렉산드라가 건조한 얼굴로 툭 한마디를 내뱉었다.

"참 즐거워 보이세요, 폐하."

"오, 오해야, 렉시. 내가 다 설명할게."

"기억하세요?"

알렉산드라가 냉소를 머금은 채 클레이오에게 쏘아붙였다.

"그때도 그렇게 말씀하셨었죠. 오해라고."

"……."

"다 설명하신다고 하셨었죠. 그 설명이 이것이었군요. 직접 보여 주실 필요까지는 없었는데 말이죠."

혐오스러웠다. 알렉산드라가 금방이라도 구역질이 날 것 같다는 표정을 지으며 이번에는 침대 위에 있던 여자를 쳐다보았다.

그녀는 알렉산드라의 뚫어질 듯한 시선에 심한 부담을 느꼈는지 결국 서둘러 일어나 주변에 있던 옷가지로 대충 몸을 가린 채 클레이오의 침실을 빠져나갔다. 그 모습까지 바라보던 알렉산드라가 이내 감흥 없는 목소리로 중얼거렸다.

"저 여자는 또 누군가요?"

"……."

"취향 한번 참 다양하십니다. 감탄이 나올 정도예요. 황제가 되기 전까지는 어떻게 참으셨는지 모르겠습니다."

"뭐?"

"제가 틀린 소리를 한 것처럼 반응하시네요."

냉소적인 알렉산드라의 말이 자존심을 건드리기라도 한 건지, 클레이오가 발끈해서 소리쳤다.

"내가 잘못한 건 맞지만…… 이게 전적으로 내 잘못은 아니라고 생각하는데."

"……하."

다른 사람도 아니고 내 핑계를 대다니.

어이가 없어진 알렉산드라가 헛웃음을 터뜨리고선 물었다.

"제게 잘못이 있나 보군요."

"아내로서 그대가 완벽했다고 생각한다면 그건 착각이지."

"제가 완벽한 아내가 아니었다고요?"

그 말은 알렉산드라에게 처음으로 분노를 일깨워주었다. 그 '완벽한 아내'라는 것이 무엇인지는 몰라도 알렉산드라는 자신이 적어도 그의 아내 노릇 하나만큼은 부끄럽지 않게 했다고 자부할 수 있었다.

다른 것보다 고작 3황자의 위치에 있던 그를 황제의 자리에까지 앉혀 주었다. 회귀 전과 회귀 후, 두 번이나. 그런 그녀에게 완벽한 아내가 아니었다고?

"폐하께서 지금 누구의 노력으로 그 자리에 앉아 계신 건지, 누구의 땀으로 그 침대에서 다른 여자와 뒹굴 수 있으셨던 건지 모르시나 봅니다."

"지금 내 즉위에 도움을 주었다는 이유만으로 유세를 떠는 건가?"

"제가 그러지 않아야 할 이유가 있습니까, 폐하? 엄밀히 말해 제가 아니었으면 지금 황좌에 앉아 있는 사람은 폐하가 아니라 1황자나 2황자 전하일 것입니다."

"그러니까 지금 그대는 이 자리에 오기까지 내가 했던 노력을 전부 무시하고 있는 거잖아?"

"폐하께서 무슨 노력을 하셨는데요?"

제위에 오르기 위해 클레이오가 한 노력? 기껏해야 공부밖에 없었다. 정적을 직접 처리한 것도 알렉산드라 자신이었고, 모든 계략을 꾸민 것도 자신이었다.

고작 방구석에 처박혀 책이나 몇 줄 읽은 걸, 그런 걸 노력이라고 할 수 있나? 선황의 적장자도 아닌 삼남이 고작 그런 걸로 황좌를 차지했다는 걸 도대체 누가 믿어줄까?

"폐하께서 우아하게 골방에 틀어박혀 고상하게 책이나 읽고 계실 동안, 폐하의 정적들을 제거한 것은 저입니다. 폐하의 앞길을 반짝반짝 닦아놓은 것도 저이고, 폐하 대신 손에 피를 묻힌 것도 전부 저입니다. 그런 제게 아내 노릇 운운하시는 것, 대단히 양심에 찔리지 않으십니까?"

"다 그대가 원해서 한 일 아니었나? 내가 언제 그대에게 그런 짓을 시켰어?"

이제는 헛웃음조차 나오지 않았다.

알렉산드라가 싸늘한 얼굴로 대꾸했다.

"……맞습니다, 폐하."

"……."

"폐하께서는 늘 말뿐이셨지요. 황제가 되고 싶다. 그리하여 제게 황후의 관을 씌워주고 싶다."

"렉시."

"아뇨, 폐하. 아닙니다. 폐하께 황제의 관을 씌워드린 건 저고, 저는 제가 직접 황후의 관을 썼어요. 폐하께서는 그 시간 동안 제 드레스 자락 뒤에 숨어서 제가 하는 일을 그대로 지켜보기만 하지 않으셨습니까? 폐하께서 직접 하신 일이 뭐가 있죠? 그 자리에 앉기까지 무슨 희생을 하셨습니까."

"정말…… 질리는군."

클레이오가 환멸감이 든다는 듯 인상을 잔뜩 찌푸린 채 고개를 저었다.

"좋아, 다 좋다고. 내가 이 자리에 앉기까지 그대의 공이 컸다고 쳐. 그렇다고 하더라도 황제가 많은 여자들을 품는 것이 죄인가? 선황께서도 세 명의 부인을 생전 들이셨고, 말년에는 정부까지 있으셨지. 그 외에도 수많은 여인들이 선황 폐하의 침실을 거쳐 갔어."

"……."

"황제가 된 내가 다른 여인들을 취하는 것이 죄인가?"

"……그래요, 폐하. 죄는 아닐 것입니다."

완전히 굳어버린 얼굴로, 알렉산드라가 낮게 쏘아붙였다.

"허나 저에 대한 배신이지요. 우리 두 사람의 사랑……에 대한 배신입니다."

"내가 그댈 폐후로 만들었나, 아니면 죽이길 했나? 도대체 내가 뭘 배신했다고 그러는 거지? 도무지 이해할 수 없어."

"……."

"그대를 아끼지 않는다는 게 아니야. 여전히 나는 당신을 사랑해. 당신 이외에 내가 침대에 들이는 여자들은 순전히 유희를 위한 소모품에 불과해. 지금도 내가 사랑하는 사람은 당신뿐이라고."

"그렇게 말씀하신다고 해도 저는 조금의 위로도 받을 수 없어요, 폐하. 아니, 애당초 그런 말을 저를 위로하기 위해 꺼내신 건 맞는지 의문이 드네요. 만약 그렇다고 하더라도, 제가 그런 말을 듣고 위로를 받을 거라 생각하셨나요?"

그건 무슨 새로운 유의 오만인지.

알렉산드라가 이제는 완전히 가라앉은 얼굴로 말했다.

"차라리 그 여자들도 사랑한다고 말씀하시는 게 덜 비참할 뻔했어요. 폐하께서 정말로 절 사랑하신다면, 적어도 절 사랑한다고 말씀하시면서 다른 여자들을 침대로 끌어들여서는 안 되는 것 아닌가요?"

"그대가 이토록 낭만적인 사람일 줄은 몰랐어. 굳이 사랑하는 사람과만 침대를 공유해야 하는 건 아니잖아?"

"이게 무슨…… 억!"

"까악!"

그때 바깥에서 소란스러운 소리가 들려왔고, 알렉산드라와 클레이오는 동시에 문가를 쳐다보았다. 누군가가 이쪽으로 걸어오고 있었는데, 발소리로 봐서는 한 명이 아닌 듯했다.

'설마……'

알렉산드라가 긴장한 눈빛으로 클레이오의 침실 쪽으로 걸어오는 사람들을 응시했다. 인원이 많은지 발소리가 상당히 컸는데, 그 소리는 점차 더욱 그 크기를 키웠다.

그리고 어느 순간, 알렉산드라는 수많은 기사들을 대동한 채 가장 앞에서 걸어오는 라키아스와 눈이 마주쳤다.

'당신이 어떻게 여길……'

지금 일어나고 있는 상황을 믿을 수 없었던 알렉산드라가 눈을 크게 뜨며 놀라움을 표출했고, 클레이오는 난데없는 침입에 불쾌한 얼굴로 라키아스에게 물었다.

"이 무슨 무례지, 오르누스 공?"

"……."

하지만 평소와는 달리 라키아스는 대답 대신 알렉산드라만 빤히 쳐다보았다. 그 노골적인 시선에 알렉산드라가 당황한 것도 잠시, 클레이오가 분노한 목소리로 라키아스에게 소리쳤다.

"지금 이게 뭐 하는 짓이냐고 물었어!"

그제야 라키아스는 고개를 돌려 클레이오를 쳐다보았다. 그는 나신으로 서 있었고, 라키아스는 굳이 다른 설명을 듣지 않아도 무슨 일이 있었는지 알겠다는 듯 냉소를 지었다.

천박하기 이를 데 없군.

그가 싸늘한 목소리로 뒤쪽에 있던 기사들에게 명령을 내렸다.

"……황제를 끌어내라."

그 말이 끝나기가 무섭게 라키아스의 뒤에 서 있던 기사들이 앞으로 다가가 클레이오를 양옆에서 잡은 뒤 무릎 꿇렸고, 당황한 클레이오가 단말마의 비명을 지르며 저도 모르게 알렉산드라와 라키아스의 앞에서 무릎 꿇었다. 아직도 상황 파악을 하지 못한 클레이오가 악을 지르며 난동을 피웠다.

"이게 뭐 하는 짓인가! 오르누스 공, 그대가 정말 죽고 싶은 게로군!"

"아직도 상황 파악이 안 되나?"

싸늘한 얼굴로 미소 지은 라키아스가 다시 알렉산드라에게로 시선을 돌린 다음 물었다.

"괜찮은 건가, 렉시?"

"……괜찮아."

두 사람 사이를 오가는 대화를 가만히 듣고 있던 클레이오가 분노한 목소리로 물었다.

"레, 렉시 설마…… 내 당숙과 놀아나고 있었던 건가?"

"뭐."

알렉산드라가 건조한 목소리로 대꾸했다.

"아니라고는 말을 못 하겠네요."

"그러면서 감히 나한테 배신을 들먹여? 양심도 없는 천박한……!"

"천박한 건 그쪽이지. 렉시 덕에 황제까지 되었으면 그녀를 떠받들고 살아도 모자랄 판에 침대에 다른 여자나 끌어들이다니."

라키아스가 불쾌하다는 듯 인상을 찌푸리며 말을 이었다.

"심지어 그 일이 일어난 지 얼마 되지도 않았는데…… 당신도 참 대단한 사람이야."

"내 아내와 놀아난 사람에게 그런 말 듣고 싶지 않은데."

"그런가? 그럼 듣지 않게 해주면 되겠군."

피식 웃은 라키아스가 이내 허리 옆에 걸려 있던 검집에서 검을 빼 들었고, 그 모습을 본 클레이오는 생명의 위협을 느꼈는지 당황한 목소리로 냅다 소리쳤다.

"이건 반역이다! 정말로 죽고 싶은 게 아니라면 지금이라도 그만둬!"

"아직 상황 파악이 덜 된 것 같은데."

라키아스가 무릎을 꿇은 클레이오에게로 한 걸음씩 걸음을 옮겼고, 알렉산드라는 그 모습을 별다른 감흥 없이 쳐다보고 있었다.

클레이오가 저도 모르게 주춤주춤 무릎걸음으로 뒤쪽을 향해 물러났지만, 당연히 거기에는 한계가 있었다. 결국 그는 자존심을 다 버렸는지 떨리는 목소리로 라키아스를 회유하기 시작했다.

"지, 지금이라도 모든 걸 바로잡을 수 있다, 오르누스 공. 지금이라도 물러난다면 이 모든 일을 없었던 것으로 해주지."

"무언가 착각하고 있는 것 같은데."

라키아스가 긴 칼을 클레이오의 목 옆으로 겨누었다. 라키아스야 전장에서 구른 세월이 있으니 같은 상황에 처했다고 하더라도 이 정도는 담력으로 견뎌낼 수 있었지만, 평생 황궁에서 호의호식하며 지낸 클레이오는 아니었다. 클레이오의 얼굴이 새파래졌다.

"애당초 물러날 생각이었으면 오지도 않았다."

"다, 당숙님 잠깐……!"

"잘 가도록 해."

그 말과 함께 라키아스는 망설임 없이 클레이오의 심장에 검을 찔러 넣은 다음, 순식간에 뽑아냈다.

클레이오가 단말마의 신음을 내며 앞으로 고꾸라졌고, 검이 들어갔다 나왔던 부분에서는 끊임없이 선혈이 새어 나왔다.

그 모습을 보고 있던 알렉산드라의 시녀들이 경악한 얼굴로 소리를 질렀지만, 정작 알렉산드라는 놀라워하는 기색 없이 그 모습을 빤히 지켜보고 있었다. 자신이 처형당하는 순간 클레이오도 이렇게 자신을 똑바로 바라보고 있었다.

그는 자신이 죽은 다음 무슨 표정을 지었을까. 새삼 궁금해진 표정을 한 알렉산드라가 숨을 거둔 클레이오를 빤히 쳐다보다가 이내 상종하고 싶지도 않다는 듯 고개를 절레절레 저었다.

이제 모든 게 끝났다.

그녀의 복수는 성공적으로 마무리되었고, 이제 더 이상 알렉산드라가 무언가를 이뤄내기 위해 발버둥 쳐야 할 일은 없을 것이다.

그렇게 생각하니 무언가 아쉬우면서도 후련한 감정이 들었다.

"렉시."

피가 묻은 검을 그대로 바닥에 내려놓은 다음 라키아스는 알렉산드라에게로 다가왔다. 알렉산드라는 그런 라키아스의 모습을 물끄러미 바라보다가 이내 말없이 그에게 안겼다.

급격한 피로감이 알렉산드라를 사로잡았다. 라키아스는 말없이 그녀를 안아주었고, 알렉산드라는 잠시 후에 그에게 물었다.

"뒷일을 어떻게 감당하려고 그렇게 과감하게 죽여. 골치 아프게."

"살려두고 골치 아픈 것보다는 죽인 다음 고민하는 게 훨씬 낫지."

라키아스가 걱정하지 말라는 듯 알렉산드라를 다독이며 말했다.

"고생 많았어."

"……당신이 더."

알렉산드라가 가만히 눈을 감았다가 잠시 후에 천천히 눈을 떴다. 지금은 밤이었고, 내일 아침 해가 뜨기 전에 황궁을 완전히 장악해야 했다. 라키아스의 품에서 떨어진 알렉산드라가 진지한 눈을 라키아스를 바라보며 물었다.

"내일 아침 귀족회의가 몇 시에 있지?"

"오전 9시."

"내일 오전 8시까지는 모든 상황이 정리되어 있어야 해. 그러려면 지금 이러고 있을 여유가 없……."

"렉시."

라키아스가 따뜻한 음성으로 알렉산드라를 불렀다.

"이미 다 끝났어."

"뭐가……?"

"당신이 걱정하는 것, 전부 해결되었다고 말하고 있는 거야."

라키아스의 부드러운 미소를 보며, 알렉산드라는 자신이 그를 너무 과소평가하고 있었음을 깨달았다.

그녀가 저도 모르게 낮게 웃음을 터뜨렸다.

"맞아, 라키아스. 당신은 원래 그런 사람이었는데……. 잊고 있었네, 내가."

"내가 너무 다정해서 잊어버리고 만 거지, 당신은."

"그런 것 같아, 아무래도."

엷게 미소 지은 알렉산드라를 물끄러미 바라보던 라키아스가 이내 스스럼없이 알렉산드라의 이마에 키스한 다음 말했다.

"황후 폐하께서 너무 놀라신 것 같으니."

"……."

"이만 파사궁으로 돌아가 쉬셔야 할 듯합니다."

"……그래도 괜찮겠어?"

"저 또한 폐하와 같이 있고 싶은 마음이 간절하지만, 오늘 밤까지는 조금 바쁠 듯해서요."

라키아스가 달콤한 목소리로 그녀의 귓가에 속삭인 다음 말했다.

"제가 다시 모시러 갈 때까지는, 부디 파사궁 안에만 계셔 주시지요. 아직은 상황이 위험하니까요."

알렉산드라는 말없이 고개를 끄덕였고, 라키아스는 자신의 기사들에게 그녀를 무사히 파사궁까지 모시고 갈 것을 명령했다.

이미 라키아스와 알렉산드라의 관계를 알고 있었던 그의 기사들은 별로 놀라는 일 없이 라키아스의 명령에 따랐고, 알렉산드라는 놀란 시녀들을 데리고 파사궁으로 돌아갔다.

침실로 돌아오자마자 마레타를 제외한 모든 시녀들은 쭈뼛쭈뼛 알렉산드라의 눈치를 보았는데, 지금 일어난 상황을 도무지 믿기지 않는다는 듯 얼떨떨한 표정으로 넋이 나간 이들이 반이었고, 상황을 파악했음에도 그녀에게 묻기를 주저하는 이들이 반이었다.

알렉산드라는 먼저 물어보기 전까지는 입을 열 생각이 없었으나, 궁의 기강을 위해 서둘러 정리하는 것이 좋다는 생각에 이내 마음을 바꾸었다. 그녀는 모든 시녀들을 한 자리에 불러 놓은 다음 이야기를 시작했다.

"지금 내가 하는 이야기는 오직 그대들만 알고 있어야 합니다."

그래도 자신의 시녀들은 진실을 알아야만 한다고 생각했다. 이후에 알게 될 이들은 거짓을 알게 되더라도 말이다.

적어도 이곳에 모인 이들은 전부 자신의 손으로 뽑은 이들이었다. 자신을 배신하는 짓 따위는 하지 않을 것이라고 알렉산드라는 믿고 있었고, 또 믿고 싶었다.

"다들 아까 봐서 알겠지만, 오르누스 공이 반역을 일으켰습니다."

제가 말해놓고도 알렉산드라는 우습다는 생각뿐이 들지 않았다. 이런 말이 이토록 담담하게 나올 수 있다니.

"그리고 그와 나는 오랫동안 내연관계였고요."

"……."

그 말을 들은 시녀들의 눈이 놀람으로 커졌다.

처음 듣는 이야기는 그들을 당황스럽게 만들기에 충분했고, 알렉산드라는 군이 그런 반응까지 신경 쓰지는 않았다.

"나는 그와 이번 반역을 아주 오랫동안 준비해왔습니다. 아주…… 오랫동안을요."

"……."

"그러니까 적어도 이번 쿠데타로 파사궁이 피해를 입는 일은 없을 겁니다. 그 부분은 다들 안심하세요."

말을 마친 알렉산드라는 잠시 깊게 심호흡을 한 다음 모두에게 말했다.

"일단 우리는 우리의 일을 합시다. 평소대로요."

"폐하."

그때 드네리스가 조심스럽게 알렉산드라를 불렀고, 알렉산드라는 말하라는 듯 고개를 끄덕였다.

"황좌의 주인이 바뀌면…… 파사궁의 주인 또한 바뀌게 되나요?"

"……."

간접적인 질문에 알렉산드라는 순간 입을 다물었다. 우회적으로 돌려 말했지만, 핵심은 이것이었다.

라키아스가 새 황후를 들일 것인지, 아니면 내연 관계에 있던 알렉산드라의 황후 자리를 유지시킬 것인지.

알렉산드라는 머뭇거릴 수밖에 없었다. 그녀라고 라키아스의 황후 자리에 욕심이 없는 것은 아니었다. 거기다 라키아스는 아주 오래전부터 자신을 황후로서 옆에 앉힐 것이라고 말해왔다.

그러니 적어도 라키아스의 진심은 믿을 수 있었다. 하지만⋯⋯.

'상황이 그렇게 되지 않을 수도 있는 법이지.'

라키아스의 반역을 도왔던 이들이 만일 알렉산드라를 우호적으로 보지 않는다면?

사실 라키아스는 오래 전부터 독자적으로 세력을 형성해 왔고, 지금 황궁을 장악하고 있는 군대 또한 순전히 오르누스와 젠스카야의 소속이었다.

그러니 적어도 라키아스가 이른바 '공신'들에게 휘둘릴 일은 다른 쿠데타로 정권을 잡은 군주들보다는 그 확률이 낮을 것이었지만, 그 또한 알 수 없는 일이었다. 일단 폐제의 황후를 폐위하지 않는다는 것 자체가 상식적으로 있을 수 없는 일이었으니까.

어찌 되었건, 지금 왈가왈부하기에는 다소 이른 감이 있었다.

"오르누스 공작은 나를 황후의 자리에서 폐하지 않겠다고 약속했어요."

"아……."

"하지만 또 모를 일이지요. 설령 그렇게 된다고 해도 어쩌겠습니까. 그 부분에 대한 건…… 나중에 따로 논의될 기회가 있을 겁니다."

"어떤 결과가 나오던 저희는 폐하의 뜻에 따르겠습니다."

드네리스가 충직한 눈빛을 한 채 알렉산드라를 바라보았고, 그건 다른 시녀들도 마찬가지였다.

"황후 폐하를 따르겠습니다."

"끝까지 황후 폐하를 모시겠습니다."

"……다들 고마워요."

알렉산드라가 엷게 미소 지은 다음 모두에게 말했다.

"일단 당분간은 파사궁의 출입을 통제하고 하녀들은 입단속을 철저히 시켜주세요. 무언가 결정이 날 때까지 함부로 입을 놀려야 하는 일이 없어야 할 것입니다."

"물론입니다, 폐하."

"그럼 오늘은 이만 다들 일찍 잠자리에 드는 게 좋겠어요. 내일 일이 어찌 될지는 내일의 태양이 떠봐야 알 수 있을 테니까요."

알렉산드라의 말에 그녀 앞에 모여 있던 시녀들이 고개를 끄덕인 다음 일제히 허리를 숙인 채로 뒷걸음질 쳐 물러났다.

마레타를 제외한 모든 시녀들이 알렉산드라의 침실에서 나갔고, 알렉산드라는 피곤과 걱정이 묻어나는 얼굴로 마레타에게 물었다.

"잘 될까요?"

"방금 저희들이 하는 말을 듣지 않으셨습니까."

마레타가 온화하게 미소 지으며 알렉산드라를 안심시켰다.

"일이 어떻게 되던, 저희는 폐하를 끝까지 모실 겁니다."

그다음 날 회의를 위해 입궁한 귀족들은 황궁 안의 상황이 무언가 심상치 않음을 짐작했다. 사방을 둘러싼 낯선 기사들과 평소보다 배는 삼엄한 경계. 귀족들은 심각하고 무거운 분위기에 자신들도 모르게 최대한 몸을 낮추어 하네스 궁까지 들어갔다.

"도대체 오늘 황궁 분위기가 왜 이런 겁니까?"

"모르겠습니다, 각하. 뭔가 좀 이상하긴 하군요."

"일단 다들 회의장 안으로 들어가시지요."

하지만 회의 시작 시각을 넘겼음에도 클레이오는 코빼기도 비추지 않았고, 그것은 라키아스도 마찬가지였다. 두 거물의 부재에 귀족들이 웅성대는 것은 당연한 일이었고, 그들은 직감적으로 지난밤 황궁에 무슨 일이 있었음을 알아차렸다.

'설마…….'

노회한 귀족들은 수십 년간의 정치 경험을 통해 무언가 짚이는 게 있다는 표정을 지었다. 클레이오야 그렇다 치더라도 라키아스는 길지 않은 시간 동안 단 한 번도 회의에 늦은 적이 없었다.

그런 그가 하필이면 황제와 함께 회의에 불참한다고? 더구나 지금 상황까지 종합해 봤을 때 답은 한 가지밖에 나오지 않았다.

덜컥.

그때 문이 열리고 누군가가 회의장 안으로 들어왔다. 귀족들은 모두 긴장한 눈으로 문가를 쳐다보았다. 라키아스가 평소와 다름없는 얼굴로 회의장 안까지 들어오고 있었다.

아니, 정확히 말하자면 그 모습은 '평소와 다름없지'는 않았다. 그의 뒤로 호위가 틀림없는 여러 명의 기사들이 따라붙고 있었으니까. 무력을 동반한 광경에 귀족들은 자연적 긴장할 수밖에 없었다.

"다들 안녕들 하십니까."

라키아스가 나른하게 웃으며 인사를 건넸지만, 귀족들 중 어느 하나 인사를 받아주는 사람이 없었다.

그 반응에 라키아스가 서운하다는 듯 눈살을 구기며 물었다.

"저 지금 무시당한 겁니까?"

"오르누스 공작 전하."

그때 누군가가 떨리는 목소리로 라키아스를 불렀고, 라키아스는 자신을 부른 귀족을 응시했다.

"황제 폐하께서는 어디에 계십니까."

"……."

그 말을 들은 라키아스는 순간 어떻게 대답해야 할지 고민에 빠졌다. 폐제를 말하는 것이라면 이미 자신이 죽여 없앴고, 지금 황제는 엄밀히 말해 자신이 아니었다. 쿠데타긴 하지만 귀족들의 동의를 받지 못했으니까. 그래서 그는 하나하나 천천히 말해 나가기로 했다.

"문을 닫아."

그래서 라키아스가 가장 먼저 하기로 결심한 일은 바로 회의장의 출입구를 폐쇄하는 것이었다. 갑작스럽게 봉쇄된 출입구에 귀족들은 당황했고, 그중 몇 명은 화를 내기까지 했다.

"이게 무슨 짓이오, 오르누스 공작?"

"클레이오 1세가 어젯밤 죽었습니다."

라키아스의 말에 귀족들이 웅성댔고, 그중 한 명은 당황해서 소리까지 쳤다.

"황제 폐하께서 돌아가셨다니! 그게 도대체 무슨 소리요?"

"말씀드린 그대롭니다. 그는 죽었습니다."

라키아스가 단호하게 덧붙였다.

"내 손에 말이지요."

"……."

그 말을 내뱉은 동시에 싸한 정적이 회의장을 감돌았다. 지금 자신들이 제대로 들은 게 맞는지 의구심이 들었다.

그러니까 지금 이건…….

"오르누스 공작님, 그러니까 지금 반역을 도모하셨다고 말씀하시고 있는 것입니까?"

어이가 없는 목소리가 장내를 울렸고, 그 말을 들은 라키아스는 잠시 생각하는 표정을 짓다가 이내 고개를 저었다.

"아니, 아니지요."

"그럼……."

"성공한 반역은 더 이상 반역이 아닙니다. 포장한 혁명이고 있는 그대로 봐도 쿠데타죠."

"……."

"저는 복잡한 걸 상당히 싫어하는 사람입니다, 여러분."

라키아스가 빙긋 웃으며 원래 앉던 황제의 오른편이 아닌, 어제까지만 해도 클레이오가 앉았던 자리에 착석했다.

오로지 황제, 혹은 그 대리인만이 앉을 수 있는 자리를 그가 겁 없이 앉았고, 그 자리에 모여 있던 귀족들은 그제야 라키아스의 말이 허언이 아님을 실감했다.

"자, 제가 이 자리에 앉는 것에 반대하시는 분이 계십니까?"

"……."

"있다면 말씀해주세요. 그분의 목숨도 얼른 취해야 이 자리가 조용해질 것이 아닙니까."

노골적인 협박에 귀족들이 전부 다 마른침을 삼켰다. 상황을 보아하니 어제까지만 해도 멀쩡히 살아 있던 황제는 죽은 게 분명했고, 지금 그 자리에 대신 앉아 있는 사람은 라키아스였다. 심지어 반대하는 세력은 이 자리에서 죽이겠다고 공표하고 있는 상황에서, 도대체 누가 이 상황에 반기를 들 수 있을 것인가.

"없는 것 같군."

말투가 바뀌었다. 자연스러운 하대가 이상하리만치 어색하게 느껴지지 않아서 귀족들은 당황스러움까지 느낄 정도였다.

지나치게 빠른 정권 교체와 지나치게 조용한 반대 세력들.

황제, 아니 이제는 폐제가 되어버린 남자를 옹호하는 세력이 없는 것도 아니었는데, 사실 이 상황에서 쉽사리 반대의 목소리를 낼 수 있는 건 쉬운 일이 아니었다.

라키아스는 이미 얼마 전 총기사단장의 자리를 차지하면서 단기간에 황실 소유의 절대적 무력이라고 할 수 있는 황실기사단을 전부 손아귀에 넣었고, 그로 인해 라키아스가 소유한 외부의 무력이 황궁에 유입되는 것을 막을 명분이 사라졌다.

하지만 그 사실을 배제하더라도 오르누스와 젠스카야에 있는 기사들을 모은다면 결코 적은 수가 아니었다. 아니, 만약 그 수를 다른 귀족들이 서로 연합하여 대립한다 하더라도, 만약 에르네브에 있는 기사들까지 전부 끌어온다면 그때는 당해낼 수 있는 세력이 없었다.

"미리 경고하는데 허튼 생각은 하지 않는 게 좋을 거다. 이미 에르네브의 기사들을 황실기사단에 편입시키기 위해 황성으로 불러들였으니까."

"……."

"그렇다고 하더라도 국경 수비는 걱정하지 않아도 돼. 정예 부대는 남겨두고 왔으니. 외국에서 선전포고를 한다고 해도 뚫리지 않을 정도라."

라키아스가 묘한 미소를 띤 얼굴로 덧붙였다.

"이제 내가 황제인데."

"……."

"아무렴 내 자리 지키겠다고 나라를 위험에 빠뜨릴 수는 없으니까."

"……."

"그럼 이제 더, 문제 될 게 있나?"

귀족들은 아무 말도 하지 못했다. 도무지 지금 이 상황을 받아들이기가 어려웠다.

모든 게 너무나도 순식간에 이루어졌다. 역사상 수많은 반역이 있었고 쿠데타가 있었지만, 이 정도로 빠르고 위험부담 없이 진행된 쿠데타가 있었던가?

반대세력이 거의 없다고 무방할 정도의 성공한 쿠데타가?

전례 없는 일에 귀족들은 전부 당황스러운 심정이었지만, 더 당황스러운 건 설령 반대 세력이 있다고 하더라도 새로 즉위한 황제를 완전히 끌어내릴 수 있을 만큼 비등하지 않다는 사실이었다.

사실 라키아스가 그간 보유하고 있던 세력을 고려해 본다면 그

전부터 선황이나 클레이오가 라키아스를 견제하지 않은 게 이상할 정도였다. 중앙 정계로 진출한 이후 그는 언제든 마음만 먹는다면 황좌를 집어삼킬 수 있는 존재였는데도.

아니, 어쩌면 알고 있었는데도 그렇게 생각하지 않고 싶었을지도. 그저 제 편이 되어줄, 조금 세력이 강한 혈족으로만 생각하고 싶었는지도 모른다. 그렇다고 해서 안일했던 그들을 무작정 비난하기도 어려운 것이, 그간 라키아스의 행적을 고려하면 그는 정말 완벽한 충신이었기 때문이었다.

과거에는 국경을 충실히 수호한 전장의 사신, 근래에는 황제의 명을 무조건적으로 따르는 황가의 충신.

그러니 누가 그를 의심할 수 있었겠는가. 의심하고 싶지 않았을 것이다. 그토록 순수하고 욕심 없어 보이는 그를 끝까지 저를 지켜주고 제 편이 되어줄 든든한 혈족으로 여기고 싶었을 것이다.

그때 한 귀족이 자리에서 일어섰다. 그리 신분이 높지도 낮지도 않은 중급의 귀족이었다.

그는 라키아스를 감히 빤히 응시하지는 못하고 그가 앉아 있는 자리만 가만히 쳐다보다가 이내 무릎을 꿇고 외쳤다.

"새로운 레예스의 주인을 뵙니다!"

그 돌발적인 행동은 그제까지 정신 차리지 못하고 멍하니 있던 귀족들을 각성시키기에 충분했다. 그들의 머릿속에서는 이미 새로 즉위한 황제에게 잘못 보였다가는 대대적인 숙청 대상으로 전락할 수 있다는 사실만이 가득 맴돌고 있었다. 결국 빠르게 생각을 마무리한 귀족들은 하나둘씩 자리에서 일어나 그 자리에 무릎 꿇고 외쳤다.

"레예스의 아버지, 황제 폐하를 뵙습니다!"

"위대하신 레예스의 새로운 태양을 뵙습니다!"

라키아스는 다리를 두 번 꼰 채로 제 앞에 무릎을 꿇고 앉은 귀족들의 모습을 내려다보았다. 이것이 그가 생각하는 복수의 완성이었다.

결국 모든 것이 제자리로 돌아갔다. 본래 제 아비의 뒤를 이어 차지해야 했던 황좌에 앉는 것.

본래 자기 것도 아니었으면서 마치 제 것인 양 행동했던 선황과 역겨운 폐제를 처단하고 오로지 홀로 맛보는 달콤한 권력의 환수.

모든 것이 만족스러웠다.

하지만 아직 해결해야 할 문제가 하나 남아 있었다.

그렇지만⋯⋯.

'오늘은 너무 빠르군.'

그건 내일 말해도 상관없었다.

라키아스는 굳이 서두를 이유가 없다고 생각하며 모두에게 말했다.

"복잡한 건 질색이고 번거로운 건 혐오한다. 모든 건 기존과 크게 달라지지 않아. 회의는 언제나처럼 내일 9시에 열릴 것이고, 우리는 우리의 일을 한다."

"……."

"달라지는 것은 딱 한 가지. 이 자리에 앉는 사람이 앞으로도, 영원히 내가 될 것이라는 사실."

라키아스가 나른하게 웃으며 말을 맺었다.

"그것뿐이다."

그날 아침 눈을 뜨고 나서부터 알렉산드라는 초조하기 이를 데 없는 상태로 오전을 보내고 있었다. 아직 아무런 소식도 들려오지 않는 것을 보면 분명 문제가 생긴 건 없을 텐데, 그럼에도 불구하고 알렉산드라는 처음으로 초조함을 느꼈다.

이런 감정은 숱한 정적의 처벌을 기다릴 때조차도 겪지 않았던 감정이었다. 그러다 알렉산드라는 문득 자신이 왜 이렇게 평소답지 않게 차분하지 못한지 깨달았다.

'아아, 하긴.'

그 사람은 다르니까. 그들은 내 인생에서 조금도 중요하지 않은 사람들이었지만, 그는 달라.

내 인생에서 이제 더없이 중요한 사람. 그런 사람의 일인데 어떻게 초조하지 않을 수 있겠어?

알렉산드라는 저도 모르게 엷은 미소를 지은 채로 검토하고 있던 서류의 귀퉁이를 작게 구겼다.

"황후 폐하."

법적인 남편이 폐제가 되었음에도 알렉산드라가 불리는 호칭은 여전히 '황후 폐하'였다.

우스운 일이었으나 알렉산드라는 어쩔 수 없다고 생각했다. 자신의 처지가 훗날 어떻게 되든 그건 라키아스에게 달려 있는 일이다.

그 전까지는 황제가 누구이든지 간에 그녀는 황후였다.

알렉산드라가 떨리는 목소리로 물었다.

"무슨 일인가요, 엘로웬?"

"오…… 황제 폐하께서 오셨습니다."

아직은 어색한 호칭이었는지 엘로웬이 서둘러 자신의 실수를 정정했다. 알렉산드라가 떨리는 표정으로 아직 아무도 들어오지 않은 문가를 응시했다.

그녀는 주저하다가 잠시 후에 입을 열어 대답했다.

"……모시도록 해요."

라키아스를 향해 공식적으로 이런 존대를 하는 것은 처음이었다. 알렉산드라가 차분히 자리에서 일어섰다.

이내 문이 열리며 라키아스가 안으로 들어왔고, 알렉산드라는 만감이 교차하는 얼굴로 그를 향해 천천히 걸어갔다.

라키아스 역시 묘한 눈빛으로 알렉산드라를 바라보고 있었다.

"위대하신 제국의 태양."

알렉산드라가 빙긋 웃으며 허리를 굽혔다.

"황제 폐하를 뵙습니다."

그 말을 들은 라키아스는 잠시 그녀가 제게 인사하는 모습을 응시하다가, 이내 똑같이 허리를 굽혔다.

"위대하신 제국의 달, 황후 폐하를 뵙습니다."

그렇게 맞인사를 하고 난 뒤 둘은 허리를 펴 올리며 서로를 바라보았다. 두 사람의 눈이 마주쳤고, 알렉산드라는 웃음을 못 참겠다는 듯 이내 낮은 웃음소리를 냈다.

그 모습에 라키아스가 빙긋 웃으며 물었다.

"왜 웃으시나요, 폐하?"

"그 이유를 꼭 말해줘야 압니까?"

"말해주지 않으면 모르지요."

라키아스가 좀 더 가까이 그녀에게 다가간 다음 알렉산드라의 얼굴을 부드럽게 감싸 쥐었다.

"나는 황제이지, 신이 아니라서."

그 말만 남긴 채, 라키아스는 알렉산드라에게 예고 없이 키스했다.

하지만 이미 그렇게 될 줄 알았던 것처럼, 알렉산드라는 아무렇지 않게 그의 키스를 받아들이며 라키아스의 목을 천천히 휘감

왔다.

백 마디의 말보다 이 한 번의 키스로 인해 알렉산드라는 그간 초조해했던 감정들을 전부 정리할 수 있었다. 그는 실패와 죽음을 앞두고 이렇게 부드럽게 입 맞추는 남자가 아니었다. 지금이 만약 마지막 순간이었다면 그는 입을 맞추기보다는 침대로 직행했을 것이다. 그녀가 황홀경에 빠진 목소리로 물었다.

"잘…… 됐어?"

그 질문이 사랑스럽다는 듯, 라키아스가 다정하게 알렉산드라를 바라보며 대답했다.

"물론이지."

"……."

"그러니까 지금 이렇게 당신에게 입 맞추고 있는 거잖아."

그리고 더 이상의 대화는 필요 없다는 듯, 라키아스는 말할 틈도 주지 않은 채 알렉산드라에게 계속 입을 맞춰왔다.

그 순간만큼은 그녀에게 필요했던 것이 그와 마찬가지로 대화가 아닌 키스였기 때문에.

알렉산드라는 더 말하려는 시도를 하지 않은 채 그냥 그와 나누는 따스한 숨결과, 불규칙한 호흡과, 떨리는 입술에 더욱 집중하기로 했다.

"역사상 유례없는 쿠데타일 거야."

모두가 그렇게 생각하겠지만, 알렉산드라 역시 라키아스의 쿠데타를 그렇게 평했다. 알렉산드라의 말에 침대 위에 가만히 누워 있던 라키아스가 피식 웃으며 대꾸했다.

"나도 그렇게 생각해."

"그런 거치고는 너무 자신만만한데?"

"그럴 수밖에 없도록 준비했으니까."

라키아스가 덤덤하게 말을 이었다.

"결과가 빠르고 깔끔하다고 해서 그 과정에 들인 노력이 무수하지 않은 건 아냐."

"……그래."

이 남자가 그동안 들인 노력, 공, 땀, 전부 다, 알렉산드라는 전부 알지는 못했지만, 그래도 반쯤은 알고 있다고 자신했다.

하지만 그 모든 것이 없었다 치더라도, 그 빛나는 금색 황좌의 주인은 본래부터 이 남자의 것이었다.

원래라면 환수가 아닌 승계가 이어졌어야 할 자리. 알렉산드라가 평온한 얼굴로 라키아스의 가슴 위에 머리를 기댄 채 중얼거렸다.

"모든 게 다 제자리로 돌아온 것뿐이야."

"당신도 이제 제자리로 돌아가야지."

나의 제자리?

라키아스의 말에 알렉산드라가 절로 냉소를 지어 보였다. 회귀 전에도 그렇지만, 회귀 후에도 여전히 그녀의 '제자리'는 없었다.

알렉산드라가 무심하게 라키아스의 말을 맞받아쳤다.

"나한테 그런 게 있을 리 없잖아."

"왜 없어."

라키아스가 알렉산드라의 어깨를 제 품으로 끌어당기며 속삭였다.

"내 옆. 유일하게 나와 동등한 자리."

"……."

"그게 당신이 있을 자리야."

"귀족들이 반대할걸."

라키아스는 예전부터 저를 새 황제의 황후로 삼고 싶다고 말해 왔었다. 하지만 그게 현실이 될 거라고 생각한 적은 단 한 번도 없었다.

아니, 의도적으로 그렇게 생각하는 것을 차단해왔다. 그 달콤한 밀어를 또다시 믿기에 그녀는 한 번 배신당한 전적이 있었으므로.

"나는 기대하지 않아, 라키아스."

"……."

"당신의 옆자리에 욕심이 없는 건 아니야. 하지만 진부하더라도 나는 당신을 사랑하기 때문에…… 당신이 힘들게 되찾은 그 자리에 누가 되고 싶은 마음은 없어."

"그렇다면 더더욱 내 옆에 있어야지."

라키아스가 아까보다 낮아진 목소리로 알렉산드라에게 말했다.

"누구 죽는 꼴 보고 싶어?"

"과장은."

"당신이 없다고 이 자리가 빛나지 않는 건 아니지만, 당신이 없다면 반쯤은 그 빛을 잃을 거야."

반쯤이라니. 그것만으로도 충분한걸.

라키아스가 천천히 눈을 감으며 중얼거렸다.

"상식적으로 말이 안 되잖아."

"그럼 뭐, 날 떠나서 다른 데로 갈 생각이었나?"

"선택의 여지가 없으니까."

알렉산드라가 아무렇지 않게 읊조렸다.

"나에 대한 비난은 어느 정도 감수할 거야. 그래도 뭐…… 죽기 전까지 부모님이나 모시고 살려고 했지."

"……"

"아니면 당신 사생아라도 낳아서 기를까? 그건 애한테 너무 잔인한가? 그래도 지클린데의 후작 자리는 확실하게 줄 수 있을 것 같은데."

"……당신이 낳은 내 애가 왜 사생아야."

뒷목이 서늘해지는 소리에 라키아스가 으르렁거리는 목소리로 알렉산드라에게 말했다.

"분명히 말해두는데, 당신 없으면 이 제국의 혈류는 내 대에서 끊기는 거야."

"웃기지도 않아."

알렉산드라가 냉소적으로 대꾸했다.

"그런 달콤한 말을 믿을 만큼 이제 소녀는 아니라서, 내가."

"못 믿겠으면 보여줄까, 직접?"

라키아스가 위험스레 웃으며 물었고, 광기가 서린 눈빛에 알렉산드라는 저도 모르게 흠칫했다.

하지만 라키아스는 아랑곳하지 않고 제 할 말을 이었다.

"내일 한번, 기대해 봐도 좋아."

어떤 소식이 이곳으로 들려오는지.

다음 날이 되었을 때 귀족들은 새 황제가 주재하는 첫 회의의 안건이 무엇인지에 대해 저들끼리 열심히 추론했다. 하지만 역시 뭐니 뭐니 해도 새 황제가 제일 먼저 처리해야 할 가장 중요한 문제는 '파사궁의 다음 주인이 누가 될 것이냐'에 관한 것이었다.

"파사궁의 주인은 바뀌지 않는다."

그리고 새 황제가 된 라키아스로부터 이 말을 들었을 때, 귀족들은 경악할 수밖에 없었다. 파사궁의 지금 주인은 죽은 폐제 클레이오의 정실이었다. 그런 여자를 다시 황후로 들인다고?

있을 수 없는 일에 귀족들은 당연히 반발할 수밖에 없었다.

"폐하, 불가능한 일입니다. 재고하여 주시지요."

"폐제의 황후를 죽이지는 못할망정 황후의 자리를 유지시키겠다니요. 말도 안 되는 일입니다!"

"황실의 품위가 손상될 것입니다!"

물론 라키아스도 바보는 아니었기 때문에, 지금 자신이 알렉산드라를 놓아주지 못하는 행동이 얼마나 정치적으로 위험천만한 행동인지 정도는 알고 있었다.

하지만 머리와 가슴은 가끔씩 일치하지 않을 때도 있는 것이었다.

이를테면 지금 이런 때 같은 경우 말이다.

"그렇다고 하더라도 파사궁의 주인은 바뀌지 않아."

"……."

"재고는 없다."

"……폐하, 이런 식의 결정은 곤란합니다."

"폐하께서 정치에 입문하신 지 그리 오래되지 않아 잘 모르시는 듯한데…… 이런 중대사를 저희의 동의 없이 결정하실 수는 없는 일입니다."

"부디 다시 생각해 주시지요, 폐하. 지금의 황후는 폐위시키고, 새 황후를 들이셔야 합니다."

"……."

마지막 말이 그의 심기를 강하게 건드렸다.

폐위시킨다고? 누굴?

감히?

라키아스의 표정이 싸하게 가라앉았지만, 유감스럽게도 이를 눈치챈 귀족들은 그의 지척에 앉은 자들을 제외하고는 거의 없었다.

"폐하, 이는 황실의 품격과 위엄을 떨어뜨리는 일……."

"애당초 쿠데타 자체가 황실의 품격과 위엄을 떨어뜨리는 일이지."

아무렇지 않게 자조적인 말을 내뱉은 라키아스가 그로 인해 충격받은 귀족들을 무시한 채 말을 이었다.

"지금의 황후 폐하께서는 내 즉위에 기여한 일등 공신이시다. 또한 내가 유일하게 진심으로 사랑하고 있는 사람이기도 하지."

"……."

"공신에게 그에 걸맞은 지위와 대우를 제공하는 것이 죄인가?"

"하지만 그런 문제라면 새로이 작위를 내려주시는 것 또한 좋은 방법이 될 것입니다."

"……아니, 다들 내 말을 제대로 듣지 못한 것 같은데."

라키아스가 슬슬 불쾌해지기 시작한 얼굴로 말을 씹어 뱉었다.

"나이가 들어 귀가 먹었나? 내가 유일하게 사랑하는 분이라고

했다."

"……"

"알렉산드라 황후의 태가 아니라면 내 아이가 태어날 일은 없어. 차기 황제는 틀림없는 나와 알렉산드라 황후의 2세이다. 그 점은 황제의 이름으로 확실히 해두지."

"폐하……!"

"그리고 다들 뭔가 착각하고 있는 것 같은데."

라키아스가 비뚜름하게 입꼬리를 끌어 올려 웃었고, 그 모습을 본 귀족들은 다들 움찔했다.

"내가 아직 그대들을 그 자리에 그대로 두겠다고 말한 적이 없어."

"……"

"내 즉위에 일말의 도움도 되지 못한 그대들을 내가 그 자리에 계속 앉혀 두어야 할 필요가 있나? 곁에 젊고 충성스러운 인재들이 차고 넘치는데?"

노골적인 협박에 귀족들은 절로 입을 다물었다.

라키아스가 어제까지만 해도 우호적인 태도를 취했기 때문에 다들 잊고 있었지만, 분명 지금은 정권 교체기였다.

심지어 어제 일어난 것은 정상적인 황위 승계도 아닌 쿠데타. 지금 가지고 있는 것들을 언제 내려놓아도 기성 귀족들에게는 어색할 일이 없었다. 그건 역사적으로 반복되어 오던 일이었으니까.

"그 자리 보존하고 싶으면 현명하게 판단하는 게 좋을 거야. 미리 말하지만 그대들이 전부 오늘부터 무기한 파업에 들어간다고 해도 제국의 행정이 마비되는 일은 거의 없다. 그런 것까지 전부 고려하고 이 자리에 앉았어. 내 뜻에 따르지 않겠다면 지금 당장 이 자리에서 나가."

"……."

"다들 알겠지만, 나도 꼬투리는 많을수록 좋으니까."

그렇게 말한 라키아스가 저도 모르게 싱긋 웃어 보였는데, 방금 그 말을 들은 귀족들의 눈에 그 미소가 실제 그런 것처럼 아름다워 보일 리 없었다. 그들은 다시 재빨리 머리를 굴렸다.

황제의 말이 거짓이 아니라는 사실은 굳이 더 묻지 않아도 알 수 있었다. 오르누스, 에르네브, 젠스카야의 병력만 합쳐도 이미 황실의 수준을 뛰어넘었는데, 문관이라고 해서 인재가 곁에 없을 리 없었으니까.

"그렇다면 오늘은 내가 한번 물어보지."

여전히 웃는 낯을 한 라키아스가 가장 지척에 앉아 있던, 고위 귀족이 틀림없는 이에게 물었다.

"내 황후로 누가 적합하다고 생각하나?"

노골적인 검증 방법이었다.

질문을 받은 귀족은 당연히 당황한 얼굴을 한 채, 감히 황제의 얼굴을 제대로 바라보지는 못하고 아래만 뚫어져라 쳐다보았다.

대답이 들려오지 않자 라키아스는 얼굴을 찌푸리며 물었다.

"감히 황제의 하문에 대답하지 않는 건가?"

"아, 아닙니다, 폐하."

"귀가 먹은 건 아닌 것 같은데…… 그렇다면 한번 대답해 보게. 과연 누가 파사궁의 새 주인으로 적합한가?"

"……저는."

다시 한번 짧은 침묵 끝에 질문을 받은 귀족이 입을 열었다. 그는 한눈에 봐도 긴장한 기색이 역력해 보였는데, 이마 옆에 송골송골 맺힌 식은땀과 땀으로 흥건해진 그의 양손이 그 증거였다.

그는 화두를 내뱉고도 잠시 머뭇거리다가, 이내 체념한 듯한 목소리로 말했다.

"굳이 파사궁의 주인을 바꿀 필요가 없다고 생각합니다."

"그래?"

라키아스가 만족스러운 미소를 지어 보이며 물었다.

"그게 정녕 그대의 뜻인가?"

"저의…… 진심입니다, 황제 폐하."

"그렇군."

그가 두어 번 고개를 끄덕거린 다음 이번에는 모두에게 물었다.

"알렉산드라 황후가 파사궁을 계속 쓰는 데 반대하는 사람이 있나?"

"……."

"있으면 지금 말하는 게 좋을 거다. 황후의 자리는 한 번 결정하면 바꿀 수 없으니까."

은퇴를 하고 싶은 게 아니라면 방금 라키아스의 위협적인 말을 듣고도 그 말에 반대할 수 있는 사람은 없었다.

하지만 라키아스는 짓궂게도 계속해서 물었다.

"정말 나의 황후로 그녀를 지정하는 데 반대하는 사람이 없다는 뜻이지?"

"……그렇습니다, 폐하."

"동의합니다, 폐하."

"완벽하군."

라키아스가 황홀하다는 듯한 얼굴로 말했다.

"이토록 경들이 내 뜻을 잘 헤아려주다니. 아주 기쁘기 이를 데가 없어."

그런 다음 그는 이 회의장에서 그간 보인 모습들 중 가장 환하게 웃으며 모두에게 말했다.

"즉위식은 한 달 후로 잡도록 하지. 그때 황후와의 결혼식도 함께 거행하겠다."

당연하게도, 그 말에 반대하는 사람 또한 없었다.

"황후 폐하."

페넬로페가 다급한 목소리로 알렉산드라의 집무실 안으로 들어왔고, 그 모습에 알렉산드라는 덜컥 불안해져 물었다.

"무슨 일이야, 페니?"

"방금 하네스 궁에서……."

"……."

"황후 폐하를 새 황제 폐하의 황후로 유지하는 데 동의한다는 의결이 나왔습니다."

"……지금?"

알렉산드라가 얼떨떨한 목소리로 물었다. 그가 분명 어제 그렇게 말하기는 했었다. 내일 한 번, 기대해 봐도 좋다고.

하지만 그게 이렇게 빨리 처리될 정도로 가볍고 사소한 사안이었던가? 알렉산드라가 혼란한 얼굴로 중얼거렸다.

"말도 안 돼, 어떻게……."

"말이 안 되긴."

그때 익숙한 목소리가 그녀의 가슴을 파고들었다.

알렉산드라가 여전히 얼이 빠진 얼굴로 제 쪽을 향해 걸어오는 라키아스를 쳐다보았다. 라키아스는 그 특유의 자신만만한 미소를 지으며 그녀에게로 계속 걸음을 옮겼다.

"나의 세상에 말도 안 되는 일은 없어."

"……."

"그게 당신과 관련된 일이라면 더더욱."

라키아스의 등장에 페넬로페가 눈치껏 자리를 비켜주었고, 둘만 남게 되자 알렉산드라는 자연스럽게 본심을 표출했다.

"어떻게 된 거예요?"

"어제 말하지 않았나. 오늘을 기대하라고."

"빈말인 줄 알았지."

알렉산드라가 떨리는 목소리로 고개를 저었다.

"귀족들이 이렇게 빨리 허락할 리 없잖아요."

"당신 말이 맞아, 렉시. 하지만 그렇다고 하더라도……."

라키아스가 알렉산드라의 흐트러진 머리카락을 정리해주며 달콤하게 속삭였다.

"당장 제 자리 보존이 그들에게는 더 중요할 테니까."

"……협박이라도 한 건가요?"

"못할 것도 없지."

라키아스가 아무렴 어떠냐는 듯한 얼굴로 빙긋 웃었다.

"지금은 혼란스러운 정권 교체기잖아? 명분도 충분하고, 힘도 충분한데 내가 망설여야 할 이유가 있나?"

"……."

없었다. 맙소사.

"그렇다고 이렇게 빨리……."

"나는 당신과 관련된 일을 질질 끄는 게 싫어."

그 말과 함께 라키아스가 알렉산드라의 왼손을 들어 그녀의 손 등에 입 맞추었다. 부드러운 입술이 그보다 더 부드러운 손등의 살 갗에 닿았고, 라키아스는 황홀함을 느끼며 그녀에게 속삭이듯 말했다.

"적어도 당신을 위해서라면 난 뭐든 해."

"……."

"그러니 나의 진심을 믿지 말고, 나의 힘을 믿어, 렉시."

어차피 그녀는 의심이 많은 사람이었고, 그 의심을 다 풀어주기에 자신과 함께한 시간은 너무나도 짧았다.

그러니 앞으로도 계속 보여줘야지. 자신이 그녀를 위해 어디까지 막 나갈 수 있는지. 어디까지 함부로 행동할 수 있는지를.

"그럼 당신도 불안해할 일은 없을 테니까."

"……."

"즉위식은 한 달 후야. 더 미룰 마음의 여유가 없네."

라키아스가 환하게 웃으며 알렉산드라의 볼을 어루만졌다.

"우리 결혼식도 그때 진행하자."

"……꿈꾸는 거 같네, 정말."

알렉산드라가 얼떨떨한 목소리로 믿기지 않는다는 표정을 지었고, 라키아스는 그녀를 이해할 수 있었다.

그녀가 이 당연한 것을 꿈처럼 여긴다면 그는 늘 그녀에게 꿈을 보여주면 되었다. 깨지 않는 영원의 꿈.

라키아스가 그녀의 귓가에 다정하게 속삭였다.

"앞으로도 계속 꿈만 꾸게 해줄게."

"……."

"그러니까 당신은 계속 꿈만 꿔도 좋아."

현실을 감당하는 건 이제 오로지 내 몫으로 맡겨 둬. 당신은 너무 오랫동안 현실 속에서 싸웠으니까.

라키아스가 길고 붉은 알렉산드라의 머리카락에 조용히 입 맞추며 속삭였다.

"절대 깨지 않게 만들어 줄게."

이 전대미문의 사건이 사교계로 퍼져나가지 않을 리 없었다. 신속한 정권 교체와 그로 인해 즉위하게 된 폐제의 당숙이 폐제의 황후였던 여자를 황후로 맞겠다고 선언한 것은 분명 레예스 제국은 물론이고 외국까지 센세이션을 일으킬 만한 사건이었다.

그로 인해 알렉산드라는 사교계에서 가장 뜨거운 감자가 되어야만 했지만, 애당초 그런 것까지 전부 염두에 두었던 알렉산드라는 자신을 둘러싼 추문들에 대해 별로 신경 쓰지 않았다.

차라리 자신이 나쁜 사람이 되어 라키아스에게 쏠릴 법한 비난들을 막는 것도 나쁘지 않았으니까.

"황후 폐하, 너무 아름다우세요."

드네리스가 감격스러운 목소리로 알렉산드라를 응시했다. 이미 한 번 치러본 적 있던 대관식. 이미 한 번 치러본 적 있던 결혼식.

하지만 알렉산드라에게는 오늘의 모든 것이 마치 처음인 것마냥 특별하게만 느껴졌다. 알렉산드라가 희미하게 미소 지으며 말했다.

"고마워요, 드네리스. 처음도 아닌데 많이 떨리네."

"그러실 만도 합니다. 사랑하시는 분과는 처음으로 모든 것을 함께하는 날이니까요."

마레타의 말에 알렉산드라가 동의한다는 듯 입가에 걸었던 미소를 한층 짙게 만들었다.

마레타의 말이 맞았다. 오늘은 그녀가 진심으로 사랑하는 남자와 함께하는 모든 것의 처음이었다. 대관식도, 결혼식도, 전부 다 처음.

알렉산드라가 떨리는 목소리로 물었다.

"잘할 수 있겠지?"

"지금까지도 잘하셨는걸요."

페넬로페가 밝은 목소리로 그녀에게 응원의 말을 건넸다.

"지금까지처럼만 하시면 됩니다, 폐하."

"지금까지처럼 할 필요도 없어."

그때 뒤쪽에서 낯선 목소리가 끼어들었고, 알렉산드라는 반사적으로 뒤를 돌았다. 자신이 있는 쪽으로 걸어오는 한 화려한 남자를 향해 알렉산드라는 무의식적으로 미소 지었다.

"그동안은 너무 힘들었잖아, 그렇지?"

"별로 힘들지는 않았는데."

"거짓말은."

라키아스가 사랑스러운 눈으로 알렉산드라를 쳐다보았고, 그 모습에 마레타와 다른 시녀들은 눈치 있게 자리를 비켜주었다.

마침내 두 사람만 남게 되자 라키아스는 눈꼬리가 휘게 웃어 보이며 알렉산드라에게 속삭였다.

"확실히 클레이오의 황후일 때도 아름다웠지만."

"……."

"내 황후일 때가 비교할 수 없을 정도로 더 아름다워."

"그랬을 거야. 그때의 나는…… 웃고 있지 않았으니까."

알렉산드라가 당연하다는 듯 고개를 끄덕이며 라키아스를 향해 읊조렸고, 그 말에 라키아스는 물었다.

"그럼 지금은?"

"당신 눈으로 직접 봐. 어떤 것 같아?"

"행복해 보이네."

"정답."

짓궂은 미소를 입가에 내건 알렉산드라가 라키아스의 모습을 아래위로 훑어보다가 이내 한마디를 내뱉었다.

"당신도 역시 공작보다는 황제의 의관이 더 잘 어울려. 멋지고."

"당연하지."

라키아스가 입고 있던 대관복을 슬며시 어루만지며 중얼거렸다.

"여기에 담긴 게 아주 많거든. 피땀 어린 노력, 눈물과 복수심."

"……."

"그리고 당신에 대한 진심까지. 내 모든 것이 담긴 옷이야."

"마찬가지야."

두 번의 인생 모두가 보상받는 기분이었다.

비극으로 끝난 첫 번째 삶, 복수 후 피폐하게 마무리될 줄 알았던 두 번째 삶까지 전부 다.

자신이 지금 입고 있는 황후의 드레스에도 라키아스와 비슷한 것들이 담겨 있었다.

복수, 노력, 눈물과…….

"여기에 내 인생 전부가 오롯이 담겨 있어."

그리고 당신에 대한 사랑.

알렉산드라가 빙긋 웃으며 라키아스를 향해 손을 내밀었고, 라키아스는 그 모습을 미소 띤 얼굴로 바라보다 이내 천천히 그녀를 일으켜주었다.

아직은 티아라를 쓰지 않아 비어 있는 알렉산드라의 머리 위를 바라보다가, 라키아스는 이내 천천히 그녀에게 다가가 이마 위로 키스를 남겼다. 하지만 라키아스의 입술은 그 후로도 꽤 오랫동안 알렉산드라의 이마 위에서 머물렀다.

"더 내려가고 싶은데."

"……."

"그럼 어쩐지 화장 지워진다고 당신이 화낼 것 같아."

"당연하지."

알렉산드라가 피식 웃으며 대꾸했다.

"중요한 의식이 코앞이야. 조금만 참아."

"조금이라면, 얼마나 더?"

"피로연까지 합하면 10시간 정도?"

"……농담이지?"

"진담인데."

키득거리며 웃은 알렉산드라가 은근슬쩍 몸을 돌려 라키아스의 한쪽 팔짱을 꼈다. 그 행동에 라키아스는 대놓고 좋아하는 얼굴로 혼잣말을 중얼거렸다.

"행복하네."

"그래?"

"당연하지 잠시 후면 우리가 서로의 것이라는 걸 모두의 앞에서 공표할 수 있잖아."

"……당신 정말 소유욕 하나는 끝내줘."

"그래서, 싫어?"

"아니."

당연히 싫을 리가, 없지.

입꼬리를 길게 끌어 올린 채 미소 지은 알렉산드라가 이내 천천히 한 걸음씩 앞으로 걸어갔다.

라키아스 역시 그녀의 걸음에 맞추어 한 발짝씩 걸었고, 마침내는 모든 귀족들과 제국민들이 모여 있는 대연회장까지 도달했다.

"황제 폐하, 황후 폐하 드십니다."

커다란 목소리와 함께 무거운 문이 양쪽으로 열렸다. 문 앞에서 라키아스와 함께 서 있던 알렉산드라는 그곳에 모여 있던 모든 귀족들과 제국민들이 자신들을 향해 머리를 조아리고 있는 모습을 보았다. 분명 클레이오의 황후였을 때에도 겪은 적 있는 순간인데, 마치 오늘이 처음인 것처럼 모든 것이 설레고 두근거렸다.

알렉산드라가 떨리는 표정으로 저도 모르게 라키아스를 쳐다보았고, 그 순간 라키아스 역시 알렉산드라에게로 시선을 돌렸다.

그녀를 보자마자 라키아스는 아름답게 웃으면서 듣기 좋은 중저음의 목소리로 알렉산드라에게 속삭였다.

"갈까?"

"응."

알렉산드라가 싱긋 미소 지으며 고개를 끄덕였다.

"같이 가."

그 말과 동시에 두 사람은 다시 앞쪽으로 걸어가기 시작했다.

새 황제와 황후의 탄생을 축복하는 소리가 사방에서 환호성처럼 들려왔다.

두 사람의 이야기는 지금부터 시작이었다.

알렉산드라는 살면서 총 세 번의 피로연을 가졌다.

클레이오와 결혼하여 3황자비가 되었을 때 한 번, 클레이오의 황후가 된 대관식 이후에 한 번, 그리고 지금.

처음 두 번의 대관식은 남편이 동일인이었기 때문에 문제가 없었지만, 지금은 상황이 달랐다. 무려 폐제의 황후에서 새 황제의 황후가 된 셈이었으니까. 앞으로는 충성을 다한다는 맹세를 내뱉으면서도 뒤로는 수군거림이 나오지 않으려야 나올 수밖에 없는 상황이었다.

"황후 폐하, 다시 뵙게 되어 영광입니다."

"오늘도 여전히 아름다우시네요. 늘 한결같이 아름다우시니 그 미모의 비결이 궁금할 정도랍니다."

"황제 폐하께서는 다정히 대해 주시나요?"

하지만 대부분 그녀의 앞에서는 클레이오와 관련된 이야기를 꺼내지 않았고, 그냥 평소와 비슷한 이야기를 나눌 뿐이었다. 그게 예의였으니까. 기껏해야 새로 황제로 즉위한 라키아스에 관한 이 야기만 가끔씩 나올 뿐이었다.

물론 아닌 경우도 분명 있었다.

"……그러니까 지금 남편을 배신하고 새로운 남자에게 엉겨 붙 은 상황 아니에요?"

그때 목소리 하나가 알렉산드라의 주변으로 날아들었다. 감히 황후에게 간 크게 그런 말을 앞에서 대놓고 한 것은 아닐 것이다.

알렉산드라가 슬며시 고개를 돌려 목소리의 진원지를 파악 했다.

"하."

상대를 파악한 알렉산드라의 입에서 헛웃음이 터져 나왔다. 그 때 그 스타인즈 공녀였다. 클레이오와의 불화설이 한참 돌았던 시 기에 티파티에서 금실이 좋으니 얼른 황손을 생산할 수 있다고 말 했던.

그때 알아봤어야 했는데.

알렉산드라가 싸늘한 표정을 지으며 곁에 있던 이들에게 잠깐 양해를 구한 다음 스타인즈 공녀가 있는 곳으로 다가갔다.

그녀는 여전히 신난 얼굴로 떠들고 있었다.

"하지만 어떻게 보면 황후 폐하께서도 상당히 대단한 분이시라 니까요. 어쩜 사이가 나빠질 기미가 보이자마자 그렇게 바로 폐제 를 배신하실 수 있으신지."

"저, 스타인즈 공녀……."

알렉산드라를 발견한 한 영애가 당황한 얼굴로 스타인즈 공녀에게 눈치를 주었지만, 그 신호조차 스타인즈 공녀는 알아차리지 못했고, 말은 계속 이어졌다.

"솔직히 우리 모두 귀감으로 삼아야 할 분이라고 생각해요. 자신의 실익에 맞지 않는다고 생각되면 곧바로 버리는 그 빠른 판단력! 하긴 뭐 그런 걸 배운다고 해서 따라 할 수 있는 건 아니지만……."

"재미있는 이야기를 하고 계시네요."

알렉산드라가 예고 없이 끼어들었고, 주변에 있던 영애들은 알렉산드라의 등장과 함께 숙연해지며 냉큼 고개를 숙였다.

스타인즈 공녀도 물론 그 정도는 했다.

문제라면 '숙연해'지기까지는 하지 못했다는 점이지만.

"위대하신 제국의 달, 황후 폐하를 뵙습니다."

"지난번에도 그렇고 이번에도."

알렉산드라가 재미있다는 미소를 지으며 스타인즈 공녀를 응시했다.

"자주 마주치네요, 스타인즈 공녀."

"새로 즉위하신 황제 폐하의 대관식에 참여하는 것은 공녀로서 응당 해야 할 일인 것을요."

"물론 그렇지요. 그런 점에서 볼 때 공녀께서는 참 성실하세요."

"칭찬 감사합니다, 황후 폐하."

스타인즈 공녀가 빙긋 웃으며 고개를 숙였고, 알렉산드라는 그런 그녀를 빤히 바라보다가 이내 물었다.

"그보다, 황가의 대소사에 대해 잘 알고 있나 봅니다."

"네?"

"아니면 황족의 시녀로 일하고 있던가."

"그게 무슨 말씀이신지……."

"내 속마음을 나보다 더 잘 알고 있기에 하는 말이에요. 내가 지금 이 자리에 서게 된 이유와 속사정을 샅샅이 알고 있잖아요? 내 부모인 지클린데 후작 내외조차 제대로 모르는 내용인데 말입니다."

"그저 그럴 것이라 지레짐작한 것뿐이랍니다, 폐하."

"감히?"

알렉산드라가 싸늘한 미소를 입가에 머금은 채로 물었다.

"감히 황족의 일을 일개 귀족이 제대로 잘 알지도 못하면서 함부로 지레짐작하고, 그것을 마치 사실인 양 퍼뜨리고."

"……."

"그게 정상적이고 귀족다운 일은 아니지 않습니까, 스타인즈 공녀."

"폐, 폐하. 저는 다만……."

"공녀의 속내까지는 내가 알지 못하지요. 무슨 의도로 지난번부터 계속 나와 관련된 이야기를 함부로 하는지 도통 모르겠네요."

"부, 불쾌하셨다면 사과드립니다."

"공녀가 생각하기에는 어떤가요?"

알렉산드라가 온화하게 미소 지으며 물었지만, 질문 자체는 살벌했다.

"내가 기분이 나빴겠나요, 안 나빴겠나요?"'그건……."

"렉시."

그때 누군가가 다정하게 알렉산드라의 이름을 불렀고, 알렉산드라는 그제야 뒤를 돌았다.

여전히 싸늘한 얼굴이었지만, 제 이름을 방금 부른 사람이 라키아스라는 사실을 알자 알렉산드라의 표정은 좀 더 굳어졌다.

"……폐하."

"어째서 이렇게 내 황후께서 기분이 좋지 않으신 걸까?"

"……."

알렉산드라가 순간 입을 다물었고, 잠시 후 길게 한숨을 내쉬었다.

어차피 더 입을 열어봤자 제 살 깎아 먹기라는 걸 알고 있었다. 다만 순간적인 화를 참지 못해 이리 반응한 것뿐.

그녀가 금세 입가에 미소를 띄운 채 라키아스에게 다정하게 말했다.

"아니에요, 폐하. 아무것도 아니랍니다."

"정말?"

"네."

"아닌 것 같은데."

"……."

라키아스가 서늘한 표정으로 웃으며 스타인즈 공녀에게 물었다.

"혹시 내 황후께서 기분이 언짢으신 까닭을 공녀는 알고 있나?"

"네……?"

그 원흉이 자신인 것 같았기 때문에 스타인즈 공녀는 순간 당황했다. 고민하던 그녀가 잠시 후 입을 열었다.

"그, 그게……."

"혹시 공녀가 내 아내의 기분을 상하게 했다던가."

"……."

"그런 건, 아니겠지?"

그렇게 묻는 라키아스의 눈빛이 워낙 흉흉해서, 그 주변에 있던 영애들은 찍소리도 하지 못한 채 고개만 푹 숙이고 있었고, 스타인즈 공녀는 알렉산드라 앞에서와는 대조적으로 한마디도 꺼낼 수 없었다. 이런 살의는 처음이었다.

스타인즈 공녀는 마른 침을 꿀꺽 삼킨 다음 힘겹게 입을 열었다.

"자, 잘은 모르지만 제가 황후 폐하의 심기를 어지럽게 만든 것 같습니다."

"……그래?"

"소, 송구합니다, 폐하. 제가 죽을죄를……!"

"황실의 일에 대해 함부로 말하고 다니는 건 목숨을 담보로 내놓고서야 가능한 일이지."

간접적인 협박성 발언에 스타인즈 공녀의 입이 다시 꾹 다물렸다. 라키아스는 서늘한 시선을 유지한 채로 말을 이어나갔다.

"모쪼록 함부로 입을 놀리다 소리소문없이 죽어 나간 사람들이 역사에 아주 많다는 걸, 모두 알아야 할 필요가 있겠어."

그렇게 말한 다음 라키아스는 알렉산드라에게로 시선을 돌렸는데, 그 순간 그의 눈빛은 아까 스타인즈 공녀를 바라볼 때와는 대조적으로 180도 바뀐 채였다. 완전히 아내만을 사랑하는 다정한 애처가의 눈을 한 라키아스가 달콤한 목소리로 알렉산드라에게 물었다.

"렉시, 저쪽으로 갈까?"

"……"

"기분도 풀 겸. 응?"

알렉산드라는 말없이 고개를 끄덕였고, 결국 두 사람은 시끄러움 없이 그 자리를 빠져나올 수 있었다. 한참 후에 타인의 시선이 그들로부터 사라질 즈음이 되어서야 알렉산드라는 입을 열었다.

"이미 예상하고 있던 일이었는데 내가 대응을 잘못했네요."

"당신은 늘 그렇듯 잘못이 없어."

라키아스가 슬며시 알렉산드라의 볼을 감싸 쥐며 속삭였다.

"당신은 언제나 무죄거든. 당신이 하는 일은 언제나 옳아."

"되게 위험한 발언인데, 그거."

"아무렴 어때."

라키아스가 작게 웃은 다음 그녀에게 속삭였다.

"나는 황제이고, 그런 내가 당신을 무조건 사랑한다는데."

"하…… 당신은 내가 이 제국을 사랑한다는 걸 다행으로 여겨야 할 거야."

"물론 그렇지."

라키아스가 알렉산드라의 이마에 작게 키스하며 속삭였다.

"하지만 그렇지 않더라도 나는 당신을 사랑했겠지. 알고 있잖아?"

"……하여튼 말은 잘해."

그렇게 말하면서도 알렉산드라의 목소리는 그리 싫어하는 투는 아니었다. 그때 라키아스가 기습적으로 알렉산드라의 입술에 자신의 것을 한 번 겹쳤다가 떨어뜨렸다.

갑작스러운 버드 키스에 알렉산드라가 놀란 눈으로 라키아스를 쳐다보는데, 그가 능글맞은 표정으로 웃으며 알렉산드라에게 물었다.

"굳이 피로연장을 마지막까지 지켜야 하나?"

"……4시간도 못 참아?"

"6시간이나 참은 걸 칭찬해 줘야지."

라키아스가 나른하게 웃으며 알렉산드라가 쓰고 있는 티아라를 만지작거렸다.

"우리 신혼부부잖아?"

"……."

그 전에 할 짓 못 할 짓은 다 했으면서 무슨.

알렉산드라는 어이가 없었지만, 내심 기분이 좋기도 했다.

신혼부부라니. 이 남자와 그런 이름으로 묶이는 날이 오다니.

감격스럽다고 해야 할지 뭐라고 해야 할지.

하여튼 기분이 오묘했다.

"다들 우리 욕할걸요."

"우리가 언제부터 그런 걸 신경이나 썼다고."

"……."

제길. 다 맞는 말이라 반박할 수가 없었다.

알렉산드라가 입술을 꾹 깨문 다음 돌연 라키아스의 손목을 확 붙잡았다. 틀린 말은 아니다. 그들은 신혼부부였고, 그러니 피로연 중간에 없어진다고 해도 다들 이해해 줄 것이다.

알렉산드라가 그를 붙잡은 채 성큼성큼 걸어 나갔고, 라키아스는 힘없는 종이인형처럼 끌려갔다. 마치 그 순간을 즐기는 사람처럼.

알렉산드라의 발걸음이 향한 곳은 파사궁의 침실이었다. 피로연에 가 있는 시녀들도 있었지만, 일부는 파사궁에 남아 그곳을 지키고 있었기 때문에 갑작스러운 두 사람의 등장에 그들은 당황할 수밖에 없었다. 하지만 이내 눈치 있게 두 사람을 못 본 척했고, 알렉산드라는 결국 라키아스와 함께 침실 안으로 들어갔다.

"하여튼 참을성은 더럽게 없어."

알렉산드라가 못마땅한 얼굴로 중얼거리며 빗장을 잠갔다.

그 말에 뒤에 서 있던 라키아스가 나른하게 웃으며 물었다.

"나만 참을성이 없는 건가?"

"난 당신 정도는 아니야."

"진짜?"

라키아스가 묘한 미소를 띤 채로 웃으며 슬며시 알렉산드라에게로 다가왔다. 마침내 두 사람의 거리가 아주 많이 가까워졌고, 알렉산드라는 그의 거대한 체격으로 인해 어쩐지 그 안에 가두어진 것 같다는 느낌에 사로잡혔다.

라키아스가 천천히 알렉산드라가 쓰고 있던 황후의 관을 손으로 들어 올린 다음 옆에 있던 테이블에 내려놓았다.

"시험해 봐도 되나?"

"마음껏. 하지만 시간도 오래 걸리고, 결과도 안 좋을 거야."

"아직 저녁인걸, 렉시."

라키아스가 의미심장한 미소를 지어 보이며 알렉산드라의 귓가에 걸려 있던 귀걸이를 빼냈다.

"밤이 오려면 아직 멀었고, 새벽이 오려면 아주 한참 남았는데. 함부로 말하지 마."

"그럼 같이 시험해보면 되겠네. 누가 참을성이 더 없는지."

"이긴 사람이 진 사람 소원 들어주기."

"미리 소원 생각해 둬야겠네."

알렉산드라가 빙긋 웃으며 눈앞에 있는 남자를 찬찬히 뜯어보았다. 눈, 코, 입이 완벽한 남자. 처음으로 자신을 희게 사랑해 주었던, 아름다운 남자.

그 남자가 바야흐로 온전히 제 것이었다. 그 누구도 탐낼 수 없는, 온전한 자신의 것.

알렉산드라가 시리도록 아름다운 미소를 지으며 라키아스에게 먼저 입을 맞추었다.

"내가 많이 사랑해, 당신."

사랑하는 사람과의 키스는 달콤했고, 앞으로 함께할 시간들은 훨씬 더 달콤할 예정이었다.

외전

What Happened to My Lovely

대개 신혼의 기간을 1년으로 잡는다고 라키아스는 알고 있었다. 그리고 시간이 쌓이면 쌓일수록 설레는 감정은 사라지고, 그 자리를 익숙함과 편안함이 채우게 되는 것이다.

물론 라키아스는 아무리 시간이 오래 흐르더라도 그가 알렉산드라 앞에서 완벽한 편안함을 느끼거나, 부모 앞에서처럼 풀어지는 모습을 보이지는 않으리라고 생각했다. 그러기에 그녀는 너무 아름다웠고, 늘 자신의 피를 들끓게 했으며, 무엇보다 자신이 가장 사랑하는 사람이었으니까.

'하지만……'

심각한 표정을 한 라키아스가 집무실 안을 왔다 갔다 했다. 그는 꽤 오래전부터 그러고 있는 중이었다. 마치 고민이 있는 사람

같았는데, 실제로도 그는 지금 고민 하나로 꽤 골치를 썩이고 있었다.

'분명 무슨 일이 있다는 말이지.'

그가 이렇게 고민하는 이유는 딱 하나였다. 근래 알렉산드라의 표정이 전과 다르게 어두웠기 때문이었다. 물론 알렉산드라는 평소에도 밝은 표정을 짓는 경우가 드물었다. 그럼에도 라키아스는 대개 무표정인 그녀의 얼굴 속에서 감정을 읽어내는 능력이 탁월했는데, 요즘의 상태로 보자면 알렉산드라는 분명 무슨 고민이 있어 보였다. 문제는 그게 무엇인지를 모르겠다는 것이었지만.

'도대체 뭘까?'

꽤 오랫동안 고민해봤지만, 답이 나오지가 않았다. 정확히는, 답으로 추릴 만한 후보군이 여러 개였다.

'요즘 내궁 일이 너무 많은가?'

하지만 예전에는 이보다 더 많았는데? 그때는 딱히 불평하는 느낌이 아니었는데……. '흐음' 하는 얼굴로 고민하던 라키아스가 이내 다른 쪽으로 생각의 방향을 틀었다.

'참다가 지금 터진 건가?'

하지만 만약 그랬다면 알렉산드라 성격상 자신에게 불평했으면 했지 조용히 뚱한 상태로만 있지는 않을 것이다. 적어도 아직까지는 부부 사이가 그 정도로 솔직하다고 자신할 수 있었다.

'하지만 그렇다면 도대체 뭐가 문제일까?'

라키아스는 고민하고, 고민하고 또 고민했다. 요즘 그의 최대 고민거리였지만, 유감스럽게도 답은 생각한 시간에 비례하여 나오지 않았다. 전부 다 영양가 없는 답만 나오는 것이다. 그러다 한참 후에, 라키아스는 가장 생각하고 싶지 않은 보기를 떠올렸다.

'설마……'

사랑이 식은 건가?

정말로, 정말로 생각하고 싶지 않은 보기였지만 유감스럽게도 만약 그게 답이라면, 지금까지의 의문점들이 전부 해결되었다. 자신을 더는 원하지 않으니까, 자신을 더는 사랑하지 않으니까, 그런 사람과 평생을 같이 살아야 하니까 우울하고 괴롭겠지. 생각의 흐름이 점점 엄청난 쪽으로 진화하는 사이, 라키아스의 표정은 점점 더 굳어져만 갔다. 마치 자신의 가설이 벌써 사실로 굳어진 것마냥.

'정말 날 더 이상 사랑하지 않는 걸까?'

그래서 일상이 지루해진 걸까? 날 보고 싶어 하지도 않는 걸까? 그러고 보니 요 근래 그녀와 저녁 식사를 함께한 횟수가 눈에 띄게 줄어들기는 했다. 타당성 있는 가설과 꽤 괜찮은 근거가 맞물려 라키아스의 머릿속에서는 점차 부정적인 생각이 굳어져 가고 있었다.

'큰일 났군.'

바로 알렉산드라가 더 이상 자신을 좋아하지 않는다는 - 끔찍한 생각 말이다. 그는 한참 동안 안절부절못하고 있다가, 어느 순간 결심했다는 듯 걸음을 멈추고 그 자리에 우뚝 섰다. 오랜 생각에 결론이 난 듯했다.

"후우……."

깊게 한숨을 쉰 라키아스가 갑자기 뒤를 돌았다. 그의 멈추었던 발걸음이 다시 뚜벅뚜벅 어딘가로 향하기 시작했다. 집무실의 문을 열고 한 목적지를 향해 묵묵히 걷던 그가 한참 후에 멈춘 곳은 다름 아닌 파사궁이었다. 라키아스를 발견한 엘로웬이 반가운 얼굴로 그를 맞아들였다.

"황제 폐하를 뵙습니다. 레예스에 광영을."

"황후께서는 안에 계신가?"

"네, 폐하. 오셨다고 말씀드릴까요?"

"……그래."

라키아스가 짧게 고개를 끄덕였고, 잠시 후 안에서 들어와도 좋다는 알렉산드라의 목소리가 들려왔다. 그는 긴장된 얼굴로 그녀의 집무실 안까지 들어갔다. 그녀를 만나면서 이런 식으로 긴장이 되었던 적이 거의, 따지자면 한 번도 없어서 라키아스는 지금 상당히 묘한 기분이었다.

"아, 폐하."

알렉산드라가 살짝 나른해 보이는 얼굴로 미소 지으며 라키아스를 맞아들였고, 그 모습을 본 라키아스는 순간 심장이 덜컹 내려앉는 듯했다. 저를 향해 너무나도 아름다운 미소를 지어 보이는 그녀에게 도무지 물어볼 수가 없었다.

정확히는, 물어볼 자신이 없었다. 어떻게 물어볼 수가 있을까. 자신을 더 이상 사랑하지 않느냐고. 자신을 보면 더 이상 심장이 뛰지 않느냐고. 뜨겁게 사랑했던 예전과 마음이 같지 않으냐고.

그 질문에 뒤따라올 대답을 감당할 수 있을지 잘 모르겠어서. 만약 그가 걱정하는 대답이 그녀의 도톰한 입술에서 아름답게 흘러나온다면, 그건 자신에게 너무 잔인한 일이었다. 그가 생각만 해도 괴롭다는 듯 저도 모르게 얼굴을 일그러뜨렸고, 그 모습을 본 알렉산드라는 순식간에 당황한 얼굴이 되어 그를 불렀다.

"⋯⋯폐하?"

예전에는 이름도 곧잘 불러주었는데, 이제는 감투를 썼다고 달라졌는지 침대 위에서조차 잘 불러 주지 않았다. 정말 사소한 부분에서까지 절망을 느끼며 라키아스가 자연스럽게 토라진 얼굴을 했다.

"무슨 일 있으십니까."

덩달아 심각한 표정이 된 알렉산드라가 슬며시 자리에서 일어서며 라키아스에게 물었고, 라키아스는 무슨 말을 해야 할지 머뭇거리다가 이렇게 말해버렸다.

"⋯⋯아무 일도."

"아무 일도 없는 얼굴이 아니십니다만."

알렉산드라가 속을 기미를 보이지 않으며 그에게 물었다.

"정말, 아무 일도 없으십니까?"

"……."

알렉산드라가 정확했다. 지금 자신의 얼굴은 아무 일이 없는 얼굴이 아니었다. 하지만 그렇다고 해서 그걸 사실대로 말할 수가 없었다. 만약 아니라면 괜히 그녀의 심기를 건드리는 것은 아닐지 걱정스러웠다. 라키아스가 저도 모르게 긴장으로 마른 침을 삼켰고, 알렉산드라는 여전히 뭔가 있는 것 같다는 얼굴로 그에게 대답을 재촉했다.

"말씀해 보세요, 폐하. 무엇이 폐하의 심기를 그리 어지럽게 만드나요?"

처음부터 지금까지 자신의 심기를 그리 어지럽게 만드는 사람은 딱 하나뿐이었다. 눈앞에 있는 아름다운 여자. 알렉산드라. 그의 아내이자 이 제국의 황후.

……그걸 왜 본인은 모르는지.

"서북 지방에서 발생한 가뭄 때문인가요? 하지만 그 부분은 이미 빠른 시일 내에 관개용 댐을 설치하는 것으로 해결을 보았다고 알고 있는데요."

당연히 라키아스의 고민거리가 국정에서 기인했다고 단정 지은 알렉산드라가 조곤거리는 어투로 그에게 말했고, 그 모습을 보는 라키아스는 그런 그녀가 사랑스러워 견딜 수가 없겠다고 생각했다. 동시에, 이토록 사랑스러운 여인이 자신을 버리고 떠나간다면 얼마나 고통스럽고 괴로울지에 대해서도 생각해 보았다가, 빠르게 그만두었다. 장난으로라도 생각하고 싶지 않은 끔찍함이었다.

"그것도 아냐."

"그럼 도대체 무엇인데요."

이쯤 되자 알렉산드라도 답답하다는 듯 눈살을 작게 찌푸렸고, 그 모습마저 사랑스럽게 바라보는 자신을 라키아스는 참 대단하다고 생각했다. 한 사람에게 이렇게까지 대책 없게 빠진다는 게 과연 가능한 일인지. 그게 알렉산드라니까 가능한 일일 거라고 라키아스는 보았다. 다른 사람이 아닌, 오직 그녀라서.

"그냥…… 조금 걱정이 되어서."

"뭐가 말씀입니까."

"당신이 너무 아름답잖아."

라키아스가 어쩐지 슬픈 눈빛으로 변해 알렉산드라의 볼을 가만히 손등으로 쓸어내렸다.

"가끔 다른 사람이 채가 버리면 어쩌나 하는 걱정이 들어."

"하."

그 말에 알렉산드라가 정말 황당하다는 얼굴로 헛웃음을 터뜨렸다. '뭐, 이런 남자가 다 있어?' 하는 눈빛이었고, 이내 라키아스의 눈에 스친 진심을 읽어내고서는 더 어이없는 얼굴로 변했다.

"그 말이 진심이었습니까? 정말로?"

"다른 건 몰라도 거짓말은 안 해. 적어도 당신에게는."

"흐음…… 하지만 폐하께서 걱정하시기에는 너무 쓸데없는 주제인걸요."

알렉산드라가 황당하다는 웃음을 터뜨리며 제 볼에 가져다 댄 알렉산드라의 손을 감싸 쥐었다.

"이미 폐하의 황후라고 온 제국과 전 세계에 소문이 다 났는데, 누가 유부녀를 데려갑니까."

"그런 거랑 상관없이 당신은 너무 예뻐서."

"폐하나 상관 안 하시겠지요. 어느 간 큰 놈이 제국의 황후를…… 정말 그게 걱정이시라면 제가 신경 안 써도 되겠군요."

"내 불안감을 잠재워 줄 생각은 없고?"

"어떤 식으로요?"

"이런 식."

짧게 대답을 내뱉은 라키아스가 곧바로 알렉산드라에게 가까이 다가가 키스했다. 달콤하고 농밀한 키스가 길게 이어졌고, 자연스럽게 두 사람 사이의 분위기가 뜨겁게 고조되었다. 라키아스는 아까, 그리고 지금까지 자신이 했던 고민이 전부 눈 녹듯 사라진 사람처럼 모든 것을 잊고 그녀와의 입맞춤에만 집중했다. 자연스럽게 두 사람의 발걸음이 알렉산드라의 집무실 한쪽 구석에 놓인 침대로 이동했고, 라키아스는 꽤나 조심스럽게 알렉산드라를 침대 위에 눕혔다.

"아……."

그리고 그 순간, 알렉산드라는 무언가 잘못된 일을 하다 걸린 사람처럼 소스라치게 놀란 표정을 지었다. 짧은 신음에 덩달아 당황한 라키아스가 모든 행동을 멈추고 그녀를 쳐다보았다. 알렉산드라는 마치 불륜을 저지르다 걸린 사람처럼 당황한 얼굴로 라키아스를 쳐다보다가, 이내 슬며시 그의 품에서 빠져나왔다. 그 모습에 라키아스의 얼굴이 충격과 당황으로 물들었다.

"렉시……?"

"폐, 폐하, 오늘은 이만 가시는 게 좋겠습니다."

알렉산드라가 한껏 당황한 목소리로 라키아스에게 말했다. 평소에 잘 하지 않던 말 더듬는 모습까지 보이면서.

"시간도 너무 이르고……. 때, 때가 아닌 듯합니다."

말까지 더듬을 정도면 어지간히 당황했다는 소리다. 라키아스는 처음 보는 그녀의 모습에 당황하는 한편, 상처까지 받았다. 자신의 가설이 맞다고 머릿속에서 누군가가 계속 외치고 있는 기분이었다.

그녀가 자신을 거절했다. 자신을 원치 않는다고 대놓고 거부한 것이다. 처음 겪는 알렉산드라의 모습에 라키아스는 머리까지 띵해지는 기분이었다.

"그, 그래……."

하지만 거기에다 대고 그런 말을 할 수는 없어서 - 적어도 지금은 그랬다 - 라키아스는 대충 고개를 끄덕였다. 그럴 수밖에 없었고, 잠시 후에 그는 어색해진 얼굴로 알렉산드라에게 마무리하듯 작게 입맞춤하며 속삭였다.

"대낮에, 할 일도 많을 텐데 내가 방해한 것 같네."

"그런 건 아닙니다."

그 뒤에, 알렉산드라는 머뭇거리며 무슨 말을 하려다가 그만두었다. 미세한 차이였지만 라키아스는 그 모습을 재빠르게 잡아내고서는 다시 한번 상처받을 수밖에 없었다. 하지만 내색하지 않은 채 그저 엷게 미소 지으며 그녀에게 격려사를 남겼다.

"하지만 너무 무리하지는 마. 다른 것보다 당신의 건강이 우선이니까."

"……무리하지 않으려고 노력하고 있습니다, 안 그래도."

"그래."

라키아스가 빙긋 웃으며 마지막으로 알렉산드라의 이마 위에 키스한 다음 방을 나섰다. 그런 그의 뒷모습을 바라보며 알렉산드라가 묘한 표정으로 한숨 쉬었다.

알렉산드라의 집무실을 다녀온 라키아스는, 지나치리만치 잔인한 현실을 인정해야만 했다. 듣기로, 잠자리를 피하는 것처럼 권태기가 왔다는 완벽한 증거는 찾기 어렵다고 했다. 알렉산드라는 적극적인 편이었기 때문에 결혼 후(실은 결혼 전에도 그랬지만) 단 한 번도 잠자리를 피한 적이 없었고, 때문에 아까 그가 겪었던 일은 정말로 충격적인 일이었다.

'정말로 마음이 떠나기라도 한 걸까.'

제국의 황후로서 다른 남자를 만나지는 않을 것이다. 하지만 그것만으로는 만족할 수 없었다. 그녀는 몸도 마음도 완전히 자신의 것이어야만 했으니까. 오직 몸만 옆에 있는 것으로는 안 되었다. 라키아스가 괴로운 표정으로 머리를 감싸 쥐었다가, 이내 차분한 얼굴로 고개를 들었다.

'아직 늦지 않았을 거다.'

그는 아직 희망을 다 버릴 수 없었다. 그녀가 자신에게 싫다고 대놓고 말한 적은 아직 없었으니까. 그러니 그전까지는 알렉산드라의 마음을 돌릴 기회가 있는 것이다. 라키아스가 비장한 얼굴로 바깥의 시종을 불렀다. 무언가를 결심한 듯한 사람의 표정이었다.

사흘 후에, 라키아스는 파사궁으로 시종을 보내 이튿날 저녁 식사를 같이하자고 제안했다. 물론 자신이 직접 파사궁으로 가 알렉산드라에게 말을 전할 수도 있었지만, 지난번의 일로 분위기가 어색해질 것을 고려했기 때문이었다.

　더구나 지금으로서는 그녀를 아무렇지 않게 볼 자신이 없었다. 자신이 짜놓은 계획이 무색하게 금방이라도 그녀의 앞에 무릎을 꿇고 자신을 다시 사랑해 달라고 빌 것만 같았다. 알렉산드라는 지질한 행동을 싫어했지만, 혹시라도 자신이 꽤나 애처롭게 나온다면 봐줄지도 몰랐다.

　하지만 어쨌든 그건 최후의 행동이었다. 가급적 그런 불상사는 생기지 않았으면 하는 것이 현재 라키아스의 바람이었다.

　그의 계획은 이튿날 예정된 저녁 식사에서 멋진 이벤트를 벌이고, 그녀에게 다시 한번 사랑을 고백하는 것이었다. 달콤하게, 그리고 사랑스럽게. 잠자는 시간까지 쪼개 이보다 로맨틱할 수는 없다고 생각될 만큼 온갖 정성을 들여 깜짝 이벤트를 준비했다.

　객관적으로 봤을 때 모자람 없는 완벽한 이벤트였지만, 어쨌든 중요한 건 당사자인 알렉산드라였다. 이런 부분에 있어 까다로운 사람은 아니라고 알고 있었지만, 어쨌든 지금은 다른 것도 아닌 권태기였기 때문에 훨씬 신경을 기울여야만 했다.

　그러다 라키아스는 문득 치밀어 오르는 슬픔에 저도 모르게 고개를 푹 숙였다. 남들은 결혼 후 1년이 가장 깨 쏟아지는 시기라는데, 왜 자신은 예정보다 일찍 찾아온 권태기 때문에 이런 고민을 하고 있나. 어째 연애 기간을 신혼에 포함시켜버린 기분이었다.

　'뭐가 됐든, 불평할 처지는 아니지.'

어찌 되었든 아쉬운 쪽은 늘 그였으므로. 그녀를 더 사랑하는 것도 그, 그녀를 더 원하는 것도 그. 그러니 이 정도는 당연히 해야만 했다. 그녀를 놓치고 싶지 않다면 말이다.

'모쪼록 잘 해결되었으면 좋겠군.'

라키아스가 속으로 깊게 한숨을 내쉬며 중얼거렸다.

이튿날 저녁이 되었을 때, 라키아스는 평소보다 한껏 복장에 신경 쓴 다음 중앙궁의 정찬실로 갔다. 곳곳에 향초와 꽃들이 놓여 있어 로맨틱하고 아름다운 분위기를 풍겼다. 눈썰미가 좋은 그녀이니 아마 들어서는 순간 오늘이 평소와는 다름을 깨달을 터였다. 부디 그것이 예정된 시간을 부드럽게 풀어주기를, 라키아스는 간절히 바랐다.

'긴장하지 말고……'

라키아스는 즉위 후 처음으로 귀족 회의에 나섰던 것보다 더 긴장된 마음으로 정찬실 중앙에 마련된 식탁 앞에 앉았다. 그녀를 마주하면서 이토록 긴장한 순간은 얼마 없으리라. 그가 깊게 심호흡을 하며 마음을 안정시키기 위해 애썼다.

"황제 폐하, 황후 폐하께서 오셨습니다."

잠시 후, 바깥에서 들려오는 시종의 목소리에 라키아스는 저도 모르게 긴장 섞인 마른 침을 삼켰다. 알렉산드라가 생각보다 빨리 도착한 것이다. 그는 최대한 당황한 눈빛을 숨긴 채 알렉산드라를 안으로 모시라고 말했다.

곧 문이 열리고 오늘의 주인공이 안으로 들어섰다. 흰색 바탕에 금실로 화려한 수가 놓인 드레스를 입은 알렉산드라의 모습은 평소보다 청초하고 청순해 보였다. 그녀는 액세서리의 경우 푼 머리에 장식 하나만 살짝 꽂은 다음 굽이 낮은 구두를 신은 상태였는데, 화려한 차림을 좋아하는 알렉산드라의 취향을 고려해보면 상당히 의외의 모습이었다.

물론 단아한 알렉산드라 역시 아름다웠지만 그녀의 모습을 본 라키아스는 살짝 충격을 받을 수밖에 없었는데, '혹시라도 그녀가 자신과 만나기 위해 꾸미는 것까지 싫증과 지루함을 느껴 그런 건 아닐까' 하는 추측이 들었기 때문이었다. 실로 불길한 추측이었다. 라키아스가 다시 한번 마른 침을 삼켰다.

"폐하."

알렉산드라가 입은 드레스만큼이나 청아한 미소를 띤 채 라키아스에게 인사했다.

"좋은 저녁입니다. 레예스에 영광을."

오늘만큼은 레예스가 아니라 자기 자신에게 알렉산드라의 영광이 내려졌으면 하는 바람이었다. 라키아스가 애절한 속내를 숨긴 채, 겉으로는 내색하지 않고 그녀를 맞아 들였다.

"어서 와, 렉시. 오늘따라 더 아름답네."

"새삼스러우시긴."

알렉산드라가 피식 웃으면서 덧붙였다.

"늘 아름다웠습니다만. 언제는 그렇지 않았다는 듯 말씀하십니다."

"물론 평소에도 눈이 부시게 아름다웠지."

라키아스가 아까의 긴장을 놓지 않은 채, 그러나 지금 순간의 기쁨 역시 잃지 않은 채 미소 띤 얼굴로 대답했다.

"근래 같이 식사하는 자리가 뜸해서 말이야. 내가 너무 내 황후께 소원했던 건 아닌지 걱정되어서 오늘 일부러 불렀어."

"알고는 계셨군요."

알렉산드라가 일부러 토라진 목소리를 내며 주변을 둘러보았다. 아름다운 꽃들과 향긋한 향초. 확실히 신경 쓴 태가 나서 기분이 좋아졌다. 그녀가 빙긋 웃으며 라키아스의 맞은편에 앉았다.

"그런데 이상한 생각이 드는군요, 저는."

"무슨…… 이상한 생각?"

"혹시 괜한 일 하시다 제게 미안해지셔서 이러시는 건 아니고요?"

"괜한 일이라니."

라키아스가 황당한 표정으로 반문했다. 맹세컨대 그는 그녀에게 부끄러울 짓을 조금도 한 적이 없었다. 아니, 생각조차 한 적이 없었다.

　당장 오늘도 알렉산드라의 마음이 변한 것은 아닌지 전전긍긍하면서 그녀를 불렀는데, 어떻게 그럴 수가 있겠는가. 말도 안 되는 소리였다. 라키아스가 억울하다는 목소리로 항변했다.

　"어떻게 그런 의심을 해?"

　"아니면 말고요. 농담입니다."

　"내가 얼마나 당신에게 일편단심인데."

　라키아스의 시무룩한 목소리에 그를 묘한 눈빛으로 바라보던 알렉산드라가 서둘러 입을 열었다.

　"정말 농담입니다. 상처받지 마세요, 폐하. 제가 실언했습니다."

　"하지만 이미 상처받았는걸. 되돌릴 수 없어."

　"그러면……."

　알렉산드라가 낮게 웃음소리 내며 물었다.

　"어떻게 풀어드리면 될까요?"

　"답이야 간단하지."

　라키아스가 나른하게 미소 지으며 대답했다.

　"키스해줘."

　"간단하네."

　알렉산드라는 어렵지 않다는 듯 자리에서 일어났고, 그 모습에 라키아스는 속으로 뛸 듯이 기뻐했다. 그녀의 반응은 어쨌든 아직까지는 사랑이 완전히 식지 않았다는 걸 방증하고 있었다. 잠시 후 라키아스의 무릎 위에 앉은 알렉산드라가 살짝 미소 지은 얼굴로 그에게 속삭였다.

"오늘따라 약간 아이 같네, 당신."

"당신 앞에서는 늘 아이였는데. 기억 안 나나?"

"침대 위에서는 아니니까."

알렉산드라의 입가에 걸쳐진 미소가 한층 짙어졌다. 잠시 후 그녀가 그에게 먼저 입을 맞추어왔고, 라키아스는 황홀한 기분으로 그녀의 키스를 받아들였다. 머릿속에서는 그가 세웠던 가설들이 전부 의미 없는 것이었으며, 알렉산드라는 여전히 자신을 사랑한다는 생각들이 뭉게뭉게 피어오르고 있었다.

그제야 라키아스는 아까의 불안함을 십분 버린 채 그녀와의 키스에 집중했다. 불안감이 해소된 키스는 평소보다 더욱 달콤했고, 야릇했다. 고조된 분위기에 자연스럽게 그의 손이 그녀의 드레스 앞섶으로 향했다.

"아……!"

동시에, 알렉산드라의 입에서 당혹스러운 소리가 튀어나왔고, 그 소리를 들은 라키아스 역시 모든 행동을 멈춘 다음 알렉산드라를 올려다보았다.

그때와 똑같은 상황이었다.

"……왜 그래, 렉시?"

"지금은 좀…… 아닌 거 같아."

덜컹. 심장이 내려앉는 소리가 들렸다.

"무슨…… 뜻이야?"

"아직 식사 전이고, 또……."

"의도적으로 피하는 건 아니고?"

그의 입에서 본심이 튀어나오는 것은 예상치는 못하였으나, 분명히 자연스러운 일이었다. 답답함, 초조함, 불안감의 삼박자가 내놓은 타당성 있는 결과. 알렉산드라가 당황스러운 목소리로 반문했다.

"……무슨 말입니까, 그게."

"내가 모를 줄 알았나?"

라키아스가 상처받은 목소리로 말했다.

"날 요즘 피하고 있잖아."

"……."

"아니야, 렉시?"

"피한 적, 없습니다."

"그럴 리가."

그가 슬픈 목소리로 대꾸했다.

"지난번 집무실에서도 날 피했어. 그리고 지금도……."

"……그런 걸 말하는 거라면."

알렉산드라가 담담한 목소리로 대답했다.

"피한 건 맞습니다."

쿵.

그 한마디에 라키아스의 심장이 완전히 무너졌다. 그가 떨리는 눈으로 알렉산드라를 쳐다보았다. 밉게도, 그녀는 지나치리만치 담담한 모습이었다. 라키아스가 믿을 수 없다는 듯 파르르 입술을 떨며 물었다.

"진심이야?"

"……그래요."

라키아스는 절망으로 너덜거리는 심장을 어찌 해 볼 도리도 없이 나락으로 떨어지는 기분이었다. 아까 느꼈던 행복과 희열이 전부 쓰레기 조각으로 변한 듯했다.

라키아스가 어느새 붉어지기 시작한 눈시울로 알렉산드라를 쳐다보았다. 그녀는 여전히 담담했다. 과하다는 생각이 들 정도로 말이다. 그가 그다음 말을 잇지 못해 입술만 파들파들 떨고 있는데, 곧이어 믿을 수 없는 한마디가 들려왔다.

"나 임신했어요."

뭐라고?

라키아스의 눈이 동그랗게 떠졌다. 그 모습을 보고 못 알아들었다고 생각한 건지, 알렉산드라가 친절하게 다시 한번 말해주었다.

"임신했다고요, 나."

"……아이를 가졌다고?"

"네."

알렉산드라가 동요하지 않는 목소리로 대꾸했다.

"그래서 피했던 겁니다. 아직 초기거든요."

"잠깐만 렉시, 그러니까……."

"여기."

알렉산드라가 라키아스의 말을 끊고 들어왔다. 라키아스가 금방이라도 눈물을 떨굴 것만 같은 얼굴로 알렉산드라를 쳐다보았다. 그녀 역시 이번에는 조금 떨리는 듯한 눈빛으로 남편을 바라보며 그의 손을 자신의 배 쪽으로 잡아끌어 당겼다.

"우리 아이가 자라고 있어요."

"……."

"당신과 내 아이. 당신의 후계자이자 레예스의 차기 황제."

"……아."

그가 감격에 찬 감탄사를 뱉어내며 조심스럽게 아직은 납작한 알렉산드라의 배 위를 어루만졌다. 아무것도 느껴지지 않았지만, 그녀의 말에 의하면 분명 이 배 속 안에 아이가 자라고 있다. 자신과 알렉산드라, 그들 부부의 아이가.

라키아스가 마침내 참지 못하고 눈물 한 방울을 떨어뜨렸다. 아까와는 감정이 전혀 다른 눈물이었다. 그 모습을 본 알렉산드라가 쑥스럽다는 듯 조심스럽게 입을 열었다.

"……숨긴 건 미안해요. 하지만 너무 놀라서……. 엄마가 되는 건, 나도 처음이니까."

"아……."

"이 아이와 함께하고 있다는 사실에 적응할 시간이 필요했어요. 당신에게 직접 말하고 싶어서 궁의들과 궁인들 입단속도 시킨 거고……."

"언제, 언제까지 숨길 작정이었는데?"

"안 지도 얼마 안 됐어요. 2주…… 정도?"

대략 그녀의 태도가 변했다고 느끼기 시작한 즈음이었다. 라키아스가 딱 맞아떨어지는 정황에 안심의 숨을 토해내면서도, 물기 서린 빨간 눈동자로 알렉산드라를 쳐다보았다.

"내가…… 내가 얼마나 걱정했는데."

"뭘 걱정했는데요?"

"당신이 내게서 마음이 떠났을까 봐 두려웠어."

그가 진심이 느껴지는 목소리로 그녀에게 호소하듯 말했다.

"당신이 나를 더 이상 사랑하지 않는다고 생각했다는 말이야."

"맙소사."

그녀가 황당하다는 듯 헛웃음을 터뜨리며 주변을 둘러보았다. 어쩐지, 평소와 다른 행동을 한다 싶었는데 그 허튼 생각 때문이었다. 알렉산드라가 말도 안 된다는 듯 그에게 말했다.

"내가 당신을 사랑하지 않을 리 없잖아."

"근래 행동들을 보면 그렇게 오해하기 충분했어."

"세상에."

알렉산드라가 한숨을 내쉬며 대꾸했다.

"당신을 사랑하지 않는다면 이혼하자고 했겠지."

"……절대 안 돼."

"그러니까."

알렉산드라가 특유의 오만한 미소를 지으며 그에게 속삭였다.

"여기서 내 인생에 구설 하나를 더 만드는 건 아무리 나라도 귀찮고 번거로워. 그래서 두 번째 선택은 신중하게 했던 거야. 내가 절대 버리지 않을 사람, 이 생 끝날 때까지 사랑할 사람."

"……."

"바로, 당신."

"……진짜 감동적이네."

"알면 앞으로 더 잘하십시오, 지고하신 황제 폐하."

알렉산드라가 장난스레 웃으며 제 배 위에 올려진 라키아스의 손등을 매만졌다.

"우리 아기한테도."

"아……."

그가 감격 어린 얼굴로 다시 한번 흐느끼는 소리를 냈다. 그 모습을 묘한 눈빛으로 바라보던 알렉산드라가 한마디를 더 했다.

"안정기에 접어들기까지 관계는 금해야 한다고 궁의가 그랬어."

"……그게 언제까진데?"

"5개월은 참아. 안전하게."

맙소사, 5개월이나 참으라니. 혈기왕성한 자신에게 너무 가혹한 형벌이었지만, 기꺼이 인내할 만한 가치가 있었다. 혼자 참는 것도 아니고 같이 참는 거니까. 그리고, 다른 것도 아닌 자신의 아이 때문인데 그걸 못 참으랴. 그가 걱정하지 말라는 듯 말했다.

"반년도 참을 수 있어."

"빈말은 하지 말고요."

"……솔직하게 반년이 한계야."

"아하하."

그 말에 알렉산드라가 까르르 웃음을 터뜨린 다음 제 눈앞에 있는 라키아스의 눈물진 뺨을 가만히 쓸어내렸다.

'그것 때문에 요즘 걱정하는 얼굴에 전전긍긍이었던 거야?'

알렉산드라는 괜히 아이를 가졌다는 고백을 앞두고 심란한 그의 마음에 불을 지피는 건 아닌지 걱정했던 과거의 행동을 비웃었다. 뭐, 그게 자신 때문이었다니 기분은 좋긴 했지만.

"오해는 풀린 거네, 그럼. 나 여전히 당신 사랑해."

"정말 다행이다."

"당신만 날 사랑할 거라고 착각하지 마. 나도 당신 정말 사랑하니까. 그러니까 결혼했고, 그러니까 아이도 가졌지."

"사실 이벤트도 준비했어."

"무슨 이벤트?"

"당신 마음 돌릴 이벤트. 저번에 나한테 키스하는 거 보고, 아직 완전히 마음 떠난 건 아니구나 생각했거든."

"……미치겠네."

알렉산드라가 푸흐흐 웃음을 흘리며 긴 붉은 머리를 뒤로 쓸어 넘겼다. 이 남자가 원래도 이렇게 귀여웠나?

"당신이 이런 남자라는 거, 되게 새삼스럽게 깨닫는다."

"우리 아직 함께한 시간이 그리 길지 않으니까."

라키아스가 엷게 미소 띤 얼굴로 그녀의 손등 위에 키스하며 속삭였다.

"우린 아직도 서로를 더 알아갈 시간이 필요해."

"그런 거 같네. 이런 사소한 오해나 하고 말이야."

쿡쿡 웃은 알렉산드라가 다정한 눈빛으로 라키아스를 바라보며 말을 이었다.

"하지만 정말 이런 오해를 할 거라고는 꿈에도 생각 못 했어."

"나도 내가 이럴 줄은 꿈에도 생각 못 했어."

"만에 하나, 내가 당신을 더 이상 사랑하지 않는다고 말했다면 어쩌려고?"

"……그건 별로 생각하고 싶지 않은데."

라키아스가 대놓고 얼굴을 구기며 대답했다.

"하지만 어쨌든, 당신은 내 거야. 안 놔 줘."

"소유욕하고는."

"당신은 아니야?"

"……아니."

알렉산드라가 짓궂은 미소를 지으며 고개를 저었다.

"당신은 내 거야. 내게서 마음이 떠났대도 내 거야. 당신 아이를 가진 이상은, 죽은 후까지 빼도 박도 못 하게 내 거고."

"내가 당신의 그런 집착을 사랑해."

"그건 당신이 특이해서 그래."

그건 인정하는 바였다. 하지만 그건 상대가 알렉산드라니까. 자신과 성을 공유하는, 자신이 세상에서 가장 사랑하는 여자. 라키아스가 황홀한 얼굴로 그녀의 입술에 다시 키스했다. 알렉산드라는 당연히, 거부하지 않았다.

"아쉬운 대로, 키스라도 마음껏 할 거야."

"마음대로 해."

"사랑한다는 말도 지금보다 더 많이 해 줄게."

"마음대로 해……."

알렉산드라가 은은한 미소를 지으며 나른한 소리를 냈다. 예상치 못한 상황은 두 사람에게 평소보다 고조된 쾌감을 안겨 주었다. 알렉산드라가 부드럽게 라키아스의 목을 휘어 감으며 그에게 속삭였다.

"사랑해, 라키아스."

"사랑해, 렉시."

라키아스가 기쁨에 찬 목소리로 화답하며 그녀에게 조금 더 짙은 키스를 퍼부었다. 그전까지 걱정했던 것이 전부 우습게 느껴질 정도로 지금의 그는 행복했다. 말할 수 없는 희열을 느끼며 그가 제 품에 안긴 알렉산드라를 꼭 끌어안았다.

제국의 황후, 제 아이의 어머니, 무엇보다, 자신이 사랑하는 단 하나뿐인 연인. 온전한 제 것인 그녀를, 온전하게 그녀의 것인 자신이 앞으로 더 사랑하고, 사랑하고, 사랑할 예정이었다.

-끝-

작가 후기

안녕하세요. 무소입니다.

벌써 두 번째 책의 작가 후기를 쓰게 되었네요. 아직도 《복수는 꿀보다 달콤하다(이하 '복꿀달')》을 쓰던 순간이 생생한데, 올해 5월 초에 《복꿀달》이 완결되고 반년 정도 흘렀다는 사실이 믿기지 않습니다. 시간이 참 빠르게 흘렀네요.

《복꿀달》은 자신의 개인적인 복수를 위해 킹메이커가 되려는 캐릭터를 주인공으로 만들고 싶어 쓰게 되었습니다. 복수를 하면서 사랑까지 쟁취하는, 당차고 주체적이며 감정에 솔직한 캐릭터를 만들고 싶었어요.

그런데 사실 작중에서 제가 가장 좋아하는 캐릭터는 남자주인공인 라키아스입니다. 사랑을 위해 오랜 야망까지 버릴 생각을 하는 남자주인공이 너무 매력적으로 보였거든요. 물론 알렉산드라가 알았다면 엄청 화를 냈겠지만요. 그렇게 하면 자기가 좋아할 줄 알았냐면서……. 어쨌든 라키아스는 제 취향이 특히나 듬뿍 들어갔기 때문에 좀 더 마음 가는 캐릭터였던 것 같습니다.

이렇게 작가 후기까지 쓰고 나니《복꿀달》과는 이제 정말로 안녕이라는 생각에 기분이 오묘해집니다.《레이디 투 퀸》때도 느꼈던 감정이긴 한데, 두 번 겪어도 도통 익숙해지지는 않네요. 좀 더 오랫동안 많은 작품을 내게 된다면 이 감정에 초연해질 수 있으려나요? 사실 제 세 번째 작품인〈디어 마이 프렌드〉가 곧 완결을 앞두고 있어서 좀 더 싱숭생숭한 기분입니다.

2018년도 이제 정말 얼마 남지 않았네요. 올해가 가기 전에《복꿀달》종이책을 출간할 수 있게 되어 다행스럽게 생각하고 있습니다. 내년에는 얼마나 더 자주 여러분께 모습 비춰드릴 수 있을지 잘 모르겠어요. 최대한 성실히 생활하며 보다 많은 작품을 독자님들께 선보이는 것이 저의 내년 목표이자 다짐입니다.

《레이디 투 퀸》작가 후기를 쓴 게 무더운 한여름 밤이었는데, 지금은 한파를 기다리고 있는 상황이라니. 다시 한번 시간의 흐름이 느껴지네요. 올겨울 따뜻하게, 건강하게 보내시고, 남은 한 해 마무리 잘하시기를 바라겠습니다.

저는 앞으로 더 발전하는 작가, 즐거움을 드리는 작가가 되기 위해 노력하겠습니다.

이 책을 읽으시는 독자님들 모두 항상 즐거운 일만 가득한 하루 되시길 소망합니다.

감사합니다.

2018년 겨울을 기다리는 어느 날,
무소 드림

국립중앙도서관 출판시도서목록(CIP)

복수는 꿀보다 달콤하다 : 무소 장편소설. 3 / 지은이: 무소
. — 고양 : 위즈덤하우스미디어그룹, 2018
p. ;   cm

ISBN 979-11-6220-999-8 04810 : ₩13800
ISBN 979-11-6220-370-5 (세트) 04810

한국 현대 소설[韓國現代小說]

813.7-KDC6
895.735-DDC23   CIP2018037071

복수는 꿀보다 달콤하다 3

초판 1쇄 인쇄 2018년 12월 5일 **초판 1쇄 발행** 2018년 12월 12일

지은이 무소
펴낸이 연준혁

멀티콘텐츠사업본부 이사 정은선
책임편집 오가진 **디자인** 조은덕

펴낸곳 (주)위즈덤하우스미디어그룹 **출판등록** 2000년 5월 23일 제13-1071호
주소 경기도 고양시 일산동구 정발산로 43-20 센트럴프라자 6층
전화 031-936-4000 **팩스** 031)903-3893
홈페이지 www.wisdomhouse.co.kr

값 13,800원
ISBN 979-11-6220-999-8 04810
     979-11-6220-370-5 [세트]